KB083725

아동문학
야외정원

This is author block.

최미선(崔美先, Choi, Mi-Sun)
경남 고성에서 태어났다. 경상대학교 국어국문학과와 같은 대학원에서 공부했으며, 2004년 「카프 동화 연구」로 석사, 2012년 「한국소년소설 형성과 전개과정 연구」로 박사학위를 받았다. 1993년 『경남신문』 신춘문예(동화), 2004년 『아동문학평론』 신인상(평론)으로 등단했으며, 저서로 논문집 『한국소년소설과 근대주체 '소년'』(2015), 『이원수』(공저, 2016), 창작동화집 『가짜 한의사 외삼촌』(2007) 등이 있다. 경남아동문학상(2005), 이주홍문학상(연구 부문, 2016)을 수상하였고, 현재 경상대학교, 경남과학기술대학교에서 강의하고 있다.

아동문학 야외정원

초판인쇄 2018년 12월 20일 **초판발행** 2018년 12월 31일
지은이 최미선 **펴낸이** 공홍 **펴낸곳** 케포이북스 **출판등록** 제22-3210호
주소 서울시 서초구 반포대로14길 71, 303호
전화 02-521-7840 **팩스** 02-6442-7840
전자우편 kephoibooks@naver.com

값 23,000원 ⓒ 최미선, 2018
ISBN 979-11-88708-04-8 93810

이 책은 문화체육관광부·경상남도·(재)경남문화예술위원회의 후원을 받아 발간하였습니다.

아동문학
야외정원

The Outdoor Garden of Children's Literature

최미선 지음

케포이북스
KEPHOI BOOKS

머리말

아동문학을 공부하면서 지난 몇 년간 학술지와 몇몇 매체에 발표했던 글들을 한 권에 묶는다. 세 개의 부분으로 나누고 보니 연구의 주요 관심이 어디에 있었는지 수레바퀴가 지나간 자국처럼 시간의 궤적이 그려진다.

제1부는 '전환의 시대에 대응하는 방식'으로 네 편의 글을 실었다. 제1장은 초기의 『신소년』에 실린 서사 작품 분석에 주력했는데 이는 한국 아동문학 태동기의 모습이라고 할 수 있다. 제2장은 한국 장편 소년소설이 어떠한 과정을 거쳤는지에 대한 연구인데, 번역(번안) 작품이 우리의 소년소설 형성에 어떻게 작용했는가도 문제적으로 살펴보았다. 제3장은 해방기의 장편 소년소설에 대한 고찰이다. 특히 현덕의 장편 소년소설 『광명을 찾아서』를 심도 있게 다루었는데, 『광명을 찾아서』를 처음으로 다룬 연구라고 생각한다. 그것은 이 책이 그동안 행방불명 상태였기 때문이다. 『광명을 찾아서』는 1949년 동지사에서 처음 발행되었지만, 발행 기록만 남아있을 뿐 원전을 찾을 수 없었다. 『광명을 찾아서』는 2013년 재출간되어 해방기 장편 소년소설의 진정한 모습을 살펴보는 데 크게 도움이 되었다.

그리고 현대 작가 정채봉론을 제4장에 실었다. 1983년 샘터사에서 발행한 정채봉의 첫 창작집 『물에서 나온 새』는 한국 현대 창작 동화의 새로움을 여러모로 알게 해 준 놀라운 책이었다. 아동문학 이론을 공부하게 되면서 『물에서 나온 새』에 실린 텍스트로 한번은 '정채봉론'을 쓰리라 마음먹고 있었는데, 한국아동문학학회 학술대회 주제 발표에 맞춰 마음속에 가졌던 과제를 해결하게 되었다.

제1부를 한데 묶고 보니, 1920년대부터 1970년대 초기 작품까지 그 시공간의 범위가 실로 너무 크게 보인다. 제1부의 공통점을 굳이 하나 정도 밝힌다면 한 번도 뵌 적이 없는 작가들의 작품이라는 것. 그래서 오직 글로 그분들을 기릴 수밖에 없는 지금의 그리움을 공통점이라고 덧붙이고 싶다.

제2부에서는 현재 활동하고 있는 작가들의 작품론이다. 한국 현대 아동문단에서 여러 측면으로 대표성을 보여주는 분들의 작품을 비평하는 기회를 얻어 글을 쓰게 됐다. 경남 지역에 거주하는 세 분 외 다른 분들은 비평을 쓰기 전에 한 번도 만나본 적이 없었다.

평소에 외부 활동을 많이 하는 편도 아니고, 문학인들과 개별적인 교류도 거의 가지지 않는 편이라서 작품론으로 접근하기에 오히려 용이했다. 텍스트 이외에는 그 작가를 떠올릴 만한 아무런 추억이나 선입견이 없었다. 오직 텍스트에만 의존해서 아무런 부담이 없이 비평을 쓸 수 있었다. 텍스트만으로 작가를 만나고, 작품 안에서만 작가의 목소리와 숨결을 듣는 시간은 힘들었지만, 유익함이 있었다.

제3부는 옛이야기와 환상성에 관한 글이다. 민담·전설·신화는 언제나 상상 이상이다. '박 도령과 용녀' 이야기에서처럼 각 대륙에 남아 있는 유사한 파편version을 찾아가며 글을 쓰는 과정은 즐거운 시간이었다. 인류는 왜 유사한 이야기들을 즐기며 그것에 탐닉하고 또 전승하는

지에 대한 의문은 완전히 해결되었다고 보지는 않는다. 그 이유는 이야기의 숫자만큼이나 다양할 수 있으며, 또 미로로 연결된 지하무덤처럼 상징 하나하나가 말끔하게 해명될 수 없는, 깊고 깊은 심층을 가졌기 때문일 것이다.

그래서 옛이야기는 더 흥미로워지고, 무궁무진한 지하자원을 품고 있는 동굴과 같은 것인지도 모르겠다. 옛이야기에 대한 탐색은 그것이 비록 고전문학의 영역에 포함된다 할지라도 쉼 없이 계속될 것이며, 부지런히 찾아 읽겠다는 계획은 여전히 유효하다.

이 책을 엮으려고 하니 고마운 분들이 많이 떠오른다. 한국 아동문학의 터를 다지고 나아가야 할 길을 위해 각처에서 열정을 쏟고 계시는 분들, 때마다 격려를 아끼지 않았던 그분들에게 그동안 말로 하지 못한 감사의 인사를 드리고 싶다. 또 앞서서 연구를 펼쳐준 여러 글쓴이들이 계시지 않았다면 지금의 연구는 더 험난했을 것이다. 그분들의 노고를 생각하면 마음에 풀기가 생긴다.

언제나 한결같은 모습으로 지켜봐 주시는 유재천 선생님, 황병순 선생님, 국문과의 여러 교수님들, 이론을 공부하는 데 힘이 되어 주셨다. 선뜻 출간을 맡아준 공홍 대표님, 편집 담당 권혜진 님, 문학 공부를 시작하고 만난 벗들, 출간 소식을 듣고 교정을 자청해준 진은, 『신소년新少年』작품 목록을 만들 때 함께 고생해준 길흠, 그리고 어머니, 형제들 사랑하는 조카들 덕에 가슴이 따뜻하다.

2018년, 겨울 남강南江을 보며

최미선崔美先

차례

제3부 상상과 이야기

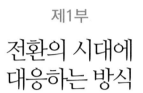

제1부

전환의 시대에
대응하는 방식

제1장

1920년대『신소년』과
아동 서사문학의 전개

1. 1920년대 아동문학 마당과『신소년』

『신소년新少年』은 1923년 10월 창간되어 1934년 5월 종간까지 약 10여 년 이상 발행되면서 당시 아동문학 장을 이끈 대표적 소년잡지이다. 1920년대 초기의 한국 아동문학 상황은 여러 종류의 잡지 간행으로 내면과 외연이 심화·확대되는 시기였다.『어린이』·『신소년』·『별나라』등이 대표적이었고, 그 잡지에 '동화' 혹은 '소년소설'이라는 새로운 서사양식의 글이 발표되기 시작했다.

특히 '동화'라는 새로운 장르는 낡은 것으로부터 변화를 갈망하는 시대적 아이콘으로 기능하는 일면이 있었던 것으로 보인다. 그만큼 빈번하게 사용되는 용어였다. 하지만 이 새로운 양식에 대한 이해는 충분하지 않은 듯하다. '동화童話'라는 개념을 너무 협소하게 받아들여 지엽적으로 이해하거나 아니면 지나친 공상의 산물로 여기는 사례도 없지는 않았다.

소파는 "童話의 童은 兒童이란 童이요 話는 說話이니 童話라는 것은 兒童의 說話, 쏘는 兒童을 爲하야의 說話"라는 압축적인 정의를 내리면서, 같은 글에서 "童話는 兒童性을 닐치 아니한 藝術家가 다시 아동의 마음에 돌아와서 어쩐 感激 ─ 或은 現實生活의 反省에서 생긴 理想 ─ 을 童話의 특수한 표현방식을 빌어 讀者에게 呼訴하는 것"[1]이라고 이미 설명했다. 하지만 동화를 '아동의 설화'라는 의미로만 해석한 나머지 아이들이 읽을 수 있는 서사형식의 글은 모두 '동화'로 통칭되는 예가 허다했고, 재래의 이야기가 그대로 '동화'라는 표제로 발표되기도 했다. 그런 때문인지 '동화'의 본질을 설명하는 글이 도하 일간지를 장식하기도 했다.[2]

전통적 교육에 대한 반성과 함께 문학교육의 필요성 및 즐거움과 상상력을 안겨주는 교육의 중요성에 대한 인식이 일어나기 시작했던 시기도 1920년대 초기였다.[3] 이처럼 1920년대 초기, 전근대적인 것과 새로운 것의 교체에 대한 열망은 강렬했다.

---

1   소파, 「새로 개척되는 '동화'에 관하야」, 『개벽』 31, 1923.1, 18쪽.
2   요안자, 「동화에 대한 일고찰─동화작자에게」, 『동아일보』, 1924.12.29; 방정환, 「동화작법─동화 짓는 이에게」, 『동아일보』, 1925.1.1.
3   전영택은 「少年問題의 一般的 考察」에서 문학교육의 가치를 "1. 美的 감정을 길너 줌 2. 아해들의 취미를 넓힘 3. 德性과 知力을 培養함 4. 想像力을 풍부하게 함"으로 강조했다. 『개벽』 47, 1924.5. 15쪽. 이하 근대 잡지를 인용할 경우 발표 당시의 표기를 그대로 따름.

『신소년』 또한 이러한 사회분위기를 선도하고 담아내는 충실한 매체였다. 그러나『신소년』의 발행은 결코 순탄하지 않았다. 외부 탄압으로 인한 원고 삭제, 경제난으로 인한 휴간 등의 난관이 겹쳤음에도 불구하고 10여 년 이상 한국 아동문학 장을 지켜냈다. 그렇지만 그에 대한 연구는 아직 미흡한 실정이다.

『신소년』과 관련된 선행연구는 이재철, 신현득, 박태일, 임성규 등에서 찾을 수 있다. 이재철은 당대의 잡지들과『신소년』을 비교하면서 절충적 성격에서 점차 계급주의 잡지로 기울어져가는 것으로 보았다.[4] 이재철의 연구는 다양한 자료를 비교하면서 각 잡지의 성격을 일차적으로 규명해냈다. 이는, 그 당시까지 전무하다시피 했던 아동문학 잡지 연구 기반을 조성하는 성과를 올렸다. 신현득은『신소년』과『별나라』에 실린 동요와 동시 비교에 많은 부분을 할애하였는데, 당시 두 잡지에 열성적이었던 카프작가들의 활동상을 볼 수 있게 했다.[5] 박태일은 이주홍과『신소년』의 관계에 대해 천착하면서 이주홍의 등단작「뱀새끼의 무도舞蹈」발표 시기에 대한 오류를 정정하는 데 주력하였다.[6] 임성규는 송완순의 비평을 중심으로 아동문학이 문학으로 나갈 방향에 대해 논의하는 데 중점을 두었다.[7]

---

4   이재철은『신소년』의 성격을 "초기(1923~1925), 중기(1926~1930), 말기(1931~1934)"로 구분하면서, 프롤레타리아 계급주의 아동문학을 대표하는『별나라』(1926~1935)와 중류사회 아동들을 대상으로 하는『어린이』, 두 잡지 사이에서 "折衷的 태도를 견지한" 것으로 보았다. 이재철,『한국현대아동문학사』, 일지사, 1978, 103~106쪽.
5   신현득,「『新少年』・『별나라』회고」,『아동문학평론』31-2, 아동문학평론사, 2006.
6   박태일,「이주홍의 초기 아동문학과『신소년』」,『현대문학이론연구』18, 현대문학이론학회, 2002.
7   임성규,「근대 아동문학 비평의 현실 인식과 비평사적 함의」,『인문과학연구』10, 대구효성가톨릭대 인문과학연구소, 2008.

『신소년』은 창간 초기부터 중기까지는 절충적이고 온건한 편집방향을 보였다. 하지만 1920년대 말에 이르러 잡지의 성격 변화를 예고하게 하는 내용이 확인된다. 1920년대 말부터 1930년을 전후로『신소년』은 편집 방향에서 일정한 변화가 일어나는데[8] 그 변화의 원인에 대해 그동안은 카프작가들의 강력한 영향력 정도로만 이해하고 있었다. 즉『신소년』이 계급주의 문학에 급속하게 침윤된 것은 당시 카프작가들의 영향력이 그만큼 뜨거웠기 때문인 것으로 이해되어 왔다. 하지만, 여기서는 그 변화의 동인動因은 카프작가들의 강력한 영향력과 함께 편집진 내부에서 일어난 저항정신도 크게 작용되었던 것으로 보려고 한다. 다시 말해『신소년』이 중도적, 절충적 잡지에서 성격의 변화를 시도한 것은 카프작가들의 영향력도 있었지만, 일제 탄압에 대한『신소년』자체의 저항이 더 강했던 것으로 보는 것이다.

따라서 이 글에서는 1920년대『신소년』을 연구범위로 설정하고,『신소년』의 특성과 변화의 동인을 먼저 면밀하게 살펴본 다음, 1920년대 동화와 소년소설의 경향과 전개과정을 고찰하고자 한다.

『신소년』은 외부 탄압과 경제난의 이중고를 겪으면서도 10여년 이상 한국 아동문학의 마당을 지켜냈다는 데서 연구의 가치는 충분하다. 현재『신소년』을 가장 많이 보유하고 있는 곳은 이주홍문학관이고 영인본의 보관 상태도 양호한 편이다.[9]

8 　"本誌는 文學形式을 고치는 동시에 재료도 재래 쓸데없는 허풍선이 이야기 싸위보다 童話·童謠·小說·隨筆 등을 모다 勞動少年·農村少年의 實生活을 內容으로 한 것과 또 趣味있는 科學的 記事를 만히 내려한다"에서 그 근거를 찾을 수 있다. 編輯者, 「編輯者後記」, 『新少年』 8, 1930.10.
9 　이주홍문학관은 부산시 동래구 온천 1동 435-24번지 소재. 2002년에 동래구 온천1동 177번지에 처음 개관했다가, 이 지역의 개발공사로 인해 2004년 5월 현 위치로 이전

2. '새로움'에 대한 인식과 수용

1923년 창간부터 1929년까지 약 5~6년 동안은 『신소년』이 내실을 다지고 방향을 모색하기 위해 안간힘을 다했던 시기라고 할 수 있다. '새로운' 것에 대한 사회적 열망은 이미 거세게 일어나고 있었고[10] '새로움'을 어떻게 수용해서 용해할 것인가 하는 시대적 과제는 시급한 문제로 부상되었다. 이에 대한 『신소년』 측의 인식은 분명했던 것으로 보인다. 탈각脫殼해야 할 것은 국권을 남의 손에 넘겨줄 수밖에 없었던 기성세대의 무사안일과 변화에 대한 무지無知로 보았다. 그래서 새로움에 도전했고, 그것이 '신소년'이었다. 그 내용은 『신소년』의 목차에 그대로 반영되어 있다.

새로움에 대한 열망은 과학, 이학理學 혹은 수학으로 대변되는 신학문에 대한 인식으로 나타났고, '역사'에 대한 성찰로 귀결되었다.

『신소년』은 시대적 열망을 적어도 두 가지로는 인식하고 있었다. 하나는 국권상실의 위난을 맞은 소년독자들에게 지식과 지혜의 습득 통로가 되어 준다는 것, 또 하나는 나라 잃은 백성이 된 소년들에게 보다 긍정적인 미래를 제시해야할 사명을 떠안고 있다는 것, 이 두 가지 문제에 대한 자각은 분명했던 것으로 보인다.

개축, 향파 이주홍 선생의 장서 1만여 권과 유품·유물이 전시, 보관되어 있다.
10 3·1운동은 실패로 돌아갔지만, 신식제도권교육에 대한 인식은 새로운 국면을 맞게 된다. 취학아동이 급격하게 늘어났고, 취학열풍은 일제의 신식교육에 대한 반작용을 능가하게 되었다. 오성철, 「식민지기 초등교육 팽창의 사회사」, 『초등교육연구』 13-1, 한국초등교육학회, 1999, 7~11쪽 참조.

매호 표지 다음에 이어지는 「본지本誌의 사명」에서 "조선 소년들의 착실한 심부름꾼이 되기를 자처한"[11]고 한 것이나 '신소년'이라는 뜻의 에스페란토어 'LA NOVA KNABO'[12]를 표지에 부기附記한 것은 새로움에 대한 목표의식을 압축하여 보여준 것으로 해석된다.

이와 동시에 외부로부터의 정치적 압박을 견뎌내는 것, 안정적인 잡지 발행을 위한 경제력을 마련하는 것 등은 더 말할 필요가 없는 과제이자 문제이기도 했다.

1) 초기 『신소년』의 내용과 체재

(1) 1924년 신년호의 내용

1924년 1월(신년)호는 현재 확인되는 책 중에 가장 이른 호라는 점에 대표성이 있고, 창간 초기 『신소년』의 편집방향을 잘 보여준다는 점에서 상세한 고찰을 요할 가치가 있다. 1924년 신년호 전체 면수는 광고지면까지 합쳐 약 78쪽 분량이고 문예물과 교양, 학습내용을 고루 다루고 있음을 다음 목차에서 확인할 수 있다.[13]

---

11 표지 다음 장에 나오는 「本誌의 使命」에서 미루어 짐작할 수 있다. "우리 朝鮮少年들의 가장 誠實한 벗이 되어 모든 智識과 德性을 밝히고 朝鮮文의 向上을 힘쓰오"라고 하여 간행목적을 말하고 있는데, 조선의 소년독자들이 바라볼 곳 하나 없고, 의지할 곳조차 없다고 적고 있다.

12 당시의 에스페란토어 열풍은 하나의 조류였던 것으로 보인다. 『폐허』 창간호 표지에도 "La Ruino"라는 에스페란토어가 보인다(근대문학 100년 연구총서 편찬위원회, 『약전으로 읽는 문학사』 1, 소명출판, 2008, 화보 참조). 이와 함께 1930년대에 들면 『신소년』 본문에 기초 에스페란토어를 배우는 란을 한두 페이지 두기도 한다.

1924년 신년호(제2권 1호)

표지 : 金錫振 / 挿話 : 朴勝佐

목차

---

13 『신소년』 편집진으로는 편집인 김갑제(金甲濟), 발행인 다니구치 데이지로(谷口貞次郎), 인쇄자 심우택(沈禹澤), 인쇄소 대동인쇄주식회사, 발행소 신소년사 등의 내용을 확인할 수 있다. 1924년 1월 신년호에는 출간기록이 망실되었기 때문에 1924년 3월호를 참고했다.

이상에서 보는 것처럼, 약 27개 항목 중 문예물은 '고두름'(동요), '람푸불'(동화), '아가딸아'(동요), '勇敢한 少女'(번안동화), '새해노래'(동요), '어머니를차저 三萬里'(모험소설), '나를 아는 親舊'(번안설화) 능 약 /번 정도다. 그중에서 국내 작가의 순수 창작물은 '고두름'(동요), '아가딸아'(동요), '새해노래'(동요) 정도이다. 창간 초기에는 이처럼 창작물보다는 번안 작품 위주로 실었고, 순수 문예물보다는 역사, 지리, 과학, 산술과 입학시험문제 답안 등 학습과 연관된 내용이 많은 부분을 차지하고 있다.

「지리」, 「역사」, 「이과」, 「훈화」의 내용을 살펴보면, 「지리」에서는 백두산의 위치와 지형, 형세 등을 설명하면서 민족의 산으로 소개했다. 「이과」는 쥐의 생리와 생태에 대한 질문과 답을 아들과 아버지의 대화 형식으로 엮어 냈다. 아들이 '쥐'의 습관이나 생리에 대해서 의문을 나타내자 아버지가 이에 대해 답변을 하고 있다. 「의문푸리」는 자연과학 현상을 설명하는 란이다. '空氣는 어대든지 잇나요', '空氣의 壓力은 무엇인가요', '空氣도 빗[色]이 잇나요'라는 세 가지 질문에 대한 설명을 담았다. 역사담에서는 문익점 선생이 중국으로부터 목화씨를 가져오는 이야기를 소개했다.

1924년 신년호에 실린 서사물은 「람푸불」, 「어머니를차저 三萬里」, 「勇敢한 少女」, 「樽の王女」, 「나를 아는 親舊」 등 대략 다섯 편이다. 동화로 소개되어 있는 「勇敢한 少女」는 러시아 이야기의 번안으로, 아버지의 누명을 벗기기 위한 어느 소녀의 헌신을 다룬 내용이고, 「樽の王女」는 일본어 작품이다. 「나를 아는 親舊」는 고대 그리스에서 전해지는 '데이몬과 피시어스'의 우정을 그린 설화다. '동화'로 소개되어있는 「람푸불」(진서림)은 E. 데 아미치스의 『사랑의 학교』 안에 실려 있는 「피렌쩨의 글 베끼는 소년」과 화소가 거의 유사하다.[14] 「어머니를차저

---

14 「람푸불」에서 광문이는 보통학교 4학년 모범생이다. 회사원인 아버지는 퇴근 후에 집에서 봉투에 주소 쓰는 일을 부업으로 하고 있다. 광문이는 아버지의 일을 돕겠다는 마음으로 아버지가 잠든 뒤에 아버지 몰래 봉투에 주소를 쓴다. 영문도 모르는 아버지는 봉투 쓴 대가로 지난 달보다 3원을 더 벌었다고 좋아한다. 그러나 광문이의 학교 성적이 나날이 떨어져 아버지와 갈등이 생긴다. 어느 날 밤, 자정이 지난 시간에 주소 쓰는 일에 몰두해 있는 광문이 뒤에 아버지가 서서 지켜보게 되고, 부자는 극적으로 화해한다는 줄거리다.
「피렌쩨의 글 베끼는 소년」에서 쥴리오는 용모단정하고 예의바른 초등학교 4학년생이다. 아버지는 철도공무원으로 봉급이 얼마 되지 않아, 출판사의 정기구독자 이름과 주소를 띠지에 쓰는 일을 부업으로 하고 있다. 쥴리오는 아버지를 도울 마음으로 아버지가 잠들기를 기다렸다가 석유램프를 켜고 주소 쓰는 일을 대신한다. 영문을 모르는 아버지는 이번 달에 띠지쓰기로 30리라를 더 벌었다고 좋아한다. 그러나 쥴리오의 학업 성적이 나날이 떨어진다는 소식을 담임선생님으로부터 들은 아버지와 쥴리오 사이에는 갈등이 생긴다. 그러던 어느 날 밤, 쥴리오 아버지는 쥴리오가 밤잠을 설쳐가며 주소 쓰는 일을 하고 있는 것을 목격하게 되고 쥴리오와 아버지와의 갈등은 극적으로 해소된다는 줄거리다(E. 데 아미치스, 이현경 역, 「피렌체의 글 옮기는 소년」, 『사랑의 학교』, 창비,

三萬里」 또한 이탈리아에서 남미까지 엄마를 찾으러 가는 마르코 모험을 다룬 소설이다.

이 다섯 편은 '우정', '가족애'를 주제로 하는 문예작품이다. '우정', '사랑'과 같은 인류 보편의 주제는 앞으로 『신소년』에서 전개될 아동 서사물의 성격을 함축하여 보여주는 것으로 해석된다. 적어도 1920년 대 말까지 『신소년』의 아동 서사물은, 이데올로기와는 다소 거리를 두면서 서사성에 충실하려는 강한 의지를 드러내는 것을 3절 '『신소년』의 아동 서사문학 전개'에서 다루는 작품 분석에서 확인할 수 있다.

(2) 초기 연재물과 '새로움'의 수용

위의 신년호에서 본 것처럼 「이과」, 「산술」, 「지리」, 「역사담」, 「소년과학」 등 교과목을 연상시키는 표제의 연재물은 제법 긴 기간 『신소년』의 지면을 채웠고, 이런 내용은 『신소년』의 편집방향을 충분히 설명해준다.

목차를 보면, 결국 시대의 여망인 '새로움'을 어떻게 수용할 것인가에 대한 고민을 짐작할 수 있는데, 전근대적인 것에서 탈피해 논리와 체계로 표상되는 '새로움'을 수용하려는 의지로 충만해 있다. 그것은 결국 이 땅의 소년들이 지식 혹은 지혜로 무장을 하고, 문명·문화인의 소양을 갖추기를 바라는 편집자의 의도인 것이기도 하며, 곧 조선의 위난을 타파해낼 소년들의 지력함양과도 다르지 않았다.

130~145쪽). 그동안 「람푸불」이 국내 창작동화로 소개된 예가 있는데, 수정될 필요가 있다.

「역사담」에서는 연개소문, 을지문덕, 이순신, 서경덕, 김덕령, 임경업, 강감찬 장군과 같이 국가적 위기에서 나라를 구한 역사인물 소개에 집중하고 있다. 이는 당시의 '조선 소년'들이 처해있는 공간이 결코 평탄한 환경이 아님을 강조하고 있는 것이다. 고립무원의 조선 소년들이 위업을 일으킨 선조들의 업적을 상고하여 위난을 극복하기를 바라는 편집자의 의도를 그대로 담고 있는 것이다.

「지리」는 「白頭山」, 「金剛山의 아름다움」, 「武烈王陵의 거북」, 「나이아가라 瀑布」 등 국내외의 지리 상식을 두루 다루고 있는데, 특히 민족의식 고취에 치중하였다. 또 지구과학과 관련된 내용은 「지문地文」으로 분리해 다루었다. 「地球世界」, 「地球의 緯度와 經度」, 「地球와 空氣」 등의 내용이 그것이다. 「이과理科」는 「나비」, 「모기」, 「바람은 엇재서 부나」와 같은 자연과학을 다루고 있다. 해충이나 곤충을 도감을 통해 상세히 설명하였고, 「산술算術」에서는 「四則 잘푸는 秘訣」, 「九驗法」 등 계산 능력 향상 방법을 설명하고 있다.

그리고 꽤 오랜 기간 고정 연재물로 자리 잡았던 「쇠주머니」는 각 나라의 전설이나 문예물을 두루 망라하여 지혜이야기 형식으로 소개했다. 한 예로, 셰익스피어의 『베니스 상인』과 같은 문예작품도 「人肉裁判」[15]으로 번안, 게재하였다. 궁지에 처해진 안토니오가 바사니오의 약혼녀 포사의 명판결로 위기에서 벗어나는 극적인 장면에 초점이 맞추어져 있다. 이는 위기를 극복해내는 지혜의 필요성을 강조하는 것으로 해석된다.

---

15   이호성, 「人肉裁判」, 『新少年』 2-3, 1924.3, 29~36쪽.

1926년 이후는 '위생'과 관련된 부정기적 연재물이 게재되기도 하고, 일부 항목은 때에 따라 문예물로 대체되기도 하지만 「역사담」이나 「과학」은 여전히 고정란 자리를 지키고 있다. 『신소년』은 교과와 관련된 연재물에서 한 걸음 더 나아가 국내 유력 학교의 입학시험문제와 해답을 게재하고 있는데, '京城第二高普', '平壤女子高普', '咸興高普', '전북사범', '숙명여고보', '경기공업', '대구중학' 외 여러 학교의 이름을 일별할 수 있다.

신문명新文明으로 대표되는 제도권의 신식교육은 신체의 자유를 억압하는 새로운 권력규율로 작동하기도 하였지만, 체득하지 않을 수 없는 필수 불가결의 과정이기도 했다.[16] 1919년 이후 급격하게 늘어나는 취학인구는 신교육에 대한 열망을 잘 말해준다.[17] 그렇기 때문에 『신소년』에 입학시험문제가 실리는 것은 어쩌면 당연한 일이었다.

이상에서 살펴본 것처럼, 1929년 이전의 『신소년』은 순수 창작 문예물보다는 교과와 연관된 내용이나 교양에 중점을 두고 있었던 것을 확인할 수 있다. 그런 점에서 전체적으로 어떤 이념에 치우치지 않으려는 온건한 편집 태도를 보이고 있다. 종합잡지로, 문예와 교양 혹은 학습의 영역까지 아우르는 중도적 성향의 잡지였음을 알 수 있다. 그러나 1929년 이후 변화를 예고하면서 1930년에 들어서는 계급주의 문학으로 급격하게 변해가는 과정을 볼 수 있다.

---

16 김진균·정근식 편저, 『근대주체와 식민지 규율권력』, 문화과학사, 1997.
17 오성철, 앞의 글, 7~11쪽 참조.

2) 수난과 방향 전환의 예고

(1) 휴간과 원고 강제 삭제

『신소년』에서 권두시는 권두언이나 권두사를 대신하고 있다. 이 권두시를 대신해서 권두언과 같은 산문이 실리는 경우는 매우 예외적인 사례로, 대개 『신소년』이 어떤 어려움에 봉착했음을 알려주는 신호이기도 했다. 잡지사가 위기에 처했을 경우, 권두언을 통해 그간의 내용을 설명하는 형식을 취하고 있었는데, 1928년 4월호 권두언도 그 같은 사례다.

> 「신소년을이어내면서」
>
> 이 변변치 못한 것이나마 그래도 우리조선의 장래에 무슨 더함이 잇슬가 하여사 다달이 작은 힘일망정 여러분의 사랑하심으로 이미 다섯해를 싸하오다가 중간에 부득이한 사정으로 몃달동안 쉬게된것은 여러분께 하여 미안한것이야 무어랴 더 말슴을 하오릿가마는 여러분도 미상불 섭섭하셧슬줄 생각합니다. 우리의 일은 아주 쉽고 말것이 아니올시다. 긋까지긋까지 최후의 승리를 어들째까지 나아가야할 것이므로 우리는 새로운용긔와 새로운 칼날을 가지고 이 깃븐새봄인 사월부터 다시 여러분의 정다운 동모가 되기를 맹서하오니 (…후략…)[18]

1928년 4월호 권두언의 서두는 지난 몇 달 동안의 결호에 대한 사과

---

18 『新少年』 6-4, 1928.4.

의 인사를 먼저 하고 있다. 그러면서 '변변치 못한 것일 망정 조선의 장래'를 위해 쉬이 그만두지 않겠다는 의지를 표명하면서 "끗까지끗까지 최후의 승리를 어들째까지 나아가야할 것이므로 우리는 새로운용긔와 새로운 칼날을 가지고 이 깃븐새봄인 사월부터 다시 여러분의 정다운 동모가 되기를 맹서"한다는 비장한 각오를 펴고 있다. 다소의 난관이 있을지라도 끝까지 최후의 승리를 얻을 때까지 나갈 것'이라는 결연한 의지를 나타내면서 심지어 새로운 용기와 새로운 칼날이라는 비유적인 표현으로 재무장의 뜻을 나타냈다.

'끝까지 최후의 승리를 얻을 때까지 나갈 것'이나 '새로운 용기와 새로운 칼날'은 단순히 경제적인 이유로 인한 잡지 발행의 어려움을 말하고 있는 것은 아님을 간파할 수 있다. 경제적인 이유보다 더 큰 압력이 있다는 것을 나타내는 말이다. 그간의 어려움이 경제적인 이유라면 '새로운 칼날'이나 '최후의 승리'와 같은 수사는 적절하지 않은 것이다.

그러나 곧이어 휴간보다 더 강한 원고 삭제라는 악재를 맞게 된다. 앞서 몇 달간 휴간을 하고, 1928년 7월에는 원고 강제 삭제라는 시련에 봉착하게 된다. 삭제된 글은 고장환高長煥의 「참의愛國者」 외 삼편三篇과 송완순의 「金君에게」이다. 원고 삭제에 대해서는 사고社告에서 좀 더 소상히 밝히고 있다.

원고 삭제를 살펴보기에 앞서 책 첫 페이지의 「근고謹告」라는 알림문을 요약해볼 필요가 있다. 「근고」의 내용은 사무실 이전 소식이다. "本社 位置를 京城府 水標町 四二番地 朝鮮敎育協會構內"라는 내용이다. 가회동에서 수표동으로 사무실을 옮기게 되었다는 공고문인데, 사무실 이전을 감행하게 된 데는 경제적 이유 등을 유추해 볼 수 있다.

그리고 경무국 도서과에 의해 원고가 삭제되었음을 알리는 「사고社告」가 이어서 실려 있다. "今番에 本誌 原稿를 警務局 圖書課에 提出하엿던바 原文三篇과 讀者作品 一篇이 애처럽게도 削除를 當하고 본즉 雜誌 꼴을 일우지못하엿사오나 時日이 促急함으로 不得已 이모양대로 여러분께 드리기로 하엿사오니 未安함은이로다 엿주울업삽나이다"[19]라면서 더 관심을 가지고 책을 기다려줄 것을 요청하고 있다.

원고 삭제 탄압은 1928년 7월호에 그치지 않고 그 다음 호에도 계속된다. 『신소년』 1928년 8·9월 합호는 무려 5편의 글이 삭제되는 대형 악재를 맞는다. 삭제된 원고는 최현배崔鉉培의 「朝鮮과 少年」 6면 분량, 성경린成慶麟의 「공장 누나」 4면 분량, 오경호吳鏡湖의 「용감한 決心」 4면 분량, 승응순昇應順의 「俊善의罪」 4면 분량, 쇠내(필명)의 동시 「흘너가는 무리」 1면 분량 등이다. 8·9합호에는 신소년사의 입장을 밝히는 어떤 글도 찾을 수 없다는 데서 더 심각성을 느낄 수 있다. 이로써 일제 탄압이 날로 심각해지고 있는 정황을 충분히 알 수 있다. 그리고 그 탄압에 대해 어떤 해명도 없다는 것은 그만큼 압박의 강도가 심했다는 것의 방증이기도 할 것이다.

(2) 체재 변화에 대한 예고

대규모의 원고 삭제와 휴간, 사무실 이전 등의 악재 뒤 1929년 12월호에서 의미심장한 권두언을 읽을 수 있다. 이 책의 권두언은 『신소

---

19 「社告」, 『新少年』 6-7, 1928.7.

년』의 체재변화를 예고하는 선언으로 해석할 수 있다. 「內容을 고치고 發行期日을 정확히 하기로」[20]라는 글은 매월 발행일 1일을 정확히 지키겠다는 일반적 약속을 표면에 내세웠다. '정기간행물로서의 가장 기본적인 약속'을 이행해서 잡지의 규범을 지켜가겠다는 내용이다. 그리고 독자들에게 충분히 만족을 주는 잡지가 되지 못하였다는 반성과 '체질개선'을 하겠다는 의지를 내비치고 있다.

발행 일자를 준수하지 못한 데 대한 반성과 내용을 보충하겠다는 일반적인 다짐을 표면에 내세우고 있지만, '내용을 고치'겠다는 의지에 방점을 두고 있는 발언임을 충분히 짐작할 수 있다.

> "여러분의 바라심을 만분의일이라도 맞춰들이지 못한것은 새삼스러이 말할것도 업습니다. 이거슨 박게잇는 여러 가지사정이 그러케 맨드럿다고 펑계할 수도 잇지마는 (…후략…)"[21]

위의 내용은 잡지를 발행하는 일이 나날이 더 어려워지는 것은 외부의 어떤 저해요인이 때문임을 말하고 있는 것이다. 일제의 검열과 경제적 탄압이 얼마나 심했는가를 여실히 보여주는 편집자의 토로가 아닐 수 없다. 이후 1929년 12월호까지 삭제원고는 찾을 수 없었지만, 내용면에서 전래이야기와 혹은 번역(번안)물의 분량이 더 늘어나고 있었던 것을 알 수 있다.

1930년 대 들면 원고 삭제의 긴박한 사태가 다시 발생하는 데도, 그

---

20 「內容을 고치고 發行期日을 정확히 하기로」, 『新少年』7-9, 1929.12. 2쪽.
21 위의 글.

사유를 분명히 밝히고 있지는 않다. 1930년 3월호에 '香波와 오경호의 글을 부득이 싣지 못하게 되어 지면이 축소된' 것을 사과하는 사고가 실렸다. "여러가지 말못할 사정도 잇겟지만은 그중에도 香波作 兒童劇 一篇과(原稿紙 三十二枚) 吳慶鎬作 小說一篇(原稿紙 十四枚)이 編輯上 不得已한 事情으로 실니지 못하게 되엿습니다"[22]라는 내용이다. 그리고 같은 해 10 · 11월 합호에 다음과 같은 내용의 「사고」를 다시 싣는다.

今番에 七週年記念號를 十 · 十日號를 合해서 굉장하게 내려고 萬般의 準備를 다하고 進行하여가든中 뜻박게 말할수업는 支障이 생겨서 이와가치 꼴 갓지못한것이 되고 말앗다"는 사과문이다. 그리고 편집후기에서 내용 변화 선언을 한다. "本誌는 文學形式을 고치는 同時에 材料도 在來 쓸데업는 허풍선이이야기 싸위보다 童話, 童謠, 小說. 隨筆을 모다 勞動少年, 農村少年의 實生活을 내용으로 한 것과 또 趣味잇는 科學的 記事를 만히 내려한다.[23]

위의 내용은 『신소년』의 체제 변화에 대한 선언으로 보인다. 동화와 소년소설은 노동소년, 농촌소년의 실생활을 다루는 내용으로 고치고, 과학적 기사에 더 치중하겠다는 내용이다. 이렇게 해서 『신소년』은 급진적인 변화를 보이기 시작한다. 초기 온건한 태도를 보인 『신소년』의 변화가 시작되는 것이다.

『신소년』의 변화는 당시 카프작가들의 강력한 영향력 때문이었다는 게 일반적인 견해였다. 그러나 카프작가들의 영향력도 무시할 수는 없

---

22 「社告」, 『新少年』8-3, 1930.3.
23 編輯者, 「編輯後記」, 『新少年』8-10, 1930.10.

었겠지만, 그보다는 외부의 정치적 탄압에 대한 저항이 더 큰 이유였던 것으로 보인다. 이 글에서는 외부의 탄압 때문에 더 저항적이 되었다는 데서 『신소년』의 존재 가치를 찾고 싶다. 탄압에 저항하는 하나의 방법으로 내용 변화를 추구했다는 데 의미를 두고자 한다.

3. 『신소년』의 아동 서사문학 전개

1) 창작동화의 환상성 구현

'동화'는 분명히 '수신강화와 같은 교훈담이나 수양담이 아닌 것'[24]으로 천명되었고, 동화의 가치와 동화작법에 관한 글이 연이어서 발표되었다. 그런 분위기 속에서 '창작동화'라는 새로운 갈래에 대한 작가들의 창작열망은 뜨거워지고 있었다. 동화와 설화가 혼재되어 있거나, 설화의 구조를 미처 벗어버리지 못해서 창작동화라고 보기 어려운 작품들도 있고, 환상성을 허황되게 적용한 글들도 산견된다. '동화'라는 새로운 양식을 시도하려고 했지만 설화와 혼재된 것과 전설, 민담 그리고 기괴한 이야기를 '동화'로 재화해서 창작하는 예가 빈번한 데서 그 열의를 찾을 수 있다.

---

24 방정환, 「소년지도에 관하여」, 『천도교 월보』, 1923.3.

그리고 동화를 창작하는 여타의 작가 중에는 동화라는 새로운 창작 세계를 너무 협소하게 받아들여서 지엽적으로 이해하거나 아니면 지나친 공상의 산물로 여기는 사례도 없지는 않았다.

동화 「鳥飛行機의 旅行」(김정구, 1926.4)는 2면 분량의 짧은 이야기인데, 새를 타고 북극을 여행하고 돌아온다는 내용이다. 이처럼 작가의 기발함은 발휘되었지만 다소 허황된 내용도 있다. 또 「沙漠의 船」(이필문, 1928.5)처럼 낙타의 생태 특성을 설명하는 성격의 글도 동화로 표기되어 있다. 하지만 '환상성'이 동화의 요체임을 이해하고 동화의 정신을 구축하려는 노력을 곳곳에서 발견할 수 있는데, 환상성의 실험이나 의인동화의 수용은 주목해 볼 필요가 있다.

(1) 환상성의 실험

「새날리는少女와열치」(1925.10)는 목차에서나 본문 어디에도 갈래를 구분하지 않고 있다. 편집진의 장르 구분에 대한 기준미비로 보이는데, 이 글은 화초나 작은 풀벌레마저도 유별나게 사랑하는 순이順伊를 주인공으로 하는 동화로 구분할 수 있다. 순이는 '새쫓는 일'을 해서 연명하는 열 살 남짓의 가난한 소녀다. 어느 날, 거미줄에 걸린 열치를 구해준다. 그 뒤, 비를 맞고 새 쫓는 일을 한 탓에 순이는 신열을 앓게 된다. 몸이 아파 잠들지 못하는 순이네 방 들창문으로 "조그만코 에엽분 열치한마리가 푸르 가티 날아 드러와 누어잇는 순이의 답답한 머리를 씻쳐주"었다. 들창으로 비쳐드는 달빛은 등잔불처럼 밝고 '찌륵찌륵'

열치 소리를 듣고 순이는 고요히 잠이든다. 순이가 잠이들자 열치는 열린 창문으로 다시 날아가고, 다음 날 아침 순이는 아프던 몸이 씻은 듯이 나은 것을 알게 된다는 아름다운 이야기다. 자연을 아끼고 사랑하는 것이나 주변의 모든 생명체와도 교류하는 순이의 순수한 마음이 잘 나타나있는 한 편의 동화다.

「언년이의 눈 瞳子」(1926.2)는 "바보 童話"라는 표제가 붙어있다. 잠꾸러기 언년이가 한 번 잠이 들면 사흘이고 나흘이고 일어날 줄을 모른다는 설정에서 시작된 동화다. 잠꾸러기 주인 때문에 갑갑해진 눈동자가 주인의 몸을 탈출하여 서울 시가지를 구경하러 다닌다는 설정은 동화의 공상성을 과대 해석하고 있는 것으로 보인다. 잠꾸러기를 징계하기 위한 교훈적인 결말이다.

「江ㅅ가의 白鳥」(김남주, 1926.8)는 '흰새'가 힘이 약해서 수리나라가 잡혀가게 되는 데서 시작된다. 수리나라에서 임금에게 대항하다 감옥에 갇히게 되지만, 극적으로 탈출하여 고향으로 돌아온다. 그리고 아늘을 낳고 강을 지키며 살면서 차차 늙어간다는 아름다운 이야기다. 백조의 흰색과 검은색의 수리가 상징하는 것은 분명하다. 민족적 문제의식을 담고 있는 동화라서 의미가 깊다. 뿐만 아니라 강가에서 고요히 노니는 '흰새'의 모습이나 강의 공간적 배경 묘사에서 동화적 문체의 아름다움을 살려냈다.

「작난ㅅ군이 두 少年」(맹주천, 1926.8)은 마을에서 제일가는 장난꾸러기, 개구쟁이 수남壽男이와 정동貞童이 두 소년이 그림을 통하여 다른 세상으로 들어가는 판타지다. 벽화의 그림을 통하여 판타지 세계로 진입하는 과정이 사실적이고 생생하여서 동화의 환상적 장치를 성공적으로 이루어냈다. 다만, 개구쟁이들을 교화하는 것으로 결말이 처리되어서 판타지의 성공이 희석되어 버렸다.

(2) 물활론적 사고와 의인동화

「개암이宮殿의童話會」(맹주천, 1926.11)는 개미들의 세계를 사실적으로 형상화 내는 서두를 보여주었다. '동화회童話會'가 열리는 화려한 궁전 뜰과 무대에 대한 묘사는 독자들을 판타지의 세계로 몰아가기에 충분할 정도의 흡인력을 발휘하고 있다. 그러나 화려하고 멋진 무대에서 펼쳐질 것으로 기대되는 동화회는 소음과 소란으로 막을 내리고 만다. 그리고 군중의 대표격인 '개암이'의 훈계를 담은 웅변으로 결말에 이른다. 결국 질서와 예의, 청결의 중요성을 강조하는 교훈 이야기가 되었고, 개미가 줄을 지어가는 생태를 설명하는 교육적인 동화로 마무리되었다. 서두에서 개미들의 나라라는 다른 세계로 몰아가는 환상성을 충분히 살리지 못한 아쉬움을 남긴 작품이 되고 말았다.

「개고리의家庭」(이병화, 1927.5)은 연못에 사는 개구리의 오밀조밀한 생태를 동화적으로 형상화하는 데 성공한 작품이다. 미운 올챙이의 모습에서 개구리로 변화해가는 성장 과정을 세밀하게 묘사했다. 올챙이에서 개구리로 변신하여 가족 구성원들이 모두 행복하게 노래를 합창하는 정경, 연못에서 함께 살고 있는 '숭어'와 '미꼬리'의 등장은 동화의 공간적 배경을 구축하는 데 한 몫을 하고 있다.

「꿈에온 연」(남주, 1928.4)은 아이들의 꿈길에 연이 찾아온다는 설정에서부터 동화적 상상력이 발휘되어 있다. 연과 아이들의 대화라든지, 많은 마을 아이들 중에서도 가장 나중에야 자신의 마음을 털어놓는 마음 착한 아이에게 연이 찾아가는 설정 등 모두가 동화의 재미를 갖추고 있다.

위의 작품들은 의인화를 적극적으로 적용하였고, 자연물과의 직접적인 소통 등에서 물활론적 사고의 자유로움을 시도하고 있는 것으로 보인다. 의인화를 적극 차용하여 동화의 재미를 구축하려는 의지를 읽을 수 있다. 개별 작품을 놓고 볼 때 완성도는 다소 떨어지는 면이 있지만, 의인동화에서 환상성의 활용이 돋보인다.

(3) 설화와 창작동화의 혼재

「金알세개」(맹주천, 1925.10)는 동화로 구분되어 있지만, 사찰寺刹 설화를 재화再話한 형식이다. 「어든복숭아」(김남주, 1926.7)는 상수와 상철이 형제의 선량한 마음씨 덕에 얻어온 복숭아 씨가 복을 가져다 준다는 줄거리다. 창작동화로 실현해내려 했으나 옛이야기의 구조를 미처 탈피하지 못하였고, 설화 화소를 그대로 유지하고 있다. 이와 같은 형식은 김남주의 「福男이의 피리」(김남주, 1928.8・9합호)에서도 유사하게 반복 된다. 마음씨 나쁜 계모로부터 구박을 당하는 착한 주인공 이야기인데, 마음씨 착한 주인공이 조력자를 만나고 조력자로부터 주구magical agent를 증여받는다.[25] 이 주구의 마술적 힘으로 문제를 해결하거나, 혹

---

25 V. 프로프, 『민담형태론』, 예림기획, 1998, 80~89쪽 참조.

은 난관이 소멸되는 구도다. 다만, 「福男이의 피리」가 창작동화의 요건을 겨우 갖출 수 있는 것은 자신의 피리에서 슬픈 음악이 더 이상 나지 않게 해달라고 요구한다는 데서 창작동화가 가지는 참신성을 느낄 수 있다.

이처럼 1920년대 동화는 전설이나 민담과 혼재되어 있었다. 동화에서 설화적 요소는 불가분의 관계에 있다. 하지만 새로운 창작방법 형태의 글이 요구되고 있는 시점이었고, 새로운 양식에 대한 요구가 뜨거웠던 점을 감안해 본다면 『신소년』에서 동화 갈래의 성과는 다소 미미해 보인다. 창작동화 이론에 대한 글이 여러 곳에서 발표되었고, 동화의 가치와 정신을 말하는 글들이 여러 매체를 장식하고 있었지만, 옛이야기에서 아직 벗어나지 못한 일면도 있다.

2) 소년소설의 수용과 현실성

『신소년』에서 소년소설이라는 갈래명이 처음 사용된 사례는 현상공모 작품에서다.[26] 이런 사실은 매우 이례적으로 보인다. '소년소설'이라는 용어는 그때까지 작품의 표제에서 공식 사용된 예를 거의 찾아보기 어려운 신생어나 다름없었다.[27] 『어린이』에서 '소년소설'이라는 용

---

26 김종국, 「붉은 감(紅柿)」, 『新少年』 2-1, 1924.1. 61~62쪽; 康雲谷, 「夢中의 父親」, 위의 책, 62~64쪽.
27 『신소년』과 비교되는 『어린이』에서도 방정환의 「졸업의 날」(1924.4)에서 '소년소설'이라는 갈래명이 처음 사용되었다. 최미선, 「한국 소년소설 형성과 전개과정 연구」, 경상대 박사논문, 2012, 58쪽.

어가 작품에 처음 사용된 예는 방정환의 「졸업의 날」(1924.4)에서다. 『신소년』보다는 몇 달 뒤였다. 그렇기 때문에 『신소년』에서 아마추어의 현상공모 작품에 '소년소설'을 먼저 사용한 것은 실험성이 강해 보인다. 그리고 '소년'이 쓴 소설이라는 뜻을 강조하고 있는 것으로도 보인다. 권환(본명 권경완)은 사실적 기법의 소년소설을 여러 편 발표하여 소년소설의 길을 열었다.

마해송의 「홍길동전」, 신명균의 「효녀심청」(1925.4)과 같은 고전이 연재되어 장편소설의 세계가 열렸고, 「똥키호 ― 테傳」은 이호성의 번안으로 무려 10회 이상 연재되었다. 장편 사실소설 「바이올린 천재天才」 또한 10회 이상 연재되었는데 이 책들은 이후에 단행본으로 간행된다.[28]

(1) 현실적 성장서사

「아버지」(권경완, 1925.7~9)는 『신소년』에 연재된 중편 분량의 본격적인 소년소설이다. 일제치하의 곤궁한 생활상과 현실을 사실적인 묘사를 통해 가감 없이 보여주는 작품이다. 선박이 좌초되는 장면이나, 조난당한 '아버지'가 파도와 사투를 벌이는 장면들이 세세하게 묘사된 소설이다.

「강제의 꿈」(권경완, 1925.10)은 사춘기에 접어든 소년의 심리를 다루고 있는 소년소설이다. 여동생이 자신과의 암묵적인 경쟁관계인 사촌

---

28 「바이올린 천재」는 러시아의 실화로 소개되어있다. 바이올린 연주에 천재적 실력을 보이는 소년이 위기에 빠진 조국을 위해 바이올린을 놓고 전장으로 나간다는 계몽적 스토리이다. 「똥키호-테傳」과 「바이올린 천재」가 연재물들은 이후 단행본으로 엮어졌는데, 『신소년』 광고란에서 그 사실을 확인할 수 있다.

과 좀더 친밀해 지는 것을 질투하고 있다. 사춘기 소년의 심리적 내적 변화를 '줌치'라는 소재를 통해서 구현해냈다. 소년의 생활상을 중심으로 인간 내면을 다루었다는 점에서 순수純粹문학 세계를 보여주었다. 「강제의 쑴」에서는 계급주의 문학이념을 전면에 내세우지 않았다는 데 의미를 둘 수 있다. 「언밥」(권경완, 1925.12)은 월사금 미납으로 고민하는 모범생 석준을 다루고 있는데, 짜임새 있는 단편 소년소설이다.

「풀우에누은少年」(김남주, 1926.11)은 동화로 구분되었지만, 소년소설의 전형을 보여준다. 주인공 '부용'이의 갈등과 고민, 내면의 문제를 보여주는 소년소설이다. 「풀우에누은少年」에서 주인공 '부용'은 정부잣집의 외아들로 호위호식하고 있지만, 정작 '부용'은 그 때문에 더욱 외로워지는 소년이다. 소작으로 걷어 들이는 곡식과 넘쳐서 썩어가는 물질에 대해 심각하게 회의를 느낀다. 그리고 재산에 집착하는 아버지에게 "돈 좀 이웃사람에게 갈너주시오" 하고 간청하기도 한다. 격차 때문에 진실한 친구 한 명 없이 나날이 외로워져가는 부용이는 어느 날 가출을 결행한다. 그리고 이십여 년 뒤, 고향으로 잠행해 자기네 집과 논밭을 다른 사람들이 나누어 가지고 경작하는 사실을 확인하고 마음의 짐을 내려놓는다는 줄거리다. 불의와 착취에 대해 고민하는 소년의 심리를 보여주었다.

「병아리의죽엄」(조용진, 1927.4)은 소년들의 일상에서 일어나는 잦은 부상이나 상처와 본의 아닌 실수로 병아리를 죽게 만든 사건을 하나의 서사로 엮어냈다. 창식은 자신의 부주의로 동생 창범이가 다리를 다치게 된 데 대해 미안함을 가지고 있는데, 그 와중에 갓 깨어난 병아리 한 마리에게 상처를 주게 된다. 그 일로 결국 병아리의 죽음을 보게 되는

데, 생명을 다치게 했다는 데 대한 반성이나 동생의 회복을 바라는 간절한 마음을 성공적으로 형상화한 소년소설이다.

살별의 「째노친 『숏바이』」(1927.3~4)는 파란 눈의 이국 소녀에 대한 조선 소년의 순수한 감정을 표현한 소년소설이다. 교회당 옆집으로 이사한 수길이는 옆집에 사는 목사의 딸 '메리'라는 이국 소녀를 보게 된다. 언어 소통이 안 되는 상황에서 서로에게 영어와 한글을 가르쳐주면서 둘은 순수한 마음을 나눈다. 서양 소녀와 친하게 지내는 모습을 본 수길이 할머니는 둘이 더 가까워 질 것을 걱정을 하지만, 다른 가족들은 일찍 어머니를 여읜 수길이가 외로움을 털어낼 기회라고 여기고, 메리와 친하게 지내는 것을 고무적으로 바라본다. 그러나 곧 메리가 본국으로 돌아가게 되어 수길이는 이별을 맞게 된다. 숫기 없는 소년, 수길이의 심리묘사나 소년의 감정 흐름을 섬세한 문체로 묘사해내는 데 성공한 성장소설이다.

모험소설 「炭坑의爆發」(이병화, 1928.7·8 합호)은 북해도 탄광에서 눈지기를 하는 정운이를 주인공으로 하고 있다. 탄광에 폭발사고가 일어나 갱도에 광부가 갇히는 사고가 일어난다. 도망치자는 주위의 권유를 뿌리치고, 무너진 갱도에서 구출 작업을 해내는 영웅적 소년 정운의 모험을 다루고 있다.

이상에서 살펴본 것처럼 장르 개념이 명확하지도 않은 시기의 작품들이지만, 소년독자들의 발달과정까지 고려한 정신적, 신체적 성장 서사를 그리고 있다. 생명의 소중함, 우정과 같은 정신적 가치가 물질적 가치보다 우위에 있다는 소년의 고민, 극도의 고난을 극복해 내는 소년들의 성장을 다룬 소설들을 살펴보았다.

(2) 동화와 소년소설의 경계

소년소설과 동화의 경계도 명확하지 않은 것은 말할 필요도 없거니와 전설과 민담을 그대로 수용하고 있는 경우도 빈번했다. 그런 점을 감안하고 소년소설과 동화의 경계에 머물러 있는 몇 편을 살펴본다.

「꽃다운 少女의 맘」(맹주천, 1926.3)은 동화적인 제목과는 다르게 소년소설로 분류할 수 있는 내용이다. 마적 떼가 우글거리는 만주 벌판을 공간적 배경으로 하고 있다. 어려운 환경에서도 인정을 베풀 수 있는 마음을 가진 '조선朝鮮 소녀'와 은혜를 몸으로 갚는다는 헌신적 동포애를 그리고 있다.

「두 少年」(김남주, 1928.5)은 동화로 구분되었지만, 소년소설에 가깝다. 김수길과 심상진은 서로 좋은 친구 사이이지만 환경 때문에 마음과 몸의 거리가 멀어진다는 내용이다. 보통학교 때 비록 가정형편과 여러 가지 면에서 차이가 나지만, 우정을 지키자고 했던 약속은 사회적 환경 때문에 벌어질 수 밖에 없는 현실을 다루고 있다.

「落第生洪二植」(최윤원, 1928.5)은 홍이식의 아버지 홍치수洪致洙를 초점화자로 하고있다. 신·구 세대간의 의견 대립을 표면에 나타내고 있지만, 아버지 세대를 옹호하는 것으로 진행되고 있다. 아들 홍이식은, 낮에는 노동을 하고 밤에는 공부를 하겠다는 마음으로 일본유학을 강행하지만 그 계획이 결국 관념의 소산인 것으로 드러난다.

「우연한 상봉」(안평원, 1928.5)은 급격한 가계의 몰락으로 가정이 해체되고 영오, 영칠이 형제가 유랑민이 될 수밖에 없는 과정을 보여주었는데, 제목과 내용이 일치하지 않음을 보여주고 있다. 어떤 이유였는지, 작가적 역량 때문이었는지 제목에서 말하려고 하는 '상봉'은 작품 안에서 미처 나타나지 않았다.

「구름속의어머니」(김웅제, 1928.5)에서 소년은 돌아가신 어머니가 구름을 타고 소년을 만나러 올 것으로 생각하며 석양이 지는 하늘을 바라보며 어머니를 그리워하는 내용이다. 죽은 어머니가 선녀처럼 구름을 타고 날아오기를 바라는 상상이 환상적으로 그려져 있다. 이들 작품은 소년소설과 동화의 경계에 위치해 있다.

「눈물의 치맛감」(이주홍, 1929.12)에서 '정옥'은 몸이 아파 학교에도 나오지 못하는 친구 '보악'이를 돕기 위해 같은 학급의 다른 친구들과 추석 때 음악회를 열 계획을 세운다. 하지만 정작 정옥이 자신도 가난한 집의 딸이라 음악회 날 입고나갈 치마 한 벌이 없다. 치마타령을 하던 어느 날, 엄마는 아버지로부터 받은 반지를 팔아 치맛감을 사온다. 정옥은 이 사실을 알고 반성하고, 우여곡절 끝에 반지를 다시 찾고 헌 치마를 입었을망정 '친구를 위한다면 무엇이 부끄러울까' 하고 음악회장으로 달려가 아름다운 노래를 불러 관중들을 감동시킨다는 내용이다. 학예회에 입을 치맛감을 사기 위해 아버지로부터 받은 유산이나 다름없는 반지를 파는 어머니의 모습이나, 치맛감을 돌려주고 다시 반지를 찾아오는 과정이 다소 작위적이기는 하지만 아름다운 우정을 지키고 추구하려는 소녀적인 취향을 한껏 드러낸 소설이다.

3) 서사의 주제와 이데올로기

1924년 창간호 이후부터 1929년 12월까지 『신소년』에 발표된 서사 양식의 글은 약 70여 편이다. 이 중 '동화'로 발표된 작품 수는 약 39편이고, 소년소설은 31편이다.

동화 중에는 설화와 창작동화를 명확하게 구분하지 못하는 미숙함도 있었지만, 대부분은 물활론적인 사고가 바탕이 된 순수한 창작동화를 지향하고 있다. 환상성을 배경으로 자연물과 직접 소통하는 스토리가 주를 이루고 있다. 환상성을 동원한 자연물과의 직접 교감은 생명에 대한 존중, 약자들에 대한 배려, 자연과 인간의 공존 등의 주제로 귀결되었다. '동화'라는 표제를 단 작품 중에는 동화적 상상력을 빌미로 하여 다소 허황된 스토리를 구성한 글도 있었고, 동물의 생태를 설명하는 글을 동화로 오인하는 예도 있었다. 그러나 이데올로기와는 무관한 내용이 거의 대부분이었다.

또 동화적 장치를 거치지 못한 민담이나 전설이 그대로 동화라는 장르로 탈바꿈된 경우도 다수 있다. 「頑固兩班」(심의린, 1924.3), 「회리바람 재판」(문징명, 1924.6), 「童子蔘」(문징명, 1924.7), 「孝誠만흔 三鳳」(맹주천, 1924.7), 「遺腹子의 효성」(심의린, 1924.8), 「소가 되는 목지」(이병화, 1925.1), 「범잡은 소」(김세연, 1925.1), 「달에서 떨어진사람」(맹주천, 1925.1) 등이 그 예인데, 대부분 '효'와 '지혜 갖추기' 등을 주제로 내세우고 있었다.

31편의 소년소설 중에서도 권경완의 몇 작품을 제외하면 대부분 '우정', '사랑' 혹은 '인간됨'과 같은 인류 보편의 문제를 다루거나, '학업'과 같은 소년들의 당면과제를 주제화 하고 있다.

1920년대 『신소년』에 실린 서사양식의 대부분은 '생명존중', '자연예찬'과 같은 물활론적 세계와 '우정', '사랑' 등과 같은 보편적인 주제를 지향하고 있었다. 적어도 1920년 대 말까지 『신소년』의 아동 서사물은 이데올로기와는 무관하거나 거리를 두는 양상이었다. 오직 서사성에만 충실하려는 의지를 읽어 낼 수 있었다.

그러나 이런 형편은 1930년대에 들면 사정이 달라진다. 계급주의 문학으로 급격히 기울어지는 것을 볼 수 있는데 이주홍은 그런 급진적인 변화를 단적으로 보여준 작가다. 소녀소설 「눈물의 치마ㅅ감」(1929.12)에서 「돼지 코쑤멍」(1930.8)으로의 이념 변화는 결코 가볍게 볼 수 없을 것이다. 「눈물의 치마ㅅ감」에서는 소녀 정옥이는 아름다운 우정을 지키기 위해 유산이나 다를 바 없는 치마를 팔려고 한다. 하지만 「돼지 코쑤멍」에서 종규가 활촉을 뾰족하게 다듬는 마지막 행동은 의미심장하다. 카프작가들이 보여주는 '폭력성'을 그대로 드러내고 있다. 「청어쎅다귀」(이주홍, 1930.3), 「이쪽저쪽」(이동규, 1931.10), 「물대기」(안평원, 1932.10)는 1930년대는 계급주의 문학의 도식성을 여실히 보여주는 작품들이다.

이런 변화는 앞서 살펴보았던, 카프작가들의 강력한 영향력도 원인이 되었겠지만, 원고 삭제와 검열로 인한 『신소년』의 내부 저항이 표출된 것으로 볼 수 있다. 그래서 『신소년』의 변모는 자체의 저항정신이 적지 않게 작동된 것을 볼 수 있다.

4. 초기 『신소년』의 성격과 의의

　지금까지 1920년대 『신소년』의 변천과정과 『신소년』을 통한 동화와 소년소설의 전개과정을 살펴보았다. 『신소년』의 변화는 일제에 대하여 적극적이고 능동적인 저항의 태도였음을 확인할 수 있었다. 적어도 1920년대 후반까지 『신소년』은 계급주의에 크게 경도되지 않았고, 작품 경향도 그러했다. 그 이유는 카프작가들의 맹렬한 활동도 일정부분 기여하였을 것이지만, 『신소년』은 카프작가들의 작품 활동이 치열해지기 이전에 이미 원고 삭제와 같은 검열과 탄압을 받고 있었다. 한글학자인 최현배 선생의 글이 삭제된 것은 그 사실을 충분히 입증하고 있다. 그런 탄압에 대한 반작용으로 『신소년』의 체재는 강경해졌고, 일제에 적극적인 저항을 나타내게 되었다.

　『신소년』에 실린 초기 동화는 창작동화의 요건을 제대로 갖추었다고 보기 어려운 작품들이 산견되는 것은 사실이다. 동화와 설화가 구분되지 않았거나, 설화를 재화화하여 동화로 명기한 것 등이 그런 사실을 말해준다. 동화 주제에 있어서는 '부성애', '부자 간의 따뜻한 사랑'이나 자연과의 교감, 권선징악 등을 전면에 내세우고 있다. 소년소설은 권환과 같은 작가를 통해서 현실성을 갖춘 작품들이 펼쳐졌다. 주제는 가난이나 고독, 질병 등과 싸우는 소년들의 모습을 보여주면서 현실성을 성취해 나갔고, 인간이 가지는 본연적인 그리움이나, 가치관, 인간됨의 문제로 고민하는 주인공의 내면과 인간 성장의 고민을 형상화하는 데 주력하고 있는 것을 알 수 있다.

그리고 적어도 1920년대 말까지는 카프작가들이 보여주었던 경직된 도식성이나 낙관적 전망의 남용은 빈번하지 않았다. 특히 '소년소설'이라는 용어의 사용도 당시 어느 잡지보다 일찍 사용했다. 그런 점에서 『신소년』은 한국의 소년소설 전개와 형성에 기여한 바가 매우 크다고 할 수 있을 것이다.

　　이 글은 애초 서론에서 밝힌 바대로, '1920년대'와 『신소년』 안에서 서사문학을 살펴보았다. 초기의 『신소년』은 종합교양지로서의 사명에 충실하면서 더 나아가 학습 보조 자료의 역할까지 감당했다. 「역사」, 「인물」, 「지리」는 물론이고 「이과」, 「자연」, 「산술」과 같은 교과목에 해당하는 내용을 실었을 뿐만 아니라 나아가 고등보통학교의 입학시험 문제와 해답을 게재해서 소년들의 면학을 돕기도 했다. 하지만, 1926년 이후부터 일경의 검열과 탄압으로 잡지는 보다 저항적인 태도를 가지게 되고 이러한 이유 때문에 급진석 성격으로 기울게 되는 것을 알 수 있었다.

　　『신소년』을 통해 동화와 소년소설 세계를 구축한 권환, 이주홍 외 여러 작가들의 작가 작품론과 『신소년』의 창간부터 종간까지의 통시적 연구는 다음 과제로 남겨둔다.

〈별첨〉 1920년대 『신소년』 동화·소년소설 목록(번역·번안물 제외)

(갈래 구분은 발표 당시의 표기를 준수했음)

연도/월	갈래	저자	제목
1924.3	동화	심의린	頑固兩班
1924.6		文徵明	회리바람 재판
1924.7	동화	文徵明	童子蔘
1924.7	동화	맹주천	孝誠만혼 三鳳
1924.8	동화	심의린	遺腹子의 효성
1925.1	동화	이병화	소가 되는 목지
1925.1	동화	金世涓	범잡은 소
1925.1	동화	맹주천	달에서 떨어진 사람
1925.4	장편소설	신명균	효녀심청(제4회)
1925.7	소년소설	권경완	아버지
1925.8	동화	신형철	복차진부지런
1925.8	소년소설	권경완	아버지(제2회)
1925.9	소년소설	권경완	아버지(제3회)
1925.10	동화	맹주천	금알세개
1925.10	단편소설	권경완	강제의 꿈
1925.10	동화	신형철	새날리는 소녀와 열치
1925.11	동화	맹주천	욕심장이 타는 목숨
1925.11	동화	권경완	세상구경
1925.12	동화	신형철	붕어의 공로
1925.12	소년소설	권경완	언밥
1925.12	동화	맹주천	장하신 나랏님
1926.2	(바보)동화	이상대	언년이의 눈동자
1926.2	소년소설	권경완	마지막 우숨
1926.3	소녀동화	白泉	꽃파는 鵝
1926.3	동화	맹주천	꽃다운 소녀의 맘
1926.3	소년소설	권경완	마지막 우슴(二回)
1926.4	동화	金正龜	새(鳥)비행기의 노래
1926.4	소설	권경완	마지막 우슴

연도/월	갈래	저자	제목
1926.6	동화	李尙大	달을 따먹은 아히
1926.7	동화	김남주	어든 복숭아
1926.8·9 합호	동화	맹주천	작난ㅅ군이 두少年
1926.8·9 합호	동화	김남주	江ㅅ가의 白鳥
1926.10	소설	마해송	홍길동전
1926.11	소설	마해송	홍길동전
1926.11	동화	맹주천	개암이 宮殿의 童話會
1926.11	동화	김남주	풀우에 누운 少年
1926.12	동화	맹주천	千年묵은 홰나무
1926.12	동화	崔湖東	애처러운粉紅꼿
1927.3	소설	살별	째노친『꼿바이』
1927.3	소설	마해송	홍길동전
1927.3	소설	흰새	兄弟(二)
1927.4	소설	살별	째노친『꼿바이』
1927.4	소설	흰새	兄弟(三)
1927.4	소년소설	조용진	병아리의 죽음
1927.5	동화	이병화	개고리 家庭
1927.5	소설	흰새	兄弟(四)
1927.5	소설	마해송	홍길동전
1928.4	동화	남주	꿈에 온 연
1928.4	소년소설	素民	누구의 죄
1928.4	동화	송완순	平和의 독기
1928.4		김래성	개미의 日記
1928.5	동화	김남주	두 少年
1928.5	소년소설	素民	누구의 죄(續)
1928.5	유년소설	金應濟	구름 속의 어머니
1928.5	소년소설	안평원	어린이날
1928.5	소년소설	宋完淳	엇던 光景
1928.5	소년소설	안평원	우연한 상봉
1928.5	동화	香波	배암색기의 舞踏
1928.5	소년소설	崔潤元	落第生 洪二植
1928.7	동화	이호성	기남이의 슬기

연도/월	갈래	저자	제목
1928.7	소년소설	승응순	집 떠난 새(二)
1928.7	동화	梁在應	어머니의 죽음
1928.8·9 합호	모험소설	이병화	炭坑의 爆發
1928.8·9 합호	동화	김남주	福男이의 피리
1928.8·9 합호	유년동화	白泉	둑겁이와 원숭이
1928.8·9 합호	愛隣소설	안평원	더러운 짓, 일명 불상한 동생
1928.11	동화	김남주	玉順
1929.1	동화	이호성	畵家와 木手
1929.7·8 합호		송소민	꿈꾼 기남이(속편)
1929.7·8 합호	소년소설	全佑漢	漂泊하는 男妹(一)
1929.7·8 합호	(전래)동화	金來成	여호 속인 닭
1929.7·8 합호		오경호	노리團
1929.12	소녀소설	이주홍	눈물의 치마ㅅ감
1929.12	동화	오경호	쇠소리 꼿
1929.12	소년소설	안평원	소년직공수기

제2장

⚜

한국 장편 소년소설의 전개과정과 소년인물 유형

1. '신학문'의 확대와 서사의 장편화

한국 소년소설 연구는 대부분 단편에 치우쳐 있었다. 그것은 단편소설이 수적으로 우세하기도 하지만, 원전 확보의 편이성과 그 외 몇 가지의 이유 때문인 것으로 간주된다. 그런 이유로 장편 소년소설은 전개과정을 총체적으로 볼 수 있는 목록의 대강大綱마저도 아직 정리된 바가 없다. 따라서 한국 초기 장편 소년소설의 전개과정에 초점을 두고 작품 안에서 생성된 소년들의 성격을 고찰함으로 시대와 사회를 이해하고자 한다.

한국에서 장편 소년소설이 본격적으로 전개 되었던 1920년대는 근대적인 의미의 책 읽기 문화가 제도화 되었던 시기이다.[1] 이 시기는 근대적 학교교육이 확산되기 시작하였고, 출판 산업이 일어나기 시작했던 시기이기도 하다. 3·1독립운동은 비록 무위로 돌아갔지만, 3·1독립운동을 계기로 근대교육의 필요성을 절감하게 되었고, '새로움'에 대한 사회적 열망은 이미 거세게 일어나고 있었다.

여기에 학력과 학벌이 사회적 위계 구조를 형성하는 중요한 기준으로 고착된다는 것을 인식하게 되면서 학교교육의 중요성은 더욱 강조되었다. 그래서 식민체제의 교육일망정 근대적 신식 교육에 열을 올렸고, 소학교 과정의 보통학교를 무사히 졸업하게 되는 것마저도 무한한 영광으로 여겼다.[2]

한일병합 이후 4회에 걸쳐 조선교육령을 공포한 총독부의 시책에 따라 조선인 아동의 보통학교 취학률은 해마다 급상승하였다.[3] 그래서 제도권 교육에 편입되지 못하였거나, 학업을 포기하는 것은 그 자체로 크나큰 시련이고 좌절이었다. 이런 취학률 때문에 출판 산업의 규모가 커지면서 신문과 잡지의 구독이 확산되어 가고 있었다.

『동아일보』와 『조선일보』가 창간되고 신문학이 날로 확산되는데 결정적으로 기여한 잡지들이 출현하였다. 아동문학잡지도 이때를 전후해서 족출簇出시대를 맞게 된다. 그것은 독자층의 변화를 입증하는 것이기도 한데, 새로운 메커니즘의 작용으로 독자층은 확대 생산되는 시기였다.

---

1   천정환, 『근대의 책읽기』, 푸른역사, 2003, 28쪽.
2   최초의 소년소설로 알려진 방정환의 「졸업의 날」(1924.4)도 영철이가 소학교를 무사히 졸업하는 것이 서사의 중심이다.
3   1912년부터 한국 아동의 취학률을 살펴보면, 1912년 2.2%, 1919년 3.9%, 1925년 16.2%, 1935년 25.0%가 증가한다. 오욱환, 『한국사회의 교육열-기원과 심화』, 교육과학사, 2000, 215쪽 참조.

하지만, 이 시기가 일제치하라는 정치 상황임을 절대 간과해서는 안 된다. 한국 아동문학이 이처럼 일제치하라는 기형적 상황에서 성장했다는 것은 주지의 사실이다. 그렇기 때문에 갈래별 형성 전개과정을 자세히 살피는 연구가 필요한 것이고, 대중의 취향이 가장 크게 반영되는 (소년)소설에서도 이러한 정치·사회적 특수성이 어떻게 작동되었는지 면밀한 고찰할 필요가 더욱 있는 것이다.

소설은 문학의 어떤 장르보다 대중성이 강한 분야인 것은 더 말할 필요가 없다. 장편소설이 형성되어 전개되는 양상은 장르의 흐름 및 그 장르의 상관관계에서 나타나는 독자 대중의 취향을 알 수 있게 한다. 즉 시대적 요구의 향방을 알 수 있음과 동시에 작가는 독자 대중의 요구를 어떻게 유형화했는지도 알게 해 준다. 하지만, 소설이 '시정市井'의 문학임에도 불구하고 한국 장편 소년소설에서는 대중성만으로 설명할 수 없는 요소가 있음을 부인할 수 없다. 여기에서 간과할 수 없는 것은 계몽성이 주지主旨를 이루는 문제이다. 아동문학이 독자를 고려해야 하는 특수 문학인 점과 우리 사회가 안고 있었던 정치·사회적 특수성 때문에 계몽담론의 영향은 지속되고 있었다.

이 글에서는 이와 같은 기형적 정치상황과 격변하는 사회 분위기 속에서 전개되는 장편 소년소설의 유형을 정리하기로 한다.

한국 아동문학 작품을 역사적으로 통찰해 볼 때 뚜렷한 주인공 인물을 찾기 어렵다는 지적이 제기되어 왔다.[4] 초기 장편 소년소설의 주요 인물들은 국난의 시대를 거치면서 만들어진 새로운 소년 인물들이다.

---

4 원종찬, 「한국 아동문학이 창조한 주인공」, 『창작과비평』 103, 1999.봄, 233쪽.

기성인의 열망이 강하게 투사되어 비록 이상화된 인물상이라 할지라도 그 안에서 시대의 여망을 읽을 수 있기 때문에 중요하지 않을 수 없다. 따라서 이 글에서는 시대적 여망이 소년 인물에 어떻게 투사되었는지를 탐색하면서 인물부재의 문제에 대한 답도 찾아보고자 한다.

장편 소년소설의 전개과정에 관한 선행연구를 살펴보면 박상재의 「한국 판타지 동화의 역사적 전개」,[5] 최명표의 『한국 근대 소년소설 작가론』,[6] 송수연의 「잡지 '소년'에 실린 1930년대 후반 아동소설의 존재양상과 그 의미」,[7] 오현숙의 「박태원의 아동문학 연구」[8] 등의 논문을 참고할 수 있고, 아동상에 관한 연구로는 원종찬의 「한국 아동문학이 창조한 주인공」,[9] 정선혜의 「한국 아동소설에 나타난 아동상 탐색」,[10] 정혜원의 「1910년대 아동매체에 구현된 아동상 연구」[11] 등의 논문에서 연구 궤적을 살펴볼 수 있다. 그 외에도 추리(탐정)소설에 관한 개별 연구 논문[12]들이 있으나 한국 장편 소년소설의 전개과정을 총체적으로

5　박상재, 「한국 판타지 동화의 역사적 전개」, 『한국아동문학연구』 16, 한국아동문학학회, 2009.
6　최명표, 『한국 근대소년소설 작가론』, 한국학술정보, 2009.
7　송수연, 「잡지『소년』에 실린 1930년대 후반 아동소설의 존재양상과 의미」, 『아동청소년문학연구』 7, 한국아동청소년문학학회, 2010.
8　오현숙, 「박태원의 아동문학 연구」, 『아동청소년문학연구』 8, 한국아동청소년문학학회, 2011.
9　원종찬, 앞의 글.
10　정선혜, 「한국 아동소설에 나타난 아동상 탐색」, 『한국아동문학연구』 14, 한국아동문학학회, 2008.
11　정혜원, 「1910년대 아동매체에 구현된 아동상연구」, 『한국아동문학연구』 15, 한국아동문학학회, 2008.
12　추리(탐정)소설에 관한 연구로는 오혜진, 「1930년대 한국 추리소설연구」, 중앙대 박사논문, 2008; 최애순, 「30년대 모험탐정소설과 김내성『백가면』의 관계연구」, 『동양학』 44, 단국대 동양학연구원, 2008; 유경화, 「최초의 추리소설『마인』 연구」, 숙명여대 석사논문, 2002; 정혜영, 「소년 탐정소설의 두 가지 존재양상」, 『한국현대문학연구』

바라보면서 주인공 인물들을 탐색하는 데 까지는 미치지 못하고 있다

장편 소년소설의 전개과정을 시대별로 보면, 1910년대는 번안과 번역 작품이 주종을 이룬다. 1910년대는 창작 장편 소년소설은 아직 찾아보기 어렵고 고전으로 꼽히는 구미歐美의 작품이 중역의 과정을 거쳐 소개된다.

1920년대가 되면 『어린이』 창간과 더불어 본격적으로 창작 소년소설이 연재되는데, 비로소 한국 장편 소년소설이 시작되는 지점이다. 1937년 4월에는 조선일보사 발행의 『소년』이 창간되면서 연재소설이 대거 등장하여 장편 소년소설의 전성기가 열리는 것처럼 보인다.

여기서는 이러한 시기별 전개과정을 기준으로 하되, 연대기적 서술은 피하고 장르 혹은 주제별로 접근하고자 한다. 그 이유는 시기별(혹은 시대별)로 구분하게 되면 문학의 특성이라 할 수 있는 주제와 장르 간의 자연습합 과정을 강제로 분리하게 되는 오류를 범하게 될 수도 있다는 우려 때문이다. 연구 대상은 1910~1930년대 작품을 중심[13]으로 하되, 현재까지 꾸준히 읽히고 있는 생명력을 가진 작품을 우선순위에 둔다. 대중들에게서 인기를 얻은 작품 중에서 문학의 특징을 도출해내는 것이 당연하기 때문이다. 그리고 적어도 5회 이상 연재가 되어 어느 정도 장편의 면모를 갖추고 있으면서 실험성과 개성이 돋보이는 순수 창작품을 분석 대상으로 삼고자 한다.

27, 한국현대문학회, 2009 등의 논문이 있다.

13 이 연구에서 자료의 범위는 국립중앙도서관과 국가전자도서관 등 검색사이트에서 찾을 수 있거나, 당시에 발행된 잡지에서 작품의 전모, 혹은 일부라도 확인할 수 있는 것으로 한정한다. 자료의 망실은 이 연구에서 가장 큰 한계라고 할 수 있는데, 현재 확인할 수 있는 자료를 범위로 하되 앞으로 새 자료가 발굴되면 이 글의 내용을 계속 수정, 보완할 것을 밝혀둔다.

2. 장편 소년소설의 전개 양상

　1910년대 후반에 들어 교육열이 뜨거워지고 취학률이 높아지자 독자적 아동 독서 자료의 필요성이 대두되었다. 취학률은 아동도서의 독자성을 추동하는 큰 요인이 되었다. 『소학小學』, 『동몽선습童蒙先習』 같은 기왕의 고전적 독서 자료는 있어 왔지만, 최남선의 『少年』[14]이나 방정환의 『어린이』에서 새롭게 호명된 신세대인 '소년'과 '어린이'들에게는 그에 걸맞은 새로운 아동 독서물이 필요했다.

　그래서 매스 미디어의 발전과 더불어 도시에 기반을 둔 대중문화 영역과 영향력이 1920년대 이후 크게 확장될 수밖에 없었다. 무엇보다 1920년대 중반 이후 책 읽기가 사람들의 '취미'의 하나로 확고히 자리 잡았고, '오락'으로서의 읽을거리가 대중의 관심을 받기 시작했다. 이런 사회적 분위기는 서사의 장편화가 촉진되는 이유이기도 했다.

　국내 장편 소년소설이 창작되기 이전인 1910년대는 구미의 번역 번안 작품이 장편 소년소설의 자리를 점유하고 있었다. 『플랜더스의 개』를 번안한 『불상흔 동무』와 『톰아저씨의 오두막Uncle Tom's Cabin』 번안인 『검둥이의 설음』, 『썰늬버 유람기』 등을 들 수 있다. 『썰늬버 유람기』 등은 신문관 발행의 『少年』에서 이미 연재된 바 있고, 『불상흔 동무』, 『검둥이의 설음』 등은 물론 일본에서 먼저 번역된 저본을 바탕으로 중역되었다.

　『어린이』에서 연재물은 방정환의 『동생을 차즈러』(1925.1~1925.10)

---

[14]　이 책에서는 최남선 주관의 신문관 발행 『少年』(1908.11~1911.5)은 한자로 표기하고 조선일보사 발행 『소년』(1937.4~1940.12)은 한글로 표기하여 구분하기로 한다.

와『칠칠단의 비밀』(1926.4~1927.12)을 들 수 있다.『동생을 차즈러』는 『어린이』에서 연재 형식으로 발표된 첫 작품이다.『동생을 차즈러』의 성공에 이어 다음 해에 연재된『칠칠단의 비밀』도 독자들로부터 호평을 받는다.

『신소년』에서는 권경완의「아버지」(1925.7~1925.9)가 3회 연재되어 중편 정도의 분량으로 발표되었다. 또 살별의「바이올린 천재」(1925.7~1926.6)가 제법 긴 기간 동안 연재되었고, 마해송의「홍길동전」(1926.6~1927.5)과 이호성의「쫑기호테」(1926.6~1927.5) 등의 연재를 확인할 수 있다.

『별나라』에는 서사 연재물이 귀한 가운데 '과학소설'「아하마의 수기手記」와 리얼리즘 계열「옵바와 누나」의 연재를 확인할 수 있다.「아하마의 수기」는 '과학소설'이라는 표제가 있다. '과학소설'이라는 장르가 강조되어 있어 소년들의 흥미와 관심에 부응하려는 노력을 읽을 수 있다.「옵바와 누나」는 5회가 연재되는 동안 원고의 결손이 없는 리얼리즘 서사 자료이다.

1937년『소년』창간과 함께 보다 본격적인 장편소설의 세계가 열린다.[15]『소년』창간호에는 주요섭의『웅철이의 모험』[16]과 채만식의「어

15　『소년』에 연재된 장편 서사 목록(번역소설 제외)

작품명	작가명	연재기간	하위장르
어머니를찾어서	채만식	1937.4~1937.8	소년소설
웅철이의 모험	주요한	1937.4~1938.3	장편동화
백가면	김내성	1937.6~1938.5	탐정소설
봉뚝섬	김복진	1937.8~1937.12	소녀소설
소년탐정단	박태원	1938.6~1938.12	탐정소설

머니를 찾아서」[17]가 장편으로 연재된다. 『소년』에 실린 연재소설은 대부분 5~6회에서 연재를 마치거나, 3~4회로 마무리 짓는 경우도 있었고, 김복진의 「물레방아 도는데」처럼 애초에는 장편 연재로 소개되었지만, 단 1회 끝이 나는 경우도 있었다.

　김내성의 「백가면」에는 대중적인 관심이 집중되어 독자담화실은 「백가면」에 대한 독자들의 뜨거운 반응으로 달구어졌다. 「백가면」의 선풍적인 인기는 이후 많은 작품들에 영향을 주었을 것으로 추정되는데, 박태원의 「소년탐정단少年探偵團」이나 계영철의 「백두산의 보굴」과 박계주의 「마적굴의 조선소년」 등 모험(탐정) 코드의 소설이 연이어 연재가 되는 것은 그런 사실을 입증해 준다. 김유정의 「두포전」[18]과 김동인의 「젊은 용사들」 등 역사물도 이채로운데 연재를 그리 오래 끌지 못하였다. 다음에서는 이들 작품을 중심으로 전개과정을 살펴본다.

작품명	작가명	연재기간	하위장르
두포전	김유정	1939.1~1939.5	역사소설
젊은 용사들	김동인	1939.7~1939.12	역사소설
네거리 순이	김영수	1939.8~1940.8	소녀소설
백두산의 보굴	계영철	1940.8~1940.8	모험소설
마적굴의 조선소년	박계주	1940.3~1940.12	사실소설
물레방아 도는데	김복진	1940.8~?	소녀소설

16　'장편동화'로 소개되어 있는 『웅철이의 모험』은 당시로는 드문 판타지 세계를 다루고 있어 우리 아동문학사에서 장르 분화를 보여주는 대표적인 아동서사물이기에 연구 자료에 포함시키기로 한다.

17　채만식 「어머니를 찾아서」는 5회(1937.4~1937.8)까지 연재되고 완결되었다. 작품 전체 분량은 200자 원고지 약 120매 분량, 3회분은 낙본으로 아직은 자료 미발굴 상태이다.

18　『두포전』 3회 분량까지 김유정이 글을 썼는데, 4, 5회는 현덕에 의해 끝을 맺었다. 김유정의 지병이 악화되어 갑작스레 세상을 떠나게 되자 평소 가까웠던 현덕이 연재를 맡아 완결시킨 것으로 알려져 있다.

1) 번안과 번역의 시기

(1) 단행본과 신문연재소설

■ 단행본 – 『불상호 동무』, 『검둥이의 설음』

1910년대는 일본으로부터 들어온 구미歐美의 번안·번역 작품들이 국내 장편 소년소설의 자리를 채웠다. 단행본으로는 『검둥이의 설음』, 『불상호 동무』, 『썰늬버 유람기』[19] 등이 번안되어 출간되었다. 『아이들보이』에 실린 세 권의 '신쇼설' 광고 문안을 보면 "이 모든 책은 서양에서 유명호 쇼설을 번역호것"으로 "쓸데업시 잡심스러운것과 달나 한번 닑으면 무궁호 조미란잇슬뿐아니라 소견에 어들것이 이슬지니 호번샤 보소셔"[20]라는 설명을 덧붙였다. 이들 책의 번역과 발간을 수노한 사람은 물론 최남선이고, 1910년대 새로운 독서물의 발간을 주도한 신문관 新文館에서 발행했다.

> 纖弱호 一女子의手로 偉大호事業을成就호中에 우리수토우夫人가튼이는
> 가장貢獻이 多大호고 影響이 深遠호者일지로다 당시美國에서는 白人의黑人
> 虐待홈이無所不至호야金錢賣買홈은 (…중략…) 此時에夫人이正義를伏호고
> 道理에立하야그多數호 無辜를爲호야 背理無道호虐遇와 □□□極酷호實情을
> 描호야 (…중략…) 一世의良心을 □□發코져호 것이此書의根本이니 (…중

---

19 『썰늬버유람기』(下)는 『少年』 창간호(1908.11)에 「巨人國漂流記」로 연재되어 우리
  나라에 처음 소개된다.
20 『아이들보이』 10, 1914.6.5.

략…) 萬人의慕義ᄒᄂᆫ心이激動되여그風力이及ᄒᄂᆫ바에奴隸派와比奴隸派

사이에南北戰爭이開演되고 (…중략…) 四白萬奴隸가良民됨을得ᄒ게되니

(…후략…)[21]

『아이들보이』에 실린 『검둥이의 셜음』 광고 글이다. '흑인의 학대함
이 무소부지하고 금전으로 매매하는 것이 물건을 사고파는 것처럼 천
하게 여겨지고, 가죽 회초리로 맞고, 던져지는 것이 가축보다 심하고,
하늘의 이치는 숨겨지고, 막히고, 사람의 도리 또한 상실되고 끊어졌
다'라는 내용이다.

흑인 노예의 참혹한 생활상을 절실하게 나타냈고 "섬약한 여자의 손
으로 위대한 사업을 성취한" 스토우 부인의 공헌을 '多大, 深遠'으로 평
가하였다. 스토우 부인이 여성의 힘으로 노예제도의 부당함을 알리고,
노예제도 폐지에 중요한 역할을 할 수 있었다는 점을 부각시키고 있다.

도망을 거부하고 참혹한 죽음을 맞을 때까지 기독교의 자비와 용서
에 대한 믿음을 잃지 않은 노예 '톰'의 정신을 통해 지배민족의 압제에
대한 피지배민족의 억울함과 저항을 각인시키고자 하는 의도가 있음을
간파할 수 있다.

다음은 『플랜더스의 개』를 번안한 『불상ᄒᆫ 동무』 광고 문안이다.

몹시 참혹ᄒᆫ 處地에 앗서 깁흔 同情으로 結合된 어린아이 한아와 늙은 개

---

21 『아이들보이』 7, 1914.3.5일 자에 실린 서적 광고문안이다. 스토우 부인 원저, 이광수
  번역, 총발행소 신문관(新文官). 자료의 인쇄 상태가 나빠 해독이 불가능한 글자는 '□'
  로 표기하였다.

한 마 리가 無限흔 來願希望을 품고 天地神明밧게눈 아모도 모르눈 가운듸서 흘수잇눈 精誠을 다ᄒ다가 필경 冷酷흔 運命의 손에 限을 머금고 넘어지눈悲 絶흔 이약이 니 이책이 한번 나매 各國이 다토아 번역ᄒ야 天地無數흔 讀者 의 간절흔 同情과 싸스흔 눈물을 바든지라 古今東西 만흔 書籍 가운데서 百 가지 가장 조흔 책을 選拔ᄒ눈中 참여흠을 볿면 넉넉히 그 價値를 짐작홀지 로다.[22]

화가의 꿈을 가진 가난한 소년 네로는 온갖 역경을 겪으면서도 자신의 꿈을 버리지 않고 버려진 늙은 개 파트라슈와 우유배달을 하며 꿋꿋하게 살아나간다. 부모를 대신하는 보호자인 할아버지마저 세상을 떠나게 되자 결국 현실적인 벽을 넘지 못하고 동경하는 화가 루벤스의 그림 앞에서 차가운 주검으로 발견된다는 아름답고 슬픈 내용은 지금이야 모르는 이가 없는 위더의 유명한 저술이다.

주인에게 충성을 다하는 늙은 개 파트랴슈와 극히 어려운 환경 속에서도 예술지상주의를 꿈꾸는 소년 네로가 보여준 지극히 아름답고 슬픈 이 소년소설이 일제치하의 암울했던 시대 상황과 비견해 볼 때, 독자의 반응이 실로 궁금하지 않을 수 없다. 그러나 이들 책과 관련된 정보가 남아 있지 않아 오직 광고 문안과 책의 제목 정도로 당시를 짐작할 수밖에 없는 현실적인 한계이다.

『검둥이의 설음』, 『불상흔 동무』, 『썰늬버 유람기』 등 3권의 소설은 제목의 확인만으로 1910년대 한국 장편 소년소설의 유입과정을 확인

---

22 『아이들보이』 제10호(1914.6.5)에 실린 『불상흔 동무』의 광고문이다. 라미이 부인 원저, 최남선 번역, 총발행소 신문관(新文官)으로 되어있다.

할 수 있다.

이 세 권의 번안 작품은 전작全作 장편소설의 세계를 미리 열었다는 점에서 그 의의를 찾을 수 있다. 식민지 시기 우리 문단은 출판사, 작가의 역량 등 여러 측면에서 전작 장편을 내놓기는 어려운 사정이었다. 신문이나 잡지를 통해서 연재되었던 것이 후에 단행본으로 발간되는 경우가 대부분이었던 점을 감안하면 전작으로 번안(번역)된 작품의 의미를 소홀하게 다룰 수는 없을 것이다. 그리고 무엇보다 인간의 참된 권리회복과 예술적 성취, 자유를 향한 부단한 도전은 우리 민족의 여망을 그대로 담고 있는 주제라고 할 수 있을 것이다.

■ 신문 연재소설 – 『부평초』, 『무쇠탈』

『동아일보』와 『조선일보』의 창간은 대중적 책읽기를 추동하는 요인이 되었다. 신문연재 소설은 매일 독자에게 직접 배달되었다. 신문소설에 대한 독자의 관심은 뜨거웠다. 신문소설이 시류를 반영하고 있었기 때문이다. 시의성이 중시되어 독자들의 관심사가 소재로 채택되었다. 독자의 반응은 즉각적이었고, 그날그날 독자의 반응으로 작가와 편집자의 피드백이 이루어졌다는 이야기도 전해지고 있다. 신문소설이 당대 독자들의 최고 관심사를 소설화하려는 경향을 보인다는 점은 하나의 특징이다.

『동아일보』에서는 창간과 함께 『부평초浮萍草』 연재를 시작했다. 『부평초』는 엑토르 말로Hector Malot의 『집없는 아이Sans famille』(1878)의 번안으로 1924년 4월 1일 『동아일보』 창간호에 민우보閔牛步[23]에 의해 연재되기 시작한다. 4월 1일 창간일부터 같은 해 9월 4일까지 전 113회를 연재되었고 연재가 끝난 뒤 1925년 한성도서에서 단행본으로 발간되었다.

『동아일보』 창간호 1924년 4월 1일 자 신문에 『부평초』 연재에 대해 어떤 논평이나 기획 의도를 밝히는 글은 찾아볼 수 없다. 심지어 작가 소개도 없을 뿐만 아니라 창작 혹은 번역 여부조차도 밝히지 아니했다.

민족의 신문이기를 자처하는 『동아일보』에서 『집없는 아이』를 연재물로 채택한 것에 대해서는 몇 가지로 유추를 해볼 수 있다. 소설 『집없는 아이』는 아동과 성인이 두루 읽을 수 있는 가정소설 유형이다. 그런 점에서 우선 문학의 '경계 넘기'를 통해 다양한 독자층의 확충이라는 의도를 생각해 볼 수 있다. 문학 '경계 넘기'는 아동문학이 출현할 때부터 있어온 현상이다. 17세기 후반과 18세기 초반 처음 어린이문학으로 뽑힌 책은 성인용 책 세 권이었다.[24] 아동문학은 근대 이후 기존의 성인문학 저술을 아동문학용으로 끌어와서 많은 독자층을 만들어 냈다. 아동문학과 성인문학의 경계 넘나들기는 세대 간의 차이에 대한 이해를 증대시키면서 사회적 공감대 형성의 담론을 만들어 나갈 수 있기 때문에 폭넓은 독자층을 확보하는 전략이 될 것이다.

---

23 민태원은 조선일보사 장학생으로 일본 유학을 갔다. 유학에서 돌아와 조선일보사에 입사해 정경부장을 역임했다.

24 18세기에 들어서면서 존 로크의 영향으로 근대적 아동관이 형성되었고, 어린이문학의 필요성이 대두되었다. 이 시기 영국에서는 성인용 책 세 권이 어린이 책으로 발표된다. 존 번연(John Bunyan)의 『천로역정』(1678), 다니엘 디포의 『로빈슨 크루소』(1719), 조나단 스위프트의 『걸리버 여행기』(1726)이다. 이 시기 아동문학은 아동문학의 개념에 맞는 문학의 필요성이 대두되었지만, 교훈적이어야 한다는 사람이 더 많았다. 그런 중에 위의 세 권의 책은 어린이 책으로 수용되었다. 존 로 타운젠트, 강무홍 역, 『어린이 책의 역사』 1, 시공주니어, 1996, 29~31쪽 참조.

또 하나는 1910년대 초반 『매일신보』를 중심으로 하는 신문 연재소설에 대한 독자의 비판적 반응에 대한 대응으로 해석된다. 1912년을 전후하여, 『매일신보』 편집진은 기존의 독자들이 반복되는 신소설 서사에 만족하지 못한다는 사실을 인식하게 된다. 『매일신보』에서는 이런 사정을 새 연재소설 기획 과정에서 반영하게 되는데, 독자들의 관심에 부응할 만한 새로운 소설을 연재한다는 의지를 광고를 통해 알렸다. "그 취지의참신흠과 문ᄉ의 완곡한" 것은 낙양의 지가를 올릴 만한 것이라는 문구와 함께 "이 쇼설의 ᄂ용이 가뎡과 학계에 지즁한 관계"[25] 있을 것이라고 했다.

이처럼 신문연재 소설의 통속화에 독자들이 식상해 한다는 사실을 인식한 『동아일보』 편집진은 보다 건전하면서도 입지전적인 인물의 활동이 돋보이는 가정소설 유형의 텍스트를 선택한 것이 아닐까 하는 추측이다.

그렇다면 당시의 번안 내용에 대해서도 간단하게 살펴볼 필요가 있다. 번역본과 완역본과는 어느 정도의 내용 차이가 있는지 확인해 보는 것도 자료를 이해하는 한 방법이 될 것이다.

> ㉠ 우리 암소 루세뜨 덕분에 잘 살고 있었다. 나는 거의 고기를 먹지 않아도 좋을 정도였다. (…중략…) 농부에게 소는 그 이상의 가치를 지닌 더없이 소중한 존재이다. 아무리 가난하더라도, 아무리 식구가 많더라도 외양간에 소를 가지고 있는 한, 그 농부는 배고픔으로 고통스러워하지 않아도 된다.

25 「嶄絶婉曲ᄒᆞᆫ 新小說『雙玉淚』」, 『매일신보』, 1912.7.10.

(…중략…) 그 암소는 단지 우리를 먹여 살리기만 한 것이 아니었다. 우리의 동료이고 친구였다. 소를 단순히 멍청한 짐승이라고 생각해서는 안 된다. 소는 교육을 받아서 향상되는 것 이상으로, 지혜와 도의적인 장점이 넘치는 동물이다.[26]

ⓛ 대테 암소라난 즘생은 말잘듯고 순하고 졋잘나난 묘한 즘생이라 (…중략…) 한농가에서라도 암소만 한머리잇스면 반찬걱정은 업게된다. 우리집으로말할지라도 역시그모양인 우리들은 삼백예순날고기를 먹어보난일이 업지만 우리누렁이(소일홈)가 잇는까닭으로 우유난 아쉽지안케지내인다. 누렁이난 우리집반찬단지쏜안이라 우리동모이며 우리집의 한식구일다 나는 누렁이를다리고 리약이를 한다 누렁이난 내말을알아듯고 쏘누렁이의 눈치도 그크고량순한 눈을보면 나난알수잇다 우리들세사람은 평생 써나지못할 가족일다.[27]

인용문 ⓞ은 최근에 발간된 『집없는 아이』(궁리) 완역본에서 암소를 팔아야 될 형편에 놓이자 주인공 '래미'가 암소 루세뜨를 평가하는 부분이다.

인용문 ⓛ은 민태원의 『부평초』에서 '복동이'가 팔려가는 누렁이를 대해 애정을 나타내고 있는 부분이다. 일어판의 중역을 거쳤음에도 원전에 충실하려 했다는 사실을 알 수 있다. 물론 일어판 저본의 영향이겠지만, 현존하고 있는 1925년 발행 『부평초』(경성 박문관)와 완역판

---

26 엑토르 말로, 원용옥 역, 『집없는 아이』(완역판), 궁리, 2003, 16~17쪽.
27 민태원, 『부평초』, 박문서관, 1925, 5쪽.

『집없는 아이』(궁리) 와 분량에서 상당한 차이가 있는 것으로 볼 때, 많은 부분의 생략과 압축을 예상할 수 있다. 『부평초』가 원작 *Sans famille* 의 완역판으로 보기는 어렵다하더라도 동아일보 연재의 『부평초』는 의외로 상세한 번역을 보여주고 있다.

『부평초』의 연재는 성공적이었던 것으로 보인다. 연재가 끝난 이듬해 단행본으로 바로 출간된 것이 그 사실을 입증해 준다. '복동이'(래미)는 (양)아버지로 인해서 하루아침에 자신의 위치를 박탈당하고 떠돌이 신세가 되어 유랑하게 된다. 집과 가정을 순식간에 잃고 조력자를 만나 자신의 삶을 새롭게 개척해 나가는 '복동이'의 모습은 나라 잃은 백성으로 전락해 정치적으로 사회적으로 압박을 받아야했던 우리 민족의 어른들과 소년들을 위로해주기에 충분했던 것으로 보인다.

민태원의 일본 유학 경력으로 볼 때, 일본어 번안의 재번안[28] 으로 보는 것이 타당할 것이고, 그렇기 때문에 '복동이'와 같은 주동인물에 대해서는 상당 부분 민태원의 의식이 투영되었다고 볼 수 있는 것이다.

민태원의 『무쇠탈』 역시 『동아일보』에서 연재되었다. 『부평초』 연재를 마친 뒤, 1922년 1월 1일부터 8월 20일까지 165회 연재된다. 연재가 끝난 뒤 『동아일보』에 광고가 계속 실리는 것으로 봐서 인기도를 짐작할 수 있다. 『무쇠탈』 역시 최근까지 국내 유력 출판사에서 출간될 만큼 장편소설의 문학사를 관통하고 있다.[29] 두 편의 작품이 비록 번안

---

28 1920년까지 일본에서는 『집없는 아이』가 두 차례 번안되어 있었다. 처음 고라이 소센 (五來素川)에 의해 『まだ見ぬ親』(1903)이라는 제목으로 번안된 이후 기쿠치 유호(菊池幽芳)에 의해 『家なき兒』(1912)로 번안되어 출판되었다. 작품 진행상의 유사성으로 볼 때 『부평초』는 『まだ見ぬ親』(1903)을 저본으로 삼은 재번안작으로 볼 수 있다. 김상모, 「1920년대 초기 『동아일보』 소재 장편 연재소설 연구」, 경북대 석사논문, 2010, 41쪽 참조.

소설이기는 하지만, 그때까지 이전에 없었던 신문 연재로 국내에 소개되어 호평을 받았다는 점에서 의미가 있고, 번역자의 의도가 개입되어 원작의 인물 성격이나 특성이 다듬어졌음을 인정한다고 해도 『부평초』와 『무쇠탈』 역시 장편 소년소설의 불모지에서 장편소설 형성에 기여한 바가 적지 않다고 할 것이다.

(2) 장편소설의 다이제스트digest 번역

『부평초』나 『무쇠탈』처럼 신문에 연재되고, 장편소설이 단행본으로 간행되기도 했지만, 명작의 다이제스트식 번역은 시대의 풍조였던 것으로 보인다.

『썰늬버유람기』는 『소년』 창간호(1908.11)부터 2호(1908.12)까지 2회에 걸쳐 「巨人國漂遊記」로 연재되었다. 「巨人國漂遊記」는 2회 분량으로 연재되었고, 『로빈손無人絶島漂流記』도 『少年』 제2년 제2권부터 6회(1902.2~1902.8) 연재된다. 아동문학사적으로 볼 때, 『썰늬버 유람기』와 『로빈손無人絶島漂流記』는 애초 어린이용으로 창작된 것이 아니라는 것은 이제 알려진 바이다.[30] 18세기에 들어서면서 근대적 아동관이 형성되고[31] 중산계급이 자리를 잡아가는 동안에 어린이를 위한 문학

29　민태원, 박진영 편, 『무쇠탈』 상·하, 현실문화연구, 2005.
30　존 로 타운젠트, 강무홍 역, 앞의 책, 30쪽 참조.
31　"아동기에 대한 용어가 다양해지고 근대적 성격을 갖게된 것은 도덕서 및 교육서의 덕택이었다. 학생들을 '소(petits)', '중(moyens)', '대(grands)'의 세 부류로 구분하고 '어린아이들에 대해 사람들은 항상 친숙하게 대하고 새끼 비둘기 다루듯이 양육해야한다'고 적고 있다"는 생각은 18세기 들어서 생겨났다. 필립 아리에스, 문지영 역, 『아동의 탄생』, 새물결, 2003, 80쪽.

의 필요성이 대두되었을 때『로빈슨 크루소』나『걸리버 여행기』는 아동문학 도서로 채택되었다. 출간된 모든 도서들 가운데서 특정한 기준에 맞춰 선별되었다는 소년소설 성립의 역사적 사실을 증명하는 내용이다.

『걸리버 여행기』와『로빈슨 크루소』는 모두 근대문명의 선두를 점하던 영국 부르주아지들의 모험과 수난, 궁극적인 승리를 테마로 하고 있는 작품인 것 또한 주지의 사실이다. 이런 배경을 가진「巨人國漂遊記」가『소년』창간호에 실렸고,『로빈손無人絶島漂流記』또한 제법 긴 기간 동안 연재되었지만 완역과는 거리가 멀었다.

『어린이』,『신소년』과 같은 잡지가 간행되면서「어머니를 차저 삼만리」,「베니스 상인」과 같은 고전 명작을 1회 분량으로 싣는 예가 허다하였다. 중요한 사건 중심으로 1회 분량으로 게재한 예가 빈번하게 보인다.「어머니를 차저 삼만리」는『신소년』에 모험소설이라는 표제로 실렸다. 13세 소년이 '삼만리'의 험난한 여정에서 만나게 되는 고난을 이겨내는 데 초점이 맞추어져 있다. '모험'은 소년문학에서 소년들의 흥미를 자극하는 중요한 화소라는 인식을 바탕으로 하고 있다.「人肉裁判」[32]은 셰익스피어의『베니스 상인』의 한 부분이다.『베니스 상인』을 실화처럼 번안했다. 궁지에 처해진 안토니오가 바사니오의 약혼녀 포사의 명 판결로 위기에서 벗어나는 극적인 장면에 초점을 맞추고 있다. '뽀루쟈博士'로 변장한 포사의 지혜로운 판결을 극적으로 묘사하는 데 중점을 두었다.「람푸불」[33]은 이탈리아의 대표적인 아동문학가 E. 데 아미치스의『사랑의 학교』안에 실려 있는「피렌쩨의 글 베끼는 소

---

32 이성호,「人肉裁判」,『新少年』3, 1924.3, 29~36쪽.
33 진서림,「람푸불」,『新少年』2-1, 1924.1.

년」[34]과 동일한 화소다. 이처럼 해외 명작은 1회성 단편 형식으로 발표되거나 다이제스트 식으로 번안·번역되는 경우가 비일비재했다.

이상에서 살펴본 것처럼 1910년대의 장편 소년소설 읽기 자료는 거의 대부분 번역·번안 작품이었던 것을 알 수 있다.

2) 탐정모험의 서사

1920년대 한국 장편 소년소설은 방정환의 탐정소설[35]로부터 시작되었다. 소년 탐정소설은 소년이 등장하고, 소년 주인공이 스스로 탐정의 역할을 하거나 또는 탐정처럼 추리력을 발휘해서 해법을 제시하고 문제 해결에 근접해가는 소설을 소년탐정소설이라 할 수 있다.[36] 소년 탐정의 구조는 사건이 발생하며 소년(들)은 탐색에 나서고 사건을 해결하는 구도로 전개된다.

---

34 최미선, 「1920년대 『신소년』의 아동서사문학 연구」, 『한국아동문학연구』 23, 한국아동문학회, 2012, 113쪽.
35 탐정소설이라는 용어는 추리소설의 식민지 시대적 명칭이다. 추리소설은 시대 변화에 따라 정탐소설, 탐정소설로 명명되었다. 우리나라에서는 1908년 12월 4일에 『제국신문』에 연재된 이해조의 소설 『쌍옥적』에 '덩탐쇼설'이라는 말이 붙여진 것을 시작으로 1930년대에 이르러 김내성이 '탐정소설'이라는 용어를 사용하면서 정착되었다. 추리소설의 명칭변화에 대해서는 다음과 같은 논문이 있다. 최애순, 「1930년대 探偵의 의미 규명과 探偵小說의 특성연구」, 『동양학』 42, 단국대 동양학연구원, 2007; 박유희, 「한국추리서사에 나타난 '탐정' 표상」, 『한민족문화연구』 31, 한민족문화학회, 2009; 조성면, 「탐정소설과 근대성」, 『민족문학사연구』 13, 민족문학사학회, 1998.
36 소년 탐정소설은 주인공 소년이 탐정이 되어 사건을 해결하면서 고난을 헤쳐 나가는 점이 성인 소설과의 차별화된 내용이라고 할 수 있다. 특이한 사건과 이색적인 소재, 그리고 사건을 해결해 나가는 과정의 논리와 명쾌한 해답을 얻는 과정은 탐정소설에서 기본바탕이 되지만, 소년탐정소설에서는 교육적, 윤리적 가치가 좀더 강조되는 면이 있다. 오혜진, 앞의 글, 111~118쪽 참조.

(1) '자미'와 '유익함' — 『동생을 차즈러』, 『칠칠단의 비밀』

방정환의 『동생을 차즈러』(1925.1~1925.10)와 『칠칠단의 비밀』(1926.4~1926.12)이 『어린이』에 차례로 연재되면서 소년소설은 비로소 장편화의 면모를 갖추게 되었다. 『동생을 차즈러』는, 한국 추리문학사에서 최초의 본격 추리문학으로 인정되는 김내성의 『마인』보다 무려 10여년이나 앞서있고, 최초의 추리소설로 꼽히고 있는 최독견의 「사형수」보다 무려 6년이나 빠르다.[37] 『동생을 차즈러』와 『칠칠단의 비밀』이 연재에 성공함으로서 장편의 가능성은 열렸고, 또 한국문학에서 탐정소설의 역사가 시작되었다.

> 탐정소설은 퍽자미잇고 조흔것입니다. 그러나 어른들과 달러서 어린사람들에게는 잣칫하면 해롭기쉬운 위험이잇는 것입니다. 그러나 어른들과달러서 어린사람들에게는 잣칫하면 해롭기쉬운위험이잇는것입니다. 그것은 마치낫븐활동사진을보고 낫븐버릇이생겨져서 위험하다는것과 꼭갓치 잣칫하면 탐정소설이잘못되야 그것을닑는어린사람의 머리가 거츨고낫버지기쉬운 까닭임니다. (…중략…)
>
> '탐정소설의 아슬아슬하고 자미잇는 그것을리용하여 어린사람들에게주는 유익을 더힘잇게주어야한다.' 이런 생각으로 주의하야쓴 것이라야된다고 나는 언제든지 생각하고 잇슴니다. (…중략…)
>
> 우에 말한것처럼 곱고도 자미잇는 것 아슬아슬하면서도 어린이들께 유익한것을쓰자니 쓰기가 퍽 곤란한것인대 (…중략…)

---

[37] 위의 글, 112쪽.

남남끼리면서 어린네동무가 못된사람들의 한테와 어우러져서 번개ㅅ불
가튼 활동을하면서 쌔끗한 우정과 굿센의리를 세워나가는 이약이를 곱게곱
게짜아나가려함니다.[38]

방정환의 탐정소설론은 『어린이』(제7권 7호, 1929.9)에 네 번째 탐정
소설 「소년 사천왕」 연재를 시작할 즈음, 한결 정리되었다. 방정환은
『동생을 차즈러』와 『칠칠단의 비밀』이 연재되는 동안 독자의 뜨거운
반응을 확인하고 탐정소설의 효용성에 대해 확신을 얻었음에도 불구하
고 여전히 '지나친 오락'이나 '교훈 없는 재미'를 금기사항으로 여기면
서 '어린사람들의 여린 심성'을 보호해야함을 스스로 다짐하고 있다.
'번개ㅅ불가튼 활동'을하면서 '쌔끗한 우정'과 '굿센의리'를 세워나가
야겠다는 다짐하였고, '낫븐활동사진'을 보는 것처럼 '낫븐버릇'을 만
드는 위험한 극이어서는 안 된다고 선언하고 있다.

식민체제하에서 성인의 사회가 나날이 거칠어가고 황폐해져 가더라
도 '어린이들의 심성이 순수하게 지켜지지 않으면 조국의 미래는 없다'
라는 그의 아동문학 정신이 반영된 결과이다.

악한으로 통칭되는 범인을 쫓아 시종일관 긴장과 긴박감의 흥미진
진하게 이어지는 탐정소설은 범인을 찾아내어 색출하고 응징하는 과정
에서 부당한 사회문제를 고발하는 현실 비판적 요소가 담기는 것이 당
연하다. 방정환은 이런 시대적 현실비판 요소를 탐정소설 장르에 여러
곳에 적절하게 담고 있다.

---

38 북극성, 「신탐정소설, 소년사천왕」, 『어린이』 7-7, 1929.9, 34쪽.

▪ 『동생을 차즈러』

『동생을 차즈러』는 창호의 동생 순희가 잡혀가면서 사건이 전개 된다. 『동생을 차즈러』는 여동생을 유괴한 인신매매단을 색출하는 단순한 탐정소설이면서, 현실비판을 잊지 않는 사회성 짙은 모험 소년소설이다.

순희가 별안간 중국(청나라) 사람들에게 유괴되고, 언제 중국으로 팔려가게 될지 모르는 긴박한 상황에 놓이게 된다. 창호는 순희를 찾아내려고 경찰서로 혹은 유괴범 일당의 소굴로 동분서주 뛰어다닌다. 가족, 친구들과도 긴밀한 공조를 이루어 순희 구출에 집중하지만 창호마저 중국인들에게 인질로 잡히면서 긴박감이 고조된다.

> 옵바, 나를 좀속히살려주오. 나는 지금 여긔가 어대인지알수도 업는 곳에 잡혀갓처서 날마다 무서운청국사람들에게 매를 맛고잇슴니다. (…중략…) 암만소리를 질러울어도 소용업섯슴니다. (…중략…) 청국으로 슬려가면엇더케함닛가 가기전엇더케던지 아버지하고 자쳐와서 살려주서요 (…후략…)[39]

여동생 순희가 유괴되기 전까지 창호는 평범한 학생에 불과할 뿐이었다. 창호는 순희보다 불과 세 살이 많은 열네 살의 평범한 '6년급' 학생이지만, 여동생이 청국 인신 매매단에게 유괴되면서 탐정으로 돌변하는 용기와 과감성을 보인다. 동생이 남긴 쪽지를 들고 인신매매단의 소굴에 직접 뛰어들지만 악당들에게 붙잡혀 말할 수 없는 고난과 고초

---

39 방정환, 『동생을 차즈러』, 『어린이』 3-2, 1925.2, 32쪽.

를 당하면서도 '이를 악물고 참아내'는 용맹을 발휘한다.

창호의 동생 순희를 유괴하는 데는 동족인 조선인이 가담하고 있다. 게다가 창호에게 몰매 찜질을 하는 장면에도 우리 동족이 빠지지 않았으며, 심지어 "그놈이 사내아해라도 얼골이 어엽브게 생겻스니 그냥두엇다가 청국으로 팔아넘겨버립시다"라는 제안을 하는 사람도 조선인 여자로 나와 있다. 악당 범인과 공모하고 있는 약삭빠른 조선인을 그려 넣음으로 시대 현실을 비판하고 있는 것이다.

악랄하고 비열한 범인의 편에서 동족을 괴롭히는, 어쩌면 범인보다 더 나쁜 어른들의 모습을 적시하고 있는 것인데, 방정환은 이런 현실비판을 소설 곳곳에 빼놓지 않고 있다. 범인을 쫓아가서 문제를 해결하는 서사의 '자미'와 편집자적 논평으로 현실을 비판하는 서술자의 몫까지 다하는 태도를 보이고 있다.

약하고 순진하고 쉽게 범인의 꼬임에 넘어간 순희는 시대상황과 맞물려 우리 민족을 대변하는 인물로 해석되기도 한다.[40] 순희는 남의 말에 쉽게 넘어가 타민족에게 수모를 겪기도 하고, 사려 깊지 못한 행동으로 인해 오빠 창호까지 위험에 빠지게 되기도 한다. 창호는 이 모든 역경을 감내하고 순희를 구출하는 데 성공하는 것으로 이야기는 끝난다.

■『칠칠단의 비밀』

『칠칠단의 비밀』은 1926년 4월부터 1927년 12월까지 무려 15회 이상 연재된 본격 장편 소년소설이다. 연재 중간 몇 번의 낙질본이 있

40　이선해, 「방정환 동화의 창작방법 연구」, 한남대 석사논문, 2007, 26쪽.

지만 원본이 잘 보전되어 있어 현재까지 많이 읽히고 있는 아동문학사의 귀중한 자료다.

　주인공 상호와 순자가 어릴 적 누군지 모를 사람에게 유괴되어 일본 곡마단에서 핍박받으면서 자라다가 탈출한다는 이야기이다. 의남매로 알아왔던 상호와 순자가 서울에서 공연을 하고 있을 때, 곡마단으로 찾아온 외삼촌으로부터 자신들이 친남매이며 어렸을 때 유괴당한 사실을 듣게 된다. 남매는 곡마단에서 탈출을 시도하였지만 상호만 빠져나오고 순자는 빠져나오지 못한다. 이때부터 순자를 구해내려는 상호와 단장 일행의 쫓고 쫓기는 모험이 시작된다.

　상호는 외삼촌 동네에 사는 기호라는 청년의 도움으로 순자를 구해내려고 애를 쓴다. 곡마단 일행이 중국인들과 짜고 인신매매와 마약밀매를 일삼아온 범죄집단인 '칠칠단'임을 알고 순자 구출의 급박함을 느낀다. 상호와 기호는 변장을 하고 곡마단 일행에 가담한다. 기호는 곡마단을 빠져 나와 중국에서 활동하던 한인협회를 찾아가 도움을 요청하고, 한인협회 회장이 상호 남매의 아버지임이 밝혀진다. 한인협회의 도움으로 순자를 구출하여 조국으로 돌아온다.

　일본인과 무시무시한 비밀 범죄 집단에 납치당한 여동생을 찾아 나선 오빠가 그들의 음모에 맞서 통쾌하게 이겨내는 과정을 흥미진진하고 박진감 있게 그려 처음부터 끝까지 손에 땀을 쥐게 한다. 어린이들에게 용기와 난관 극복의 정신을 배우게 하려는 작가의 의도가 충분히 드러나 있다.

　『칠칠단의 비밀』은 순자의 구출과 곡마단의 비밀을 벗겨야하는 두 가지 사건이 해결되어야한다. 하지만 순자의 구출이 곡마단의 베일을 벗기는 것이고 범인을 일망타진하는 것이 순자의 구출로 이어지기 때문에 한 가지의 사건이라고 봐도 무방하다. 좀더 설명하자면 순자의 구출을 위해 곡마단을 추적한 것이고 그러다보니 곡마단이 단순히 서커스단이 아니라 무서운 마약 밀매단임을 알게 된다.

추리소설에서 주인공인 탐정의 활약은 손에 땀을 쥐게 하는 긴장과 흥미를 자아내는 제일 요소이다. 이들 소설에서는 창호와 상호가 바로 탐정이다. 이 어린 탐정들은 어른을 능가하는 지력을 갖추지는 못했지만, 직접 활동하고 사건에 뛰어들어 행동하는 탐정가의 역할을 보여준다.

방정환은 새 세상을 만들어가야 할 새 세대들이 새로운 독서 갈래를 향유하기를 바라면서도 자극적인 재미와 감각적인 오락에만 빠질 것을 언제나 염려하였다. 그리고 민족의 정신과 시대의 상황을 망각하지 않도록 하려는 의지를 탐정소설 곳곳에 담았다. 두 편의 장편 소설 곳곳에 나타나는 방정환의 반일 정신은 되새겨봐야 할 것이다. 소설 장면 곳곳에 반일 정신을 심었고, 독자들이 그것을 충분히 알 수 있도록 배치했다.

　　창호는 학교도 그만두고 그길로 편지를 쥐고 경찰서로 뛰여갓습니다. 그러나 경찰서에서도 그 편지쑨만으로는 찻기가어렵다는 섭섭한 대답이엿습니다. 되도록 됴사는해보지만은 처음에 잡힌집이 명동 조선개와집이라하니 그런집이 하나나둘쑨이 아니고 지금 잡혀가잇다는 집은 동리부터알수업스니 이넓은 장안에 어느 구석에 잇는지 알수가 잇느냐는 말이엿습니다.[41]

41　방정환, 『동생을 차즈러』, 『어린이』 3-2, 1925.2, 34쪽.

창호와 아버지가 인신 매매단에게 유괴된 순희를 찾기 위해 동분서 주하면서 경찰에 협조를 구하고 도움을 구하고자 하나 경찰은 이런저 런 핑계와 이유를 대면서 시민의 안전을 도외시하며 유괴범 신고에 대 해 아랑곳하지 않는 태도를 보이고 있다. 경찰의 이런 오만하고 불성실 한 태도는 여전히 반복되고 있다. "흥! 청국놈에게 잡혀갓스면 찾는수 가잇나 아조일허버렷지…… 왜 요새 그런일이신문에도자조나는대 집 에서아해감독을 잘하지안엇서!"라고 가족들의 잘못으로 떠넘기는가 하면 "이놈아 내가 뭇는대로 한가지씩만 대답해!"[42]라고 창호에게 오히 려 고압적인 태도를 보인다.

그러나 이들 경찰들이 일인日人을 만났을 때의 태도는 완전히 달라진 다. 경찰은 일본인이 가져온 아주 미미한 단서 하나만으로도 사건 해결 을 해결하기 위해 노력을 아끼지 않는 모습을 보인다.

단장 마누라가 악지를 세어서 긔어코 ○덩경찰서에 그 반쪽 쪽지를 갓다 주고 그동안지난이약이와 오늘 여자까지 마져다리고다라난일을 자세히자 세히이악이하얏습니다.

"올치, 참 조흔 것을 가저오섯소. 이것만잇스면 당장에차저드리지요."
뜨밧게경찰서에서는 그쪽지반쪽을 대단히깃버하엿습니다.

"동리일흠이업서도요?"

"동리일흠업서도 곳 잡아드릴터이니 렴려말고가서기다리오."
이럿케일러서돌려보내놋코 그경부는, 즉시 종○경찰서로던화를 걸고,

---

42   방정환, 『동생을 차즈러』, 『어린이』 3-6, 1925.6, 28쪽.

북촌 일대에 어느동리던지 동리란동리마다 三百五十四번지는 모조리 들 뒤여달라고 부탁하엿습니다.

　이부탁을밧은 종○경찰서에서는 곳각처파출소에 던화를하야 어느동리던지 삼백오십사번지를 됴사하라고 명령햇습니다.[43]

일본 경찰의 모습은 만행에 가까운 차별적 행동이다. 여기서 곡마단 단장 부부는 물론 일본인이다. 일인에게는 특혜에 가까운 친절을 보이면서 사건 해결을 위해 적극적으로 나선다. 반 이상 찢어진 종이쪽지에 남은 숫자 하나만으로 '중학동 전체를 샅샅이 뒤져' 상호의 소재를 찾아내고 급기야 외삼촌 집 안방까지 들이닥쳐서 숨어있는 순자를 다시 곡마단 일본인 부부에게 넘겨준다.

민중의 안위와 질서와는 무관한 일제 경찰의 만행이라 할 수 있는데, 방정환의 반일 정신과 고발의식을 충분히 볼 수 있는 장면이다. 방정환은 '나라잃은 백성'의 처지에서 일상에서 부딪치는 일제의 부당한 처사에 대해 항변하고 있다.

방정환의 소설에 나오는 경찰은 '민중의 지팡이'로서의 경찰이 아닌, 일제에 복무하는 한갓 제국주의 하수인임을 여지없이 보여주고 있는 것이다. 이런 상황은 당시의 일상생활에서 비일비재하게 일어났을 것인 데, 그런 현실을 방정환은 작품 안에서 여실히 보여줌으로 시대상을 고발하고 있다.

43　방정환, 『칠칠단의 비밀』, 『어린이』 4-9, 1926.10, 34쪽.

(2) 전문 추리소설 — 김내성의 「백가면」

우리나라 탐정소설의 본격적인 시작은 김내성의 등장으로 보고 있다.[44] 일본 잡지 『푸로필』에 「타원형의 거울」(1935.3)로 데뷔한 김내성은 국내에서 첫 장편으로 소년 탐정소설 「백가면」을 창작한다. 『소년』(조선일보사 발행)에 '탐정모험소설'이라는 표제로 1937년 6월부터 1938년 5월까지 연재된 「백가면」은 연재를 마친 후 1938년 한성도서주식회사에서 단행본으로 출판될 정도로 인기를 누렸다.[45]

「백가면」은 김내성의 출세작인 『마인』보다 앞선 작품으로 그가 국내에서 본격적인 탐정소설가로 활동하는 데 디딤돌 역할을 해냈다. 「백가면」 이전까지의 김내성은 장편보다는 중단편 탐정소설에 치중했다. 엄밀히 말해 「백가면」 이전의 탐정소설들은 대중 독자들을 매료시키지 못했던 것으로 보인다. 하지만, 「백가면」을 계기로 『황금굴』, 『마인』 등의 장편 연재물을 줄줄이 발표하는 것으로 보아 「백가면」 연재는 김내성이 대중작가로 자리매김하는 계기가 되었다.[46] 특히 우리나라 최초의 본격 추리소설로 꼽히는 『마인』의 인물 설정도 「백가면」에서 계속 이어지고 있는 것도 흥미로운 요소다.

김내성의 소년탐정소설의 주인공들은 '소년탐정'은 아니다. 「백가면」, 『황금굴』에서는 탐정 유불란이 등장하는데 주인공 소년들은 유불

---

44 조성면, 「탐정소설과 근대성」, 『민족문학사연구』 13, 민족문학사학회, 1998, 346쪽.
45 「백가면」은 동아일보의 『황금굴』(1937.11.1~12.31) 연재를 마친 뒤, 『황금굴』과 합본으로 1944년 조선출판사에서 단행본으로 출간되었고, 1945년 12월에 재출간되었다.
46 최애순, 「30년대 모험탐정소설과 김내성의 『백가면』 연구」, 『동양학』 44, 단국대 동양학연구원, 2008, 2~3쪽.

란의 도움으로 악당을 처치하고 목적을 실현한다. 이 과정에서 소년주인공들의 용기와 기지가 사건을 해결하는 데 중요한 역할을 한다. 그러니까 김내성의 소년탐정 소설에서 소년 주인공들은 유불란 탐정의 조수 또는 협조자이거나 유불란처럼 탐정이 되고 싶어하는 예비탐정으로 등장한다.[47]

「백가면」의 중심사건은 발명가 강영제 박사의 납치이고, 그가 발명한 '무서운 기계'의 비밀이 담긴 '비밀수첩'을 서로 차지하려는 각축전은 국가 간의 갈등으로 비화된다.

> 그러면 발명가 강영제 박사는 쇠를 빨아드리는 사실을 보고 대체 무엇을 생각했는고?…… 만일 전자석에다 강렬한 전기를 통한다면 어떻게 될 것인고?……크고도 무거운 철분(鐵分)을 흡인할 수가 있지 않은가?… 그러고 과연 그와같은 기계가 성공만 한다면 어떠한 결과를 맺을것인가?…… 자장(磁場. 지남철기운이 떠돌고 있는곳)이 미치는 한도(限度) 내에 있는 쇠라는 쇠는 모조리 끌리어 올것이 아닌가?[48]

공학박사 강영제가 구상하고 있는 무서운 기계의 위력은 다소 과장되어 있기는 하지만, 이제 막 제도권 교육기관에서 산술, 과학, 지리 등의 신교육을 받기 시작한 대한 조선의 소년들을 매료시키기에 충분했다. 과학은 신학문의 표상이었고 과학지식과 접목된 탐정 추리 소설은 그만큼 새로운 독서 자료였다.

---

47 이영미, 『추리와 연애, 과학과 윤리』, 『김내성 연구』, 소명출판, 2011, 15쪽.
48 김내성, 『백가면』, 조선출판사, 1945, 131쪽.

불안과 초조함으로 세계적인 도적 '백가면'을 기다리는 긴박감, 정해진 시각에 어김없이 나타나서 목적을 달성하고 유유히 사라지는 백가면. 자동차를 이용한 한 밤의 추격전, 밤의 적막을 깨는 피스톨 총격 소리, 초긴장의 연속 사건으로 이어지는 서사 전개, 반전의 반전, 이 모든 긴박감은 그 이전에는 볼 수 없었다. 김내성의 탐정소설은 일찍이 없었던 공포, 격정, 흥분의 감정으로 이어져 재미를 강조하였다.

강 박사의 '비밀수첩'을 차지하기 위해 일어나는 각축전이나 백지상태의 '비밀수첩' 글씨를 읽을 수 있는 약품, 미터(m) 단위로 개량화 된 거리개념과 같은 과학적 요소는 신선한 충격을 부여하기에 충분했다. 백가면이 누비고 다녔다는 국제적인 도시에 대한 호기심은 '소년'들의 지식욕을 강하게 자극하는 요인이 될 수도 있었다.

무엇보다 강영제 박사가 발명하고 있는 전자식 기계는 전 세계가 두려워하는 발명품으로 그것을 지키려는 노력은 국가이익이라는 개념으로 자연스럽게 독자들의 내면을 다져나갔다.

유불란의 추론에 따라 강 박사가 잡혀있는 곳으로 가던 중 또 다른 일당과 마주치게 되는데, 여기서 백가면의 정체가 밝혀진다. 그는 바로 대준의 아버지였다. 세기의 도적에서 나라를 구하는 영웅으로의 변신이다. 백가면의 실체가 밝혀지면서, 실종된 줄 알고 있었던 대준의 아버지라는 사실이 드러나는 지점에서 악의 세력으로부터 국가와 민족의 이익을 지켜야한다는 감정은 최고조로 상승된다.

강 박사의 비밀 무기를 얻으려는 적국 스파이들의 움직임을 간파한 백가면이 강 박사를 구하기 위해 활동했던 것인데, 세계적인 도적에서 의적으로의 변신은 독자들에게 '충격과 안도'를 동시에 가져다 준다.

'충격'은 백가면이 대준의 아버지인 것이고, '안도' 또한 백가면이 대준의 아버지라는 사실이다. '충격과 안도'는 곧 백가면이 우리의 이익을 지켜줄 '의적'으로의 변모한 데서 오는 것이다.

세계무대를 활동 반경으로 둔 백가면의 활약은 조선의 소년들에게 어떤 영향을 주었는지 생각해 볼 필요가 있다. 그가 비록 애초에는 악의 세력을 대표하였고, 국제적 도시에서 그곳의 사람들을 공포에 떨게 한 세기의 도적이었지만, 결말에서는 '박지용'인 것으로 드러났다. 무엇보다 대준 아버지로 밝혀졌고, 도적이 아닌 의적으로 탈바꿈했을 때, 식민체제의 폐쇄된 세계 안에 있었던 우리 소년 독자들에게 준 심리적 위안은 컸을 것이다.

3) 장르의 분화와 서사의 다양화

1930년대에 들면 갈래별 서사 작품이 다양하게 창작된다. 판타지가 바탕이 된 장편이 등장하고 과학소설이 창작된다. 환상소설과 과학소설은 동일한 것으로 취급되기도 하고, 또 환상소설의 하위양식에 과학소설이 포함되기도 한다.[49] 과학소설과 환상소설은 차이점이 있음에도

---

49 과학소설이 때로는 환상문학과 동일한 것으로 취급되는 것은 과학소설이 지니는 비현실성 때문이다. 과학소설은 미래를 시간적 배경으로 하기 때문에 비현실적이며, 상상의 동물이나 가공의 인물이 등장하여 비사실적이다. 이러한 점은 환상소설과 일치하고 과학소설 역시 환상소설에 등장하는 인물과 유사한 특징을 지니기도 한다(이정옥, 「과학소설, 새로운 과학적 영토」, 『한국문학과 환상성』, 예림기획, 서강문학연구회, 2001, 375~376쪽 참조). 한금윤은, 환상소설과 과학소설이 유사한 공통점이 많지만, 엄격하게 다른 분야임을 설명한다. 과학소설이 여타의 환상소설과 다른 이유는 갈등의 대상

불구하고 과학소설에서 '환상'은 항상 함께 한다. 그렇다면 장편소설에서 '판타지'와 '과학'의 문학적 수용은 어떠했을까?

판타지로는 주요섭의 『웅철이의 모험』을 들 수 있고, 다른 한편으로 과학소설은 박세영의 「아하마의 수기」가 있다. 「아하마의 수기」는 1930년대로는 드물게 과학적 상상력을 기반으로 하여 『별나라』에 연재되었다.

『웅철이의 모험』은 『소년』 창간과 함께 연재가 시작되어 한국 판타지 아동문학의 시작을 알렸고, 박세영의 「아하마의 수기」는 과학소설이라는 새로운 시도를 보여주었다. 그리고 엄흥섭의 「옵바와 누나」는 카프 KAPF의 강력한 문예 이념을 표방하는 리얼리즘 소년소설을 구현해냈다.

(1) 설화를 통한 민족정신 고취 — 판타지 『웅철이의 모험』

주요섭의 『웅철이의 모험』[50]은 1930년대 우리나라에서 판타지문학의 문을 연 작품이다. 『웅철이의 모험』 연재 이전에 장편 판타지는 거의 전무했다고 봐도 무방할 것이다. '조끼를 입고 시계를 보면서 말하는 토끼' 때문에 『이상한 나라의 앨리스』 모방이라는 혐의를 받기도 했지만, 우리 신화 속 상상의 동물과 옛이야기 환상성을 잘 살려낸 점으

설정의 차이점에서 꼽는다. 환상소설들은 대체로 자연과 초자연을 대비한다. 환상소설은 자연적인 세계에 살아가는 모든 존재들의 양상과 대립되는 초자연적인 현상들을 보여주면서 초자연적 세계가 있음을 보여준다. 인공적인 것이 자연적인 생물체와 갈등을 이룬다는 점이 환상소설과 과학소설이 변별된다고 설명했다. 한금윤, 「과학소설의 환상성과 과학적 상상력」, 『현대소설연구』 12, 2000, 93~95쪽 참조.

50 『웅철이의 모험』은 1937년 4월부터 1938년 3월까지 『소년』에서 1년여 간 연재되었고, 1946년 조선아동문화협회에서 단행본으로 발간되었다. 2006년 도서출판 풀빛에서 단행본으로 발행되었다.

로 볼 때 한국 아동문학의 장편 판타지로 충분하다고 본다.

주요섭은 이 책에서 옛이야기와 설화를 통해 일제강점기에 우리민족이 처해있는 식민사회의 계급의식과 암울한 사회상, 가진 자와 못가진 자의 불평등을 드러내려고 했다.[51]

주인공 소년 웅철이는 동네 친구 애옥이와 함께 애옥이 큰언니가 읽어주는 『이상한 나라의 앨리스』를 듣다가 '모본단 조끼를 입은 복돌이네 토끼'를 만나 환상세계로 여행을 하는 판타지 구조를 가지고 있다.

> "토끼가 조낄 입다니! 시겐 또, 웬 시계, 하하."
>
> 웅철이는 크게 말했습니다. 그랬더니 이상한 일도 있지요. 바로 웅철이의 머 리 뒤에서 누가 가느다란 목소리로
>
> "왜요, 토끼는 그래 조끼도 못 입나요?" 하고 말하는 소리가 들렸습니다. ㄱ 목소리는 분명 애옥이 큰언니 목소리가 아니었습니다. 그래 웅철이는 놀라서 그 소리나는 곳으로 고개를 돌려 보았더니 거기에는 몸뚱아리가 눈처럼 히고 두귀가 볼뚝한 집토끼가 한 마리 서서 웅철이를 보고 방그레 웃고 있었습니다. 웅철이가 더한층 놀란 것은 이 집토끼는 으젓하게 모본단 조끼를 척입었고 바루 그 조끼 주머니 밖으로는 구장영감이 차고다니는 것과 같은 번들번들한 시계줄이 척 늘어져 (…중략…)
>
> "웅철씨는 아마 우리 토끼 같은 즘생은 아무것두 아닌줄 아나바, 조끼두 못입구 시계두 못차구 하게. 웅철씨 오늘 우리나라 구경 좀 시켜드릴까요?" 하고 이야기 했습니다. 웅철이는 지금 보고 듣는 것이 모두 너무나 신기한지

---

51 박상재, 「한국 판타지 동화의 역사적 전개」, 『한국아동문학』 16, 한국아동문학인협회, 2009, 58쪽.

라 어리둥절해서 말대답도 못하고 있으니까 토끼가 다시

"자 날 딿아오서요" 하더니 앞섯 쪼루루 걸어 갑니다. 웅철이는 이것저것 생각할 여가도 없이 애옥이와 애옥이큰언니도 잊어버리고 그저 이 토끼뒤를 딿었습니다.[52]

애옥이 큰 언니가 읽어주는 『이상한 나라의 앨리스』 내용과 웅철이를 판타지 세계로 인도할 복돌이네 토끼 목소리가 자연스럽게 겹쳐지는 장면이나 복돌이네 토끼를 따라 토끼장 옆의 석유 상자를 통해 땅속 나라 판타지 세계로 진입하는 장면은 구체적이고 정확하다. 1차세계와 2차세계를 가르는 경계를 정확하게 구분해야하는 것이 판타지의 공식으로 여겨지는 만큼 『웅철이의 모험』에서 판타지 세계로 들어가는 관문은 개연성과 구체성에서 판타지의 성공요소로 볼 수 있다.

웅철이는 땅 속 나라에서 많은 생명체들을 만난다. 땅 속의 세계, 즉 지하세계는 어른들이 생각하는 암흑의 세계가 아니다. 『웅철이의 모험』에서 땅 속 세상은 흙이 품고 있는 생명의 세계다. 웅철이는 땅 속 세계에서 그 어느 곳보다 화려하고 찬란한 생명의 향연을 누린다. 캄캄한 지하, 암흑과 같은 어둠만 있을 것이라고 짐작되는 곳에 생명의 잔치가 열리고 있다.

작은 풀꽃은 생명으로 태어나기 위해 "송곳과 같은 투구로 흙을 뚫"고 있으며 꽃의 정령들은 '나비의 수렝이'(번데기의 평안도 사투리)를 지키기 위해 전쟁도 불사한다. 무엇보다 풀의 정령은 땅 속에서 있을 때

---

52   주요섭, 『웅철이의 모험』, 『소년』 1-1(창간호), 1937.4, 61~62쪽.

'작은 사람의 모습'을 하고 있어서 생명의 가치가 동등함을 말해주고 있다. 지하 세계에서 벌어지는 생명의 향연이며 흙이 품고 있는 '생명의 씨앗'을 그대로 보여주고 있다.

달나라에 간 웅철이는 유독 설화적 장면을 많이 본다. 나이 오천 살의 토끼 할아버지가 계수나무 아래서 방아를 찧고 있는 것이나 거북 나라의 왕자가 토끼 나라 감옥에 갇히게 된 사연은 모두 전래 이야기 화소에 연결되어 있다. 옛 이야기에서 들었던 불개나 상상의 동물 용을 타고 다른 나라로 이동하는 것 등도 모두 우리의 설화 세계를 반영한 것이다.

해나라에서 웅철이는 기성세대의 사치와 허례허식, 오만을 비판적으로 바라보고 있다. 탁상공론과 허례로 결국 패망하게 된 조선 후기 양반계층의 허위의식을 비판하고 있다. 자리다툼과 허세로 지도력의 난맥상을 드러냈고 결국 국권 상실을 자초한 조선 후기의 양반지도층도 비판의 대상이지만, 양심과 도덕을 상실하고 오직 물욕에만 사로잡혀 있는 지배계층의 몰 양심도 강하게 비판하고 있다.

여기서 '원숭이'가 상징하는 바의 의미를 상고詳考할 필요가 있다. '해나라'에서 가장 큰 세력을 가진 '원숭이'는 알레고리이다. 이곳의 아이들은 먹을 것이 없어 배고픔에 울고 있는데, 지배계층인 원숭이는 남는 양식을 불태워 없애고 있다. 일제의 침략과 수탈로 인해 한반도의 궁핍화가 가속되고 있는 사실에 대한 비판이다.

주요섭이 『웅철이의 모험』을 연재하기 전에 『아희생활』에 발표한 「토끼의 꾀」[53]에서도 고래와 코끼리를 동원해 강대국의 횡포에 시달리는 약소국의 현실을 드러내면서[54] 거대국을 비판하기도 했던 것을 상기해 본다면 '해나라'와 '원숭이'의 의미는 명백해진다.

『웅철이의 모험』은 비록 요즘 판타지 동화에서 보이는 흥미진진한 사건과 개성 있는 캐릭터로 무장되어 있지는 않지만 작가가 당시 아이들에게 말하려고 하는 메시지를 판타지라는 장치를 통해 전달하려고 했던 고민의 흔적을 여러 곳에서 읽을 수 있다. 그리고 시대를 초월해 그 자체로 재미있게 읽고 신나게 즐길 수 있게 하였다.

『웅철이의 모험』 전체를 지배하는 서사의 화소는 우리 민족의 설화를 적절하게 배치했다는 사실이다. 『웅철이의 모험』은 딴 세계로 여행하는 단순한 판타지가 아니라, 식민지 상황에 대한 작가의 위기의식을 그대로 보여주고 있는 소년소설이다.

누대로 지켜온 전설과 신화와 그것을 둘러싼 우리 민족의 인식체계가 언제, 어떻게 말살될지 모른다는 위기의식이 강하게 작동되어 창작하게 된 작품으로 보인다.

그것은 마치 그림Grimm형제의 설화 채록 작업과 다르지 않다고 본다. 독일이 프랑스의 침공을 받아 민족적 위기에 직면했을 때 독일 남부 지방의 직접 돌며 이야기를 채록하여 민족적 자산으로 남겨놓으려고 했던 그림 형제의 민족정신과 다르지 않다고 보는 것이다.

주요섭은 아오야마 학원靑山學院 중학부 재학 시절 3·1운동이 발발하자 귀국하게 된다. 평양에서 김동인과 지하 신문 『독립신문』을 발간하다 옥고를 치렀고, 1927년 27세의 나이에 미국 스탠퍼드 대학에서

---

53   주요섭, 『아희생활』 77, 1932.9, 13쪽.
54   정선혜, 「휴머니즘과 近代性의 造化」, 『한국아동문학연구』 14. 한국아동문학학회, 2000, 137쪽.

교육학으로 석사 학위를 받고 북경 보인대학 교수가 되어 10년을 근속한다. 그러나 일본의 대륙 침략에 협조하지 않는다는 이유로 추방되는데, 이러한 일련의 이력들을 상기해 볼 때 민족 존망의 위기에 처해 누대 지켜온 이야기 자산을 작품에 담으려 했던 의지를 『웅철이의 모험』에서 읽을 수 있다.

(2) 국경을 넘나드는 과학적 상상력 — 과학소설 「아하마의 수기」

과학소설科學小說이라는 표제가 붙어있는 박세영의 「아하마의 수기」[55]는 『별나라』에 연재되었다. 「아하마의 수기」는 과학소설이라는 표제명으로 소년잡지에 연재된 최초의 작품으로 보인다.

『별나라』의 낙본과 낙장으로 인해 「아하마의 수기」 전모를 파악하기 어려운 것은 1930년대 다른 소설처럼 한계로 작용한다. 현재 남아 있는 『별나라』에서 확인한 가능한 편수는 전체 5편 정도이고[56] 통권 48호(1931.3)에서 과학소설 「아하마의 수기」를 처음 볼 수 있다.[57]

화성에서 지구로 탐험을 온 '카무단' 박사와 '아하마'라는 소년이 아프리카에 처음 내려와서 이집트와 소아시아를 거치고 프랑스를 건너

---

55 『별나라』 48, 1931.3, 21~26쪽.
56 부제 「北歐의 1日」, 『별나라』 48, 1931.3, 21~26쪽; 부제 「大地를 울리는 소리여」, 『별나라』 51, 1931.6, 30~34쪽; 부제 「우랄산을 넘어서」, 『별나라』 53, 1931.9, 27~33쪽; 부제 「沙漠의 巨人」, 『별나라』 54, 1931.10·11 합호, 9~15쪽; 부제 「靑服의 대지」, 『별나라』 55, 1931.12, 25~31쪽. 연재번호가 표시되지 않았는데, 이는 구성상의 의도로 보이기도 한다. 즉 매회 독립적으로 사건과 이야기를 이어가겠다는 작가의 의지로 보인다.
57 1931년 3월호(통권 48호)에 수록된 「아마하의 手記」는 '화성소년의 속(火星少年의 續)'으로 소개되어 있으나, 「화성소년」의 원고는 아직 미발굴 상태다.

영국에 도착하게 된다. 그리고 사람들의 눈에 띄지 않으려고 '투명피'라는 도깨비감투와 같은 옷을 입고 다니고 '자유비상익'을 이용해 자유자재로 날아다니며 지구의 유명 도시를 탐험한다는 이야기가 전회前回까지의 줄거리로 통권 48호에 실려 있다.

통권 48호의 주요사건은 소년 '아하마'와 카부란 박사는 '자유비상익'을 이용해 런던 하이게이드 묘지를 찾는다. 하이게이드 묘지에는 마르크스의 유해가 안장되어 있는 묘역이다. '투명옷'을 입은 아하마와 카부란 박사는 사람들의 눈에 띄지 않고 묘역에 안착한다. 두 사람은 "독일에서 마르크스 묘소를 이장하려고 한다"는 가십성 대화를 나누고, 영국 어린이들과 관람객들 사이에서 참배하고 자리를 떠난다.

소년 아하마와 카무단 박사의 북유럽 탐색은 계속된다. 런던에서 벨기에, 네덜란드, 다시 독일 등 유럽의 여러 나라를 자유롭게 넘나들며 그곳의 풍토와 지리, 지형을 공부한다.

통권 48호에서는 스페인 부르봉 왕가의 아폰소 13세의 퇴위와 독일 카이젤 황제의 네덜란드로 망명 이야기가 주요 내용이다. 런던에서 암스테르담으로 이어지는 동선은 마르크스, 스페인 아폰소 13세, 독일 카이젤 황제, 세 사람의 인물이야기로 연결된다. 세 인물에 대한 평가는 카부란 박사의 설명으로 나타나는데, 하이게이드 묘역에 참배객을 통해 마르크스에 대한 지지를 보내고 있으며, 아폰소 13세와 카이젤 황제를 통해 왕정의 몰락과 위정자의 실정失政을 비판하고 있다.

아하마와 카부란 박사는 스웨덴, 노르웨이를 거쳐 러시아로 이동한다. 아하마는 화성에서 지구를 탐색하러 온 소년으로 나와 있지만, 탐색의 분명한 목적이 어디에 있는지는 아직 명확하게 밝혀지지 않고, 단순히 지형과 역사 풍토를 설명하는 데 그치고 있다.

과학소설은 과학이론을 펼친 것이라기보다는 과학적인 상상력과 소설의 허구적인 상상력이 결합되어 인간의 문제를 다루고 있다. 과학에 대한 이야기도 과학 그 자체가 중요한 것이 아니라, 과학적인 현상을 이해하고 기술 개발의 가능성이 일으킬 수 있는 문제들을 상상하게 하는 것이 과학소설에서 과학의 역할이다.[58]

「아하마의 수기」에서 보는 것처럼 화성인이 자신의 정체를 숨기는 '투명피'나 '자유비상익'과 같은 과학적 상상력의 도구가 과학소설의 기능을 담당하고 있다. 「아하마의 수기」는 '과학소설'이라고 했지만 아직은 전통적인 서사기법을 충실히 고수하고 있다. 과학적 방법을 동원해서 지구로부터 외계로 탈출하는 상승구조가 아니라 외계로부터 지상으로 도래하는 신화소와 같은 하강 구조를 가진 전통적인 서사구조이다. 단지 '투명옷'이나 '자유비상익'이라는 과학적 상상의 도구가 과학소설임을 대변하고 있다.

최초의 과학번역소설은 쥘 베른의 『해저 2만리』로 『태극학보』[59]에 「해저여행기담海底旅行奇譚」(1907)으로 실렸다.[60] 두번째는 이해조 번역의 『철세계鐵世界』(1908)이다.[61] 『철세계』에서는 과학을 통해 열리는 새로운 문명세계, 과학계몽을 통한 자주자립사상, 과학 세계의 선악대립

---

58 한금윤, 「과학소설의 환상성과 과학적 상상력」, 『현대소설연구』 12, 2000, 94~102쪽.
59 『태극학보』는 1906년 8월 24일 동경에서 창간된 재일유학생 학술잡지이다. 국가와 민족현실에 대한 정치철학을 기조로 삼으면서 또한 신교육과 새로운 과학지식 보급에 힘썼다.
60 『태극학보』 제8호부터 제21호까지 11회 연재. 번역자 박용희(朴容喜), 전체 줄거리로 볼 때 원작의 1/2정도 번역되고 미완결로 중단되었음.
61 최원식, 『한국 계몽주의 문학사론』, 소명출판, 2002, 164~166쪽.

에서 과학적인 방법의 관념적 해결방식을 보여주었다.[62]

『철세계』를 포함한 우린 나라 초기의 과학소설에서는 남녀 간의 애정이 거의 드러나지 않는다. 『해저여행』에서는 여성 인물이 전혀 등장하지 않는다. 뿐만 아니라 작중인물의 위기 극복 방법이 서로 다르다는 것도 대표적인 차이점이라 볼 수 있다. 일반적으로 신소설의 주인공들은 우연을 통해 위기에서 벗어나지만, 『철세계』에서는 자연과학적 지식을 통해 위기가 극복되는 양상이다.[63]

근대 학문의 도입은 새로운 풍경을 만들어 냈고, 그 배후에는 과학이라는 이상적인 학문의 세계가 놓여 있었다. 과학은 곧 신지식 혹은 '신지식=과학'이라는 등식관계를 만들면서 신학문의 전반을 가리키는 용어로 기표화되었다. 과학은 특정국가의 이익이 아닌 전 인류의 후생복리에 기여하는 학문으로 인식되었으며 과학은 국익창출의 원동력으로 인식되었다. 과학이 국가의 자주와 자립 그리고 선진문명으로 가는 필수조건이었던 만큼 빈번하게 사용되었고, 웬만한 난관에 대한 '처방'으로 통할 수 있었다. 이처럼 과학담론은 곧 지식으로 직결되었지만, 과학소설에서는 두드러진 성과를 이루어내지 못한 일면이 있다.

「아하마의 수기」에서 보는 것처럼 과학소설은 과학을 추구하는 것처럼 보이지만, 우리에게 과학적 사실을 입증하거나 과학이론을 보여주지 않는다. 과학소설은 과학자체가 아니라 과학기술이 인간에 미치는 영향을 보여주고 자하는 것이라고 할 수 있다.

---

62 김교봉, 「『철세계』의 과학소설적 성격」, 국학문학자료원, 2000 참조.
63 김종방, 「1920년대 과학소설의 국내수용과정」, 『현대문학의 연구』 44, 한국문학연구학회, 2011, 46~47쪽.

(3) 프롤레타리아 당파성의 고취 — 리얼리즘 소설 「옵바와 누나」

엄흥섭의 「옵바와 누나」는 『별나라』 제49호(1931.4)부터 5회 연재
되었다.[64] 제2회의 결말에 '차회완결次回完結' 편집자 주가 부기되어있
었지만 다음호 제52호에 4회, 53호에 제5회까지 연재가 이어졌고, 5
회에서 '끗'을 선언했다. 「옵바와 누나」는 당시의 연재물로는 드물게 5
회까지 결호 없이 연재가 이루어졌고, 원고도 결손 없이 남아있는 귀중
한 자료라고 할 수 있다.

원고의 분량이나 사건 전개 혹은 소설 구성의 요건 등은 현재의 관점
에서 따져볼 때 장편이라고 하기에는 아쉬운 점이 있으나, 1회도 결호
없이 연재를 끌고 간 점은 높이 살 만하다고 본다.

주인공 인물 태식이와 태순이 남매는 서울로 가신 '신 선생님'을 찾
아 무작정 상경하는 데서 이야기가 시작된다. '십 륙칠 세 가량의 소년
태식이'와 '십오륙 세 가량의 소녀 태순'이에게 정신적 지주인 신 선생
님은 같은 학교의 일곱 명 선생님 중 태식이와 태순이의 마음을 가장
잘 알아주는 분이었는데, "교장과 싸우고 쪼기여 가신 분"으로 소개되
어 그의 저항성이 드러난다.

태식이와 태순이가 신 생님을 만나지 못한 채 '경성역'을 빠져 나간
뒤 신 선생님은 역에 막 도착했고, 태식이는 신 생님의 주소를 쓴 쪽지
마저 잃어버리면서 태식이와 태순이의 고난은 시작된다. 우여곡절 끝

---

64 「옵바와 누나」의 연재는 제1회 통권 제49호(1931.4), 27~31쪽, 제2회 통권 50호
(1931.5), 22~31쪽, 제3회 통권 51호(1931.6), 53~58쪽, 제4회 통권 52호(1931.
7·8 합호), 13~16쪽, 제5회 통권 53호(1931.9), 56~60쪽 완결.

에 신 선생님과 상봉이 이루어지지만, 신 선생님은 쫓기게 되었다. 다분히 정치성향의 문제인 것으로 암시되어 있을 뿐 정확한 사실은 드러나지 않는다. 태식이와 태순이는 자신의 문제를 스스로 해결해야 하는 처지에 놓이게 된다. 그것은 삼청동 입구에서 조우한 동창학우 영민과의 비교에서 일해야 하는 자신의 처지를 더욱 명백하게 인지한다.

동창학우! 일년만에 서로 만낫슬 때 그들은 한업시 깃버야할 것이 안일가? 한업시반가워야할게안일가? 그러나 엇진지 이 자리에 맛난 영민과 태식이는이상하게도 사이가 성긴것튼 어색한듯김을 태식이는 깨달엇다.

영민이는지금 서울○○고보의훌륭한 학생이다. 자긔집에서 다달이 풍성풍성이 돈을대여주어아모걱정업시 배불리먹고 학교에 단이는 유학생이다. 태식이는 고향에서 살수업서 녀동생태순이까지다리고 혹서울에는 어되일할자리라도 생길가하야 신선생을처저올나온 말하자면 살기위하야 쌩을구하려고온 (…후략…)[65]

태식이는 "쌩을 구하기 위해" 신선생님의 도움을 받으려고 상경했지만, 정작 신 선생님은 태식이와 태순이를 남겨두고 어디론가 "쫓기어" 간다. 그리고 "×××사건으로 오래동안 세상에 나오시지 못하게" 되어있다. 태식이는 혼자서 살아갈 방도를 찾아야할 입장에 놓였다.

'신선생님'의 부재로 태식이는 서울이라는 넓디넓은 곳에서 누구의 도움 없이 스스로 삶을 개척해 나가야하는 피투성被投性의 존재로 놓여졌다.

65　엄흥섭, 「옵바와 누나」, 『별나라』 51, 1931.6, 55쪽.

태식은 스스로 자립하는 프롤레타리아 노동 소년을 대표하고 있다. 태식과 태순의 계급인식과 각성은 결말에서 좀더 확실하게 나타난다. 태순이는 '부자집 아이보는 아이'에서 '동대문 제사공장의 녀직공'으로 "날마다 만흔 동무들을 사귀고 밤이면 옵바와 함끠 쏘는 동무들과 함끠 조합"[66]으로 모이는 노동소녀로 탈바꿈해 나간다. 태식이 또한 "새벽에 일즉 일어나서 눈을 부비며 쉬여 나가야"하는 처지이지만, 날마다 훌륭해질 것이고 만흔 동무들과 함께 바다시 큰일을 해 줄 것"으로 전망되어 있다. 카프계 소설의 도식적인 전형을 그대로 보여주고 있다.

태식이와 태순이가 사회에서 동창생 혹은 그 외의 사람들과의 비교를 통해 프롤레타리아 계급임을 확실하게 인식하게 되고, '노동소년'임을 알게 되는 각성 과정은 결말에 강조되어 있다. 태식이와 태순이의 '훌륭한 성장'이라는 낙관적 전망 또한 카프계 소년소설이 보여주는 도식적 결말의 하나이다.

3. 장편 소년소설에 구현된 소년상

식민체제하에 시작된 한국 아동문학은 그래서 '기형적 출발'이었다. '나라잃은 백성'의 위태로운 처지에서 시작되었기 때문에 다음 세대에

---

66 엄흥섭, 「옵바와 누나」, 『별나라』 53, 1931.9, 60쪽.

거는 열망은 더 뜨거웠다. 그래서 '소년'이나 '어린이'는 국권피탈의 수난을 극복할 세대로 기획되었다.

초기 아동문학에는 이와 같은 위기의식과 열망이 동시에 투사되어 다양한 인물상을 만들어 내게 된다. 그리고 이들 작중인물들의 행동과 담화는 시대와 사회를 그대로 드러내면서 현실을 대변하고 있다

초기 장편 소년소설의 인물들은 국난의 시대를 거쳐 오면서 새로운 소년상을 만들어 온 인물들이다. 그런 점으로 작중인물을 살펴보면서 소년인물에 투사된 시대적 열망과 기대감을 살펴보는 일이 필요하다.

독자가 문학 작품 속 주인공의 삶에서 여러 가지 가능성을 탐색해보게 되는 데서 문학의 중요한 효용성이 있음은 더 말할 필요가 없다. 더욱이 아동문학일 경우, 작중인물은 그 독자의 정신적 성장에 기여할 뿐만 아니라 타인을 이해하고 자신의 문제를 객관적으로 바라보게 하는 안내자가 되기도 한다.

한국 아동문학사를 고찰해 볼 때, 뚜렷한 주인공 인물을 찾아내지 못하고 있다는 지적은 계속 제기되어 왔다. 가라타니 고진은 "'진정한 어린이' 따위의 관념은 전도된 사실"[67]이라고 한 바 있지만, 1920년대 우리 문학사에서 주목해야할 것은 아동이 미래의 희망으로 언급되었고, 현실을 이겨낼 근간으로 여기고 있었던 것은 사실이다. 그렇기 때문에 '어린이'는 낭만주의적 상상력으로만 수용되는 것이 아니라, 계몽주의적 담론 안으로도 깊숙이 들어오게 되었다.[68]

1920년대 식민지 현실에서 아동은 미래의 희망으로 언급되었는데,

---

67 가라타니 고진, 박유하 역, 『일본근대문학의 기원』, b, 2010, 163쪽.
68 이재철, 『한국현대아동문학사』, 일지사, 1978, 89~92쪽.

이는 모두 현실 초극의 논리이다.[69] 방정환을 포함한 개혁주의자들이 어린 사람들에게 거는 기대는 자못 큰 것이었는데, '미래의 기획'이라 할 만큼 지대한 것이었기 때문에 작품 안에서 아동의 형상은 때로는 관념의 소산으로 비치기도 하지만, 현실초월의 열망이 그만큼 강하게 반영된 것이다.

장편 소년소설의 전개과정 안에서 소년인물의 성격과 특징을 살펴보는 것은 당대의 인물을 이해함과 동시에 역사 속에서 성장하고 자라온 인물에 대한 이해가 동시에 이루어지는 것이라고 본다.

1) '번개가튼' 행동의 꾀바른 소년

방정환의 탐정소설에서 소년들은 모험을 두려워하지 않고 몸을 움직인다. 적진에 뛰어들어 어떤 결과가 있을지 예측할 수 없는 상황에서도 몸을 사리지 않는 것과 '번개가튼 행동',[70] 즉 재빠른 몸동작은 소년에게는 중요한 덕목이다. 언제 어디서나 번개같이 행동하고 제비같이 날쌔게 행동하면서 적절한 꾀를 생산할 줄 소년이다. 몸을 먼저 움직이는 민첩함을 자랑하면서도, 힘보다는 '꾀'가 중요하다는 사실을 아는 날렵한 아이들이다.

앗차! 하는눈깜짝할사이에 창호는 참말로 번개ㅅ불가티 훗닥하더니 뒤

---

69 박숙자, 「1920년대 아동의 재현 양상연구」, 『어문학』 93, 한국어문학회, 2006, 421쪽.
70 북극성, 「신탐정소설, 소년사천왕」, 『어린이』 7-7, 1929.9, 34쪽.

에잇는 료리ㅅ 간(브억)문속으로 쑥드러가버렷습니다.[71]

상호는 그네에서 건너쮜는 곡마단솜씨로 제비갓치날러서 횟 싹! 뒷담을
쮜여넘엇습니다.[72]

『동생을 차즈러』와 『칠칠단의 비밀』에서 소년들은 생각보다 몸이
먼저 움직일 정도로 날렵한 민첩성을 자랑하면서 '꾀'를 우선시한다.
'번개가튼 행동'을 주요 덕목으로 삼은 이유는 당시의 부패했던 지배계
층에 대한 거부이거나 비판으로 이해된다. '명쾌함', '민첩함'은 소년만
이 가질 수 있는 특유의 날렵함이며 '제비처럼' 가볍고 재빠른 행동은
소년의 전유물이자 전근대적 세대와의 차별화이다.

'번개가튼' 행동은 결국 '시간', '시계'와 같은 근대의 표상을 배후에
두고 있다. 『웅철이의 모험』에서도 "어서오세요. 어서요. 늦었어요"라
는 노래와 같은 담화는 텍스트 전면에서 반복되어 나타난다. 웅철이는
시간이 지체되지 않도록, 시간에 따라 부지런히 행동한다. 그만큼 촉급
을 다투면서 사건과 장소가 연결되어 있고, 웅철이 또한 이런 긴박한
시간의 흐름에 그대로 조응하고 있다.

웅철이는 게으름을 피우거나 늑장을 부려서 일을 그르치는 소년은
아니다. 복돌이네 토끼 또한 '시계'를 보면서 시간에 맞춰 계획을 실행
한다. 『웅철이의 모험』에서 '시계' 혹은 '시간'과 같은 근대의 산물은
탁상공론과 알맹이 없는 논쟁만 일삼는 타락한 양반계층과 같은 전근

71 북극성, 『동생을 차즈러』, 『어린이』 3-4, 1925.4, 31쪽.
72 북극성, 『칠칠단의 비밀』, 『어린이』 4-6, 1926.6, 33쪽.

대와 대립되는 개념으로 작용하면서 거지 형상을 하고 있는 조선후기의 허울뿐인 양반을 직접 비판하고 있다.

> "이놈아 너만 양반인줄 아니? 우리 팔 대조 할아버지는 진사를 하셨다."
> "그까짓 거? 우리 이십 대조 할아버지는 정승을 지내셨다."
> "암만 그래도 너는 동쪽에 살던 상놈아니냐? 우리 조상네는 서쪽에 살던 양반이다."
> "이놈아, 동쪽이 양반이지 서쪽이 양반이야?"
> "이놈아, 서쪽이 더 양반이야!"[73]

'누더기를 두르고 쪽박을 찬 거지 수 십 명이 목에 핏대를 올려가며' 서로가 더 지체 높은 가문이라고 다투다가 급기야는 싸움으로까지 발전하는 장면이다. 불필요한 권위만을 내세우면서 미래를 내다보지 못하고 결국에는 국권마저 상실한 조선 후기의 무능한 지도계층에 대한 비판이라고 볼 수 있다.

'번개'같은 행동은 고난의 시대를 살아가야할 새 세대에게 요구되는 필수항목처럼 여겨진다. 이들 새 세대는 '날쌤', '빠름'으로 기성세대와의 차별화를 시도하고 있는 것으로 보인다.

번개와 같은 이들 소년들에게 최상의 무기는 힘이 아닌 '꾀'였다. '미래의 기획'으로 논의되는 소년들이 맞서야 할 대상은 불의한 기성인 세력이다. 신세대 소년들이 맞서야 할 대상은 동년배의 아이들이 아닌 기

---

73 주요섭, 『웅철이의 모험』, 풀빛, 2006, 87~88쪽.

성인이라는 세대의 벽이었고 조직화된 악의 세력이었다. 그렇기 때문에 소년들은 힘으로 이겨낼 재간이 없다. '힘보다는 꾀'로써 악과 대결하지 않으면 이겨낼 수가 없었다.

『동생을 차즈러』에서도 일본인 곡마단 단장의 손에 다시 넘어간 순희를 구하기 위한 창호의 전략은 '힘보다는 꾀'에 있었다. 거대 세력을 이기고 능가할 수 있는 개인과 약자의 무기는 '꾀'에 있다는 것이다. 두 뇌의 '명석함'과 행동의 민첩함은 새 세대 소년들의 표상으로 기능하고 있다.

2) 책임감과 담력을 갖춘 올된 소년

『동생을 차즈러』에서 볼 때, 창호는 불과 14세 소년이지만, 유괴범에게 납치된 동생 순희를 찾아 직접 범인의 소굴에 뛰어든다. 처음, 경찰서에 도움을 청하러 갔지만, 안일한 태도를 보이는 경찰을 믿을 수 없어 직접 동생을 찾아나서는 담력을 가진 소년이다. 결국 창호마저도 유괴범들의 손에 붙잡혀 몽둥이 매질과 거꾸로 매달리는 고문을 당하고 손발이 묶여 창고에 갇히는 위기를 맞게 되지만 사력을 다해 유괴범의 소굴에서 탈출한다.

창호는 죽음의 위기에서 자력으로 탈출에 성공하는 용기까지 갖춘 인물이다. 유괴범의 소굴에서 간신히 탈출하여 경찰서로 직행하지만 경찰들은 담배를 피면서 "청국놈에게 잡혔으면 찾을 수가 있나"라며 심드렁한 태도를 보인다. 경찰들의 거만한 태도에도 스스로를 삭이며 인내심으로 기성세대에 대처할 줄 아는 능숙함을 보인다. 경찰의 무성의한 태도에도 분노를 스스로 자제할 줄 하는 지혜와 슬기를 갖추었다.

'경찰서 사람들이 호락호락하게 말을 들어주지 않자' 창호는 친구들의 도움을 받는다. 물론 이때 기성세대 중에서도 의로운 인물 창호 '주임 선생님'이 큰 역할을 하지만, 창호 친구들이 청국인들의 몽둥이 세례와 발길질을 무서워하지 않고 과감히 자신들의 역할을 다했기 때문에 인신 매매단으로부터 동생 순희를 구출해 내는 데 성공하는 것이다.

언제라도 적진에 뛰어들 수 있는 담력과 용기를 가졌고, 끝내는 문제를 해결하는 능력을 발휘하는 창호와 그 친구들은 어른과 같은 몫을 충분히 해내는 올된 소년들이다. 경찰들의 비아냥거림과 비협조적인 태도에도 능숙하게 대처할 수 있고, 위기 상황에서 지혜를 모아 여동생의 생명을 구출해내는 소년들이다.

나라와 국민의 치안을 책임져야하고 국민의 안전을 지켜야하는 것이 경찰의 당연한 임무임에도 불구하고 『동생을 차즈러』에서 보는 것처럼 개인의 안전과 치안은 개인이 맡아나가야 하는 형국이다. 국가가 부재하는 식민지 상황의 불안한 백성의 삶을 여실하게 보여주는 장면이라고 할 수 있다.

개인의 안전을 위해 겨우 열 대여섯의 소년들이라도 자신의 나이를 생각하지 않고 어른의 몫을 해내는 올된 행동을 한다. 몇몇의 신뢰할 수 있는 어른을 제외하고는 무성의하고 무책임한 태도를 보인 경찰서 관원 등 기성세대들은 대체로 믿음을 주지 못하는 어른들로 제시되어 있다.

「백가면」의 대준과 수길이 또한 진취적이고 활동적이면서 담력과 책임감을 갖추었다. 수길과 대준은 세계 각국으로 돌아다니는 도적 '백가면'에 용감히 맞선다. 백가면이 서울에 나타나 발명과학자 강 박사를 납치하고 강 박사의 비밀수첩을 빼앗아가겠다고 선포했을 때, 대준은 강 박사의 비밀수첩을 바꾸어 놓는 기지를 발휘한다. 대준은 "제 아무리 백가면이 변장을 잘한다 하여도…… 흥! 내가 한 번 백가면을 놀려 먹으리라!"[74]라고 호기 있게 외치면서 대준은 비밀수첩의 소재를 혼란에 빠뜨린다.

대준은 강 박사의 외아들 수길과 명탐정 유불란의 힘을 빌려 백가면의 정체를 폭로시키려 하고 소년의 몸일망정 백가면을 체포하겠다는 일념으로 몸을 사리지 않고 위험한 현장까지 나선다. 적진에도 뛰어들고 "어깨에 총탄을 맞는" 희생을 감내하면서도 자신들이 맡은 임무를 소홀히 하지 않는 강인한 정신력과 목적한 바를 이루는 기상을 가진 책임감 있는 소년들이다.

이는 최남선의 '소년' 담론과 맞닿아 있다. 최남선의 「해에게서 소년에게」에 나타난 용감하고 진취적인 소년의 표상과 유사하다. 세계의 대륙이 자신들의 '운동장'이며 바다를 향해 열려있는 개방적인 소년들이다.

소년 탐정의 역할이란 대개 유명 탐정을 보조하거나, 약간의 아이디어 제공으로 그 임무를 다하는 것으로 그려지지만 대준과 수길이는 성인 탐정에 못지않은 중요한 역할을 한다. 충견忠犬 검둥이와 메신저 비둘기를 동반하고 다니는 이들 소년들은 검둥이를 이용해서 범인(백가

74　김내성, 앞의 책, 51쪽.

면)을 탐지하게 하고, 비둘기를 이용해서 긴급 내용을 전달하는 등 보조자가 아닌 탐정의 몫을 단단히 하고 있다.[75]

탐정소설의 사건은 대부분 당대 사회 현실 문제가 크게 부각되는 경우가 허다하다. 방정환의 탐정소설에서도 크게 다르지 않아 식민지 시대의 사회문제를 심각하게 다루고 있다. 그 대표적인 예가 인신매매와 마약밀매 등이다.

「백가면」에서 강 박사의 비밀수첩을 먼저 차지하려고 세계의 스파이들이 서울에서 각축전을 벌이는 장면은 중일전쟁의 발발로 세계 각국이 이권을 차지하려는 정치 상황과 크게 다르지 않음을 알 수 있다.

3) 스스로 서는 노동 소년

엄흥섭의 「옵바와 누나」는 카프 소설의 창작 방향성을 충실히 이행하고 있다. 즉 소년소설 주인공의 당파성과 각성의 과정을 공식처럼 잘 보여주었다. 시골 소년 태식이와 태순이는 '신 선생님'을 믿고 상경했지만, 정작 서울에서는 신 선생님의 부재상황을 만나게 된다.

시골 소년 태식이는 신 선생님이 부재하는 서울이라는 공간에서 스스로 살 길을 도모해야 한다. "태식이는 고향에서 살수업서 녀동생태순이까지다리고 혹서울에는 어되일할자리라도 생길가하야 신선생을처저올나온 말하자면 살기위하야 쌩을 구하려고온" 소년이다. 자기 스스

---

75 『소년』 제1권 제4호(1937.7) 삽화에도 수길과 대준, 두 소년은 검둥이와 비둘기를 안고 탐정활동을 하는 탐정가의 모습으로 나와 있다.

로 노동을 하지 않으면 '빵'을 해결할 수 없는 처지가 되었다.

태식이는 이런 자신의 처지를 누구보다 정확하게 알고 있으며 프롤레타리아 계급의 소년으로 당파성 또한 분명하다. 신 선생님이 부재한 상황에서 프롤레타리아 노동소년 태식이의 당파성은 더 명확해진다.

'소년직공! 아 얼마나 내게 덕당한일인가.' 태식이는 속마음으로 생각해 보왔다. 그러나 만나야할 그이를 못맛낫스니 그것도 쏘한 실패가 되고 말앗다. 어터케 압길을 걸어 나갈것인가.
'응 그러타 소년직공을 모집한다니…… 대체 어듸일가! 래일부터 나는……' 태식이의 마음은 울렁거렷다.[76]

아무 도움도 받을 곳이 없는 상황에서 태식의 자립심은 더 견고해진다. 엄흥섭은 「옵바와 누나」에서 시골소년 태식이를 도와줄 신 선생님을 텍스트에서 소거시킴으로 결국 태식이의 당파성이 더욱 굳건해지는 결과를 가져오게 한다. 이는 다분히 엄흥섭의 계산된 서사전략으로 해석된다.

태식이와 태순이의 각성과정은 결말부분에서 더욱 집중되어 있다. 태식이는 태순이를 '부잣집 아이보기'에서 '로동조합'의 일원이 되도록 권유하면서 '수염이 하 — 얏케 턱을가리게난 할아버지!' 사진 앞에서 인사를 하게 하였고, 그로부터 태순이는 점점 자라가고 있는 것으로 나타난다.

---

76 엄흥섭, 「옵바와 누나」, 『별나라』 52, 1931.7·8 합호, 14쪽.

날이간다. 달이 간가. 해가간다. 그동안에 우리들의 태식과 태순이는 훌륭해질 것이고 만흔 동무들과 함께 바다시 큰일을해줄 것이다.[77]

카프계 소설에서 공식처럼 사용되는 낙관적 전망의 결말이다. 이로써 박세영은 프롤레타리아 계급의 소년이 누구의 도움없이 스스로 '빵'의 문제를 해결하고 그리고 이념으로 훌륭하게 자라가는 도식적 결말을 보여줌으로 카프 소설의 전형을 구사하고 있다.

4) 진실함과 용기를 가진 참된 소년

민태원의 『부평초』에서 복동이의 진실성은 잘 드러나 있다. 복동이는 온갖 고난과 역경을 이겨내고 자신의 자리를 찾아간다. 이 성장이 이루어지도록 하는 힘은 인간의 품성과 성실함을 중시하는 주인공의 참된 마음에서 비롯된다.

『부평초』에서 참된 마음과 믿음은 복동이와 김록성 노인 사이에서 잘 나타나 있다. 이들이 혈육은 아니지만, 김록성 노인의 가르침을 받고 자란 복동은 사회에 기여할 수 있는 훌륭한 사람으로 성장하였다.

복동과 김록성 노인이 보여주는 사제관계에서 이들이 교육을 매개로 결합하고 있음을 확인할 수 있다. 김록성 노인은 돈을 주고 복동을 샀지만 이들의 관계는 주종관계에서 곧 사제관계로 전환된다.

---

77 엄흥섭, 「옵바와 누나」, 『별나라』 53, 1931.9, 60쪽.

『부평초』에서는 고난을 극복하고 자립하는 복동이의 인물상이 분명히 제시되는데, 주인공을 성장하게 하는 원동력은 진실함이 내재된 인성 중심의 교육인 것을 알 수 있게 해준다. 이는 당시『동아일보』가 내세웠던 내적 수양을 통한 개인의 개조라는 담론과 맞닿아 있다.

『부평초』는 인격적 개인의 양성을 추구했던『동아일보』의 이념 안에서 새로운 인간상을 제시하려고 부단히 노력하였다.

『부평초』의 복동이는 엄밀한 잣대로 보면 우리 아동문학의 주인공 인물이 아니다. 일본 작품의 재번안이라는 면에서 일본의 시각을 노출시키지 않을 수 없었을 것이다.[78] 하지만 중역의 과정에서 민태원의 작가적 시각은 어느 정도는 투사되었을 것이라고 본다. 그런 점에서 복동이의 인물상을 드러내보고자 했고, 김록성 노인과의 관련성 안에서 짧게 살펴보았다.

4. 대중 서사 선택의 의의와 한계

1) 탐정 서사의 의의

1920년대 추리소설은 아동문학에서 먼저 시작되었다. 그 당시 일반

---

[78] 김상모, 「1920년대 초기『동아일보』소재 장편 연재소설 연구」, 경북대 석사논문, 2010, 42~51쪽 참조.

문학에서는 외국의 추리소설이 번역되어 읽히고 있을 뿐, 국내 창작 추리소설은 아직 찾기 어려웠고, 1930년대에 와서야 나오기 시작했다.[79]

우리나라 추리(탐정)소설은 아동문학이 선점했고, 탐정소설의 역사는 우리나라 장편 소년소설의 시작이었다. 『어린이』에 연재된 일련의 초기 장편 소년소설들이 한결같이 탐정 서사를 선택했다는 점은 하나의 특징이다. 문학은 민중계몽의 중대한 도구였고, 그중에서도 대중적이면서도 흥미본위의 탐정 추리 문학의 발전이 더 집약적으로 선택된 것으로 볼 수 있다.

방정환의 탐정소설은 어린이 독자들에게는 선풍적인 인기를 끌었다. 『어린이』 독자 담화실의 내용에 어느 정도의 과장이 있다고 해도 열화와 같은 성원을 받은 사실은 부인하기 어려울 것이다. 이 같은 현상은 김내성의 백가면 또한 좋은 예이다.

탐정소설이 이처럼 인기리에 수용될 수 있었던 것은 어떤 이유일까? 『동생을 차즈러』와 『칠칠단의 비밀』에서처럼 창호와 상호가 바로 소년탐정이다. 이 어린 탐정들이 직접 사건의 현장에 뛰어들어 온갖 고난과 고초를 직접 몸으로 견뎌내는 것과 범인을 쫓는 흥미로운 서사 진행은 이전의 소설에 읽을 수 없었던 긴박감이다.

탐정소설이라는 장르로 볼 때 방정환의 작품은 미흡한 점이 있기는 하다. 하지만 국내 최초의 작품이라는 점과 아동을 위한 눈높이로 창작한 작품이라는 점, 소년의 심리를 잘 이해하고 있는 점은 유의미하다. 또 현실을 극복하여 미래를 밝혀 달라는 메시지를 담고 있다는 점은 아

---

79 백대윤, 「한국 추리서사의 문화론적 연구」, 한남대 박사논문, 2006, 24~25쪽 참조.

동문학사적으로 가치가 있다고 하겠다.

방정환은 문제에 직면하여 추리력과 판단력을 발휘하고, 과학적인 방법으로 문제를 해결해 나간다는 추리소설의 교육적 효과를 십분 활용하려고 했던 것으로 보인다. 즉 탐정소설에서의 추리와 탐색은 근대 과학적 사고를 필요로 했고, 과학적 추리와 판단을 내린다는 것에서 교육적 효과가 있다고 본 것이다. 그리고 탐정소설은 현실 사회에서 소재를 취하고 있고 정확한 과학적 추리를 통해 사건을 해결하는 방법이 논리적이다. 그렇기 때문에 대중적이면서도 가치 있는 탐정소설 장르를 수용한 것이다.

민족 해방의식을 고취시키고 조선의 독립을 위해 소년에게 힘을 실어주어야 한다는 작가 의식과 소년들에게 자아 정체성을 확인시켜 한 민족의 자긍심과 투철한 애국심을 갖게 만드는 데 성공했다.[80]

번안, 번역물이 독서 자료로 대체되었던 상황 속에서 탐정소설을 창작하였다는 것은 방정환이 문학적으로 시대를 앞서 가는 선구자적 작가였음을 말해준다.

방정환의 탐정소설은 사회비판적인 시각과 실천적 작가 정신의 결과물이다. 실천적 문학작품이라는 평가를 받을 만하다. 무엇보다 방정환이 추리 탐색서사를 선점해서 사용한 것은 문학사적으로 매우 가치가 크다고 할 수 있다.

방정환은 소설에서 흥미를 본위로 여기고 있는 듯하지만, 결국 민족애나 조국애와 같은 시대적 요청을 수행해 내고 있다. 그리고 '소년'인

---

80 이선해, 앞의 글, 53쪽.

물들은 "나라를 구할 인재임과 동시에 나라를 위해 한 몸 바쳐 싸울 독립투사"라는 사실도 암묵적으로 나타내고 있다.

「백가면」 또한 김내성의 출세작 『마인』보다 앞서 발표된 탐정소설로 『가상범인』에 이어 계속해서 등장하는 명탐정 '유불란'의 인물형상화에 중요한 디딤돌이 되었다.

『칠칠단의 비밀』과 『동생을 차즈러』에서 공간적 배경의 확장은 곧 서사의 확장으로 연결된다. 「백가면」에서도 세계의 대도시를 누비는 '백가면'을 활동공간으로 서사의 공간이 확장되는 효과를 가져왔다. 그리고 백가면의 정체가 밝혀지면서 대준의 아버지 박지용씨의 활동공간 전체가 텍스트 내부로 들어오는 효과가 있었다.

『웅철이의 모험』은 딴 세계로 여행하는 단순한 판타지가 아니다. 누대로 지켜온 전설과 신화와 그것을 둘러싼 우리 민족의 인식체계가 언제, 어떻게 말살될지 모르는 위기의식이 강하게 작동되어 창작하게 된 저항적 작품으로 보인다. 그것은 마치 그림 형제가 조국이 위기를 맞게 되었을 때, 민족의 자산인 설화 채록에서 보여준 민족정신과 다르지 않다고 보는 것이다.

2) 초기 장편의 가치와 한계

초기 소년소설에서 화자는 대체로 실제 작가와 근접한 존재로 설정되어 화자가 실제독자와 직접 관계 맺는 양상을 여전히 고수하고 있다. 작중 화자는 곧 실제작가의 말을 대변하여 목소리를 발설했고 독자에게도 작가의 의도를 직접 전달하고 있었다. 그리고 화자에게 인물은 자신이 보여주고자 하는 현실을 대변해 줄 수 있는 대상이며 독자는 설득의 대상이었다. 그러나 현대에 와서 화자는 텍스트 안에 존재하며 실제 작가와는 구별되는 단계에 와 있다. 심지어 화자는 텍스트 안에서 설정된 수화자인 개념적 존재에게 이야기를 들려주는 것이다.[81] 작품 속의 화자의 역할은 텍스트 밖의 소년 독자에게 언제나 선험적 지식인의 입장을 고수하고 있다.

웨인 부스의 설명처럼 '내포작가'라는 제3의 부류는 화자를 통해 텍스트 내부의 수화자에게 말하는 관계가 만들어지면 실제 작가는 작가 자신이 발설하려고 하는 지나친 계몽의 목소리나 권위적인 편집자적 논평의 한계를 극복하게 될 것으로 본다.

그리고, 방정환의 탐정소설은 장르 소설로는 미흡한 점이 있다. 당대의 어린이들의 계몽, 선진화에 누구보다 관심이 지대했던 방정환은 이전의 서사와는 판이한 유형의 이야기로 탐정을 선택했을 것이다.

운명과 관습에 의해 결정되는 인간의 행로를 탈피하고, 과학적이고 논리적으로 문제를 해결해 나가는 주인공 인물의 능동성을 강조하기 위해 탐정소설을 선택했을 것으로 보인다. 그래서 자기 삶의 주체가 자신임을 당시의 어린이들에게 알려주고 싶었을 것이다. 그러한 강력한 계몽적 의지에 의해 탐정소설을 선택했을 것이다. 하지만 완벽하지 못

---

81 S. 채트먼은 작가와 화자를 혼동하지 않는 것이 문학 이론의 상식이라고 설명하면서 작품 속의 발화자는 그 작가와 동일시 될 수 없다고 말했다. 내포작가는 실제작가를 대리하는 인물로 화자를 통해 발언할 뿐이다. 여기서 화자의 발언은 언제나 독자를 상정하고 있지만 그것은 텍스트 속에 구성된 개념적 독자라는 점이다. S. 채트먼, 한용환 역, 『이야기와 담론』, 푸른사상, 2003, 161~174쪽 참조.

한 추리와 우연의 남발과 갑작스러운 문제해결 태도 등은 초기 탐정 서사의 한계라고 할 수 밖에 없을 것이다.

『칠칠단의 비밀』에서도 열대여섯 살이 될 때까지 부모와 형제에 대해 아무것도 모르고 지내던 주인공 인물은 어느 날 문득 곡마단 뒷마당으로 찾아온 노인으로부터 '너희들은 조선소년들'이라는 한 마디를 듣고 그 말에 순응한다. 노인 또한 아무런 증명도 없이 자신이 외삼촌임을 주장하고 있다. 곡마단 단장 부부가 '아직 열흘도 더 남은 경성공연을 급거 철회'하는 것이 어떤 빌미를 제공하고 있지만, 곳곳에서 일어나는 우연은 추리, 탐정소설의 긴박감을 훼손하는 요소가 되기도 한다.

김내성이 만들어낸 '유불란'이란 이름은 '모리스 르블랑'을 일본식으로 음차한 것이다. 이는 김내성이 『푸로필』에 데뷔할 무렵(1935) 이미 일본의 대표적인 탐정소설가로 활동하고 있던 '에도가와 란포'가 '에드거 앨런 포우'를 일본식 이름으로 바꾸어 필명을 삼았던 것에서 착안된 이름이라는 사실은 이미 알려져 있다. 그러나 유불란의 외형이 서양인의 장식품들로 치장을 하고 있는 서구인의 체형을 갖추고 있는 것에는 의문이 생긴다.

과학소설은 과학을 추구하는 것처럼 보이지만, 우리에게 과학적 사실을 입증하거나 과학이론을 보여주지 않는다. 과학소설은 과학 자체가 아니라 과학기술이 인간에게 미치는 영향을 보여주고자 한다는 논리는 과학소설 「아하마의 수기」에도 그대로 대응된다.

「아하마의 수기」는 1930년대에 찾아보기 어려운 과학소설을 주창했음에도 과학적 지식이나 과학이론으로 갈등을 해소해나가는 새로운 소설이 아니라 단지 과학적 상상력의 산물인 '자유비상익'과 '투명피'

를 이용해서 세계 각국의 지리와 역사 문화를 이해하고 아는 정도에 머물고 말았다.

과학소설은 의사擬似과학이나 과학적 상상력에 기반하여 우리에게 익숙한 경험적인 세계가 아니라 전혀 다른 미지의 세계를 그려내야 한다. 과학소설의 소설적 세계 안에서는 실재 자연과학으로는 생각할 수도 없는 일이 가능하고, 또 현실 세계를 이탈하여 상상의 세계나 우주 공간에 대한 상상적인 모험을 감행할 수도 있어야 하고, 과학적 상상력이나 의사과학은 경험적 현실에서는 불가능한 일이 일어날 수 있도록 해주고 상상적인 낯선 경험을 가능하도록 해주는 방편의 역할을 담당해야하는 것이 진정한 과학 소설일 것이다.

그리고 우리 아동문학이 창조해낸 인물에 대한 연구는 아직도 불충분하다. 외국작품에 비해 창작의 역사적 배경이 일천하다고 하지만, 아동문학 100여 년의 역사 속에서 형상화된 인물들의 면면을 주의 깊게 살펴봐야 하는 과제는 여전히 남아 있다.

제3장

해방기 장편 아동서사의 현황과
인물의 현실인식

1 해방 공간 소년소설의 현황

이 글은 해방기[1] 장편 아동서사에 나타난 현실인식에 관한 연구를 목적으로 한다. 해방은 마치 도둑처럼 왔다[2]고 할 만큼 갑자기 우리 민족 앞에 다가왔다. 그것은 해방 이후 사회의 혼란상이 얼마나 극심했는가를 방증하는 말이기도 하다. 미국과 소련이 남북을 나누어 점령하고 있

---

1   '해방기' 혹은 '해방공간'의 기간과 명칭에 관해서는 논자마다 다르게 사용되고 있다. 1945년 8월 15일부터 대한민국 정부 수립까지(1948.8.15)로 보는 견해가 있는가 하면, 1945년부터 한국전쟁 이전(1950.6.25)까지로 보는 견해도 있다. 이 글에서는 후자를 선택하여 사용하기로 한다.
2   함석헌, 『뜻으로 본 한국역사』, 일우사, 1962, 356~357쪽 참조.

는 상태였고,[3] 좌우 이념대립으로 민족 간의 반목은 해방기의 사회 혼란을 더욱 가중시켰다. 정치·사회적 혼란과 경제적 빈곤은 극도의 과도기적 양상을 보여주었다. 물가는 폭등하고 물자는 태부족이었다. 문단은 좌우의 이념대립으로 양분되었고 갈등은 심화되었다. 이렇게 어지러운 사회현실은 소년소설에 어떻게 형상화되었는지, 그리고 무엇을 말하고자 하는지 고찰해 보고자 하는 것이 이 글의 주된 목적이다.

이런 혼란 중에도 다수의 아동 잡지들이 발간되었고, 소년소설과 기획물들이 연재, 발표되었다. 경제적 불안정과 이념대립의 혼란 가운데서도 아동문학계는 새로운 문학의 길을 찾아 나서고 있었다. 해방기를 대표하는 매체로는 『주간소학생』[4]과 『소학생』,[5] 『어린이나라』[6] 등을 들 수 있다.[7] 연재소설로는 이원수의 「숲속나라」, 마해송의 「떡배 단

---

3 태평양전쟁이 계속되는 동안 미국은 소련군의 극동전 참전과 관련하여 한반도 문제를 소련과의 관계 속에서 해결하고자 하였다. 일본군의 항복이 급작스럽게 이루어지자 미국은 일본군의 무장해제를 위한 군사적 편의로 38도선을 경계로 미국과 소련은 한반도를 분할 점령하게 되었다. 1945년 8월 24일 평양에 진주한 소련군은 소비에트 점령 정책을 실시하기 시작했다. 1945년 9월 7일 인천을 통해 서울에 진주한 미군은 독립국가 수립까지의 '선의의 관리자'임을 자처하며, 구체적인 점령 목적을 내세우진 않았지만, '건준'(건국준비위원회)과 공산주의 세력을 정책적으로 배제시키며 한민당과 같은 친미 우익세력을 군정의 동반자로 삼았다. 유광호 외, 「美軍政의 金融通貨政策」, 『연구논총』 92-16, 한국정신문화연구원, 1992, 4~5쪽 참조.
4 1946년 2월 윤석중 주간으로 창간되었다. 창간기념호 1쪽은 "일본제국주의 패망"을 알리면서 "우물쭈물하다가 또 일본에게 뒤지지 않기 위해서 약하고 마음 착한 우리 조선은 시방 굳쎄게 일어나고 있다"라는 시론으로 장식되어 있다. 『주간소학생』은 이후 월간으로 체제를 바꾸고 『소학생』으로 제호를 바꾸어 발행된다.
5 『주간소학생』에서 월간으로 편집체제를 바꾸고 1950년 6월, 한국전쟁 직전까지 발행됨. 윤석중 주간, 필진으로는 박영종, 이원수, 박태원, 주요섭 등이 참여함.
6 동지사 아동원에서 간행한 아동잡지, 1949년 1월 창간되어 1950년 5월까지 발행됨. 이쾌대, 정현웅, 박성규 등이 참여함.
7 해방 직후는 많은 잡지가 등장하였다. 『아동문학』, 『새동무』, 『소학생』, 『어린이 나라』 등이 있다. 그중 『소학생』은 해방 후 최초로 나타난 아동잡지라는 점에서 의의가 있다. 1945년 12월 윤석중, 정진숙(鄭鎭肅), 조풍연 등이 중심이 되어 조직된 조선아동문학

배」, 염상섭의 「채석장의 소년」, 정인택의 「이름없는 별들」, 최병화의 「십자성의 비밀」 등을 들 수 있고, 전작 장편소설로는 현덕의 『광명을 찾아서』가 거의 유일하다.

　해방기 아동서사문학에 대한 논의는 정선혜,[8] 김효진[9] 등에서 찾아볼 수 있다. 정선혜는 해방기에 발행된 잡지를 중심으로, 잡지의 성격과 간행기록을 꼼꼼하게 정리하는 한편 소년소설의 아동상 탐색에 주력하였으며, 이 시기 소년소설의 아동상을 공통분모로 추출해내는 데까지 나아갔다. 김효진은 『소학생』의 성격과 특성을 분석하면서 시대적 상황에 대해 고찰하였으나, 서사작품에 대해서는 개괄하는 정도에 그치고 있다. 임성규[10]는 해방 공간에서 좌익계열 중심으로 일어났던 문화운동을 중점적으로 분석하고 있으며, 김종헌[11]은 해방기 동시의 담론에 관해 논의를 전개하였다.

　개별 작가, 작품별로 볼 때, 현덕의 『광명을 찾아서』는 제대로 조명된 적이 없는데, 최근에야 어렵게 복간되었기 때문이다.[12] 그간 현덕에 대한 연구로는 소년소설과 관련해서 원종찬, 이강언, 최승은의 연구를 꼽을 수 있다. 원종찬은 현덕과 관련된 많은 자료들을 발굴하였고, 이

　　문화협회에서 1946년 2월부터 발간하게 되었다. 처음에는 「週刊小學生」으로 매주 1회씩 발간되다가 1947년 5월부터 월간으로 바꾸고 제자(題字)도 『소학생』으로 변경하게 되었다. 이재철, 『한국현대아동문학사』, 일지사, 1978, 338쪽 참조.
8　정선혜, 「해방기 소년소설에 나타난 아동상 탐색」, 『한국아동문학연구』 26, 한국아동문학학회, 2014.
9　김효진, 「『소학생』研究」, 단국대 석사논문, 1999.
10　임성규, 「해방직후의 아동문학운동연구」, 『동화와 번역』 15, 건국대 동화와번역연구소, 2008.
11　김종헌, 「해방기 동시의 담론연구」, 대구대 박사논문, 2005.
12　『광명을 찾아서』(원종찬 편, 창비, 2013)는 그동안 책 제목만 전해져 올 뿐 책의 행방을 알지 못하다가 최근에 발굴, 발간되었다.

를 바탕으로 작가작품론으로 접근하여 세세하게 분석한 바 있다. 최승은은 동화와 소년소설로 구분하여 분석하였는데, 해방이전의 단편 소설에 한정되어 있고, 이강언 또한 해방 이전에 발표된 단편에 대해 분석하였다.[13] 이로 보면 장편 소년소설 『광명을 찾아서』에 대해서는 논의된 바가 거의 전무하다는 점에 있어 연구의 필요성이 강조된다.

염상섭의 「채석장의 소년」 또한 그동안 논의의 선상에서 벗어나 있었으며, 정인택도 성인문학 위주로만 논의가 이루어졌고,[14] 이원수의 『숲속나라』는 판타지문학의 차원에서의 연구된 결과들을 찾아 볼 수 있다.[15] 이 글에서는 정인택의 「이름없는 별들」, 마해송의 「떡배 단배」,

13 현덕에 관한 연구로는, 원종찬, 「현덕의 아동문학」, 『민족문학사연구』 6, 민족문학사학회, 1994; 원종찬, 『현덕 연구』, 인하대 박사논문, 2005; 강진호, 「현덕론—어린이 화자와 순수지향의 의지」, 『현대소설연구』 4, 한국현대소설학회, 1996; 최승은, 「현덕의 동화와 소년소설 연구」, 성균관대 석사논문, 1996; 김명순, 「현덕동화연구」, 이화여대 석사논문, 1996; 염희경, 「1930년대 후반 현덕 소설연구」, 연세대 석사논문, 1997; 공성수, 「현덕 문학연구」, 서강대 석사논문, 2004; 이경재, 「현덕 생애와 소설연구」, 『관악어문연구』 29, 서울대 국어국문학과, 2004; 이강언, 「현덕의 소년소설 연구」, 『나랏말쌈』 20, 대구대 국어교육과, 2005; 유영소, 「현덕 소설과 동화의 크로노토프 연구」, 성신여대 석사논문, 2004; 고화영, 「현덕 소설의 가족해체에 관한 연구」, 강릉대 석사논문, 2005; 박영기, 「현덕 연구—「경칩」, 「남생이」를 중심으로」, 『한국아동문학연구』 12, 한국아동문학학회, 2006; 심정란, 「현덕 소설연구」, 경상대 석사논문, 2009; 류주현, 「1930년대 아동문학 연구」, 이화여대 석사논문, 2011 등을 찾아 볼 수 있다.

14 정인택의 작가론적 연구는 과제로 남아있다. 정인택의 아버지 정운복은 한일합병 찬성 발언을 서슴지 않았던 것으로 알려져 있다(민족문제연구소 편, 『친일인명사전』, 민연, 2009, 469쪽 참조). 정인택은 이런 아버지와 이름도 알려지지 않은 일본인 어머니에게서 태어나 부친의 호적에 오르게 되었는데 사랑이라고는 찾아볼 수 없는 가정에서 살았던 것으로 알려져 있다. 1948년 이후 정인택은 보도연맹에 가입하여 과오를 반성하는 과정을 겪었다. 한국전쟁 이전까지 그의 사상은 우익성향을 표명하고 있었으나, 한국전쟁 당시 정인택은 정지용, 김기림과 함께 서대문형무소에 수감된 이후 전쟁 막바지 1953년 인민군이 후퇴할 때 가족을 데리고 월북함으로써 내면에 존재해 있던 본래의 이념으로 회귀하였다(박경수, 「정인택 연구」, 전남대 박사논문, 2011, 37쪽 참조).

15 김상욱, 「정치적 상상력과 예술적 상상력」, 『청람어문교육』 28, 청람어문교육학회, 2004; 박상재, 「한국 판타지동화의 역사적 전개」, 『한국아동문학연구』 16, 한국아동문

이원수의『숲속나라』등을 해방 이후 민족적 과제인 '나라 세우기'와 관련해서 택스트 내부를 들여다 본다.

해방기 아동문학에 대한 연구는 아직 충분하지 않다.[16] 어떤 작가가 어떤 활동을 어떻게 펼쳐나갔는지에 대한 연구마저도 미비하다 보니, 작가와 작품의 경향을 파악하는 일은 요원해 보이기도 한다. 그런 점에 착안하여 이 연구는 시작되었다.

2. 해방기 장편 아동서사의 전개양상과 사회현실

1) 장편 아동서사의 전개양상과 출판 현황

해방기 장편 아동서사의 전개양상은 첫째, 잡지에서 연재되었다가 단행본으로 발간되는 경우가 대부분이고 둘째, 드물게 전작全作으로 발표되는 예가 있었다. 연재소설의 경우는 박태원의 역사소설「이순신장군」, 정인택의「봄의 노래」, 이원수의「숲속나라」, 염상섭의「채석장의 소년」, 마해송의「떡배 단배」등을 들 수 있다. 해방기에 발표되었던 주요 연재 서사작품들은 〈표 1〉에서 확인할 수 있다.

학학회, 2009; 정연미, 「이원수 장편 판타지 동화연구」, 대구교육대 석사논문, 2007.
16 최지훈, 「우리가 지금 생각하고 관심가질 일」,(『아동문학평론』149, 아동문학평론사, 2013.겨울, 16~17쪽)에서 해방기 아동문학 연구 부재에 대한 문제를 심도 있게 지적한 바 있다.

<표 1> 해방기 주요 서사 연재 작품

번호	제목	저자	발표지면	연재기간	갈래	비고
1	새동무	양미림	『새동무』	1946.4~1946.7.	소년소설	
2	이순신장군	박태원	『소학생』	1946.11~단행본 간행	소년소설	월북
3	봄의 노래	정인택	『소학생』	1948.6~1948.12	소년소설	월북
4	떡배 단배	마해송	『어린이』	1948.6~『자유신문』 발표 재수록	동화	
5	하얀 쪽배	정인택	『소학생』	1949.1~1949.6	소년소설	월북
6	이름없는 별들	정인택	『소학생』	1949.7~1950.3	소년소설	월북
7	신라의 별	이성표	『어린이나라』	1949.1~1949.8	역사인물	
8	애국자	임서하	『어린이』	1949.1.2(합호)~	소년소설	월북
9	숲속나라	이원수	『어린이나라』	1949.2~1949.12	판타지	
10	녹두장군	이성표	『어린이』	1949.6~?	역사인물	
11	십자성의 비밀	최병화	『어린이나라』	1949.7~1950.3	모험소설	
12	꿈에 다니는 길	정인택	『어린이나라』	1949.9	소년소설	
13	아름다운 새벽	정인택	『아동구락부』	1949~?	소년소설	
14	채석장의 소년	염상섭	『소학생』	1950.1~?	소년소설	

해방기에 연재, 발표되었던 장편[17] 아동서사의 작품을 목록화하면
〈표 1〉로 대체될 수 있다. 『소학생』에는 정인택의 「봄의 노래」(1948.6
~1948.12)가 6개월 이상 연재되었고, 이 연재에 이어 곧바로 「하얀쪽
배」 연재가 시작(1949.1)되어 그해 6월까지 이어진다. 그리고 같은 해
10월 정인택의 새 장편소설 「이름없는 별들」 2회가 시작된 것으로 보
면 적어도 8월 이전에 「하얀쪽배」 연재가 끝났다는 것을 알 수 있다.
「이름없는 별들」은 1950년 4월호까지 연재되었고, 같은 해 6월호에는
실리지 않은 것으로 봐서 1950년 5월에 연재가 끝이 난 것을 알 수 있
다. 염상섭의 장편소설 「채석장의 소년」은 1950년 1월에 제1회가 시

17　여기서 장편이라고 하면, 해방기에 창작된 단행본이거나 소년잡지에 적어도 5회 이상
　　의 연재된 작품으로 한정한다.

작되어 제6회분이 1950년 6월호에 실려 있다.[18] 『어린이나라』에는 이원수의 『숲속나라』가 연재된다. 이외에도 몇 편의 역사 인물을 다룬 전기물이 연재되었다.[19]

해방공간에서 전작으로 발간된 장편 소년소설로는 거의 유일하게 현덕의 『광명을 찾아서』[20]를 꼽을 수 있다. 1946년, 해방과 동시에 현덕의 창작작품집 『집을 나간 소년』이 발행된 바가 있다. 하지만 『집을 나간 소년』은 1937년부터 『소년』[21]에 발표되었던 단편을 묶어 발행한 것이다. 그렇기 때문에 『광명을 찾아서』야말로 진정한 해방기 작품이라고 하겠다. 그리고 현덕의 유일한 장편소설이기도 하다.

이 시기에 노양근의 『열세동무』, 주요섭의 『웅철이의 모험』 등과 같은 역작이 단행본으로 발간되었으나 『열세동무』는 1937년 7월 1일부터 8월 28일까지 『동아일보』에 연재된 소년소설로 1940년 한성도서주식회사에서 이미 초판 발행된 바 있다. 1947년 발행된 『열세 동무』는 1940년 한성도서의 3판 발간이다. 『웅철이의 모험』 또한 『소년』 창간호(1937.4)부터 1938년 3월까지 1년여 간 연재된 판타지이다.

---

18 1950년 6월호 『소학생』 발행 날짜는 1950년 6월 1일이다. 6・25전쟁이 일어나기 불과 며칠 전으로 이때까지는 평온한 상태로 6월호가 무사히 발행될 수 있었던 것으로 보인다.
19 박태원은 해방공간에서 「이순신장군」을 비롯 삼국지 등을 연재하였다. 김유신 장군을 다룬 이성표의 「신라의 별」, 「녹두장군」, 박태원의 「이순신 장군」 등은 전기에 해당되기에 이번 논의에는 포함시키지 않음을 밝혀둔다.
20 『광명을 찾아서』(동지사아동원, 1949)가 발행 당시에 많은 관심을 받은 것을 그때 광고문안 등을 통해서도 알 수 있다. "현선생님이 해방 후 처음 써 내이신 씩씩하고 재미난 장편 소년소설. 어려움 속에서 용감히 싸워 나가는 희망이 넘치는 소년들의 꽃다발이다."(『어린이나라』 1-4, 1949.4, 17쪽)
21 『소년』은 조선일보에서 1937년부터 1940년까지 발행한 아동 교양문예지이다. 편집 윤석중, 필진으로는 현덕, 김내성, 박태원 등의 작가들이 대거 참여했다.

전작 장편 중에는 『광명을 찾아서』만이 해방기에 발간된 중요한 장편 서사이다.

이 글에서는 현덕의 『광명을 찾아서』와 마해송의 「떡배 단배」, 이원수의 『숲속나라』, 정인택의 「이름 없는 별들」 등을 중심으로 당시의 현실인식의 양상을 고찰하고자 한다.

2) 배경으로서의 사회 현실

일제의 패망으로 우리 민족은 꿈에도 그리던 해방을 맞이하게 되었다. 우리 민족의 끈질긴 저항과 식민지배에서 벗어나기 위한 부단한 투쟁이 있었지만, 자주적인 역량으로 침략세력 일제를 격파한 것은 아니었다. 그래서 외부 열강의 미묘한 갈등에 빠져들 수밖에 없었고, 이념대립은 첨예하게 드러났으며, 문단 내부의 이념갈등은 심화되었고, 아동문학인들 역시 예외일 수는 없었다.[22] 이 때문에 혼란은 가중 될 수밖

---

22 해방을 맞이하고 가장 빠르게 조직된 문인단체는 임화, 이태준, 김기림, 김남천, 이원조 등이 중심이 된 조선문학건설본부(1945.8.18)이다. 그러나 이들 지도노선에 반발하는 이기영, 한설야, 송영 등은 조선프롤레타리아예술동맹(KAPF)의 정신을 이어받는다는 조선프롤레타리아문학동맹(1945.9.30)을 조직한다. 좌익계열의 문화단체가 조선문화건설중앙협의회와 조선프롤레타리아예술동맹으로 이원화되자, 조선공산당의 종용으로 조선문학동맹(1945.12)으로 통합하였다가 조직을 확대하기 위해 제1회 '전국문학자대회'를 개최하면서 조선문학가동맹(1946.2.8~9)으로 정식 승인을 받고 ① 일본제국주의 잔재 소탕, ② 봉건주의 잔재 청산, ③ 국수주의 배격, ④ 진보적 민족문학건설 등의 강령을 채택한다. 한편 민족계열의 문화인들 중 조선문화건설중앙협의회에 가담하지 않은 변영로, 오상순, 박종화, 김영랑, 이하윤, 김광섭, 김진섭, 이헌구 등이 별도의 문화단체인 중앙문화협회(1945.9.18)를 설립한다. 민족진영의 문인들은 중앙문화협회를 중심으로 전조선문필가협회(1946.3.13)를 창설하고, 문학인으로 민주주의 국가건설에 공헌하고 민족문화를 발전시켜 나아가자는 강령을 채택한다. 단체에 가담하고

에 없었다.

해방 이후 서울의 풍경은 당시 중앙 일간지의 어지러운 사회면 기사가 그 혼란상을 입증하고 있다. '식량난, 테러, 물가고, 부정부패, 생활고, 살인, 강도, 모리배, 탐관오리, 교통사고'는 해방된 서울의 면모를 뒷받침해주는 유력한 자료들이다. 이영희는 해방 직후의 이 시기를 '완전 무질서, 아사리판, 무법천지'로 말하고 있다.[23]

1946년 10월, 서울 중앙청에 성조기가 휘날리고 급조 애국자들의 정치 집회와 테러가 난무하는 도심 한 가운데로 매번 연착하는 초만원의 전차에는 순경의 검색을 비웃기라도 하는 듯 소매치기가 극성이고, (…중략…) 황금정 육정목 근방의 가설극장에서도 악극단 공연과 영화를 보기 위해 모여든 사람들로 언제나 만원이고 이곳을 밀회장소로 애용하는 중학생들이 삼삼오오 모여있다. (…중략…) 서울역에는 매일 밤 일확천금의 꿈을 좇는 무역풍에 들뜬 모리배와 명사들의 가방이 일본과 마카오로부터 오는 밀수품을 받기 위해 부산행 열차에 가득 실려 떠난다. (…중략…) 어디 그뿐이랴, 밤이 되면 해방 후 우후죽순으로 생겨난 무허가 카페, 빠, 댄스홀, 요정으로 인력거에 몸을 실은 군정 통역관과 정치브로커·모리배·간상배들이 모여들어 신흥계급과 전재민(접대부)들이 어우러지는 무아경을 연출하면서 한 달에 약 1억 원을 소비하고 있다.[24]

있던 조연현, 김동리, 서정주, 조지훈, 곽종원 등은 별도로 조선청년문학가협회를 조직하여 ① 자주독립 촉성에 문화적 헌신을 기함, ② 민족문학의 세계사적 사명의 완수를 기함, ③ 일체의 공식적, 노예적 경향을 배격하고 진정한 문학정신을 옹호함이라는 강령을 내걸고 문학정신의 수호를 강조했다. 권영민, 『한국현대문학사(1945~1990)』, 민음사, 1993, 33~48쪽 참조.

23 이영희, 『역정』, 창비, 2012, 112쪽.

경제적 측면에서 8 · 15해방은 식민지적 구조가 와해되자 원재료와 자본 및 기술부족을 겪게 되면서 생산과 소비에서 크게 위축될 수밖에 없었다. 해방직후 4개월간 물가는 폭등하여 1936년 기준으로 28배 상승하였으며, 전년도 1944년 기준으로 12배에 이르는 초 인플레이션을 시현하고 있었다.[25] 연필 한 자루, 공책 한 권까지 일본으로부터 수입해 왔던 것이 막혀 버린 현실이었다. 인플레는 극심하였고, 생활상은 불안정한 삶 그대로였던 것을 알 수 있다.

길에 거지와 소매치기가 벌산을 할 때였다. 소년들이 목판에다 양담배, 껌 따위를 들고 팔러다니다가 기회 봐서 소매치기나 구걸을 하기도 했다.[26]

요지음 소년들은 어떠한 형편에 있는가? 우선 서울 거리에서 보는 바만치 드라도 무수한 어린이가 거지는 고사하고 신문 양담배 팔기에 눈이 뒤집힌 소년소녀들이 웨 그리 많은고? (…중략…) 이런 조선 상태가 해방이 무슨 해방이란 말이냐?[27]

박완서와 정지용의 글은 당시의 사회상을 여실히 보여주고 있다. 박완서의 이 글은 1950년대에 막 들어선 풍경이기는 하지만, 해방 직후

24 이봉범, 「해방공간의 문화사」, 『상허학보』 26, 상허학회, 2009, 13~15쪽; 「서울의 表情 시리즈」, 『경향신문』, 1946.10.9~11.9 참조.
25 유광호 외, 「美軍政의 金融通貨政策」, 『연구논총』 92-16, 한국정신문화연구원, 1992, 155~156쪽 참조.
26 박완서, 「1950년대 미제문화와 비로도가 판치던 거리」, 역사문제연구소 편, 『우리 역사의 7가지 풍경』, 역사비평사, 1999, 334쪽.
27 정지용, 『아동문화』 창간호, 1948.11.

부터 이어져왔다고 볼 수 있는 것이 정지용의 글이 그런 사실을 뒷받침해주고 있기 때문이다. 이러한 어지러운 사회현실은 소년소설의 배경으로 어떻게 작용했으며, 어떻게 형상화되었는지, 그리고 무엇을 말하고자 하는지 다음 장에서 고찰하게 된다.

3. 해방기 장편 소년소설에 나타난 현실인식 양상

해방은 되었지만, 정치적으로 한반도는 나누어져 있었고 이데올로기의 대립으로 혼란은 가중되었으며 삶은 여전히 불안정하였다. 튼튼하지 못한 경제기반으로 인해 국민의 삶이 어려웠다. 미국과 소련이 한반도를 분할 점령한 상황에서 자주적이고 자조적인 경제력으로 진정한 의미의 새나라 건설이 절실히 요청되었다. 일본 제국주의는 패망하여 물러갔으나 또 다른 외세가 들어오고 거기에 아부하는 권세들이 다시 득세하는 모양 때문에 '모리배', '간상배', '정치꾼' 등에 대한 경계와 비판이 여기저기에서 노골화되었다. 이 같은 상황에서 일제 식민정책과 제국주의의 잔재를 씻어내는 것, 새로운 나라를 건설해야 하는 것 등은 중차대한 민족적 과제가 아닐 수 없었는데, 아동 서사에도 현실의 문제는 심각하게 나타나있었다.

1) 탈식민성과 자조自助 자주自主 새나라 세우기

「떡배 단배」는 해방 직후 외세의 영향에 좌우되면서 불안정하게 흔들리는 경제사정과 원조에 의존하던 불안한 시대상을 그대로 보여주고 있다. 「떡배 단배」는 자본을 가진 강대국이 후진국 경제를 침탈하는 내용의 알레고리이다.

그런 점에서 해방공간에서 「떡배 단배」의 발표는 매우 유의미하다. 섬나라의 근해에 '단배', '떡배'로 지칭되는 거대 함선이 정박해서 약소국의 물자를 공략하는 장면은, 조선을 공략하기 위해 강화도 인근 연안에 정박했던 이양선異樣船의 악몽을 되살리게 충분하다. 이제 겨우 일제의 압박에서 벗어난 시점에, 강대국에 의존하는 경제 구조에 대한 경고가 아닐 수 없다.

개화기, 강화도 앞 까지 들어온 이양선이 물자교류, 경제교역을 빌미로 조선의 개항을 요구하였고, 그렇게 문호를 개방하면서 마침내 국가의 주권까지 넘겨주었던 뼈아픈 경험이 채 사라지지도 않았는데, 해방과 함께 또 외세의 원조를 받을 수밖에 없게 된 엄중한 현실은 두렵기까지 하다.

「떡배 단배」는 해방기의 불안정한 경제구조 속에서, 새로운 나라를 건설하기 위해서는 무엇이 필요하며, 무엇을 해야 하는지에 대한 물음을 가져보도록 한다.

어느 밤, 섬에 배 한 척이 들어온다. '단배'에서는 '단것'으로 섬나라 사람들의 입맛을 공략한다. 처음에는 원조의 형태로 무상 지급한다. 가난한 나라의 사람들은 아무런 비판 없이 우선 입에 달고 혀끝에 감도는 단맛에 혹해서 그 맛에 빠져든다. 그리고는 점점 더 그 단 맛을 끊을 수 없게 되자 섬사람들은 자신들에게 가장 진귀한 먹거리이자 소득원인 '전복'과 맞바꾸게 된다.

다음에는 번갈아 '떡배'가 들어와서 섬사람들에게 '떡을 나누어 준'다. 섬사람들은 비판 없이 "떡배가 오면 떡을 받아 놓고 단배가 오면 단 것을 받"는 것이 잘 사는 길이라는 안일한 생각을 하지만, 떡배 또한 섬의 전복을 모두 훑어간다.

게다가 연안에 정박해 있던 '단배'의 사람들은 드디어 섬에 '단집'을 지어 본격적으로 섬 공략에 나선다. 물론 이 과정에서 '단배'사람들은 '갑동'이를 철저하게 이용한다. 섬사람들은 '단 것'을 얻기 위해 아무런 비판 없이 '수수깡'이나 '짚풀'과 같은 섬의 소득원을 유출한다.

섬사람들은 가로 뛰고 세로 뛰어 집으로 들어가서 수수깡을 들고 나왔다. 단집에 들어가려면 수수깡이나 짚풀을 내야만 된다는 것이다. 들어가는 데서 수수깡이나 짚풀을 주면 예쁜 여자가 그 무게를 달아서 '딱지'를 주는데, 두 장을 받는 사람도 있고 다섯 장을 받는 사람도 있었다. 그 딱지를 가지고 단집에 들어가면 온 집 안을 구경할 수도 있고 '단물' '단 것' 어떤 것이든 주욱 늘어 놓은 가운데서 마음에 드는 것을 먹을 수 있었다.[28]

더욱이 단집이 생긴 후로는 단집에 가서 놀고 먹는 재미에 농사 짓기를 게을리 하여서 인제는 차차 바꾸어 먹을 것이 없어졌다. 단집에는 바꾸어

28　마해송, 『떡배 단배』, 문학과지성사, 2013, 33쪽.

줄 단 것이 산더미같이 쌓여 있고 수수깡과 짚풀은 땅광에 가득 쌓여 있었지만, 섬사람들은 문밖에서 어름어름하고 들어가지 못했다.[29]

위의 인용문은 약소국이 자원 강대국에게 경제적으로 속박되어 가는 과정을 드러내 보여주고 있다. 강대국으로 비유되는 '단집'의 호사를 즐기기 위해 자원을 낭비한 것 때문에 섬의 자원은 점점 고갈되어 가는 반면, '단집'의 창고에는 먹거리가 가득가득 쌓여만 간다. 게다가 섬사람들은 놀고먹는 재미에 빠져 농사도 짓지 않게 되자 먹을 것이 없을 정도로 점점 더 가난해지는 형국이다.

그리고 '떡배'의 사람들도 마침내 바닷가에 '떡집'을 짓고 섬사람들을 불러 모으고, 전복을 가져오게 한다. 섬사람들은 이처럼 '떡집'과 '단집' 사이에서 자원을 수탈당하고 급기야는 두 패로 나뉘어져 싸움판을 벌이게 된다.

"그렇다면 단배의 것을 떡배가 가지고 갔다해서 섬사람들이 떡집 패, 단집 패로 짝 갈려서 싸우면 죽는사람, 병신되는 사람은 누구이겠어요."

"음, 그렇구나! 떡배 단배는 바다에 떠서 구경만 하고 싸워서 죽고 병신되는 놈은 우리들 섬사람뿐이지! 고약한데…"[30]

외세가 경제를 좌지우지하는 것이나, 외세의 다툼이 한반도의 분단을 가져올 수도 있다는 엄중한 경고가 담긴 담화이다. 떡배와 단배의

---

29 위의 책, 42쪽.
30 위의 책, 58쪽.

이권분쟁은 결국 섬나라, 약소국 하나를 초토화시키고 삼켜버릴 수 있다는 예고이다.

이 글은 1948년부터 1949년까지 발표되었다. 6 · 25전쟁 이전이고, 남북분단이 고착화되기 이전에 발표된 작품이다. 해방직후 당시의 이데올로기대립과 혼란상은 남북분단을 가져올 수 있다는 경고성 담화는 더욱 무겁게 들린다.

> "(…전략…) 이렇게 세상물정 모르고 뒤떨어져서 가난하게 살고 있는 조그만 섬까지도 저 사람들은 찾아와서 처음에는 그저 주는 것같이, 고맙게 해주는 것같이 하면서 쏙쏙 알맹이로 귀한 것은 모조리 훑어가는 사람들이 아니오." (…중략…) "먹을 것이 떨어지면 그때야말로 저 사람들의 손아귀에 들어가는 것이오. 온 섬을 수수깡 밭을 만들어서 그것을 바치라면 네네 ㄱ대로 해야겠고, 저 사람들의 말을 무엇이든지 듣고 심부름을 하고 주는 것을 얻어먹게 되는 것이 아니오. 개가 되는 게지."[31]

결국, 돌쇠의 담화는 '떡배', '단배'의 출현과 그 의도와 결과까지 모두 정리하고 있다. 섬사람들은 그제야 전말에 대해 이해하는 우매함을 보여준다. 자원에 빈약하고 경제력을 갖추지 못한 약소국민의 현실을 「떡배 단배」에서 보여주었는데, 당시의 한반도의 상황을 정확하게 포착하고 있는 한 편의 아동서사이다.

「떡배 단배」[32]는 애초 1948년 1월 『자유신문』에 연재되었던 동화인

---

31 위의 책, 57~58쪽.
32 이 글은 애초 1948년 1월 12일부터 16일까지 4회 분량으로 『자유신문』에 연재되었고,

데, 같은 해 6월호『어린이』에 다시 연재된다.『어린이』에 연재를 시작하면서 편집후기에 '직이'라는 이름으로 다음과 같은 글을 싣는다.

> 이 동화는 마해송 선생의 창작으로『自由新聞』에 났던 것이나, 신문은 어른들이나 보시었고 여러분들은 보지 못하였을 것이므로 마선생님의 허락을 받아, 내어드립니다.[33]

「떡배 단배」는 해방 직후 급속하게 침투되어온 갖가지의 무분별한 양풍洋風에 대해서도 비판하고 있다. 이러한 양풍은 대체로 소비지향적이고 향락적이며 퇴폐적이기도 하여서 문화의 저급성을 보여주기도 한다. 그런데 이러한 향락적이고 배금적인 내용은 이내 징벌을 받게 된다. 소비지향적이고 향락적인 생활의 결과가 어떤 것인가를 금방 알게 해주었다.「떡배 단배」에서는 외세로 인하여 민족의 생각이 갈라지고 민족공동체가 분열되는 과정을 보여주면서 민족 분열에 대한 경고도 잊지 않고 있다.

약한 민족의 경제체제를 무너뜨린 탐욕의 대가로 강대국 '떡배', '단배'의 최후는 비극적이다. 아동문학의 독자를 고려하였거나, 강대국을 화석화시킴으로 해서 약소국에 대한 경제자원 강대국을 징벌적으로 처리하는 결말은 시사하는 바가 크다. 결과적으로 볼 때, "이쪽저쪽에서 쏜 두 개의 대짜 탕은 섬을 두 동강내고 말았다". 한반도는 종족 분쟁의

---

33 1949년 자유신문 1월 1일부터 25일까지 18회 연재되었다.『어린이』에는 1948년 6월부터 연재된 것으로 보아『자유신문』1948년 연재 분량일 것으로 짐작할 수 있다.『어린이』124, 1948.6, 56쪽.

비극이 일어났고, 결국에는 국토가 두 동강나는 비극을 맞고 말았다. 「떡배 단배」에서 보여준 예견이 그대로 들어맞았기 때문에 「떡배 단배」의 교훈은 결코 쉽게 넘길 수 없는 민족의 과제가 된 것이다.

> 우리들이 건너다닐 다리를 놓자 / 영차영차 다리를 놓자. // 밤이면 산토끼도 건너다니고, / 영차영차 다리를 놓자. // 우리들의 나라는 우리 손으로! / 영차영차 다리를 놓자….[34]

『숲속나라』의 초반부에 나오는 한 편의 이 노래는 이원수 특유의 시적 함축이 잘 응집되어 있다. 자조적이면서 자립적인 경제관념의 필요성은 『숲속나라』에서도 반복된다. 여기서 '다리'는 험난한 세상을 건너갈 '다리'와 다르지 않다. 다리가 있으므로 해서 옷을 적시지 않아도 되는 것이다. 게다가 '나'만을 위한 것이 아니라 '산토끼'와 같은 작고, 여린 생명체들도 안전하게 세찬 물길을 건너갈 수 있는 것이다. 이는 우리(어린이) 힘으로 살아가는 것의 가치를 역설하면서 거기에 머물지 않고, 더 나아가 어린이들의 힘으로 온갖 생명(자연물)을 도울 수 있음을 시사하고 있다.

일본 제국주의는 패망하여 물러갔으나 또 다른 외세가 들어오고 거기에 아부하는 권세들 때문에 서민 아동의 삶은 힘들기만 하였다. 그래서 다리를 놓자고 하는 것이다. 가장 힘없는 존재들을 위하여 돌다리를 놓자고 한다. 1학년 아이들, 꼬부랑 할머니, 그리고 조그만 토끼까지

---

34 이원수, 『숲속나라』, 『어린이나라』 1-2, 1949.2; 『이원수 아동문학전집』 2, 웅진출판, 1984, 21쪽.

건널 수 있는 돌다리를 놓아 옷을 적시지 않고 시냇물을 건너자고 요청하고 있다.

이는 '나'만을 생각하는 이기심이 아니라, 이웃과 남을 생각하는 이타심의 발현인 것이다.

2) 부권父權 상실의 불안정한 삶

해방은 되었지만, 삶의 풍경은 불안정했다. 정치사정이 이와 같으니 경제, 사회 전반에서 안정을 찾는 것은 어려웠다. 자주적 지도력 부재의 상황에서 사회 혼란은 가중되어 갔고 경계의 놓인 소년들의 삶은 위태로운 형국이었다. 보호해 줄 부모가 없는 상황의 심층적 의미는 결국 국가의 주권부재를 말하고 있는 것이다.

'죄없는 소년'을 매질하여 교활한 成人을 만들려 하는 조선에는 모리로 축재한 재벌이 있는가 하면 폭탄도 받지 않은 도시에 아이들이 길에서 자고 잃고 하며 작년도 소년범죄 1천 800건수와 금년도에 들어서서 지난 29일까지 1,200여건이란 대체 무슨 일이냐![35]

정지용의 이런 언술은 해방공간의 혼란한 상황에서 보호받지 못한 미성인의 삶이 얼마나 위태한가를 말하고 있다. 이런 사회 혼란상은 아

---

35 정지용, 「不幸한 少年 少女의 親友 플라나간 神父를 맞이하여」, 『경향신문』, 1947.5.31, 1면.

동들의 삶을 위협하였고, 가정이 없거나 보호자가 부재하는 결손 아동들은 범죄와 사회적 폭압에 그대로 방치된 형국이었다. 미성인의 시간은 사회적 보호와 계도 속에서 성장하는 과정이다. 이런 과정이 생략된 소년들은 섣부른 어른 흉내를 내면서 비행과 타락의 길로 빠질 수밖에 없는 것이다.

현덕의『광명을 찾아서』는 이런 혼란기에 선악善惡의 경계선에 위태롭게 서 있는 한 소년의 모습을 세밀하게 그리고 있다. 『광명을 찾아서』에서 창수는 "전교에서 우등생으로 아이들의 부러움을 받"는 소년이지만, 가정 형편 때문에 후원회비를 내지 못하는 가난한 학생이다.

이 소설의 내면을 좀더 들여다보면, 창수와 수만으로 대별되는 두 세계를 극명하게 대비시키면서 부권父權으로 상징되는 기성세대의 보호와 계도, 이해 등의 '보살핌'이 소거된 미성未成의 소년들 삶이 얼마나 위태로운 것인가를 역설하고 있다.

미성인未成人의 과정은 사회적 계도와 보호를 받으며 성숙으로 진입하는 시기이다. 수만이처럼 미성인未成人의 단계를 거치지 못하고 섣불리 잔인한 성인기 진입해 버리는 것은 "불 없는 전등주 아래서 유행가를 부르고, 거기에 맞춰 휘파람을 불"거나 "게으른 사람처럼 벌렁 자빠져 담배를 물고 후후 천정을 향해 담배 연기를 피우"기도 하고 "자기들끼리 모여 노름을 하는 대로 나가"는 온갖 불량한 행동과 범죄를 일삼는 길로 빠질 수밖에 없음을 보여주고 있다.

『광명을 찾아서』에서 소년 인물들은 부모가 있기는 하되 참된 보호자가 아니거나, 창수처럼 애초 부모가 없는, 보호자 부재의 환경에 처해있다. 살펴줄 사람이 없거나 보살핌을 받지 못하는 소년들은 거리를 방황하면서 어른들의 범죄를 모방하거나, 고약한 어른 흉내를 내고 타락으로 치닫는 위태로운 상황에 내몰려있는 것이다.

『광명을 찾아서』에서 초점화자 창수는 부모님이 모두 일찍 돌아가셔서 삼촌 집에 얹혀사는 어려운 형편이다. 가정형편 때문에 학교 후원비도 제때 내지 못해서 교사校舍 뒤 칠판에 후원비를 안 낸 사람으로 마지막까지 이름이 적히게 돼서 학교에 가는 일이 '창피를 당하러 가는 것'처럼 발걸음이 무겁기만 한 인물이다. 숙모님이 나들이용 옷가지를 팔아서 어렵게 마련해준 후원회비를 들고 학교에 가던 어느 날, 등굣길에서 영문도 모르는 사이 양복 윗주머니에 넣어둔 돈을 잃고 만다. 이렇게 시작된 창수의 난관은 쉬이 끝이 나지 않고, 결국에는 소매치기에 좀도둑질까지 하는 수만과 어울리게 되면서 끝내 가출을 하게 된다.

창수와 이웃에 살았던 수만은 창수에 비해 가정은 넉넉한 편이었으나, 공부도 부족한 데다 새어머니, 사랑이 없는 가정, 참된 보호자가 없는 집이 싫어서 가출한 아이이다.

> "(…전략…) 말로야 친아들과 다름없이 대하지만 실상은 겉치레야, 사랑이 없다는 말이다. 진정으로 아끼고 사랑하는 마음이 없는 것을 알겠더란 말이다. (…중략…) 사랑이 없으니깐 그건 남의 집만 못하더라, 차라리 남의 집이면 애초부터 그런 것으로 단념을 할 것이니까."[36]

> "(…전략…) 저놈은 언제고 또 자기들을 배신할 놈이거니 하고 언제나 경

---

36 현덕, 『광명을 찾아서』, 창비, 2013, 38쪽.

계의 눈으로 너를 볼 것이다. 그래, 그 속에서 너 같은 민감한 애가 견뎌 내겠느냐 말이다. 결국은 또 그 사람들을 배신하고 집을 나오게 될 걸 뭐."(96쪽)

인용된 발화에서 알 수 있듯이 수만이는 사랑이 없는 새어머니와의 형식적 관계에서 가족 구성원으로 크게 실망하였고, 게다가 '불신', '배신' 등의 언술로 보면 이미 가족으로부터 '배신'당한 상처를 짐작할 수 있다. 그렇기 때문에 가족의 보호와 보살핌과는 거리가 멀어졌음을 알 수 있다.

창수는 삼촌으로부터 "피같이 마련한 후원회비를 가지고 수만이 같이 질나쁜 아이들과 어울렸다"는 오해를 받고 자의반 타의반으로 집을 나와서 수만이 일당의 거처 '더러운 다다미방'에서 지내게 된다. 그러나 창수는 수만 일당의 비웃음과 조롱을 받아가면서도 어떻게 해서라도 범죄의 소굴에서 벗어나 '지금 바로 툭툭 털어버리고' 삼촌 집으로 곧장 다시 돌아갈 것을 입버릇처럼 되뇌고, 선악의 경계선 위에 서서 매일 고민과 갈등을 반복하지만 혼자의 힘으로는 도저히 범죄 소굴에서 벗어나기 어렵다는 사실을 알게 된다.

수만이는 자기를 보호해 줄 사람이 없는 세상에 내던져진 존재일 뿐이라는 자신의 처지를 거듭 확인할 뿐이다. 그러면서 창수에게 '젖내나는 어린애 버릇을 버리고 남의 것 속여도 먹고 뺏어도 먹는 한 사람의 어른으로 그 세계에 들라'고 강압한다.

하지만 창수는 '어른의 세계가 그런 것이라면 생전 어른이 안 되어도 좋'다라고 선언하면서 무슨 일이 있어도 무섭고 구질구질한 이 소굴에서 벗어나겠다고 결심하지만 현실은 반대로 악의 세계에 깊이 말려들게 된다. 스스로는 악의 소굴에서 벗어나려고 발버둥 치지만, 점점 더 옥죄어 들어갈 뿐인 것을 안다.

급기야 수만 일당과 함께 어느 야밤에, 한 소녀의 집에 복면도둑으로 들어가는 범죄를 저지른다. 그 집에서 창수가 가지고 나온 것은 고작 프랑스 인형 하나이지만, 그 일로 인해 창수는 범죄 조직의 올무에 단단히 묶이게 된다.

창수는 자신의 내부에서 충돌하고 있는 선악의 대결에서, 도둑질한 인형을 소녀가 입원한 병실 안으로 던져주는 것으로, 일시적이나마 선善의 승리를 경험하기는 하지만, 생사를 넘나드는 급성 폐렴을 앓고 나서는 거의 자포자기 상태가 된다.

> "난 이제 자랑이라는 것을 잃은 사람야. 이제 난 돌아갈 곳이 없는 사람야. 이젠 좋은 것이라든가 착한 것이라든가 훌륭한 것, 영광스러운 것, 이런 것 하고는 영 담을 쌓은 사람야. 세상 사람들은 세상 사람들은 나를 보면 욕하고 주먹질을 하고 배척할 게야. 나는 그 모든 사람들을 적으로 하고 살아야 해. 그 모든 사람들을 적으로 하고 집 안에 사는 쥐처럼 사람들이 보지 않는 틈을 살살 피해 가며 더럽게 살아야 한단 말이다."[37]

이와 같은 창수의 비통한 고백은 스스로의 힘으로는 도저히 악의 올무에서 벗어날 수 없음을 절규하고 있는 것이다. 혼자의 힘으로는 '정의'이며 '아름다운' 것이며 '정직'을 지켜낼 수 없음에 분노하고 있다.

---

37 위의 책, 150쪽.

그리고 창수로서는 가장 최악의 위기 상황인 소매치기 현장에서 어느 신사에게 '손목을 잡히'는 일을 당하고 만다. 이렇게 악연으로 만난 '양복 신사'는 오히려 창수에게 '광명'을 찾아줄 조력자가 된다. 게다가 '양복 신사'는 창수가 훔쳐온 '인형주인 소녀'의 아버지로 밝혀진다. 급기야 '양복신사'는 창수의 '아버지'가 되기로 자청한다. 상실된 부권의 회복이다. 창수가 혼자의 힘으로는 범죄 집단에서 벗어나는 일이 그렇게 어려웠지만, 사회적 신망이 있는 어른의 조력을 받는 순간 일시에 그곳에서 탈출하게 되었다. 이로써 창수는 범죄의 소굴에서 벗어나 광명의 세상으로 나가게 되는 것이다.

　현덕의 『광명을 찾아서』에서는 해방 이후 불안정한 삶이 순수하고, 정직한 한 소년을 어떻게 타락시킬 수 있을지 그 위험성을 그대로 보여주는 사실주의 소설이다. 무엇보다 현덕이 추구하였던 리얼리즘과 소년의 심리변화와 혼란스러운 사회상이 여실하게 드러나 있어서 문학사적으로 중요한 작품이라 하지 않을 수 없다.

　작가 현덕은 미성인의 시대에 부권으로 대표되는 보호자의 계도와 보살핌이 얼마나 중요하며 절실히 필요한 것인지를 창수와 수만을 대비시켜 극명하게 보여주고 있다. 이는 당시의 정치 현실과 거의 유사하여서 자주적인 지도자를 갖지 못하고 외세에 의해 정치가 좌지우지되었던 해방공간의 허약한 정치현실과 크게 다르지 않음을 알 수 있다.

　소설은 여기서 머물지 않고, 수만이 같은 거리의 청소년들을 함께 계도시킬 방안까지 제시하고 있어서 정치 사회적 혼란기에 큰 빛을 발휘하고 있다.

　『광명을 찾아서』는 소년들이 주변 환경에 얼마나 쉽게 영향을 받고 물들 수 있는지를 보여주는 소설이다. 다시 말하면 소년들의 불안한 심리와 불안정한 삶을 이해하고 그들을 이끌어 줄 진정한 어른의 필요성을 역설하고 있다. 창수가 양복신사를 만나서 광명의 세계로 금방 돌아오는 과정이 그 사실을 입증하고 있다. 창수와 수만은 선과 악의 경계에 서 있는 인물이다. 지도자와 보호자의 필요성을 두 인물의 대비를 통해 극명하게 보여주었다.

3) 어린이들이 세우는 나라

해방을 맞이하였지만, 현재의 공간은 새로운 이상을 펴나가기에는 턱없이 불안하고 부족한 환경이었다. 그 곳은 '모리배'와 '간샛덩어리'와 '기회주의자'들이 득실거리는 곳이기 때문에 새 나라를 만들 수 있는 공간으로는 부적합하다. 아이들은 '거지로 내몰리고, 거리에서 무엇이든 팔지 않으면 살아갈 수 없'을 정도의 열악한 환경이었다. 소매치기가 득실거리고, 속고 속이는 일이 다반사였다.

해방공간에서 새로운 나라 건설이 이상적인 목표지만, 현실에서 그 이상을 실현할 장소는 어디를 봐도 없다. 새로운 영지, 새로운 터가 절실히 필요했다. 해방된 민족 공동체가 살아가는데 어울리는 그런 공간이 필요했고, 민족이 새로운 이념과 새로운 정신으로 살아갈 수 있는 공간을 반드시 찾아내야했다.

『숲속나라』의 노마는 새로운 이상을 실현하기 위해서 새로운 영지, 즉 2차세계가 필요했던 것이다. 「떡배 단배」도 갑동이와 쇠돌이가 새로운 장소를 찾아 떠나는 데서 시작된다. 「떡배 단배」의 도입부에서 갑동이와 쇠돌이는 능동적으로 찾아서 떠난 경우이고, 『숲속나라』의 노마에게는 '아버지'를 찾는다는 목적이 개재되어 있을 뿐, 새로운 곳으로의 떠나는 배경에는 새로운 영토를 찾겠다는 의식이 함의되어 있고, 떠남에는 어떤 필연성도 내재되어 있다.

외세의 힘이 작동되지 않는 곳, 새로운 세상을 만들 수 있는 곳, 그런 곳을 찾아서 떠난 것이다. 노마는 지금의 장소로부터 떠남이 있었기에 새로운 공간을 만날 수 있었다. 노마가 찾아간 '숲속나라'는 어린이가 주인인 나라, 어린이가 만드는 나라이다. 새로운 이상을 실현할 수 있는 나라는 어린이가 주인인 나라로 표상되어 있다. 숲속나라에서는 아버지마저도 어린아이의 모습으로 변해 있었다. 어린이의 마음으로 만드는 공간이 새로운 나라이며 이상적 공간의 모형임을 말해주고 있다.

"여기는 숲속나라다. 어린이 나라, 모두 즐겁게 재미있는 나라다. 슬픈 아이는 없다. 거지 아이도 없다. 여기는 어른도 들어오면 어린이가 된다. 저어기 저 아이는 머리가 하얗지? 저이는 나이 예순도 넘었단다. 저기 저 계집애도 마흔 살 된 계집애, 모두 어린이야, 모두 재미 있게 웃고 노는 아이들이야." (…중략…)

"앗, 아버지 소리."

노마는 깜짝 놀라 뒤돌아 보았습니다. 아, 거기 노마의 아버지가 서 있지 않겠습니까? 그런데 웬 일일까요? 나이 많으신 아버지가 여나문 살 밖에 안 된 어린이처럼 웃고 있으니….[38]

어린이가 주인인 나라이며, 어른도 어린이와 같은 마음을 가진 나라이다. '모리배', '기회주의자' 등의 부정적 이미지로 표상되어 있는 기성세대의 대타적 존재로 새로운 나라를 세울 수 있는 세대는 어린이로 그려진 것이다. '예순 살 된 아이', '마흔 살 된 계집애', 심지어 노마의 아버지도 '귀여운 어린이'의 모습을 하고 있다. 이것은 마음의 나이를 말하려는 작가의 탁월한 노력으로 보이는데, 삿된 마음이 없는 어린아이와 같은 사람이라면 어른이라도 어린이처럼 보일 것이라는 작가의 의도를 읽을 수 있다. 동심童心 예찬의 미학을 형상화한 중요한 대목으로 보인다.

『숲속나라』에서 '예순 살 된 아이', '마흔 살 된 계집애', '귀여운 어린이의 모습인 아버지' 등을 제외하고, 어른들은 대체로 부정적으로 나타난다. 숲속나라에 침략해서 사치품을 팔려고 하는 모리배, 노마를 유괴해서 감금한 불량배, 무지막지한 놈, 잘난체 떠드는 놈, 간사스러운 놈, 이런 인물들은 어른이다.

어른들은 결국 자신의 탐욕과 권력 때문에 진정한 새 나라를 세우기는 어렵다는 단정이며 그래서 어린이들이 새로운 세상을 만들 수 있다는 것을 보여준다. 하지만, 권력과 물질지향의 어른들은 끝내 어린이나라를 이해하지 못한다. 어른들은 어린이들이 만들고자 하는 세상에 대해 부정하고 비판한다. 어린이들의 세계에 대해 애초 이해할 수 없다는 입장이다.

---

38 이원수, 『숲속나라』, 『어린이나라』 1-2, 1949.2, 14~15쪽.

"괜히 왜 이런 곳에 와서 산단 말이냐, 내 집이 뭐이 싫어서 이런 궁벽한 데세 살겠다는 거냐?" (…중략…)

"여기는 좋은 물건도 택시도 없구나. 이래서 불편해서 어떻게 지내니" (…중략…)

"생각해봐라, 너의 아버지는 남부럽지 않은 높은 관리가 아니시냐. 그런 자리를 버리고 이런 델 오면 어떻게 살아간단 말이냐. 단박 거지꼴이 된다. 엄마 말대로 어서 돌아가자. (…중략…)"

"얘, 보아하니 여기서는 장사가 안될 것 같다. 우리 집이 얼마나 큰 사업을 해오는 집인데 여기에 와서 무슨 벌이로 살아가겠느냐?"

"아버지가 돈 벌어서 너의들을 편히 살게 해 주려는데 왜 이런데 와서 일에 얽매어 가난뱅이 같은 살림을 하려드느냐.… 돌아가자."[39]

'집으로 돌아가면 아버지의 권세로 호의호식할 텐데 여기서 왜 고생을 하려니?'라는 순희, 순동 부모의 언술을 보면 어린이가 만들고자 하는 세상, 해방 뒤의 새로운 세상에 대한 구상은 어른들 세계와는 완전히 다름을 말해주고 있다.

해방 이후, 제국주의 청산, 식민잔재 극복과 나라 세우기는 민족의 최대 과업이었던 것은 이미 아는 사실이다. 민족 내부의 모순을 해결하는 동시에 침략적 외세를 물리침으로 민주적이고 자주적인 민족통일 국가를 건설하는 것과 무엇보다 자주적인 경제 기반을 갖춘 나라세우기가 중대한 과업이었다.

---

39 이원수, 『숲속나라』, 『어린이나라』 1-10, 1949.10, 27~28쪽.

하지만, 기성세대로서는 식민잔재, 제국주의, 봉건사상, 이와 같은 부정적 이미지를 씻어낼 방법이 없음을 작가는 말하고 있다. '모리배', '간샀덩어리'와 같은 부정적 인물들이 세우는 나라는 결국 숲속나라에서 불량배 소굴의 모습인 '술수', '폭력', '무자비' 등이 통하는 세상일 것으로 간주하고 있다.

『숲속나라』에서 순희, 순동이는 부모님을 따라 '숲속나라'를 떠나고 만다. 이것은 어린이들의 세상과 같은 나라 구현의 한계를 보여 주는 것으로 보인다. 하지만, 숲속나라에 남은 어린이들은 그 숲속나라에서 여전히 노래 부르기를 그치지 않는다. 현실은 역시 암울하지만 밝고 힘찬 어린이의 모습은 언제나 다음 세대를 약속할 수 있다는 힘으로 결말지어진다.

4) 공동체 삶의 복원

해방은 우리 민족이 공동체의 삶을 이루어 가야할 필요성이 더욱 확실해졌다. 일제 침략기간 동안 우리 민족의 전통적인 미풍양속은 단절되고 훼손되었다.[40] 두레가 중심이 되어 힘들고 중요한 문제를 함께 공

---

40 유재천, 「백석시연구」, 이선영 편, 『1930년대 민족문학 인식』, 한길사, 1990, 195~198쪽 참조. 일제강점의 말기에는 물자와 인적 강탈에 의해 마을 전체가 황폐화되는 곳이 많았으며 오천 년 동안 간직해온 민족 공동체적인 삶의 풍속도가 해체되는 위기에 처하게 되었다. 백석 시인은 여러 편의 시에서 식민지 현실을 냉철하게 파악하고 있으며, 특별히 1930년대 전통적인 자연마을과 씨족마을들이 일제의 강압에 의해서 훼손되고 민족 고유의 전통과 맥이 끊어지는 과정들을 시적으로 형상화해서 보여주고 있다. 백석의 시에서 확인할 수 있는 것처럼 우리 민족의 공동체적 삶이 훼손되기 시작한 것은

동으로 해결해 나가는 좋은 미풍양속들은 일제에 의해 급속하게 해체되고 말살된 것이다. 이제, 해방공간에서는 그동안 상실했던 민족적 삶의 공동체를 복원해야 하는데, 정신의 복원은 더욱 필요했다. 그것이 민족의 정체성을 회복하는 길이며, 어려운 시기를 살아나갈 방법이 되기 때문이다. 공동체 삶의 복원을 통해 어려운 시기를 뚫고 나갈 방법을 보여주는 소년소설로는 「채석장 소년」, 「이름없는 별들」 등을 들 수 있다.

공동체 삶을 복원하려는 적극적인 의지는 염상섭의 「채석장의 소년」 분명하게 나타난다. 채석장에서 돌을 깨는 전재민 소년을 돕기 위해 또래 소년들이 경쟁적으로 나서는 모양을 볼 수 있다. 「채석장의 소년」은 염상섭 특유의 유려한 문체와 풍부한 묘사와 수식修飾 등으로 독자의 주의를 집중 시키는 한 편의 소년소설이다.

채석장에서 어머니와 돌 깨는 노동을 하는 완식이는 해방과 함께 만주에서 서울로 들어온 전재민 소년이다. 마땅한 거처가 없어서 방공굴에서 지내며. 전학금 1만 원을 만들기 위해 돌 깨는 일을 하고 있다.

규상이도 이북에서 왔지만, '고려방직회사 전무'로 있는 아버지 덕에 유복한 생활을 한다. 채석장 근처에서 놀다가 조금 특별한 인연으로 완식을 알게 된 규상이는 매사에 사리가 분명한 완식이의 태도에 점점 호감을 가지게 되고, 이상한 끌림으로 친구가 되기를 자처한다. 그러나 완식은 서로의 형편이 아울리지 않는다는 자존심으로 필요 이상의 관심을 나타내지 않는다.

일제 식민지에서 기인한 것으로 볼 수 있다.

'공부도 잘하고, 반장이면서 모범적'인 규상이는 생각이 깊고 따뜻한 마음을 가진 소년이다. 완식이를 위해서 담임 선생님에게 전학금을 싸게 해 줄 수 있느냐는 청을 넣기도 하고, 누나를 비롯한 주변사람들에게 적극적으로 완식이를 옹호해 나간다. 게다가 한때는 완식이로 인해서 규상이와 사이가 멀어졌던 영길이마저도 학교 후원회장인 아버지를 통해 완식이 전학을 돕겠다고 나선다.

지혜와 힘을 함께 모으면 한 사람을 능히 도울 수 있게 된다는 사실을 아이들이 보여주고 있다. 해방기의 혼란한 시기에 한 줄기의 희망을 비쳐주는 서사가 아닐 수 없다. 여기서 규상이 일행이 도우려는 완식이는 1명의 완식이가 아니라 전재민 소년을 대표하는 한 명의 인물이며, 그런 점에서 규상이와 그 친구들이 보여준 우정 어린 모습은 미래 주역인 소년들이 우리의 민족 공동체 삶을 복원하려는 의지와 노력으로 보이는 것이다.

「이름없는 별들」은 기획의도부터 상당히 신선하다. 애초 특정한 주요인물을 설정하지 않았다. 태진, 종호, 운봉, 옥순, 희봉, 창수, 갑주 등 소년 인물들 모두가 주인공이라 작가의 설명에서 알 수 있듯이 여러 소년 인물들을 통해 공동체적 삶의 유익을 보여주려는 의도를 간파할 수 있다.

다만, 갑주는 새어머니가 온 뒤로 나날이 성격이 어두워지고 거칠어지며, 침울에 빠져든다. 이를 지켜보는 갑주 아버지는 경치가 좋기로 유명한 서울 근교로 이사하면 밝은 성격으로 변화될까 해서 이곳 '문밖'으로 이사했다. 이 소설에서는 갑주의 소년기의 심리와 사춘기적 방황이 초점화되어 있어 작품 완성도를 높여주고 있다.

학교 운동장에서 영화 상연을 하기로한 어느 날 오후 탕! 하는 폭음爆音과 함께 폭발 사고가 일어난다. 교사校舍가 날아가고 영화를 보기 위해 모였던 사람들이 화염에 휩싸이면서 순식간에 운동장은 아수라장으로 변하고 부상자가 생긴다. 그중에서도 희봉은 다친 다리에 합병증이 생겨 다리를 절단할 수밖에 없게 된다.

학부모들은 자금을 모아 학교를 재건해야 하고 부상자들을 위문해야하고, 폭발은 왜 일어났으며, 폭발물을 설치한 사람은 누구인지를 알아내야하는 큰 일이 있지만, 우선은 파괴된 직원실이며 불탄 교실을 정리해야하는 일이 급선무다. 그런데 '이튿날부터 아이들이 의논이나 한 듯이 학교로 모여와서 이런 일들을 하기 시작'한다. 아이들 모두 누가 먼저랄 것도 없이 학교 복구와 재건을 자신들의 일로 생각하고 앞장선다. 소년들이 자신들이 몫을 해낸다.

> 아이들이 자신해서 먼저 시작한 것을 보고, 도리어 선생님들이 당황할 지경이었다. (…중략…) 삽, 괭이, 멍석들까지도 제각기 집에서 들고 나왔다. 집이 먼 아이는 점심을 싸가지고 왔다. 실증이 나면 중간에서 팽개치고 가도 무방했으나, 그러는 아이는 드물었다. (…중략…) 큰 산을 무너려는 개미떼의 노력과 흡사했으나, 아무도 그것을 비웃지는 않았다. 말리는 부모도 없었다. (…중략…) 고기잡이도, 등산도 아이들은 말짱 잊어버린 모양이었다. 다른 놀이와 통 담을 쌓고 아이들은 오로지 이 사업에만 열중했다.[41]

---

41 정인택, 「이름없는 별들」, 『소학생』 74, 1950.1, 24~25쪽.

그중에서도 갑주의 변화는 실로 놀랍다. 이 일을 하면서 점점 예전의 모습을 회복해 가고 있었다. 마치 홀린 듯이 이 사업에 열중하면서 성격이 나날이 달라져 검은 그림자를 찾을 수 없게 된다. 그리고 학교 재건에 적극성을 보이지 않는 아버지를 설득해 학교 신축비용 1/3을 담당하게 한다.

그중에서도 갑주가 제일 열심이었다. 갑주는 이 사업에 홀린 사람 같았다. 갑주가 이 일에 자기 전력을 기울이기 시작한 이래로, 갑주의 성격은 나날이 달라졌다. 이미 갑주의 주위에선 검은 그림자라곤 발견할 수 없었다. 아니, 바른대로 말하자면 달라진 것이 아니었다. 전과 같이 명랑하고 쾌활한 갑주로 돌아가 있는 것이었다. (…중략…) 이 일을 통하여, 갑주 머리 속에서 모든 잡념이 깨끗이 씻겨 버린 모양이었다.[42]

갑주는 이전의 건강을 회복하여 아주 딴 아이같이 건강해졌다. 자기도 잘 웃고 남도 잘 웃기었다. 낯선 사람에 대해 수줍어하지 않는 무난하고 평범한 성격을 되찾아가게 되었다. 이 같은 변화는 친구들과 있을 때뿐만 아니라 집에서도 그랬다. 이런 갑주의 변화를 가장 반기는 사람은 역시 갑주의 부모님이었고, 갑주 아버지는 춤이라도 출 듯이 좋아하고 있었다. 더불어 가는 공동체를 생각하는 성숙한 마음이 허약한 한 소년을 바로 세우기에 충분하다는 사실을 보여주는 글이다.

---

42 위의 글, 25~26쪽.

4. 사회 혼란 극복의 기능

해방기의 혼란스럽고 어려웠던 사회 현실이 아동 서사에는 어떻게 반영되었는지 이상에서 살펴보았다. 우리 민족을 수탈하고 이간질시키고 괴롭히던 일제가 물러가고, 새나라, 새조국 건설이 중차대한 민족적 과제였음에도 불구하고 그 자리에는 또 다른 분열과 혼란이 밀려들면서 사회 현실은 결코 희망적이지 않았다. 그런 현실은 다음과 같은 양상으로 나타났다.

첫째, 「떡배 단배」와 『숲속나라』 등에서는 외세의존적인 경제 기반에 민족분열에 대한 경고를 보여주었다. 당시의 외세의존적인 경제기반과 내부의 심각한 갈등 양상을 그대로 보여주었는데, 우리 민족이 살아갈 길은 우리 스스로가 찾아가야 한다는 엄중한 경고였다.

둘째, 『광명을 찾아서』와 같은 작품에서는 국가 주권부재로 인해 피폐해져 가는 국민들의 빈곤한 삶을 여실히 보여주었다. 참다운 국가주권이 확립되지 못한 나라의 국민은 마치 보살펴줄 부모가 없어 거리를 방황해야 하는 고아와 같은 삶을 살 수밖에 없음을 보여주었다.

셋째, 『숲속나라』에는 광복된 조국의 민족적 과제였던 새나라 건설의 여망이 그대로 드러나 있다. 여기서 새나라를 건립할 주체는 어린사람이라는 데 주의를 요한다. 간삿덩어리, 모리배, 간신배들로는 새나라를 건설할 자격도 능력도 없는 것이다. 『숲속나라』로 지칭되는 새나라는 오직 삿된 마음이 없는 어린이들이, 그들의 마음으로 만들 수 있는 나라이다. 진정한 새나라를 만들어 새로운 국민들이 살아갈 나라를 꾸미겠다는 염원이 『숲속나라』에 그대로 나타나 있다.

넷째, 「채석장의 소년」이나 「이름없는 별들」과 같은 작품에는 공동체 삶의 복원을 바라고 있다. 우리 민족은 예로부터 이웃과 더불어 살아온 공동체적 삶의 가치를 실천해왔다. 이런 공동체적 삶의 와해는 일제의 억압에서 시작되었다. 민족말살정책으로 우리 민족을 이간질시켰던 일제가 물러갔으니, 진정한 우리 민족의 삶을 복원해야했다. 그런 공동체적 삶의 복원이야말로 우리 민족정신의 복원이라고 보았기 때문인 것이다.

헤겔은 장편소설을 '시민사회의 서사시'라고 명명한 바 있다. 그만큼 장편소설은 사회 전체의 면모를 드러내기 때문에 현실 사회의 본질적인 모순구조를 직접적으로 폭로하는 특징이 있다. 그렇기 때문에 해방기라고 하는 특정한 시기에 발간된 텍스트는 시대적인 혼란 양상을 총체적으로 담고 있다고 할 수 있다.

일제 치하에서 해방되어 자유를 얻었지만 정작 해방공간의 생활상은 혼란과 타락으로 점철되었고, 그 공간에서 살아야했던 사람들의 가치관은 흔들릴 수밖에 없었다. 이런 현실을 해방기의 소년소설들은 다각적인 측면에서 보여주었다.

가라타니 고진은 아동이 결코 아동문학에 한정되는 문제는 아니라고 지적한 바 있다.[43] '아동문학'과 '아동'의 문제는 결국 시대와 사회를 떠안을 수밖에 없는 문제인데, 해방기 소년소설의 여러 작품은 그런 역할을 충실하게 감당하고 있다. 다만, 낙장과 낙권으로 인해 더 많은

---

43 가라타니 고진, 박유하 역, 「아동의 발견」, 『일본 근대문학의 기원』, b, 2010, 159~187쪽 참조.

자료를 다루지 못한 아쉬움이 남아있다. 이 시기의 자료를 구하게 된다면, 남은 문제를 보완해 나가야할 것이다.

아동문학은 궁극적으로 미래를 지향하는 문학이다. 현실이 아무리 어둡고 비참하더라도 거기에서 희망을 찾고 장미꽃을 피우려고 노력하는 서사를 추구한다. 그것은 아동문학이 가지는 가장 중요한 요소인 특수문학성 때문이기도 할 것이다. 다시 말하면 극도로 혼란스러웠던 해방기의 현실극복 양상의 문제는 다음 연구로 남아있다는 말이다. 자료를 좀더 보완하고 보충하여 연구를 이어가고자 한다.

제4장

정채봉 초기 동화에 나타난 소외의식과 서술 전략

1. '소외의식'으로 보는 정채봉 초기 동화

이 글은 정채봉 초기 동화의 인물에 드러나 있는 '소외'의식에 관한 연구이다. 정채봉은 1973년 『동아일보』 신춘문예에 「꽃다발」이 당선되었고, 『중앙일보』 현상 동화 모집에 「무지개」가 최우수작으로 뽑혀 동화작가로 활동을 시작한 이후, 36권의 장·단편 동화와 다수의 에세이집을 남기는 왕성한 활동을 했고, 그에 걸맞은 연구도 축적되어 왔다.

그간의 연구 내용을 살펴보면 서사구조 및 서사 특질 분석을 비롯한 간단한 서평·단평뿐만 아니라 주제 탐색까지 전반적인 연구가 이루어졌다. 기존의 논의는 다각적 측면에서 정채봉의 작품 세계를 드러내는 데 적지 않게 기여하였다.[1] 특히, 심상교는 구조주의적 관점에서 정채봉의 동화를 심층구조와 표층구조로 구분하고, 심층구조는 대조구조와 비현실구조로 표층구조는 일방구조, 의견조정구조, 비유구조, 노정구조로 세분화하면서 서사 전체를 인과 형태, 병립 형태, 액자 형태로 나누고 있는데, 구조주의 관점으로 서사의 짜임을 분석한 것에서 새로운 방법을 보여주었다.[2] 오정임은 정채봉의 단편 동화를 중심으로 주제, 문체, 제목을 분석해서 각각의 특성을 밝히면서 독자의 기대 욕구를 어떻게 상승시켰는가[3]를 입증했고, 송주경 역시 주제, 문체, 구성, 문체, 작품의 경향 분석에 주력하였다.[4] 박주연은 문체 특성을 통하여 '자연친화적', '동심 원초적'[5] 등의 결론을 도출했다.

이로 보면, 한 작가 연구로는 결코 적지 않은 분량이 축적되었지만, 대체로 동화 전체에 대한 주제 탐색과 문체 특성 분석에 치우쳐 있는데다, 연구 결과가 상호 간의 의미 작용이 없이 각기 개별화되어 있어서 상승효과를 만들어 내지 못하고 있다.

---

1 정채봉 연구에 대한 학술지 논문으로는 조하연, 「정채봉 동화에 나타난 동심의 구현 과정에 대한 고찰」, 『한국초등국어교육』 42, 한국초등국어교육학회, 2010; 박상재, 「밀도 있는 동심의 서정적 구현─정채봉론」, 『국문학논집』 15, 1997; 김현숙, 「동심을 의역하면─정채봉론」, 『한국아동문학연구』 8, 한국아동문학학회, 2000; 노제운, 「동화 속의 숨은그림찾기」, 『어문논집』 38, 안암어문학회, 1998 등이 있다. 학위 논문으로는 박강부, 「정채봉 성장소설연구」, 광주교대 석사논문, 2010; 이준희, 「정채봉 동화의 모성성 연구」, 부산교대 석사논문, 2012; 김덕윤, 「정채봉 사색동화 연구」, 단국대 석사논문, 2007; 허영준, 「정채봉 문학의 리얼리즘 의식연구」, 한국교원대 석사논문, 2008; 박지윤, 「정채봉 동화연구」, 인하대 석사논문, 2004; 김정신, 「정채봉 동화연구」, 동국대 석사논문, 2001.
2 심상교, 「정채봉 초기 동화의 서사구조 연구」, 『어문학교육』 39, 한국어문교육학회, 2009.
3 오정임, 「정채봉 단편 동화 연구」, 동아대 석사논문, 2002.
4 송주경, 「정채봉 동화연구」, 부산교대 석사논문, 2005.
5 박주연, 「정채봉 동화의 문체연구」, 부산교대 석사논문, 2007.

이런 점에 착안하여 그동안 한번도 다루지 않았던 인물의 소외 양상을 살펴보는 데 중점을 두면서, 정채봉의 특장으로 꼽히는 문체적 역량이 인물의 소외 현상에서 어떻게 기능하고 있는가 하는 데까지 나아가고자 한다.

정채봉 동화의 인물들은 결코 행복한 상황에 놓여 있는 인물들이 아니다. 하지만 대체로 '새로운 생명의 의미',[6] '향기로움' 혹은 '아름다움을 통해 현실세계와 영원한 이상세계 연결'[7] 또는 '따뜻함' 등으로 평가되는 것을 확인할 수 있다.

더욱이 정채봉 초기 동화는 결코 '행복'하거나 '따뜻하다'고 단정할 수 없다. 그럼에도 정채봉 동화는 '아름답다', '행복하다' 혹은 '동화답다'라는 감상이 지배적으로 나타나고 있는데, 왜 그러한지에 대한 연구는 충분하지 못했다는 문제의식에서 이 글은 시작되었다.

이러한 문제의식은 정채봉 동화 초기 동화를 읽을 때 더 분명해진다. '말을 하지도 듣지도 못하는 환이', '광녀狂女 어머니를 둔 웅이', '딸에게 번듯한 크리스마스 선물 하나 사 줄 형편이 안 되는 청소부 아버지', '홍수에 떠밀려 내려오는 가재도구를 건져서 살림살이에 보태려고 하는 어머니를 보고 있는 한수'. 이들 모두가 하나 이상의 결여를 가졌거나 보통 이하의 생활을 하는 인물들이다. 주류 사회로부터 멀리 떨어져 있는 인물임이 틀림없다.

---

6   이동순, 「생명과 사랑의 이야기책」, 『서평문화』 1, 한국간행물윤리위원회, 1991, 28~36쪽.
7   이태동, 「흰 구름과 삶의 순결, 그리고 낭만의 세계」, 『우리 문학의 이상과 현실』, 문예출판사, 1993, 281~286쪽.

이처럼 약하고, 힘이 없고, 부족한 것이 많은, 슬픈 사람들의 이야기임에도 불구하고 정채봉 동화가 '아름답다', '행복하다'라는 평을 듣고 있는 것은 무슨 이유일까. 이런 감상은 어디에서 발생하여 반복되는 것일까, 그간의 많은 연구에도 불구하고 이 질문은 여전히 남아있는 상태였다. 그동안의 주제 탐색에 치우친 연구는 정채봉 동화의 이런 특성을 더 자세히 밝혀내지 못하였기 때문이다.

이 글에서는 이 점에 착안하여 결코 행복할 수 없는 여건을 가진 인물들이 등장하는 동화임에도 불구하고 '아름답다', '행복하다'라는 느낌이 들게 하는 근본 이유는 어디에서 연유한 것인지를 밝혀보고자 한다.

이를 위해 여기서는 정채봉의 초기 동화에 집중하여, 인물에 나타난 소외의식을 먼저 고찰하고자 한다. 그렇게 하면 정채봉 동화의 저층에 깔린 정서를 확인할 수 있을 것이고, 표층에 드러나 있는 지배적 감상을 분명하게 볼 수 있을 것이다. 그뿐만 아니라 초기의 동화에 나타난 작가의 의식 세계를 좀더 선명하게 엿볼 수 있을 것이다. 아울러 이런 소외의식을 극복해내는 전략을 어떻게 채택하고 있는가 하는 데까지 연구의 주제를 확장하고자 한다.

작가의 의식 세계를 살펴보는 것은, 정채봉 동화의 미적 자질과 동화의 효용성을 함께 살펴보는 것이 된다. 따라서 이 글에서는 정채봉의 초기 동화에 집중하여 그의 작품에 투영된 의식 세계를 살펴보면서 정채봉 동화의 문예 미학을 드러내고자 한다.

연구 범위는 「꽃다발」(1973), 「무지개」(1974), 「종이비행기」(1978), 「메리 크리스마스」(1979) 등 네 편이다.[8] 이 4편은 작가 정채봉이 등단한 이후 10년 이내에 발표한 초기작이다. 한 작가에게 초기 작품은 작가의 내면을 여과 없이 보여준다는 데 또한 의미가 있다.

이 글의 논지 전개를 위해 우선 작가론적인 방법으로 정채봉의 성장기를 간략하게 더듬어 보면서 소외의식이 어떻게 체화되었는가를 살펴볼 것이다. 작가론적 방법의 접근은 작품에 드러난 소외의식을 이해하는 데 지름길이 될 수도 있을 것이다.

이와 함께 소외 이론의 역사적 전개 과정을 고찰한다. 한 인물이 사회 혹은 환경으로부터 소외되는 것은 약자에게 가해지는 폭압성의 다른 형태임을 소외 이론 검토에서 확인할 수 있는데, 그렇기 때문에 인물의 소외가 더욱 문제시되는 것이다.

2. 작가의 삶과 '소외' 이론의 전개 과정

소외는 서구 근대 사회의 성립과 함께 나타나기 시작한 개념이다. 근대 이후 대두되어, 많은 철학적 논의를 거쳐 온 소외의 개념은 최근 개인과 사회 전반의 상황을 표현하는 용어로 사용되고 있다. 그래서 사회적 존재인 인간이 세계와 타인으로부터 소원해지는 것을 소외라고 말하는 것이다.

근대 사회의 성립과 함께 대두하기 시작한 소외에 대한 철학적 관심

---

8   정채봉, 『물에서 나온 새』, 샘터사, 1983. 이 판본을 기본 텍스트로 삼는다.

은 일찍이 루소가 자연으로부터 분리된 문명을 비판한 것으로 시작된다. 철학적 관점에서 '소외'에 대해 고찰한 헤겔은 근대 문명 비판적인 의미에서 소외(자기소외)를 말하는데, 자기소외가 인간 존재의 궁극적인 소외로서 세계를 인식하기 위한 선행 조건인 주체－객체의 관계 속에 내재해 있다고 보았다.

이후 소외는 인간 존재의 보편적 특성으로 이해하는 입장과 소외를 일정한 심리적 상태로 이해하는 입장, 소외를 특정한 사회 경제적 상태로 이해하는 입장으로 나뉘게 된다. 헤겔과 사르트르는 주객 분리의 인식 과정에서 필연적으로 소외가 발생하고, 이것을 인간의 조건으로 보았다.

시만Seeman과 로버트 블라우너Roert Blauner는 사회적 상황보다는 개인이나 집단의 심리 상태에서 소외 상황을 찾아냈다. 마르크스는 인간이 노동과 소비에서 주체적이지 못하고 목적과 수단, 인간과 상품의 관계 전도에서 소외가 비롯된다고 보았다.

이후 프롬은 프로이트 정신분석학과 결합하여 현대 사회의 특징과 인간적 상황을 파악한다. 파펜하임은 소외가 근대 이전의 사회에도 존재했으나, 근대에 이르러서야 비로소 현저했다고 보고 있다.[9]

소외는 일차적으로 동떨어짐, 고립 등의 현실적 존재 양상으로 규정할 수 있는데, 사회 역사적 환경 변화에 적응하지 못해서 낙후되거나, 자신의 뜻과

---

9   정문길, 『소외론 연구』, 문학과지성사, 1978; 박이문, 「실존주의 문학과 인간소외」,
     김주연 편저, 『현대문화와 소외』, 현대사상사, 1976, 193~203쪽; 고설, 「한국 대소설
     의 소외인물 연구」, 이화여대 석사논문, 2000 참조.

는 상관없이 신체적 비정상과 물질만능주의에 의해 인간적 가치가 도외시되는 상황[10] 등을 모두 포괄한다고 할 수 있을 것이다.[11]

정채봉 초기 동화 인물에 나타난 소외 양상은 주로 신체적 결함이 있거나, 아니면 경제적으로 취약하여 자신의 존재를 스스로 규정해 내기 어려운 처지에 놓인 인물들이다. 여타의 결함으로 인해 스스로 자기 존재를 입증해 내기 어려운 인물은 메를로 퐁티의 관점[12]에서 볼 때도 소외된 인물인 것이다.

정채봉은 등단 초기에 신체적으로 결함을 가진 약한 사람, 가난한 사람, 외로운 사람에 유독 관심을 보였다. 시만이 말한 '사회적 고립', '가치의 고립'[13]을 겪는 이른바 소외된 사람들에 대한 인상이 두드러져 있는데, 신체장애로 인한 소외는 이성적 주체를 중심으로 한 동일성과의 차별에서 발생한다. 즉, 인간을 대상화하는 가운데서 인간 소외의 문제가 발생하는 것이다.

---

10 소설에서 주인공은 현실적 모순을 드러낸 환경에 놓이게 되며, 그 모순과 대립하는 현실의 싸움에서 패배한 대가로 소외를 경험하게 되는 것으로 나타난다. 그러나 아동문학에서는 갈래의 특성이 고려된다는 점을 전제로 한다.
11 강유정은 소외의 양상을 '수세적 상황으로서의 소외'와 '적극적 반항으로서의 소외'로 구분하고 있다. 강유정, 「손창섭 소설의 소외연구」, 『민족문화연구』 37, 고려대 민족문화연구원, 2002.
12 모니카 M. 랭어, 서우석 외역, 『(메를로-퐁티의) 지각의 현상학』, 청하, 1992, 166~167쪽; 메를로 퐁티, 류의근 역, 『지각의 현상학』, 문학과지성사, 2002, 676~678쪽.
13 시만(M. Seeman)은 사회 심리학적 접근으로 지칭되는 그의 소외 이론에서 현대의 구조적 소외의 여러 형태를 낳고, 그로부터 행동적 여러 결과가 발생한다고 주장한다. 시만은 '사회적 고립', '가치의 고립', 등으로 소외의 형태를 말했고, 소외의 다섯 가지 양상으로 무력감, 무의미성, 무규범성, 자기소원을 들고 있다. 정문길, 앞의 책, 204~206쪽 참조; 멜빈 시만, 조희연 역, 「소외의 의미」, 『현대소외론』, 참한문화사, 1983, 15~35쪽 참조.

이는 작가의 성장 과정과 불가분의 관계로 보인다. 정채봉은 전남 순천에서 나서 승주군, 광양 등지의 작은 바닷가 마을에서 조모의 보살핌을 받으며 외롭게 자랐다는 성장기는 많이 알려져 있다. 어머니는 아주 일찍 돌아가셨고, 아버지마저 일본으로 건너가 가난과 외로움을 온몸으로 겪으며 성장했다. 가정적으로, 경제적으로 소외된 인물로 살았음을 알 수 있다.

> 그러니까 아버지 나이 스물두 살에 낳은 아들이 곧 나였다. 내가 세 살이 되었을 때에 누이가 막 태어나자마자 어머니가 병사하셨다.
>
> 그때를 기다렸다는 듯이 아버지는 다시 일본으로 건너가셨고, 그곳에서 일본인 아내를 맞아서 살고 있다는 것이었다.
>
> 그래도 나한테 아버지를 '엄부'로 인식시키려고 노력하시던 할아버지는 내가 초등학교 3학년생이었을 때에 돌아가시고 말았다. 그때부터 가세가 급격히 기울었고 나는 마치 방풍림 없는, 노천에 내버려진 작물처럼 되어 버렸다.[14]

이와 같은 성장 배경은 작가 정채봉이 소외된 사람들에게 특별한 관심을 보인 것으로 짐작할 수 있고, 소외된 인물을 형상화하는 데도 그만의 특별한 시각을 보여준 것을 알 수 있다. 그가 발표한 다수의 에세이에서 외롭고 가난하고 쓸쓸했던 성장기에 대한 토로를 어렵지 않게 접할 수 있다. 부모가 없는 상태에서 오직 조모祖母에 의지해서 보낸 시간은 가난함, 외로움, 고독이 점철된 시간이었던 것으로 자주 고백하곤

---

14 정채봉, 『그대 뒷모습』, 제삼기획, 1990, 98쪽.

했는데, 그러한 배경이 작품에 많은 부분 투영되었음을 알 수 있다.

양친이 부재한 가운데 오로지 조모에 의존하여 보낸 성장기는 말 그대로 소외된 삶의 시간이었을 것으로 단정해 볼 수 있다.[15] 그래서인지 정채봉의 눈길이 닿아 있는 곳에는 언제나 약한 사람, 외로운 사람이 있었다.

소외는 인간의 완전한 상태의 상실을 의미하고 있다. 그런데 이런 비관적인 정서는 어떻게 전략적으로 서술되었는가 하는 의문이 들게 된다. 정채봉의 초기 동화에서 인물의 소외 양상은 어떠하며, 그것을 극복하는 서술 전략은 어떠한지를 살펴보고자 한다.

3. 인물에 나타난 소외 유형

1) 신체적 결함

「무지개」에서 환이는 '귀가 멀어서 들을 수 없는' 아이다. 혹시 낯선 사람을 만나기라도 할 때 환이는 '먼저 손바닥으로 귀를 덮고 다음엔 입을 막아 보이면서' 자신의 장애를 상대방에게 스스로 전달해서 일상적인 의사소통의 어려움을 알린다.

---

15 정채봉의 성장기와 관련된 에피소드는 『그대 뒷모습』 등의 에세이집에 상세하게 실려 있다.

그래서 환이가 할 수 있는 일은 매우 제한적이다. 집에서 다람쥐와 같은 애완동물과 노는 일이나, 강에 나가서 강물에 돌을 던지는 일이 전부라 할 수 있다. '슬플 때나 기쁠 때나 외로울 때도' 강에 나가서 돌을 던지며 마음을 달래는 것은, 듣지 못하는 환이가 할 수 있는 몇 안 되는 일 중의 하나이다.

> 환이는 강가에 나가서 마음을 모아 돌을 던지곤 합니다. (…중략…) 이렇게 돌이 강물에 파문 지어 보내 주는 물결에서 환이는 세상의 갖가지 표정을, 그리고 말을 알아내는 것입니다.[16]

청각장애 때문에 세상으로부터 소외된 환이가 자연과의 소통하는 장면이다. 백운산에 약초를 캐러 갔던 할아버지가 잡아 온 다람쥐가 죽은 날도 환이는 강가로 나가서 물에 돌을 던지며 눈물을 흘리는 것이다.

「종이비행기」에서 웅이 엄마는 질병을 앓고 있다. 서술자는 그 병명에 대해 단정적인 언술을 피하고 있지만, '주인아줌마 집에 청소하러 가야 하는' 것도 '웅이 학교에 보내는 일'도, '잊어버린다'고 한다. '날씨가 궂은 날은 춤을 추기도' 한다는 것으로 그 병의 심각성을 말해주고 있다.

> 웅이 엄마는 그저 자꾸자꾸 웃기만 합니다. 얼음으로 만든 조각처럼 차가운 얼굴을 한 주인아저씨 앞에서도 무엇이 그리 좋은지 웃고 떠드는 것입니

16　정채봉, 「무지개」, 『물에서 나온 새』, 샘터사, 1983, 91~92쪽. 인용문은 초판본 당시의 표기를 따름을 원칙으로 함.

다. 날씨가 궂은 날은 춤을 추기도 하였습니다.[17]

인용문에 나타나 있는 예후를 보이는 사람들을 일컬어 대체로 '광녀狂女'라고 한다. 웅이 엄마는 분열된 자아상을 보이는 전형적인 예이다. 아이들의 놀림감이 되거나 세상으로부터 도외시되는 인물이다. 웅이 엄마는 병원으로 실려 가고, 웅이는 "놀이 훨훨 타오르는 정신 병원의 쇠창살에 기댄 엄마가 저를 부르는 것 같은" 고통스러운 생각에 빠져들기도 하면서 이모 집에서 사촌들과 싸우지 않고 잘 지내려고 안간힘을 다한다.

듣지도 말하지도 못하는 환이는 언어가 필요 없는 자연에 의지하고 있으며, 광녀 엄마를 둔 웅이는 사촌들 사이에서 일방적으로 양보해야 하는 처지에 놓여 있는 고립된 인물임이 틀림없다.

2) 가난한 환경

정채봉 초기 동화의 인물 대부분은 물질적으로 매우 가난한 사람들이다. 「메리 크리스마스」에서 아저씨는 가난한 청소부이다. 청소하다가 주운 '왼쪽 다리 하나가 떨어진 인형'을 딸에게 성탄절 선물로 주려고 한다. 그나마 떨어진 인형 왼쪽 다리를 찾아 이어서 온전하게 만들어 주고 싶은 것, 그것이 청소부 아저씨가 가진 욕심이다. '청소부 아저

---

17 위의 글, 84~85쪽.

씨'는 인형 다리를 찾으려고 할머니 집 뒤꼍으로 갔다가 영리한 개 '메리'에게 물리는 수난을 당하면서 이야기가 전개된다.

"(…전략…) 저는 언젠가 할머니 집 쓰레기를 치우다가 예쁜 인형을 하나 주웠습니다. 하도 예뻐서 쓰레기차에 버리지 않고 깨끗이 씻어서 제 딸아이 한테 가져다주었지요."

"그래서요?"

"그런데 그 인형은 왼쪽 다리가 빠지고 없는 불구였습니다. 할머니 댁에서도 아마 그래서 버린 것이겠지요. 저의 딸아이의 소원은 바로 그 없어진 다리를 찾았으면 하는 것입니다. 마침 내일이 크리스마스거든요. (…중략…) 그 인형 왼쪽 다리를 찾는다면 저희 딸아이한테는 가장 좋은 크리스마스 선물이 될 것 같아서…"[18]

청소부 아저씨의 말을 다 알아들은 영리한 개 '메리'는 뒤뜰 단감나무 아래 볏짚 더미에서 인형 다리를 찾아냈고, 한밤중에 청소부 아저씨 집을 찾아 나선다. 마침 낮에 아저씨 허벅지를 물었을 때 냄새가 아직도 메리의 잇몸에 남아 있었다. 메리는 골목골목을 따라 간신히 아저씨 집을 찾아냈고, '물고 갔던 인형 다리를 조심스레 문지방에 올려놓고' 돌아 나올 수 있었다. 그날 밤은 때마침 크리스마스 이브였고, 거리의 사람들은 모두 '메리'를 외치고 있었다. "메리 크리스마스", "메리 크리스마스". 영리한 개 '메리'는 그것이 자신에 대한 찬사인 줄로 알고 행

---

18 정채봉, 「메리 크리스마스」, 『물에서 나온 새』, 샘터사, 1983, 188쪽.

복한 성탄 전야를 보낸다.

「꽃다발」에서 한수 엄마는 강 상류에서 떠내려오는 갖가지 살림살이 가재도구를 건지려고 위험을 무릅쓰고 홍수로 불어난 강물에 뛰어든다. 한수 엄마뿐만 아니라 마을 사람들 대부분이 강둑으로 몰려나와 '시뻘건 강물에 춤추듯 굼실굼실 떠내려 오는 물건들을 서로 건지려고 경쟁이 치열하다. '고리짝', '반닫이', '평상', '절굿공이', '장고' 따위를 경쟁적으로 건지고, 한수 엄마도 '뒤주' 하나를 건지려다 물에 빠져 죽을 고비를 넘긴다.

「종이비행기」에서 웅이 엄마는 '잊어버리는 병'을 가진 몸으로 '얼음으로 만든 조각처럼 차가운 얼굴을 한 아저씨' 집에서 가서 일해야 하는 처지이다.

3) 결손 가정

「꽃다발」에서 한수 어머니는 급류에 휩쓸려 죽을 고비를 넘기는 위기에 직면해 온 마을 사람들이 몰려와 어머니의 안녕을 걱정해 주는 상황에서도 아버지가 나타나지 않는다. 아버지의 부재이다.

저 멀리 둑 위로부터 어른들이 떠드는 소리가 가늘게 들려왔습니다.
또 무슨 큰 물건이라도 내려오는가 보다고 한수는 생각하였습니다.
둑이 무너져라 밀려오는 강물은 '콸콸 우르르 콸콸' 소리를 내면서, 높고 낮은 물굽이를 이루며 빠르게 흘러가고 있었습니다.

한수는 호주머니에서 낙서한 종이를 찾아냈습니다. 배를 접었습니다. (…중략…)

그런데 한수네 마당에는 웬일인지 마을 사람들이 몰려와 수군거리고 있었습니다. (…중략…)

한수는 온몸이 젖어 누워있는 어머니의 가슴 위에 꽃을 가만히 안겨 주었습니다.

"쯧쯧, 뒤주 하나 건질라다가 하마터문 저리 귀한 아들 두고 죽을 뻔했군, 그래."[19]

홍수로 온 마을이 지난한 상태에 빠졌다. 심지어는 '풀잎을 덮어쓴 초가지붕이 떠내려오는' 참혹한 상황이지만, 마을 사람들은 살림살이 하나라도 보태려고 안간힘을 다하고 있다. 하지만 어디에서도 한수 아버지의 모습은 찾을 수가 없다.

가정결손으로 인해 외로움과 고독에 빠진 한수와 같은 소년 화자의 모습은 정채봉 동화에서 빈번하게 나타난다. 「꽃다발」의 한수처럼 고독에 빠진 인물들은 홀로 개울물을 따라 내려가 보거나, 강물에 떠내려오는 '꽃다발'을 보고도 어디 먼 곳의 소녀를 생각하고 그리워한다.

「종이비행기」에서 웅이 엄마가 병원에 입원하게 되자 웅이는 이모 집에 맡겨진다. 보호자로서의 아버지가 부재한 상황이다. 아버지가 없는 웅이는 자신의 주거지를 선택할 능력이 없어서 이모 집으로 가게 된다. 이모 집에서 이종사촌들과 함께 지낼 수밖에 없는 웅이의 간절한

---

19 정채봉, 「꽃다발」, 『동아일보』, 1973.1.6.

기도는 '사촌들과 싸우지 않겠다'는 것 '맛있는 것을 참겠다'는 것으로 나타난다. 소외된 인물이 곧 약자라는 등식으로 나타나 있다.

이와 같은 인물들이 겪는 소외는 모든 상황에서 결여로 나타난다. 「종이비행기」에서 웅이는 맛있는 것을 먹고 싶은 마음을 참아야 하고, 이종사촌들과 다툼을 피하고자 스스로 자꾸만 착해지려고 한다. 그뿐만 아니라 엄마를 만나고 싶은 작은 소망마저도 스스로 탐욕이라고 판단하고 '소원'을 하나씩 내려놓는다. 물질적인 소유뿐만 아니라 정신의 소유마저도 내려놓는 인물의 태도를 볼 수 있다. 욕심을 가진다는 것은 착한 것이 아니며, 그것은 '하나님도 싫어한다'고 웅이는 생각한다. 그래서 웅이는 종이에 적힌 소원들을 하나씩 내려놓고 가볍게 종이비행기를 날려 보낸다. 그 가벼운 종이비행기는 오직 유일한 소원 하나를 담고 하늘나라까지 날아가서 하나님께 닿을 것이라는 게 화자 웅이의 바람이다. 그리고 병원에서 아무도 알아보지 못하는 엄마에게도 날아가 "엄마가 끝까지 웅이를 잊지 않게 될" 소망을 전달할 것이다. 정채봉 초기 동화의 곳곳에는 이처럼 가정적 결여로 인한 타고난 외로움과 고독감이 진실하게 드러나 있다.

위에서 살펴본 것처럼 정채봉 초기 동화의 주요 인물들은 신체적 제약이나 다소의 결함을 가지고 있다.[20] 이처럼 결함을 가진 인물들의 행동에는 제약이 따를 수밖에 없다. 장애를 가졌다는 것은 신체적인 결함일 뿐만 아니라 때로는 정신적 결함으로 인식되면서 인간 존재의 결핍으로 간주되는 문제를 가져온다.

---

20 정채봉 초기 동화 인물에 나타난 경제적 결핍, 사회적 결핍 등의 조건도 신체적 결함에 유사한 정도의 기저로 작동되고 있다.

그런데 이들을 대상화하는 타자의 시선은 폭력적이고 일방적이라는 데서 문제가 발생한다. 시선의 폭력성은 나 혹은 우리를 기준으로 대상을 사물화하여 판단할 때 나타난다. 주체의 일방적이고, 권력화된 시선에 의해 객체는 소외될 수밖에 없다. 인간의 신체를 권력이 작동하는 중요한 지점[21]으로 보고 있는 푸코는 장애를 가진다는 것은 비효율적 존재로서 교정이 필요한 타자가 된다는 것을 의미한다.[22] 이렇게 되면 객체의 소외는 불가피해지는 것이다.

사회로부터(혹은 개인) 폭력적이며 일방적인 시선을 견뎌야 하는 인물들이 만들어내는 서사의 귀결점은 어떤 것인가. 다시 말해 폭력적이며 일방적인 시선은 어떻게 극복되고 있는가 하는 점이 중요해지는 것이다. 그런 내용을 서술 전략을 통해서 살펴보려고 한다.

4. 소외 극복을 위한 서술 전략

1) 문체의 활용

정채봉 초기 동화에서 주요 인물들은 개인으로서의 인간이 세계의

---

21 홍경실, 「푸코 철학의 전기와 후기에 있어서 우리 몸에 대한 이해 비교」, 『철학연구』, 38, 고려대 철학연구소, 2009, 258쪽.
22 심귀연, 「신체와 장애에 관한 현상학적 연구」, 『철학논총』 82, 새한철학회, 2015, 12쪽.

중심과 타인과의 관계에서 멀어져 있음을 살펴볼 수 있다. 소외가 세계와 타인 혹은 자기 자신에게서 비롯된다 하더라도 소외는 철저히 주체 내적인 갈등이 된다.[23] 그러나, 정채봉의 동화에서 이 갈등은 보다 특별하게 형상화되는 것을 볼 수 있다. 이야기를 전달하는 방식에서 그 차이가 있음을 간파할 수 있다.

작품을 읽을 때 하나의 이야기를 직접 만나는 것이 아니라 그 이야기가 우리에게 전달되는 과정을 만난다. 우리가 읽는 것은 이야기 자체가 아니라 이야기를 이야기하고 있는 방식이다. 소설을 '읽는다'는 것은 단순히 '어떤 이야기'가 일어나고 있는가를 알게 되는 과정이 아니라 그이야기가 '어떻게 이야기 되고 있는가'를 경험하는 과정이 된다. '무엇'을 말하는가 하는 것은 곧 '어떻게' 말하고 있는가의 문제인 것이다.[24]

「종이비행기」에서 웅이 엄마는 아무에게나 웃고, 날씨가 궂은 날은 춤을 추고 잊어버리는 병을 가졌다. 현대의학에서 말하는 정신 질병을 가진 사람이다. 속된 표현으로는 '미친병'이라고 말하기도 한다. 하지만, 서술상에서는 단 한번도 그런 용어를 사용하지 않고 있다. 다만, '웃는다', '잊어버린다', '웃고 떠든다', '춤을 춘다', '물끄러미 쳐다본

---

23 이골 S. 콘, 조희연 역, 「현대 사회학에 있어서의 소외 개념」, 『현대소외론』, 참한문화사, 1983, 63~84쪽 참조.
24 문체와 관련한 보다 본질적인 문제는 문체를 수사학적 차원의 것으로 한정해서 인식한다는 점이다. 전통적으로 문체는 사상이나 주제, 작가의식, 시대의식 등과는 무관한 수사적이고 장식적인 차원인 것으로 이해되어 왔다. (…중략…) 문체는 수사가 아니다. 문체는 오히려 대상을 바라보고 이해하는 방식과 밀접하게 연결되어 있다. 문체는 미추(美醜)와 관련된 개념이라기보다는 우리의 인식, 상상력과 관련된 문제인 것이다. 황도경, 『문체, 소설의 몸』, 소명출판, 2014, 28~30쪽.

다' 등의 표현으로 인물의 상태를 전달할 뿐이다. 독자들은 이런 언어들을 통하여 웅이 엄마의 병적 상태를 알게 된다.

'웃는다', '잊어버린다', '웃고 떠든다', '춤을 춘다'와 같은 서술은 웅이 엄마의 질병 징후를 여실하게 보여주는 어휘들이다. 심지어 웅이 엄마가 '쇠창살 안에 갇혀 있다'고 한 것으로 보면 병의 심각성은 분명하게 드러나 있다. 웅이 엄마와 같은 병적 징후를 가진 인물들은 일반 사회로부터 유리될 수밖에 없고, 작품 안에서도 웃음거리로 전락하거나, 아이들의 놀림감으로 나타나기 마련이다.[25]

「무지개」에서 환이는 듣지 못하고 말하지 못하지만, 환이가 보고 있는 세계를 통해서 이야기는 전달된다. '물총새 깃의 따스함', '눈동자에 비친 흰 구름', '강가의 목화밭 속에서 부푸는 흰 구름', '솜털 같은 흰 구름', '강을 거슬러오는 바람결', '찔레꽃을 흔들고 건너오는 바람결', '물총새', '분꽃', '찔레꽃 향', '무지개', '실물결' 등은 「무지개」에서 강조된 어휘들이다.

이와 같은 어휘들은 듣지 못하고, 말하지 못하는 환이의 닫혀 있는 의식 세계를 열어주는 기능을 하면서 사회로부터 분리될 수밖에 없는 장애인 환이에게 의식의 자유로움을 부여하고 있다.

작가 정채봉은 장애를 가진 환이가 남다른 감각을 발휘하는 것을 충분히 보여준다. 환이가 "물총새의 가슴에 대었던 손으로 푸른 강 멀리 돌을 던지"고 그것을 지켜보던 화가 아저씨의 눈이 "별처럼 반짝"였고

---

25 '광녀'는 작품 안에서 대부분 사회로부터 분리된 인물이다. 대체로 아이들의 놀림감이 되거나 조롱거리로 나타나기 마련이다. 김승옥의 「무진기행」(『생명연습』, 문학동네, 2014, 225~226쪽) 등에서도 이런 장면을 쉽게 발견할 수 있다.

"이마를 덮고 있던 검은 머리카락이 바람에 마구 날린"다. 그리고 "강에서 일어난 물이랑처럼 물감이 어깨동무를 하"는 장면들은 모두 초점화자 환이의 시선에 의해 대상화되고 아름답게 묘사된다.

위에서 살펴본 바와 같이, 이 어휘들은 초점화자 환이가 바라보는 세계를 보여주는 것이기 때문에 중요하다. 말하지도 듣지도 못하는 환이의 세계를 여실히 보여주는 것은 장애아에 대한 편견을 차단하는 기능까지도 하고 있다.

이는 철학적인 사유에까지 연결하게 할 수 있다는 데 의의가 있다. 장애는 외부의 시선에 의해 규정지어지는 경우일 때 더 확증된다고 할 수 있다. 그런 점에서 장애는 일방적이고 폭력적인 시선에 의해서 만들어지는 것이라는 게 퐁티의 입장이었다.[26] 퐁티의 견해를 좀더 일반화시키면, 모든 사람에게 장애의 가능성이 있기 때문에, 결국 장애란 없는 것이라는 설명인데, 정채봉의 문체는 이와 같은 편견이나 선입견을 소거시키기에 충분하다.

「꽃다발」에서 한수 어머니를 비롯해 마을 사람들은 강 상류에서 떠내려오는 물건들을 건지려고 위험을 무릅쓰고 급류에 뛰어든다. 어른들이 건지려고 하는 것은 '반닫이', '함지', '새끼 돼지', '고리짝', '농', '평상', '경대', '절굿공이' 따위의 것으로 나타난다. 하지만, 한수의 마음을 대변해 주는 어휘로는 주로 '꿈', '돛배', '해', '바람', '솔', '초롱초롱' '콩콩', '깡총깡총', '가만가만', '기쁨' 등이다.

이런 어휘들은 전체적으로 온화한 느낌과 따뜻한 정서를 주기에 충

---

26 모니카 M. 랭어, 서우석 역, 앞의 책, 169~171쪽 참조.

분하다. 한수의 마음을 대변해 주는 어휘들은 'ㅇ', 'ㄹ'과 같은 울림소리로, 음악성을 만들어 내면서 서사 전체를 밝게 구성하는 데 기여하고 있다. 흙탕물에서 건진 '꽃다발' 하나와 어른들이 건지려고 했던 수많은 물건은 한수의 의식 세계와 어른들의 탐욕을 극명하게 대비시켰다. 「메리 크리스마스」에서는 언어의 중의성을 이용하여 유머러스한 결말을 만들어 내기도 한다.[27]

　　정채봉의 초기 동화에는 작가가 언어 사용에 유독 공을 들인 것을 찾아볼 수 있다. 낱말을 고르고 골라서 문장 안에서 기능하도록 만들어 내고, 그것으로 이야기를 전달하고 있는데, 그것이 정채봉 동화가 지닌 문체의 힘이라고 할 수 있을 것이다. 이처럼 정채봉은 남다른 다른 언어 선택과 사용으로 인물의 정신생활이나 세계관 혹은 작품의 주제적 미적 효과를 탁월하게 나타내고 있다.

2) 환상성 사용

　　「종이비행기」에서 웅이의 유일한 소원을 담은 '종이비행기'는 날고 날아서 숲 너머까지 사라진다. 종이비행기는 그리 멀리 날아갈 수 있는 비행체가 아니다. 길어야 3~4m 정도 날아갈 뿐이다.

27　「메리 크리스마스」는 물활론적 사고를 바탕으로 하는 환상성을 근간으로 하고 있다. 그래서 초점화되어 있는 화자는 영리한 개 '메리'이다. 하지만, 언어의 중의성을 활용하여 매우 유머러스한 결말을 만들어 낸다. 성탄절 전야를 맞아 온 거리의 사람들이 '메리 크리스마스'로 인사를 나누자 영리한 개 '메리'는 마침 좋은 일까지 마친 뒤라 모든 사람이 자기를 축복해 주는 것으로 잠시 착각에 빠지는 결말에서 독자들은 언어 유희적인 재미를 얻게 된다.

하지만, 「종이비행기」에서 웅이가 소원을 담아 날린 '종이비행기'는 "산기슭의 숲 너머로 멀리 사라지고 안 보이게 된" 것이다. '종이비행기'가 날아가서 보이지 않게 되었다는 것은 웅이의 바람처럼 하나님의 손에까지 날아간 것으로 이해된다. 그래서 숲으로 날아간 '종이비행기'는 사람들의 눈에는 보이지 않게 되는 것이다. 그러면서 '정신병원의 쇠창살에 기대' 있어야 할 엄마가 '웅이를 부르'면서 '놀을 헤치고' 달려오고 있는 것이다. 그 어머니는 얼굴에 웃음을 가득 지녔다. 그리고 어머니의 얼굴 너머로 별들이 반짝이고 있으며 '종이비행기'는 그 별들 사이를 날아가고 있다. 어린 화자 웅이가 혼자 감내하기 어려운 극도의 고통과 슬픔, 외로움이 극적으로 승화된 아름다운 환상성의 효과이다.

「무지개」에서도 마찬가지이다. 환이는 '귀가 멀어서 듣지 못하'는 아이지만, 천부적으로 부여받은 감각을 촉각으로 표현해 낸다. 「무지개」에서 보여준 환상성도 신체적 결함을 극복하기에 충분하다. '물총새의 가슴에 대었던 손으로 강물에 돌을 던지'자 '강에서 물이랑이 무지개'로 일어나고 화가 아저씨는 화폭을 채워나간다. 오색찬란한 물총새의 촉감이 남아 있는 손에서 빠져나간 돌멩이가 강물에 빠지는 순간에 오색찬란한 변화를 일으킨다. 강물은 물결을 일으키며 일어났고, 햇빛이 투과된 물이랑은 무지개를 만들어 낸다. 아저씨의 눈은 별처럼 반짝였으며, 아저씨는 마침내 화판 가득 무지개를 그려낸다. 물총새의 보드라운 깃털을 만진 환이의 촉각적 감각은 아저씨의 뺨에 전달되어 시각적 감각으로 전환되고 아저씨는 마침내 화려한 무지개를 펼쳐 내는 것이다.

환이가 오색찬란한 물총새의 색채를 촉감으로 전달하는 것이나, 강물결에 무지개를 만들어 낼 수 있는 감각은 환상성을 에스프리로 하는 동화만이 가질 수 있는 특장일 것이다. 정채봉은 이런 동화의 특장을 소외되고, 외로운 인물을 통해서 극적으로 운영하고 있다.

아동문학은 이처럼 아주 작고, 비록 보잘것없는 것일지라도 이런 경탄을 자아내게 하는 데서 감동이 시작되는 것은 아닐까. 이런 환상성에 아동문학의 목적이 있는 것이라고 본다.

5. 정채봉 초기 동화에 나타난 미적 효과

이로써, 그동안의 정채봉 연구에서 주로 다루지 않았던 「꽃다발」, 「무지개」, 「종이비행기」, 「메리 크리스마스」 등 네 편의 동화를 통해 인물의 소외 양상을 살펴보았다. 주제 탐색에서 머물렀던 그동안의 연구 범주에서 한 걸음 나아가, 서사문학에서 중요한 구성요소인 '인물'과 인물이 처한 환경에 초점을 맞추어 보았다. 그리고 결코 행복하다고 할 수 없는 소외된 인물들과 그들을 둘러싸고 있는 세계가 '아름답고' '행복하게' 보일 수 있었던 것은 정채봉만의 작가적 특장인 문체와 환상성의 사용에서 기인한다는 사실을 알게 되었다.

무엇보다 그동안의 연구가 정채봉의 문체 분석에 머물렀고, 문체의 특질을 규명하는 것에 그쳤다고 한다면, 이 글에서는 정채봉의 문체가 '소외'된 인물과 연결되었을 때, 소외된 인물들을 행복하고 아름답게 만들어 주는 상승작용이 일어난다는 사실에 집중했다.

다시 말해, 정채봉은 외로운 사람, 약한 사람 등 소외된 인물들에게 유독 관심을 두었는데, 이런 인물들이 소외된 환경을 극복해내는 데는 남과 다른 정채봉만의 서술 전략을 사용하고 있었다. 즉, 정채봉만의 문체적 특장으로 '말을 하지도 듣지도 못하는 환이', '광녀狂女 어머니를 둔 웅이', '딸에게 번듯한 크리스마스 선물 하나 사 줄 형편이 안 되는 청소부 아버지', '홍수에 떠밀려 내려오는 가재도구를 건져서 살림살이에 보태려고 하는 어머니를 보고 있는 한수'와 같은 인물들을 '아름답고' '행복하게' 보이도록 하였다.

그런데 더 나아가 정채봉의 이와 같은 문체론적 특징은 인물들에 대한 편견을 소거시키는 데 복무한다는 것에서 더 큰 의의를 찾을 수 있다. 「종이비행기」에서 웅이 엄마는 한번도 '광녀'로 단정되지 않는다. 이와 같은 언술은 초점화자 웅이를 배려한 작가 의식으로 보인다. 웅이를 '광녀의 아들'로 단정 짓지 않게 하려는 서술자의 배려로 보인다. 그만큼 인물에 대한 애착으로 이해할 수 있을 뿐만 아니라, 현실에서 그와 유사한 고통으로 힘들어하고 있을 어린 독자를 배려한 것으로도 이해된다. 이런 심성은 지난至難한 성장기를 보낸 작가의 체험에서 다듬어진 것으로 보인다.

또 하나 정채봉은 등단 초기에 매우 과작寡作의 면모를 보여주었다. 1973년 등단 이후 1979년까지 불과 5~6편의 동화가 전부라 할 만하다. 그만큼 작품 하나하나에 심혈을 기울인 것을 알 수 있는데, 어휘 하나하나, 문장 한 줄 한 줄, 갈고 닦은 탁마琢磨의 흔적이 역력하게 새겨져 있는 것을 알 수 있다.

결국 남들과는 다른 언어 선택과 사용으로 인물의 정신생활이나 세계관 혹은 작품의 주제적 미적 효과를 탁월하게 나타내고 있다. 그런 점에서 '동화'라는 양식적 특징의 미학을 극대화해서 표현해 냈다.

마무리하자면, 정채봉은 '문체'와 '환상성'이라는 특별한 서술 전략을 활용하여 소외된 인물들이 현실에 머물러 있지 않게 했다. 그뿐만 아니라 그러한 서술 전략으로 소외된 인물들이 '아름답고' '따뜻한' 데까지 나아가도록 하였는데, 존재론적 상승작용을 보여준 것이다.

이런 장치들은 동화의 미적 가치를 월등하게 향상시킨 것으로 볼 수 있다. 그러면서 '동화는 환상성의 에스프리'라는 명제를 구현해 낸 탁월한 작품들을 남기게 된 것이다.

'동화'는 동심을 가지고 있으며, 동심을 회복하려는 목적의 이야기라는 개념은 이미 통용되어 있다. 이런 것을 바탕으로 했을 때 정채봉의 동화는 환상성 사용에 탁월할 뿐 아니라, 그 환상성으로 현재를 극복하게 해주고, 미래를 향해 걸어나가게 해주는 힘이 되기도 한다. 그것이 정채봉 동화가 가진 환상성의 힘이 될 것이다. 무엇보다 소외는 타인들 편견의 산물일 뿐이라는 철학적 사유를 정채봉의 초기 동화에서도 읽을 수 있었다는 사실을 결론으로 얻은 성과라고 말하고 싶다.

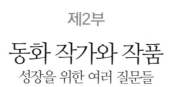

제2부

동화 작가와 작품
성장을 위한 여러 질문들

제1장

'전설'을 읽다

최인학의 아동문학 세계

1. 전설이 된 이야기

모든 민족은 자기들의 옛이야기를 가지고 있다. 독일에서는 메르헨 Märchen으로, 영국에서는 요술이야기Fairy tale로, 그리고, 북유럽에서는 에벤튀레Eventyre라고 불린다. 동화는 이 아득한 옛이야기에 뿌리를 두고 있다. 동화 안에서 모든 사물이 살아서 움직이고, 이야기를 할 수 있는 것도 기실은 이런 원시성에 기인한 것이고, 동화의 상상력과 환상성은 이런 초시간성 때문에 자유로울 수 있는 것이다. 이러한 동화의 문학적 상상력은 한정된 현실세계를 초월하여 딴 세계로 넘나들 수 있으며 인간의 제한된 능력을 뛰어넘을 수 있기 때문에 어린이들에게 유용한 것이다. 이런 자유로운 상상력을 마음껏 누리고 향유할 수 있는 것은 어린이들의 특권이기도 할 것이다.

최인학은 1960년대부터 아동문학 연구와 창작활동을 함께 해온 작가다. 1960년대의 한국 아동문학 연구는 아직 불모의 땅이나 다름없었다 해도 과언이 아닐 것이다. 그런 시기에 그는 경희대 대학원에서 「童話의 特質과 발달과정 硏究」(1967)라는 학위 논문을 썼다. 그뿐 아니라 「兒童文學의 本質」(1966), 「傳來童話와 創作童話의 比較硏究」(1968), 「옛날이야기와 兒童文學」(1977)과 같은 많은 논문을 학술지와 유력 문예지에 게재하여 한국 아동문학 연구와 발전에 초석을 마련하였다. 이와 동시에 아동문학 창작활동도 활발하게 펼쳐나갔다. 그래서 1960년대에 발행된 배영사의 『아동문학』이나 『새벗』과 같은 오래된 잡지에서 어렵지 않게 그의 작품을 만나게 된다.

시간의 두께가 지층처럼 견고하게 내려앉은 오래된 이 잡지들을 통해서 읽는 최인학의 작품들은 마치 전설 속의 이야기처럼 아득하다. 어쩌면 그 이름은 이미 전설이 되었는지도 모르겠다.

동화작가 최인학은 아동문학 안에서 옛이야기의 가치를 누구보다 잘 아는 작가다. 그래서 문헌 설화 중 아동문학적 요소를 갖추고 있는 것들을 선별하여 보여주는 작업에 앞섰다. 그 때문인지 그의 창작동화는 전래이야기 모티프를 생각하면서 자연스럽게 동화적 상상에 빠져들게 한다. 그는 동화에서 환상성을 옛이야기처럼 자유롭게 구사하고 있다. 그리고 동화와 소년소설 작품 전체에 흐르는 건강한 사실성은 마치, 전설의 '증거물'처럼 이야기에 힘을 더하고 있다.

2. 원형적 심성

인간의 무의식적 심상을 드러내주는 것이 옛이야기라고 말한 사람은 부르노 베텔하임이다.[1] 옛이야기 속에는 이야기를 전승해가는 민족의 원형적 심성이 담기게 되고, 그래서 알 수 없는 힘으로 사람들을 끌어당기고 있다는 것이다. 사람들의 심층심리에 작용을 가할 수 있다는 말도 결국 원형적 심성을 담고 있기 때문인 것이다.

최인학의 동화에서는 옛날이야기와 같은 민족의 원형적 심성을 찾아볼 수 있다. 그것은 오랜 기간 설화를 연구해온 업적과 무관하지 않을 것이다. 그만큼 옛이야기의 가치를 절실히 인식하고 있는 것이다.

「달은 먹는 아이」(1968년)는 '해와 달이 된 오누이'처럼 '일하러 나간 엄마를 기다리는 오누이' 이야기다. '서산 너머 하늘이 붉게 물들었는데 호미를 들고 밭으로 가신 엄마는 아직 돌아오실 줄 모른'다. 다섯 살, 여동생 미자는 배가 고파서 울상을 짓는다. 오빠 범식이는 한층 더 울고 싶었지만, 동생을 위해서 눈물을 꾹 참아야한다. 범식이 자신마저 울상을 보였다가는 동생의 울음을 감당할 수 없게 될 것이기 때문이다. 지루한 여름 한 나절동안 엄마를 대신해 동생을 돌보았는데, 산그늘이 내리고 먼 산에 부엉이 울음소리가 들리지만 끝내 엄마는 돌아오시지 않아, 동생과 함께 숫자 세기를 한다.

"열 다섯, 여열여어서엇…… 여얼어어덜어더어얼………." 아무리 천

---

1 브루노 베텔하임, 김옥순·주옥 역, 『옛이야기의 매력』, 시공주니어, 1998.

천히 셈을 해도 엄마는 좀체 오지 않고, 동생은 배가 고파서 울기 시작한다. 범식이는 배가 고파 우는 동생을 위해 두멍에 담긴 찬물을 떠 준다. 두멍에 는 마침 떠오른 달이 가만히 담겨 있었다. 오빠가 떠준 찬물에는 분명히 달이 담겨있었을 것이고, 그것을 꿀꺽꿀꺽 마신 동생은 오빠에게 "맛있다" 라고 말한다. 해와 달이 되어서 하늘로 올라갔던 전래이야기 속의 달이 배가 고픈 현실의 오누이에게 찾아와 위로해 주는 아름다운 동화다.

3. 딴 세계로의 여행

「가버린 눈사람」, 「삼돌이와 요지경 탈」은 아동문학에서 가장 흥미 로운 요소인 환상성을 잘 보여주는 단편이다. 환상성은 자유로운 상상 력을 자극해서 마음껏 펼쳐나가고 싶은 아이들의 지향성을 북돋운다. 그런 점에서 환상성은 아동문학에서 권장요소이며 특장인 것이다.

「가버린 눈사람」은 범식이가 눈사람과 함께 눈나라 여행을 하는 것 이 주된 화소다. 「가버린 눈사람」에서 범식이가 2차세계인 판타지 세 계로 들어가는 과정은 매우 자연스럽고 독특하다. 함박눈이 펑펑 쏟아 지던 날, 범식이는 고사리 손을 굴려서 눈사람을 만드는데, 마당에 눈 사람을 홀로 세워두는 게 싫어서 '대야'에 담아 방으로 가져 들어온다. 그리고는 눈과 코를 그리고, 마지막으로 입도 그려준다. 눈사람에게 입 을 그리자 눈사람은 말을 하기 시작한다. 범식이와 눈사람과의 대화가 자연스럽게 시작된다. 2차세계로 진입한 것이다. 「가버린 눈사람」에서 2차세계로의 진입은 범식이가 눈사람에게 입을 그리고, 눈사람이 말을 하게 되는 순간부터이다. 2차세계로의 진입이 꼭 공간이동의 문제가 아니라 세계의 이동인 것을 보여주고 있다.

눈사람은 자신의 고향이 북극이라고 말한다. 그곳은 '만주보다, 시베리아보다도 더 먼 곳, 에스키모들이 사는 곳'이다. 범식이가 한번도 가보지 못했던 곳인데, 범식이는 눈사람과 함께 어느새 눈나라에 와 있다. 범식이는 눈사람과 함께 개썰매를 타고 백설의 벌판을 달리고, 이글루에도 들어 가보는 북극 탐험을 즐긴다. 꿈으로 마무리되는 초기 판타지의 경향을 그대로 보여주는 아쉬움이 있기는 하지만, 미지의 세계에 대한 간접경험을 잘 보여주고 있다.

「삼돌이와 요지경 탈」은 삼돌이가 탈 공방에서 탈을 통해서 미래 세계를 경험하는 이야기다. 인간은 누구나 자신의 미래 모습을 궁금해 한다. 자신이 무엇을 하고 싶은지, 무엇을 잘 할 수 있을지. 혹은 어떤 모습으로 살게 될지에 대한 의문과 불안 때문에 막연한 두려움을 느껴보지 않은 사람은 아무도 없을 것이다. 그런데 어린 사람일수록 이 궁금증의 진폭은 넓을 것이다.

어떤 모습의 어른이 되어 있을지, 어떤 직업을 가져야할지, 어떤 일을 정말 잘 할 수 있을지? 끊임없이 일어나는 이런 질문에 대해 그 누구도 속 시원히 답을 해 줄 수 있는 사람은 없다. 예측이 불가능한 것이 미래이고, 미래의 시간은 누구도 예단할 수 없기 때문이다. 「삼돌이와 요지경 탈」은 미래에 대한 이 막연한 두려움에 답을 주려고 한다. 무엇보다 현재의 모습이 비록 부족할지라도, 미래는 '예측'이 아닌 현실로 펼쳐질 것을 말해주는 사실동화다.

삼돌이는, 친구들이 모두 학원이나 과외를 받으러 가버리자 혼자가 된다. 놀 곳을 찾던 삼돌이는 뒷집 아저씨의 탈 공방에 가서 신기한 탈 하나를 써 보게 된다. 시간을 넘나드는 신기한 탈이다. 탈을 쓴 삼돌이는 20년을 훌쩍 뛰어 넘어 미래에 가 있다. 성실과 부지런함으로 장난감 공장을 경영하고 있는 경영인으로 변해 있는 자신의 모습을 보고 있는 것이다. 어린 시절, 가난 때문에 특별한 과외도 학원도 다녀보지 못했지만, 그런 결핍이 미래로 직결되는 것은 아니라는 사실을 삼돌이의 미래 여행으로 보여주었다. 현시점에 어린이들은 물질적 풍요의 최정점을 구가하고 있는 것처럼 인식되고 있지만, 실상은 꼭 그런 것만은 아니다. 과외, 학원 그 외 수많은 종류의 사교육 현장으로 뛰어다니는 아이들이 있는가하면 그렇지 못해 상대적 박탈감으로 불안해하는 아이들도 있다. 「삼돌이와 요지경 탈」은 물질적인 풍요와 열성 부모의 뒷바라지에서 소외되어 있어서 마음이 흔들리려고 하는 우리 아이들에게 삼돌이의 '미래 엿보기'를 통해 작은 용기를 주는 사실 동화다.

4. 건강한 캐릭터 생성

한국 아동문학에서는 이름으로 아동의 캐릭터를 생성한 경우가 있다. 대표적으로 현덕의 '노마'를 들 수 있다. '노마'는 물론 현덕의 전유물은 아니다. 즉 '노마'는 남자아이를 지칭하는 대명사와 같은 용어로 통용되었기에 시인과 작가들이 작중화자를 '노마'로 통칭하는 예가 잦았다. 그래서 이원수 동화나 박목월의 동시에도 '노마'가 등장했으며 그 외의 여러 작가들도 대중성이 있는 작중인물에 '노마'라는 이름을 부여하곤 했다. '노마'는 결국 소년의 대표 이름이었으며, 평범하지만, 현실에 살아있는 대중적인 인물의 표상이 될 수 있었다..

최인학의 동화와 소년소설에는 삼돌이, 범식이, 석돌이, 미자, 용이, 훈이 등의 소년인물이 등장한다. '삼돌'이 '범식'이 또한 지극히 평범한 일상 속의 인물이며 우리들의 이웃에서 만날 수 있는 건강한 소년들이다. 이들 평범한 소년들은 아직 어른은 아니지만, 현실의 의문에 대해서도 고민하고 갈등하면서 자신들의 무게중심을 지키고 있는 건강함을 보여주는 아이들이다.

「붉은 카네이션」에서도 그런 건강한 소년상이 잘 그려졌다. 유독 의젓한 소년 캐릭터가 돋보인다. 범식과 영선은 이제 막 초등학교를 졸업하고, 중학교 진학을 앞두고 있는 13~14세의 소년들이다. 이들 소년들은 "이젠 아이가 아니다"라고 되뇌이며 벌써부터 가정 경제의 한 부분을 떠안으려 한다. 가족들 몰래 중학교 입학시험을 치고 합격을 해도 학비고민 때문에 누구에게도 털어놓지 못하는 범식의 모습은 1960년대 우리나라 현실을 여실히 보여주는 한 단면이다. 다행히 일하는 소년, 범식과 영선이의 중학교 진학문제는 어른들의 도움으로 해결되는 해피엔딩이다.

이제 갓 초등학교를 갓 졸업한 13~14세의 나이에도 가정 경제를 염려하는 소년의 모습에서 2013년 현재의 소년들은 무엇을 생각하게 될까. 이미 오래전에 지나간 일이라고 여기 않기를 바라는 마음이 간절해진다.

옛이야기는 이제 인류 공통의 문화자산이 되었다. 그래서 각 민족의 전설과 민담은 비교문학 차원에서 공통 연구 과제가 된 것이다. 창작동화에서 옛이야기 모티프는 그래서 당연하게 받아들여지고 있으며 그만큼 소중하다.

민속학과 설화연구에 평생을 쏟아온 최인학 작가의 이야기가 우리의 심성에 서슴없이 스며들어 전달되는 것은 그의 이야기가 마치 전설처럼 우리 숨결에 맞닿아있는 것이기 때문일 것이다.

제2장

선사先史의 기억을 채색하는 방법

임신행론

한국 아동문학가 중에서 임신행만큼 오랜 기간, 변함없이 의욕적으로 창작활동을 하는 작가는 흔치 않을 것이다. 1960년도부터 시작된 그의 저술활동은, 각종 문학상 수상과 손으로 다 꼽을 수 없을 만큼의 많은 저작으로 증명되었다. 그가 아동문학에 입문한지 50여 년의 이력은 모든 면에서 독특하다. 아동문학을 시작하게 된 경위도 남다르지만, 가시밭길과 같은 척박한 삶의 여정 중에서도 문학 창작에 쏟아 부은 그 열정은 누구도 흉내내기 어려울 것이다.

40여 년의 교직기간 동안 도심보다는 외곽을, 외곽보다는 자연과 가까운 곳을 찾아 다녔고, 그곳에서 만나는 아이들에게서 원시적 순수함과 사람다운 가치를 발굴해내는 데 집중했다. 임신행은 이처럼 원시에 가까운 순수성을 발굴하는 데 많은 노력을 기울였고, 투박한 듯, 거친 듯, 꾸미지 않은 본성을 찾아내는 데 주력하고 있다.

작가들로 하여금 자연에 온전히 몰입하게 하는 장소는 흔치 않겠지만, '우포늪'과 같은 곳이라면 아동문학가 누구라도 한 번 이상은 욕심내 봄직한 장소이리라. 작가 임신행 또한 수억 년, 시간의 퇴적물이 쌓여있는 그곳에 대해 특별한 애정을 가진 듯하다.

신임교사 시절 우포늪이 있는 고장으로 발령을 받은 것이 인연이 되어 시작된 우포늪에 대한 그의 지속적인 관심은 유별나다. 그는 '우포늪의 물안개밭을 돌며 동화를 구상'하면서 억만 년 전의 원시성이 간직되어 있는 공간에 매료되었다고 여러 번 말한 적이 있다. 임신행에게 우포늪은 창작의 곳간 같은 곳인지도 모르겠다. 그래서 마치 고향집의 곳간처럼 창작의 산실이 되고 있는 것인지도 모르겠다.

우포늪은 '소벌'이라고 불린다. 우포 주변의 토박이 사람들은 그렇게 부르고 있다. 우포늪이 이제 너무 유명해져서 '우포늪' 그 자체로 하나의 고유명사가 되어버렸지만 그래도 그곳 토박이들은 우포늪을 '소벌'이라고 부르기를 고집하고 있는 것이다.

작가에게, 시인에게 고향은 어떤 것일까. 그 고향이 이제 세상에 다 알려져서, 모든 사람들이 다 알아주는 곳이 되었다고 해도, 고향의 고유한 이름 하나를 작가 자신만이 간직하고 있는 마음은 어떨까. 작가에게 지리적 고향은 생의 근원으로서의 고향이며 전기적 고향이며 현실적 고향이기도 하다.

한 지점을 고향이라고 말할 수 있는 이유는, 흔히 말하는 안태본이라는 필연성에 기인하는 것이 가장 큰 이유겠지만, 어떤 특별한 정신적 자장에 이끌리어 고향으로 여기는 경우도 있을 것이다. 작가들에게는 후자의 경우도 매우 강력하게 작용될 것이라고 본다.

지정학적인 한 지점이 '고향'이 되는 이유가 무엇이든 간에 억겁의 시간 주름이 만든 물굽이 '소벌'을 백그라운드로 두고 있는 임신행은 그런 점에서 엄청난 창작 자산을 안고 있는 것이다.

　인간이라는 존재는 불안으로부터 자신의 균형을 찾아나서 게 된다. 불안과 절망은 작가들로 하여금 자신들이 잃어버린 방향을 찾으러 나서게 하고, 그래서 유년의 고향을 그리워하며 현실을 달래려고 자신을 채찍질 하는 것이다.

　그런데 그 고향이 태고 때부터 시간을 축적해온 곳이라면, 그래서 지금도 억만년 전으로 금방 회귀할 수 있는 원시성을 간직하고 있는 곳이라면 더 이상 무슨 말이 필요하겠는가.

　『우포늪 그 아이들』(창조문예사, 2013)은 우포늪에 대한 임신행의 애착을 충분히 보여준다. 우포늪으로 체험활동을 왔던 서울아이 순호가 귀가 버스에 타지 않은 데서 이야기는 시작된다. 터무니없을 정도로 소심하고 말까지 더듬는 해주는 체험활동 중 잠시 이야기를 나누었던 순호가 귀가 버스에 타지 않았다는 사실을 뒤늦게 알게 된다. 순호의 자리에 순호 대신 순호 배낭만 덩그러니 놓여있는 상황이다. 배낭 안에는 휴대폰, 지갑 등의 소지품이 들어 있다. 버스는 이미 대구를 지나고 있었고, 해주는 몇 번 기사 아저씨에게 이 사실을 알리고 싶었지만, 시간에 쫓긴 기사 아저씨는 번번이 해주의 말을 묵살한다. 고압적인 기사 아저씨의 태도 때문에 해주는 점점 더 말을 못하고 만다.

　인솔자인 방과후 공부방 오숙영 선생님은 진통제 때문에 깊이 잠들어 있다. '우포늪 체험활동' 팀은 방과 후 수업으로 만난 아이들이기 때문에 구성 인원의 면면을 서로 잘 모르는 상태라는 게 순호를 우포늪에 두고도 버스가 서울로 출발할 수 있는 개연성이다.

버스가 서울에 도착하고서야 비로소 순호의 실종이 드러났고, 그 때부터 오숙영 선생님은 순호를 찾기 위해 밤을 새며 백방으로 노력을 한다.

체험활동을 왔던 순호가 홀로 남게 된다는 사실은 다소 작위적으로 보이기도 한다. 실제로 그런 일은 일어나기란 쉽지 않다. '대형 안전사고'에 가까운 이런 일이 평생 교단을 지켜온 임신행 작가에게 더더욱 어려운 일일 것이다. 일어나서는 안 되는 일이 일어났다. 그럼에도 작가는 순호를 홀로 우포늪에 남겨놓는다. 모든 아이들의 필수품인 휴대폰과 지갑은 배낭에 들어있고, 배낭은 서울을 향해 달리고 있는 버스 좌석에 놓여있다. 그 상황에서 순호는 생면부지의 우포늪에 남겨진 것이다. 순호는 우포늪에서 그야말로 살아남아야 한다. 우포늪에 홀로 남게 된 순호에게 어떤 일이 일어날까. 우포늪에서 며칠 동안은 도시 아이 순호의 원시적 생존 본능이 살아나는 기간이었다.

정반합의 변증은 인간을 꾸준히 진화시켜 온 공식과도 같다. 하지만, 어떤 극적인 위기에서 인간은 변증적으로 진화해 온 문명의 탈을 벗지 않으면 안 되는 순간과 직면하게 된다. 그것이 바로 인간의 삶이 보여주는 드라마이고 삶의 과정에서 필연적으로 나타나는 양상이다.

학교와 학원이라는 틀에 얽매여 있었던 순호에게 우포늪에서 필요한 것은 자연에 순응하면서 자연을 누리는 것뿐이다. 섣불리 자연을 이기려할 필요도 없고 이길 수도 없는 상황이다. 자연에 이기려고 한다면 오히려 더 깊은 늪으로 빠져 들 뿐이다. 다행스럽게도 순호는 자연은 순응해야하는 대상임을 빨리 깨닫는다. 그래서 더 큰 재앙을 만나지 않고 자연의 순행을 감지하게 된다.

순호를 통해 안전사고나 다름없는 사건을 자초하고 있는 작가의 의도를 비로소 알 수 있는 대목이다. 순호로 대표되는 작금의 모든 도시 아이들에게 거대한 우포늪에서 며칠 동안만이라도 자연을 알고 그 안에서 원시에 가까운 생활로 회귀해 보기를 바라는 작가의 의도를 눈치챌 수 있다. 문명은 곧 속박으로 등식화되는 현대 생활에서 탈출을 누리게 해주려는 의도이다. 그 의도는 순호가 홀로 우포늪에 남게 되는 작위적인 상황을 뛰어넘어 버리고 만다.

버스 출발시간도 개의치 않을 만큼 순호를 발을 묶은 것은 우포늪의 진흙이 아니라, 우포늪가에 사는 아리, 수지와 같은 친구들이다. 빈집에서 흙덩이를 던져 홍시를 따먹는 일, 물방개를 잡으로 물에 뛰어든 일, 모닥불을 피워 흠뻑 젖은 옷을 말리는 일, 자연상태로 돌아가 있다. 『우포늪 그 아이들』은 도시아이 순호가 우포늪에서 원시적인 생존기록이다. 『우포늪 그 아이들』은 결국 자연에서 멀어져 호연지기를 잃어가는 도시아이 누구라도 자연과는 쉽사리 친화할 수 있다는 가능성을 말하고 있다. 단 자연을 거역하지 않으려는 마음가짐을 전제하고 말이다.

돌이켜 보면, 발전이라는 미명하에 반드시 지켜냈어야 마땅한 것을 송두리째 파괴한 뒤 발등을 찍고 후회를 거듭해왔던 과오들이 그동안 한두 번이었는가.

임신행의 「외딴 과수원 그 집」[1]에는 부엉이, 청설모, 너구리 등의 자연물들이 만들어내는 공간과 사람들이 만들어내는 공간이 다성적 구도를 형성하고 있다. 그것은 마치 백석 시인이 「목구」나 혹은 「古寺」에서

---

1   임신행, 「외딴 과수원 그집」, 『언제나 꽃피는 과수원』, 아이들판, 2009.

형상화했던 공간처럼 자연물과 사람이 개별화되지 않는 공간이다.

그러나 이 설화적인 공간 안에서 자연과 사람이 대립하고 아이와 아이가 대결한다. 무엇보다 자연을 지키려는 윤서 할아버지와 그 반대에 있는 마을 이장과의 대결은 첨예하다.

복숭아 과수원에 제초제를 치지 않는 노루골의 윤서 할아버지, 그 때문에 온 마을 논밭이 잡초 밭이 되었다고 불평하는 마을 이장. 마을 이장은 윤서 할아버지에게 제초제 칠 것을 강권하기 위해 급기야 지구대고 순경까지 대동한다.

어른들의 이런 대결 양상을 훤히 아는 마을 아이들은 윤서를 따돌리고 함께 놀아주지 않는다. 아이들의 대립관계를 꿰뚫고 있는 부엉이, 너구리, 청설모 등은 윤서를 도와주기를 자청한다. 부엉이가 너구리에게, 너구리는 청설모에게, 청설모는 수달에게, 수달은 용소폭포에서 물놀이하는 재동이를 살짝 위협한다. 그리고 위험에 처한 재동이와 장호가 윤서의 도움으로 위기를 모면한다. 이쯤 되면, 윤서를 괴롭혔던 친구들이 반성하면서 아이들과 윤서가 화해하고, 해피엔딩을 맞을 것을 예상할 수 있다. 대부분의 일반적인 동화는 그렇게 결말을 맺고 있다. 그러나 「외딴 과수원 그 집」은 여기서 끝이 아니다. 하찮은 동식물의 생명도 소중하게 바라보려는 작가의 세계관은 고 순경과 마을 이장과의 긴 대화로 이어지고, 그 공간 안에 등장하는 비단거미와 무당벌레, 부엉이 같은 자연은 자기들의 목소리를 내고 있다.

「외딴 과수원 그 집」에서 자연을 바라보는 작가의 목소리는 작가를 대리하는 서술자에 의해 드러나는 방식이 아니라, 인물들의 행동이나 담화에 의해 드러난다는 것이다. 그런 점에서 「외딴 과수원 그 집」은 세미한 독서를 요구하는 책이기도 하다. 마을 이장의 인물에 대한 서술자의 평가나 판단이 일체 소거되어 있기 때문에 그렇다. 이장의 모순된 성격은 다음의 담화 장면에서 여실히 드러난다.

> 비단거미는 흰 복숭아가 맛있다고 네 개째 먹고 있는 이장 아저씨를 미운 듯 바라보며 말했다.
>
> (…중략…) "복숭아 맛은 역시 이것이구만."
>
> 이장 아저씨는 왼쪽 엄지손가락을 치켜세웠다. 누런 봉지에 싸인 흰 복숭아를 따 바랭이 풀에다 쓱쓱 닦아서 한 입 베어 물었다. 복숭아 단물이 턱으로 흘러내렸다.[2]

제초제를 치지 않았기 때문에 윤서네 복숭아가 어떤 복숭아보다 안전하고 맛있다는 것을 마을 이장 스스로 입증하고 있는 장면이다. 밭에서 금방 딴 복숭아를 물에 씻지도 않고 즉석에서 단물을 뚝뚝 흘리며 벌써 네 개째 먹고 있다. 고 순경까지 동원해서 강제로 제초제를 치게 하려는 마을 이장의 이중적인 모습을 여실하게 보여주고 있다.

인물의 성격은 서술자의 설명 없이 오직 장면제시의 방법으로 나타나 있다. 인용한 담화는 이장의 성격을 나타내 보여주고 있는 것인데, 소설적으로 매우 성숙되어 있지만, 독자들이 자세히 읽지 않으면 놓칠 수 있는 정교한 부분이기도 하다.

「외딴 과수원 그 집」은 어린이들의 문학이라고 해서 아이들의 다툼

---

2   위의 글, 58~61쪽.

과 화해에 서사를 국한시키지 않고 있다. '생태 환경보전'이라는 큰 주제를 사람과 자연이 함께 있는 공간 안에서 적절히 담아냈고, 작가를 대리하는 서술자는 판단을 유보하고 있다. 오직 등장인물의 담화에 의해서 주제를 밀고 나가려는 작가의지를 읽을 수 있는 작품이다.

임신행의 근작近作「야니와 아기오리」(『경남문학』, 2014.겨울)를 통해, 창작자를 언제나 괴롭히고 있는 '무엇을 쓸 것인가' 하는 문제를 생각해 보고 싶다. 「야니와 아기오리」에서는 무엇을 쓸 것인가 하는 문제에 대해 작은 답을 보여주었다. 국내 어느 누구도 따라가기 어려울 정도의 창작력을 발휘해 왔다는 것은 그만큼 소재 발굴과 제재 포착에 항상 민감했다는 말이다. 셀 수 없이 많은 작품은, 글감을 허투루 흘려보내는 법이 없다는 사실을 증명해 주는 것이리라.

우선, 동화「야니와 아기오리」를 좀더 잘 이해하려면 전주前奏에 해당되는 일화를 아는 것이 필요하다. 그날그날의 뉴스를 빠뜨리지 않았다면 이 오리의 부화 사건도 아마 기억하고 있겠지만, 그 사건을 모른다면 「야니와 아기오리」가 주는 생생함은 좀 약할 것이다.

지난 7월, 무더위가 본격적으로 시작되던 즈음이었다. 출근길 라디오에서 우연히 듣게 된 뉴스 한 토막의 내용은 대체로 이러하였다.

경남지방경찰청 국제범죄수사대는 지난 2일 창원시 의창구 소재 한 마트에서 식품으로서 부적절한 '반부화 오리알'을 판매한 혐의로 A씨(26)를 불구속 입건했다. 이 과정에서 마트에서 판매 중이던 반부화 오리 알 300여개를 압수해 경찰청 압수물 보관 창고에 보관했다.

14일 경찰은 이 오리 알을 폐기처분하려고 했으나 당초 압수한 오리 알

300여개 중 23개에서 새끼 오리가 부화했다. 창고 문을 열자 새끼오리 23마리가 뒤뚱뒤뚱 걸어 나왔다고 전해졌다. 경찰은 이 오리들을 살 처분하는 대신 공매처분 등으로 살리는 방법을 택했다.[3]

당시, 기온이 급상승하면서 국제범죄수사대 압수품 창고 내 온도가 높아져 오리 알은 저절로 부화했고, 오리 알을 처분하러 창고에 들어갔던 담당경찰관은 생명의 탄생에 아연할 수밖에 없었을 것이다. 이 오리 알은 어른들의 탐욕을 위한 '보양용'으로, 베트남에서 어두운 경로를 밟아 국내로 밀반입된 것이고 압수품 창고에 보관 되었다가 어둠 속에서 생명으로 탄생하게 된 것이다. 자연 부화된 새끼 오리를 공매한 담당 경찰관들의 결정은 하나의 미담이 되기도 했다.

생명의 자의성과 능동성을 보여주는 사건이었다. 압수품 보관창고의 어둠 속에서 맞닥뜨린 '어린 생명'과의 조우는 어떠했을까. 운전을 하면서, 그 경찰관의 마음을 잠시 생각해 보게 하는 뉴스였다.

임 작가는 이런 사건 사고 하나도 허투루 흘리지 않고 '생명'의 문제와 바로 직결시키면서 작중 화자로 '야니'를 설정하였다.

동화 「야니와 새끼 오리」에서 초점화자 '야니'는 베트남 소녀이다. 어머니, 아버지가 베트남에서 한국으로 올 때까지 야니는 스님의 암자에 맡겨졌다. 스님은 비록 어두운 경로를 밟아 국내로 들어온 '새끼 오리' 일망정 고향나라에서 온 어린 생명들이 베트남 소녀를 위로해 줄 동무가 될 것으로 보고 적극적으로 공매에 참여했다. '고향 까마귀도 반갑

---

3   『연합뉴스』, 2014.7.15 참조.

다'는 우리 속담도 있지 않은가. 사람들이 삶을 살아내는 방법은 국적 불문 대동소이한 것이고 문학에서 언제나 그런 사실을 강조하고 있다. 스님의 배려로 오리들은 보금자리를 얻었고, 야니는 친구를 얻었다.

> "아무도 돌봐주지 않는 창고 안에서 스스로 알에서 나왔으니 울매나 장하고 장하노! (…중략…) 다 이게 인연인기라, 생명이 있는 것은 다아 살기로 되어 있다. (…후략…)"

생명의 소중함을 직접 알려주는 스님의 담화이다. 살아서 생명을 부지하며 마침내 성장으로 가는 것은 실로 아름답고도 귀한 일이 아닐 수 없다.

파성巴城 설창수 시인은 생전에 임신행을 두고 한국의 마크 트웨인이라고 했다. 그만큼 많은 저술을 쏟아냈고, 저돌적인 투사처럼 의욕적으로 글을 발표해왔다. 다채로운 문학상 수상경력과 다 꼽을 수도 없을 만큼 많은 그의 저술은 그 사실을 충분히 입증해 준다. 작가 임신행은 지역 문단을 지키며 아동문학의 지평을 닦아가는 장수와 같은 모습이다.

제3장

동화의 문학성을 찾아가는 여정

임정진론

1. 문학성을 찾아라!

　세상에서 처음 경험하는 것의 중요성을 어떻게 말로 다 하겠는가. 처음 피는 매화를 보기 위해 천리 길을 마다하지 않는 사람들이 있는가 하면, 해마다 내리는 눈이지만 그 해 처음 맞는 눈을 두고 '첫눈'이라 하여 더 반기고 있지 않은가? 하물며 세상에서 처음 경험하는 '문학'의 중요성을 어찌 말로 다하랴!

　아동문학(동화)은 사람이 세상에서 처음 접하는 '문학'이기에 더욱 소중한 것이고 그래서 더 문학다워야 하는 것이다. 그렇기 때문에 아동문학의 문학성이 늘 강조되고 있다. 여기에는 물론 '어린독자'들의 특수성을 고려한 문학다움임은 말할 필요가 없다. 문학을 문학답게 하는 요소

번호	제목	출간연도	출판사
①	개들도 학교에 가고 싶다	2001.6	푸른책들
②	나보다 작은 형	2001.11	푸른숲
③	상어를 사랑한 인어공주	2004.4	푸른책들
④	지붕 낮은 집	2004.11	푸른숲주니어
⑤	엄마 따로 아빠 따로	2005.6	시공주니어
⑥	발끝으로 서다	2006.12	푸른책들
⑦	다리미야 세상을 주름 잡아라	2008.3	샘터
⑧	자석총각 끌리스	2009.6	해와나무
⑨	용이 되기 싫은 이무기 꽝철이	2009.8	주니어RHK
⑩	일자무식 멍멍이	2010.12	북스마니아
⑪	맛있는 구름 콩	2011.3	국민서관
⑫	땅끝 마을 구름이 버스	2011.4	밝은 미래
⑬	바우덕이	2012.10	푸른숲주니어
⑭	겁쟁이 늑대 칸	2013.7	뜨인돌어린이

라면 역시 놀라운 상징이나 함축, 고도의 문학적 장치 등일 것이다.

1988년 계몽사동문학상 수상 이후 동화 창작과 강의에 전념하고 있는 임정진은 2000년대에 들면서 주로 장편 사실동화와 소년소설에 주력하고 있다. 2000년 이후의 주요 작품을 다음과 같이 정리해 볼 수 있는데, 아이러니를 통해 세태 풍자하면서 웃음을 자아내게 하고, 자유를 꿈꾸게 하는 환상성으로 새 감동을 안겨준다.

①, ⑦, ⑧, ⑪, ⑭는 의인동화로 구분할 수 있고, ②, ⑤, ⑩, ⑫는 사실동화에 속한다. ④, ⑥, ⑬은 소년소설로 분류되는데, ⑬은 역사인물 소설이고 ⑥은 논픽션 소설로 분류된다. ③은 전설을 패러디하였고 ⑨는 전설에서 화소를 차용하였기 때문에 ③, ⑨는 전래동화로 구분된다. 그리고 편집 체제로 볼 때 ②, ③은 단편집이고 ⑦, ⑧은 그림책이다.[1]

여기서 보면 임정진은 아동서사의 모든 갈래에 걸쳐 고른 창작열을 보여주고 있다. 이 글에서는 위의 텍스트를 바탕으로 임정진의 동화문학의 특성과 문학적 장치 등을 살펴보면서 갈래별 작품 주제의식을 함께 고찰하기로 한다.

2. 문학성 추구를 위한 여러 방법들

1) 아이러니를 이용한 풍자와 호기심 유발

어리석게 보이는 에이론Eiron이 힘센 허풍쟁이 알라존Alazon을 이겨내는 것, 그것이 아이러니다. 어리석은 에이론은 실제보다 똑똑하지 못한 척한다. 그러면서 힘센 허풍쟁이를 이기는 것이다. 아이러니는 겉으로 '말해진 것'과 실제로 '의미된 것' 사이에 괴리가 생긴 결과이다. 이 작은 괴리는 흥미진진한 긴장을 만들면서 종내는 독자를 웃게 만들고 더 나아가 세태를 비판하기도 한다. 그래서 이 괴리는 결코 사소한 차이가 아니라 엄청난 차이며, 대조다.

---

1 '동화'와 '소년소설' 용어에 관해서는 아직도 많은 논의가 이루어지고 있다. 현재 유행처럼 사용되고 있는 '청소년소설'이라는 용어는 일본에서 유입된 일본식 용어라는 비판에 인식을 같이하고 이 글에서는 보다 전통적인 '소년소설'이라는 용어를 사용하기로 한다. 이와 같은 맥락으로 '생활동화' 대신 '사실동화'라는 용어를 사용한다. 최명표, 『한국 근대소년소설 작가론』, 한국학술정보, 2009; 최미선, 「한국 소년소설 형성과 전개과정 연구」, 경상대 박사논문, 2012, 23~26쪽 참조.

어리석은 척하는 에이론의 행동에서 빚어지는 웃음은 온전히 독자의 몫이기 때문에 아이러니는 문학 안에서 빛나는 것이다. 아이러니는 '언어'와 '상황' 두 방향에서 자유자재로 운용된다. 그래서 '언어적 아이러니'와 '상황적 아이러니'라고 말하고 있다.

임정진의 『다리미야 세상을 주름 잡아라』(이후 『다리미야』로 통칭)에서는 언어적 아이러니 효과를 충분히 발휘하면서 '주름'이라고 하는 어휘에서 오는 부정적 뜻과 이미지를 멋지게 전복시키고 있다. '주름'의 사전적 뜻 ㉠ 피부가 쇠하여 생긴 잔줄 ㉡ 종이나 옷감 따위에 생긴 구김살 등에서 알 수 있듯이 '늙음' 혹은 '낡음' 또는 '구겨짐'처럼 부정적인 느낌이 앞선다. 『다리미야』에서는 이와 같은 일반적인 어휘의 뜻을 완전히 초월하여서 '주름'을 새롭게 보게 하면서 기존의 의미를 새로움으로 대체하게 한다. 즉 "큰 것을 작게 만들어 주는 것도 주름"이며 "미끄러운 것을 막아는 주는 것도 주름"이라는 사실을 알게 해 주고, 세월을 지나온 훈장과도 같은 것이 '주름'이라는 진리를 알게 해준다. 주름은 매우 편리한 것이며, 또한 진실한 것이라는 사실이다.

'다리미'가 주름협회 회장 선거에 추천되면서 아이러니 상황은 한껏 고조된다. '다리미'는 주름을 펴는 데 일등 공신일 뿐, 주름과는 아무런 관련이 없다는 게 일반적인 생각이다. '다리미'가 주름협회 회장 선거에 추천되자 그곳에 모인 온갖 '주름'들은 '다리미'를 비웃는다. '다리미'는 비웃음을 당하고, 놀림을 받게 되면서, 그 순간 가장 못난이로 전락한다. 하지만 다리미의 조용한 반격이 시작된다. 다리미가 없다면 치마든 바지든 어떻게 '칼주름'을 잡을 수 있으며 어떻게 주름을 유지할 수 있겠느냐하는 이의제기다. 이것이야말로 아이러니한 상황이다. 주름을 펴는 도구이면서 또한 주름을 잡는 데 필수 불가결한 도구가 다리미인 것이다.

'주름'의 세계에서 전혀 이질적인 '다리미'가 회장선거에 추천되는 과정 또한 시사하는 바가 실로 크다. 이는 '타인'의 수용이며 '나'와 다름을 인정하는 것이다. 지금 우리사회에 팽배해있는 '왕따'문화에 대한 반성을 촉구하고 있는 것이다. 현재 도처에서 전방위적으로 일어나고 있는 '왕따 문화'는 작게는 개성 말살이며 크게는 사회 경쟁력 약화라도 해도 과언이 아닐 것이다. 이런 세태를 풍자하며 적절하게 비판하고 있는 것이 『다리미야』인 것이다.

『개들도 학교에 가고 싶다』(이후 『개들도 학교에』로 통칭)에서는 '믿을 수 없는 화자'를 설정하여 아이러니 효과를 극대화하였다. 『개들도 학교에』는 '논개'와 '장비'와 '은비' 같은 동네 개들의 이야기이다. 찜질방 할머니 집 논개가 중심에 있고, 여기에 어느 날 동네에 새로 들어온 떠돌이 개 '라이카'가 더해져서 이야기를 만들어 간다.

떠돌이 개 라이카는 누가 봐도 평범한 떠돌이 개에 불과할 뿐이다. 그의 주인은 역시 고철과 폐지를 줍는 '리어카 할머니'다. 그러나 '논개'와 '장비'와 '은비' 등 동네 개들은 이 떠돌이 개의 조금 독특한 모양새 때문에 최초의 우주선 '스푸트니크 2호'에 실려 우주여행을 떠난 개 '라이카'로 영웅시한다. '논개'와 동네 개들은 스스로 에이론이 되는 것이다. 그리고 떠돌이 개 '라이카'의 매력에 흠뻑 빠져들면서 아이러니 상황을 만들어 낸다.

그 때 골목에 갑자기 번개가 친 듯, 지진이 난 듯 (…중략…) 아무튼 너무나 놀랍게도 우주견이 나타났습니다. 아주 희한한 냄새와 함께.

"바…바로… 그거야…. 우주견…."

우주에서 온 것이 분명했습니다. 목둘레에, 우리는 한번도 본적이 없는 커다란 깔때기 모양의 우주복을 걸쳤습니다. 우주견은 언뜻 보면 셰퍼드 종류 같기는 한데, (…중략…)

우주견은 어떤 할머니와 함께 나타났는데 그 할머니도 보통 사람이 아니었습니다. 무릎까지 오는 긴팔 솜코트에 털모자를 쓴게 외계인이 틀림없었습니다. 다른 사람들은 반팔을 입고 다니는데 저런 옷을 입은 건 외계에서 왔기 때문이지요. 외계인은 지구의 기후와 세균에 약하기 때문입니다.

(…중략…)

"다들 좀 비켜라. 내 옆에 오지마."

우주견은 우리에게 그 말만 했습니다. 목소리가 너무 멋있었습니다.[2]

단지 모양새가 조금 다른 것으로 동네 개들은 떠돌이 개를 우주견으로 단정하면서 아이러니 상황은 점점 더 심화된다. 동네 개들은 떠돌이 개 행동 하나하나에 특별한 의미를 두면서 마음대로 '러시아', '우주선' 등과 연관시키기도 하고 떠돌이 개가 사는 천막을 우주기지로 영웅시하기도 한다.

그러나 독자들은 이들 '어리석은 화자'가 만들어내는 상황을 이미 즐기고 있다. 독자들은 '논개'와 '장비'와 '은비' 동네 개들이 만들어 내

---

2 임정진, 『개들도 학교에 가고 싶다』, 푸른책들, 2001, 30~32쪽.

는 상황적 아이러니를 즐기면서 이야기의 진행에 호기심을 집중하지 않을 수 없다. 아이러니는 이처럼 고도의 재미를 부여하는 것이다.

2) 자유를 구가하는 환상성

환상이란 문화적 속박으로부터 야기된 결핍을 보상하려는 특징이 있다고 말한 로지잭슨은 "환상이란 세계의 요소들을 전도시키는 것이고, 새로운 것, 이전과는 다른 것을 산출하기 위한 것"과 관련되어 있다고 했다.[3]

『맛있는 구름콩』은 정말 아름답고 알찬 그림동화다. 작가의 환상적 상상력을 구체적으로 잘 보여준 멋진 이야기이다. 어느 뜨거운 여름 한낮, 콩깍지에 달려있는 푸른 콩들이 높다란 하늘의 새하얀 구름을 보고 "너무 멋지다"고 감탄하면서 구름처럼 두둥실 높아져 보기를 꿈꾼다. 그러나 콩들이 가는 길은 구름이 가는 길과는 엄격하게 다르다. 하지만 콩들은 한시도 구름처럼 멋있어지는 꿈을 포기하지 않는다. 삼태기에서 멍석으로, 맷돌로, 삼베보자기로 이동하면서 말려지고, 물에 퉁퉁 불리고, 맷돌에서 갈리고, 급기야 짜디짠 간수까지 들이키면서도 새하얀 '구름'을 열망하고 있다. 누렇게 익었던 콩은 끝내 새하얗게 변신하지만, 콩이 구름과는 다른 것은 엄연한 사실이다. 그렇지만 마침내, 콩은 콩 그대로 "꽤 멋지다는 것"을 확인한다.

---

3   로지 잭슨, 서강여성문학연구회 역, 『환상성－전복의 문학』, 문학동네, 2001, 12~18쪽 참조.

구름과 콩의 결합은 누구도 상상해내기 어려운 탁월한 선택이다. 색채의 유사함, 부드러움의 유사함을 제외하면 두 대상은 어떤 관련성이 없다. 하지만 두 사물의 결합은 너무도 구체적이고 아름다운 환상을 만들어 냈다.

환상은 전혀 생소한, 비인간적 세계를 창조하는 것이 아니다. 달리 말해 환상은 초월적인 것이 아니라 새로운 것이라고 해야 하는 것인지도 모르겠다. 환상은 이 세계의 요소들을 전도시키는 것, 낯설고 친숙하지 않으며 그리고 명백하게 '새롭고' 절대적으로 '다른' 어떤 것을 산출하기 위해 그 구성 자질들을 새로운 구성 자질들과 새로운 관계로 재결합하는 것과 관련되어 있다고 한 로지 잭슨의 환상성을 그대로 실현한 동화가 『맛있는 구름콩』이다. 임정진만의 상상력을 멋지게 보여주었다.

임정진은 동화에서 환상성의 전도 효과에도 주력하고 있다. 아동문학에서 환상성이란 현실에서 일어날 수 없는 공상적인 일이 사유사새로 일어나거나, 주위의 온갖 무생물과도 서슴없이 자유롭게 소통이 가능한 물활론적 사고의 표현 정도에 그치는 것만은 아니다. 일상적인 생각의 범주를 뛰어넘을 수 있는 자유로운 상상력, 일반적인 고정관념의 틀을 초월하는 전도의 기발함을 보여주는 것 또한 환상성의 중요한 효과이며 미덕일 것이다. 더 넓은 세계를 수용하기 위해 동화에서 환상성은 더욱 효과적인 방편인 것이다.

고정적인 생각에서 벗어나 자유로움을 추구하는 것, 다른 사람을 능가해야만 한다는 강박관념 따위를 무시하는 것, 이런 유연한 상상력은 『용이 되기 싫은 이무기 꽝철이』에서 확인할 수 있다. '영웅 탄생'이라는 현대적 신화 속에서 강박증적으로 밤낮없이 뛰어다녀야하는 지금의 아이들에게 『용이 되기 싫은 이무기 꽝철이』는 숨통을 터주는 동화다. '성공'하지 않으면 금방 사회로부터 도태될 듯한 각박한 현실에서 '꽝철이'는 자기만의 선택으로 자신을 찾아보려는 캐릭터라고 할 수 있다.

여의주를 물고 승천하는 가장 최고의 순간을 거부하는 이무기 꽝철이는 성공 신화에 시달려야 하는 현대의 어른, 아이들의 강박증을 해소시켜주고 있다.

3. 갈래별 서사에 나타난 주제의식

1) 예술을 통한 전인적 성장서사

『지붕 낮은 집』, 『발끝으로 서다』, 『바우 덕이』와 같은 장편 소년소설에서 임정진의 이야기 능력은 유감없이 발휘된다. 사보 편집, 잡지사 기자, 방송국 작가 경력 등은 그에게 얼마나 많은 이야깃거리가 있는지를 짐작하게 하는 발자취이다. 그런 다양한 경험과 그의 이야기 능력이 더해져서 코끝이 찡해지면서 눈물이 뚝 떨어지는 감동의 이야기를 펼친다.

『발끝으로 서다』는 발레가 인생의 전부라고 생각하는 12세 소녀 재인의 영국 '엘름허스트 발레학교' 유학기이다. 실존인물 재인의 일기를 바탕으로 했기 때문에 논픽션 소설이라고 할 수 있다. 클래식 발레를 전공하는 소녀라고 하면 부유한 가정에서 부모의 전적인 지원을 받으며 부족함 없이 자기 일에만 몰두할 수 있는 다소 이기적인 캐릭터를 떠올릴 수 있으나, 『발끝으로 서다』는 그런 일반적인 생각을 허물게 한다. 영국 유학을 시작한 뒤 갑자기 어려워진 가정 형편 때문에 방학만 되면 어디에서 방학을 보내야할지를 고민해야하는 사춘기 소녀의 안쓰러운 고백이 담겨있다.

재인은 동양에서 온 작은 소녀라는 편견과 상대적으로 열세인 신체 조건과 비행기 삯을 아끼기 위해 방학에도 친구와 친지의 집을 순회해야하는 가난함을 모두 견뎌내고 무사히 발레학교를 졸업한다. 발레에 빠져있는 재인을 둘러싸고 있는 여건은 외로움, 쓸쓸함, 암울함, 궁핍함이다. 클래식 발레를 하는 소녀에게 전혀 어울리지 않는 조건이다. 이 모든 악조건을 견디면서 예술로 자신을 연마해 내는 스토리는 훌륭한 성장소설이다.

역사소설 『바우덕이』는 남사당패에서 최초로 여성꼭두쇠가 된 '바우덕이' 이야기이다. 남사당패는 말 그대로 남성의 조직인데, 바우덕이는 "계집애는 할 수 없다"라는 편견에 맞서서 어기차게 자신의 꿈을 이루어가는 여자다. 오갈데 없는 천애고아 바우덕이는 아버지 친구 덕으로 겨우 남사당패에 끼어들었지만, 멸시와 천대를 고스란히 받아야한다. "절에 가면 밥걱정은 없을 테니 절에 가서 여승이 되라"는 하는 주변의 비아냥을 감수하고 "도투락 댕기를 드리고 살겠다"는 자신만의 세계를 포기하지 않는다.

바우덕이는 타고난 부지런함과 꾀로 주변사람들을 설득해나가면서 줄광대 '어름사니'로 성장한다. 남사당패의 꽃이요, 줄 위의 꽃이 되어 안성 남사당패를 조선 최고의 연희패거리로 키워나간다.

『바우덕이』의 중요한 미덕은 예술로 인한 평등과 자유의 정신이다. "세상에는 남사당패를 천하게 여겼지만, 남사당패 안에서는 높고 천한 사람이 없었다. 단지 기예가 높은가 낮은가만 따졌다"라고 하는 서술자의 말은 예술의 가치를 강조하고 있는 작가 정신이다. 처참하기 이를 데 없었던 바우덕이가 안성 남사당패 최고의 재인才人으로 성장해 나가는 이야기가 역사소설 『바우덕이』이다.

자전적 소설 『지붕 낮은 집』은 뚝섬 근처에서 성장기를 보낸 '혜진'이의 성장스토리이다. 『지붕 낮은 집』에서도 예술이 인간의 성장에 미치는 영향을 간과하지 않고 있다. 가난한 동네의 작은 교회 성탄제 연습에서도 예술적 성과를 도모하고 있는 것은 작가의 예술적 취향을 말해주는 것이고, 예술이 인간에게 미치는 중요한 영향을 강조하고 있는 것이다.

『지붕 낮은 집』에서 '혜진이'의 인물 특성도 짚어 볼 필요가 있다. '혜진'이는 우리나라 대부분의 맏딸처럼 '맏딸 콤플렉스'를 제대로 보여 준다. 딸이 '셋'이나 되는 집의 맏이라는 자신의 위치 때문에 일찍 철이든 올된 소녀다. 그래서 사춘기를 지나면서도 자신의 문제를 표출하기 보다는 주위 사람들을 관찰하고 그 속에서 삶의 내용을 터득해나가는 인물이다. 어른들의 세상, 어른들의 생활을 구경하면서 삶을 배워나가는 모습이다.

『지붕 낮은 집』에서 '혜진'이는 어떻게 보면, 사춘기가 소거된 사춘기 소녀라고 할 수 있다. '혜진'이는 "문제 일으키지 말고 조용히 살아야지"를 되뇌며 부모의 걱정을 사지 않고, 사춘기를 지나 온 우리나라 많은 올된 소녀들의 공감을 얻기에 충분할 것이다.

이 세 편의 소년소설은 모두 '예술'을 제재로 하고 있는 성장소설이다. 예술은 인간을 발전시키는 가장 강력한 자양분이 된다는 작가의 주제의식을 잘 집약해냈다. '재인'과 '바우덕이'는 예술을 통해 자신을 성숙시키는 인물들이다.

괴테의 『빌헬름마이스터의 수업시대』는 독일식 성장소설인 빌둥스로망Bildungs roman의 전범典範으로 꼽힌다. '빌헬름'이라는 청년이 연극이라는 종합예술을 연출하고 연기해내는 과정에서 예술과 철학을 체험하고 세계의 본질과 삶의 의미를 배우며 전인적으로 성장해 나가는 삶의 전체 과정을 보여주고 있기 때문이다.[4]

『발끝으로 서다』, 『바우덕이』, 『지붕 낮은 집』에서 '예술'이 제재가 된 것은 의미하는 바가 크다. 작가의 예술지향적 성격을 잘 보여주고 있다. 문학(예술)을 예술로 승화시켰다.

2) 결여를 감싸는 안는 포용력

『나보다 작은 형』, 『엄마 따로 아빠 따로』, 『일자무식 멍멍이』, 『땅끝 마을 구름이 버스』는 적어도 한 가지 이상, '결여'를 가지고 있는 인물들이 자신의 어려움을 극복해 나가면서 세상과 관계 맺는 따듯한 이

---

4   이보영 외, 『성장소설이란 무엇인가』, 청예원, 1999, 75~95쪽 참조.

야기들이다.

『나보다 작은 형』[5]은 임정진을 동화작가로 각인시켜준 대표작이라고 할 수 있을 것이다. 병 때문에 키가 크지 않는 형을 둔 '민기'가 화자다. 화자 민기 자신이 직접적인 결여를 가지고 있지는 않다. 하지만, 아픈 형을 바라보는 민기에게 형의 고통은 곧 자신의 고통이다. 그래서 형을 비하하는 반 친구와 코피가 나도록 교실 바닥에서 치고받는다.

소치 동계 올림픽에서 금메달 2연패의 쾌거를 이룬 캐나다 모굴 스키 선수 알렉스 빌로두의 뜨거운 형제애를 임정진은 이미 오래전 동화에서 보여 준 격이 되었다. "형을 위해서 운동을 한다"고 말한 금메달리스트 알렉스는 "나에게 영원한 영웅은 뇌성마비를 앓고 있는 프레데릭 형"이라고 당당히 말했다. 장애를 가진 형 덕분에 현재의 자신이 존재한다고 선언한 것이다. 한 가정 한 자녀 구조에서, 조금은 이기적으로 자라는 대부분의 지금 아이들에게 『나보다 작은 형』은 형제애의 뜨거움을 보여주는 서사다.

『일자무식 멍멍이』에서 영후는 '낭독'을 못해서 고통받고 있다. 일종의 '난독증'으로 볼 수 있을 텐데, 글자를 모르는 것도 아니지만, 무슨 일인지 읽기시간만 되면 동시 한 줄을 제대로 못 읽는다. 친구들의 놀림이 따르는 것은 당연지사. 그러다보니 그 증세는 점점 더 심각해질 수밖에 없다. 영후는 자신의 부족함을 채우기 위해서 스스로 방법을 찾아 나선다. 도서관에서 '개에게 책 읽어주기'를 하면서 서서히 자신의

---

5   단편집 『나보다 작은 형』에는 「나보다 작은 형」, 「빙빙 돌아라, 별 풍차」, 「새 친구 왕만두」, 「땡땡이, 줄줄이, 쌕쌕이」, 「양들의 패션 쇼」 등 주제와 소재를 달리하는 총 5편의 단편동화가 수록되어 있다. 여기서는 이 책의 표제작인 「나보다 작은 형」을 선택해서 살펴본다.

약점을 극복해 나간다. 그리고 청각장애 은영이를 알게 되면서 어려운 사람들의 형편을 몸으로 체득하고 깨달아간다. 여기서 영후가 자신의 약점 뒤에 숨지 않는 모습은 정말 대견하다. 자신의 약점을 극복해 나가는 과정에서 자신보다 더 큰 약점을 가진 사람들의 모습을 보면서 사람 사는 모습에 눈을 뜨게 된다. 그리고 세상을 받아들이면서 자신도 받아들인다.

『땅끝 마을 구름이 버스』는 아토피로 고생하고 있는 재린이가 땅끝 마을 서영분교로 전학하면서 만들어가는 이야기이다. 서영분교는 곧 폐교 될 것만 같은 위태로운 여건에 놓여있지만, 마을 주민들과 서영분교 학생들이 합심해서 그 위기를 극복해 낸다. 마을 공동체가 한 마을을 살려낼 수 있고, 그 속에서 '서영분교 어린아이'들도 방관자가 아니라 할 몫이 있다. 그 역할이 심히 중요하다는 사실을 인식시켜 준다.

『엄마 따로 아빠 따로』에서 화자 건희는 신체적 장애가 아니라 '사회적 장애'를 겪는다고 말할 수 있을 것이다. 제목에서 암시하듯이 건희는 엄마, 아빠가 이혼한 외부모 가정의 아이고, 건희의 독백체로 서사가 진행되는데, 계속 늘어만 나는 외부모 가정에 대한 이해를 도와주는 이야기다.

이들 동화는 충실한 사실성에 근거하고 있다는 게 큰 미덕이다. 다시 말해, 아동문학에서 자주 범하게 되는 '지나치게 낭만적인 낙관'에 얽매이지 않고 있는 것이다. 주어진 문제에 대해 낭만적인 대안은 없더라도 사실성에 근거한 보편타당한 마무리를 보여줌으로써 사실동화가 주는 안정감을 획득하고 있다.

4. 남은 이야기와 전망

임정진의 동화에는 동물이야기가 많다. 그중에서도 '개'가 유독 많이 등장하고 『겁쟁이 늑대 칸』에도 '개'가 중요한 소재로 등장한다.

『겁쟁이 늑대 칸』은 비무장 지대에 살았던 '칸'이 '개'와 '늑대' 사이에서 혼란을 겪는 내용이 중심화소다. 비무장지대에 고립되어 살고 있는 늑대 칸은 어렵사리 그곳을 탈출하여 세상으로 나온다. 그리고 떠돌이 개를 키워주는 할머니와 할아버지 집에서 개들과 함께 살게 되면서 '칸'은 자신이 '늑대'인지 '개'인지 정체성의 혼란을 느낀다. 그러던 어느 날 밤, 할머니집 콩을 무자비하게 훼손시키고 있는 멧돼지에게 일격을 가하는 용맹을 발휘하면서 '늑대'라는 자기 정체성을 회복한다.

『겁쟁이 늑대 칸』의 서두에는 '비무장지대'가 공간적 배경으로 설정되어 있다. 독자의 입장에서 볼 때, 누구도 쉽게 범접할 수 없는 비무장지대에 대한 관심의 촉수가 화르르 발동된다. 하지만 '칸'은 이내 그곳을 탈출하여 평범한 민가에서 살게 되는 것으로 이야기의 중심이 이동된다. 비무장지대에 대한 독자의 기대감이 와르르 무너질 수밖에 없다. 서술의 편이성을 위해 독자의 관심을 외면한 것 같은 인상이 든다. 작가는 '칸'을 위해, 그리고 독자의 뚫린 마음을 위해, 그 다음의 이야기로 채워주어야 하지 않을까하는 생각이다.

아동문학은 놀라운 비유와 상징과 함축으로 독자들의 마음을 설레게 하면서, 마음결에 일렁임을 만들어 내는 장르다. 그것이 아동문학의 사명이며 아동문학의 가야할 길이며, 아동문학 본연의 정신이라고 다시금 다짐해 본다. 작가 임정진은 문학의 설렘과 일렁임을 어린 독자들에게 안겨주려고 부단히 '정진'하고 있는 것이 보인다.

제4장

질문과 회의懷疑의 반복 뒤에
닿은 하늘

문정옥론

1. '환상성'의 자유로운 활용

동화작가는 시인이면서 소설가인 사람들이다. 그것은 동화란 무릇 '환상적이고, 상징적이며 시적인 문학 형식'이라는 정의를 언제나 금언으로 여기고 있으며, 한 줄 문장을 시적 상징으로 완성시키기 위해 여전히 붓끝을 벼리는 사람들이기 때문이다.

동화작가 문정옥은 이런 동화정신을 충실히 이행하기 위해 문장 한 줄 한 줄마다 숨결을 쏟아 붓기를 망설이지 않는 듯하다. 근래 들어, 아동문학에 불어닥친 상업성으로 인해 폭력성이나 말초적 웃음으로 쏠리는 현상이 증대되고 있지만, 문정옥의 동화는 이런 시류를 거부하면서 동화 정신의 원형을 충실히 실현하려는 미덕으로 충만해 있다. 따스한 감정이 바탕에 깔려 있고, 자연에 대한 사랑이 넘쳐난다.

창작동화를 크게 사실동화와 환상동화로 대별하는 일반론에 의거해 보면 문정옥은 등단 이래 단편동화에 치중해 왔고, 그중에서도 많은 분량이 유년[1]을 대상으로 하고 있다. 이 시기는 어떤 대상과도 특별한 경로 없이 직접 의사소통이 가능한 특권을 누리는 시기라고 할 수 있다.

문정옥은 환상적 기법을 주로 사용하고 있는 것을 〈표 3〉에서 알 수 있는데, 환상동화[2] 중에서도 매직적 환상과 우의적 환상을 주로 사용하고 있으며 그중 의인동화가 더 우위에 있다. 환상성이 바탕이 되는 의인동화는 직관적으로 대상을 받아들이는 유년 독자들을 이해시키기에 적절한 표현기법이 될 것이다. 널리 알려진 대로 이 시기는 물활론적 사고를 바탕으로 대상을 직관으로 이해하는 시기이므로 환상적인 표현법으로 독자들을 수용하기에 더 유효할 것이다. 이 같은 환상적 동화 문체는 대개 상징과 함축을 특징으로 하고 있는데, 이런 문체적 깅켭은 창작 동화 본연의 정신을 구축하는 데 기여하게 된다.

문정옥의 사실 동화 또한 간명한 삶의 원리와 지혜를 알려주는 데 목표를 두고 압축적인 문장을 구사하고 있다.

---

1   여기서 유년이란 초등 2학년 정도 이하의 연령을 말하는 것으로, 이 연령에 해당하는 아동을 위한 동화를 유년 동화라고 일컫는다(이재철, 『아동문학개론』, 서문당, 1982, 153~154쪽 참조). 피아제의 인지발달 이론에 따르면 이 시기는 직관적 사고기와 구체적 조작기가 겹치는 시기로 대체로 3세부터 8세까지가 해당된다.

2   환상동화의 유형은 전승적, 몽환적, 매직적(magical), 우의(寓意)적, 시적, 심리적 환상 등으로 분류된다. 박상재, 『한국창작동화의 환상성 연구』, 1998, 집문당, 31~32쪽. 문정옥 동화에서 환상은 우의적 환상에 포함되는 의인동화와 매직적 환상이 주를 이루고 있음을 〈표 1〉의 분류에서 알 수 있다.

작품명	표현기법				등장 인물(제재 및 소재)
	우의	사실	매직	상징	
발바닥 돌			○		영이, 강가에서 주워 온 돌멩이
'구구'의 하늘			○		구구(비둘기), 글라이더를 탄 소년
자라는 물	○				물방울→물줄기→강물, 바람, 소용돌이
해바라기의 미소			○		말라가는 해바라기를 지키려는 시내
할아버지의 그늘			○		자연훼손을 견뎌내는 오래된 은행나무
초록빛 바람			○		최루가스, 매연을 씻어내는 초록바람
복슬이		○			가장 못생긴 강아지를 아껴주는 영이
자라지 않는 병아리		○			병아리를 키워내려는 석이와 엄마
왕잠자리	○				거만한 왕잠자리, 겸손한 고추잠자리
쌍둥이 은별			○		짝을 찾고 싶은 쌍둥이 별, 장님소녀
흰 연기	○				공장매연→검은구름과 흰연기 대결
빈 놀이터			○		추석 즈음, 놀이터에 온 홍이(혼령)
말 없는 강아지		○			고장 난 강아지 인형을 고치려는 택이
까치가 물고 온 시간			○		까치를 본 뒤 달라지는 장애소녀 선화
고니의 배			○		고니 형상을 가진 수석의 변천
집 없는 달팽이					집이 없는 민달팽이, 물벌레
해도 달도 나처럼			○		산이, 해, 달, 구름 등 자연물
거꾸로 크는 산			○		작은 산봉우리, 도사 할아버지
날아간 비둘기			○		도심 공원의 비둘기 비비
(장편) 로봇 큐들의 학교			○		인간화된 로봇
가시 울타리의 노래			○		범종이 된 장미꽃밭 가시철망
내 친구 만델라		○			폭력적인 급우
별빛이 된 왕구슬			○		깨진 왕구슬, 성탄트리의 별
내 작은 유리창			○		하늘을 바라보게 해주는 유리창
203동 710호에서 열리는 아침		○			아파트 주민, 홰치는 수탉
시내의 하늘	○				큰 '꿈'을 갖고 싶은 시냇물
흰띠박이 때때	○				바다표범 흰띠박이 때때, 조련사
별이네 만두		○			별이와 우정을 지키고 싶은 달이

3   정렬은 발표연도 순이다.

작품명	표현기법				등장 인물(제재 및 소재)
	우의	사실	매직	상징	
아주 커다란 둥지		○			장애시설 설치 반대주민, 장애아 단비
휘파람 소리			○		밍크(도시 애완견), 백구(시골 개)
밤새 세고 또 세고			○		앙괭이(개구쟁이 야광귀), 꽃신, 체
빨간 모자			○		벚나무 버찌, 할아버지의 빨간 모자
행복한 개구쟁이			○		개구쟁이 준오 준석, 로봇
왜 그랬을까 아무것도 모르면서		○			나리와 나리를 오해하는 친구들
눈 감고 보는 하늘	○				아파트 입구를 지키는 감시 카메라
나는 곰이야	○				반달곰, 무분별하게 개발된 산맥
찾았다 내 얼굴		○			얼이, 얼이 친척, 고조부 사진
오늘 대화는 이것으로 끝				○	사생활침해방지법으로 멀어지는 가족
씽씽			○		씽씽이의 달걀 배달 심부름
스타는 여행 중	○				햄스터 '스타'의 난관극복과 인내심

2. 사아 확립을 위한 질문- 한상동화

문정옥의 동화는 '환상'을 적극 활용하였고, 그중에서도 우의적 환상에 포함되는 의인동화와 매직적 환상동화가 전체 작품의 2/3을 차지하고 있다.

판타지는 동화에서 빼놓을 수 없는 창작의 기법이다. 판타지는 어린이 독자들에게 현실에서 겪을 수 없는 신비로운 경험을 하게 하는 통로가 되기에 신비로운 동화 세계에서는 필수불가결한 요소이며 상상력의 전형으로 여기지기도 한다. 좋은 환상동화는 무한한 꿈의 실현과 상상력을 자유롭게 넓히게 하여 현실에서 긍정적 변화를 가져오게 한다. 또한 신비하고 경이로운 세계에 대한 간접 체험을 통해 감동을 느끼고 삶의 활력을 얻기도 하는 것이다. 동심을 본연으로 하는 아름답고 풍부한 상상력의 세계로서의 판타지 중요성을 절감하지 않을 수 없다.

「시내의 하늘」(1998)은 바위틈에서 솟아나 물길을 따라 흐르는 작은 시냇물이 꿈의 진정한 의미를 찾아가는 과정을 그리고 있다.

'바다에 가서 오색 요트와 놀고 싶은 바람', '숲에서 가장 크게 자라고 싶은 나무'. 넓고, 크고, 멀기 만한 남의 '꿈' 이야기를 들은 '시내'도 무언가 원대한 것이 되고 싶지만, "큰 꿈을 이루는 것은 너무 어려운 일"인 것을 알고 쉬운 길을 선택하고 싶어진다.

'시내'는 "어디까지 가는 지도 모르고 쉼 없이 달리기만 하"는 자신에 대해 회의懷疑를 가진다. 왜 달려야하는지, 무엇을 위해 달려야하는지, 그런 생각을 미처 갖기도 전에 무작정 달리는 '시내'의 모습은 현시대의 우리 어린이들의 모습을 딱 그래도 반영하고 있다. '무엇을 위해 공부해야하는지, 왜 공부해야 하는지도 모르면서 사교육 현장으로 내몰리는 지금의 어린이들의 목소리를 '시내'가 대신하고 있는데, "이렇게 계속 가면 뭐가 되는가"하는 회의懷疑와 "난 아무것도 아니"라는 자기 부정에 직면하게 되는 것을 그대로 보여주고 있다.

그러나 '사랑이 담긴 꿈'이야말로 진정한 꿈이며, 목표가 될 수 있다는 사실을 깨닫는다. 작은 종이배 하나를 물결 위에 띄워 줌으로 해서 "하늘을 품"는 희열을 맛보고 자기 부정을 극복해 낸다. 이타적인 삶의 가치에 대한 깨달음이다. 크고 원대한 것보다 이웃에게 사랑을 나눌 수 있는 삶의 참다움을 알아낸 것이다. 이 글의 미덕은 지상의 가장 낮은 곳에 임하는 물이 끝내 하늘을 품을 수 있다는 설정에 있다. 뭔가 화려하고 대단한 것이 되어야만 한다는 강박증에 눌려있는 현대인에게 한 컵의 생수가 될 뿐만 아니라 생각이 미처 여물기도 전에 세상에 휩쓸려 발바닥에 땀나도록 뛰어다녀야하는 지금의 어린이들에게 이웃을 돌아보면서 살아가라고 권고하고 있다.

「나는 곰이야」(2009)는 (소백)산맥을 가로지르는 고속도로가 건설되자 이동 통로를 잃은 반달곰 '큰달'이 동생들과 함께 살아갈 터전을 마련하기 위해 고심하는 것이 1차적 독서에서 얻을 수 있는 내용이다. 「나는 곰이야」는 자칫 동식물의 삶을 위협하는 무분별한 환경 훼손을 고발하면서 야생동물 생태통로Eco-bridge 설치를 주장하는 목적의식적인 작품으로 이해될 소지가 있다.

> 이 길이 가장 빠른 산길이야. 아, 이곳만 지나면 끝없이 이어진 긴 산맥을 마음껏 다닐 수있어. 그 곳이 내가 있을 자리야.[4]

도로 건설 때문에 강제적으로 삶의 터전을 잃게 된 큰달이 도로 건너편의 울창한 삼림을 보면서 쏟아내는 말이다. 반달곰 '큰달'의 이런 독백에서 자연훼손을 고발하는 내용으로 더욱 단정을 지을 수 있다. 그러나 여기서 읽기를 멈추면 안 된다. 큰달이 새 터전을 찾고자 하는 이유는 다른 곳에 있다. 단순히 안일한 삶을 구가하기 위함이 아니다. 자동차가 쉴새없이 질주하는 고속도로를 건너가려고 하는 것은, 목숨을 내

---

4   문정옥, 「나는 곰이야」, 『한국아동문학』 26, 한국아동문학인협회, 2009.

놓은 모험을 하려는 것은 도덕적이고, 자립적인 삶을 살기 위해서이다. '큰달'은 울창한 자연 안에서 스스로 먹이를 취하는 주체적 삶을 확립하기 위해 살길을 찾아 나서는 것이다. 제목에서 드러나 있듯이 '큰달'이 자신이 곰이라는 자기 확인이 거듭되는 데서 주제의 핵심을 찾을 수 있다.

「흰띠박이 때때」(1998)는 북극의 바다표범을 의인화했다. 먼 바다로 나갔다가 돌아오지 않는 아빠 표범을 찾아 나서는 '때때'의 모험은 여타의 의인동화에서 어렵지 않게 볼 수 있는 구도다. 그러나 이 글의 공간적 배경은 얼음 섬 북극이고, 극지방을 대표하는 바다표범이 등장한다. 의도적인 공간의 이동이다. 지금 어린이들에게 많이 읽히고 있는 창작동화의 주된 배경이 교실이거나 혹은 어린이들의 생활 주변을 벗어나지 못하고 있는 것은 누차 지적되어온 사실이다. 서사의 공간적 배경을 좀더 넓혀서 독자들로 하여금 세상 밖으로 시선을 넓힐 수 있도록 뒷받침할 필요가 있다. 그런 점에서 작가의 의도적인 공간 확장에 의미를 두게 된다.

「눈감고 보는 하늘」(2008)은 아파트 입구에 설치된 감시카메라 렌즈를 의인화했다. 24시간 쉬지 않고 눈을 부릅뜨고 있는 폐쇄회로용 카메라는 자신의 의도와는 달리 누군가를 감시하고 있다는 사실에 좌절한다. 아름다운 풍경을 보고 멋진 풍경만 눈에 담고 그런 풍경을 작품으로 남기는 렌즈이고 싶었지만, 24시간 눈을 뜬 채로 모든 대상에게 의심의 눈초리를 보내면서 감시해야하는 현실에 절망하고 있다. 모든 사람들이 선한 일을 지향하고 있지만, 누군가는 악역을 맡을 수밖에 없는 사회구조와 그런 직업에 종사할 수밖에 없는 사람들의 갈등을 적절하게 의인화 해 냈다.

인간의 발달과정에서 언제나 문제가 되는 것은 '내가 누구인가?'에 대한 질문에 시원하게 해답을 얻는 것이다. 위에서 살펴본 것처럼 의인화된 사물들은 존재에 대한 자신과의 싸움을 계속하고 있다. 정체성 확립을 위해 부단히 질문하고 회의懷疑를 거듭한다. 자신이 아무것도 아니라는 자기 부정 뒤에 마침내 하늘을 품게 되는 '시내', 자립적인 삶을 위해 터전을 찾아나서는 반달곰 '큰달', 의심의 눈초리로 누군가를 감시해야하는 사실을 부정하려는 카메라 렌즈, 의인화된 사물의 고백은 독자로 하여금 '내가 누구인가'하는 질문을 거듭 하게 만든다.

3. 사랑의 힘 '힐링healing'—사실동화

아동문학은 성인 발신자가 아동 수신자를 향하여 서술하는 소통구조의 문제 때문에 '교육적' 관점의 외줄 경계선에서 언제나 고민하지 않을 수 없다. 더욱이 생활상을 여실하게 다루고 있는 사실동화에서는 교훈적 발화를 드러내지 않으면서 주제에 접근해 가는 것은 모든 작가들에게 큰 과제일 것이다. 다음의 사실동화에서는 사랑의 힘에 포커스를 맞추고 있지만 주제를 노골화 하지 않았다는 데 유의해 볼 필요가 있다.

「203동 701호에서 열리는 아침」(1997)은 현대판 '백유지효' 혹은 '노래자의 효도' 화소로 오해하기 쉽다. 그러나 실상은 자연이 인간에게 주는 힘이 무엇인가를 생각하게 한다. '203동 701호' 며느리와 아들은 '닭울음' 소리를 듣고 싶어 하는 병환 중의 노모를 위해 아파트 베란다에 닭 한 쌍을 키운다. '가냘프지만 흐트러짐 없는 701호 아줌마'는 닭을 키우게 되면서 살얼음판 같은 하루하루를 보내다가, 급기야 아파트 주민들의 대대적인 항의를 받는다. 하지만, 701호 아줌마의 진실한 해명으로 한시적인 이해를 얻어낸다는 게 표면적인 줄거리다. 그러나 이 글의 핵심은 아파트 단지를 뒤흔드는 '닭울음' 소리가 도시민들이 잊고 있는 원시적 심성을 일깨우는 장치로 작동하고 있다는 데 유의할 필요가 있다. 아파트 단지 안에서 난데없이 '닭울음'을 접하게 된 주민들은 이 생활소음의 진원지를 찾아와 항의하지만 종내는, 새벽녘 '수탉의 홰치는 소리'가 소음이 아닌, 자연이 도시인에게 보내는 신호로 인식하게 된다. 그래서 아파트 주민들은 팍팍한 도시 생활을 되돌아보는 여유를 가진다. '계명성鷄鳴聲'은 각박한 생활에 함몰되어 있는 도시인의 삶을 일깨운다는 뜻에서 이 글의 주제를 완성시킨다고 할 수 있을 것이다.

「내 친구 만델라」(1996)는 교실 안에서 급우로부터 시달림을 당한 이야기를 1인칭 화자의 시점으로 담담하게 풀어놓는다. '학교 폭력' 문제가 엊그제 시작된 일은 아니지만, 벌써 20여 년 전에 그 사안의 심각성을 예견하였다는 점에서 주목하게 되고, 무엇보다 폭력을 극복해 나가는 화자의 자율적 태도가 눈길을 끈다. 화자 '나'는 남자 선생님들의 '긴 회초리가 만들어내는 공포분위기'조차도 싫어하는 조용한 성격의 소유자다. 그런데 학년이 바뀌자, 새 교실의 뒷자리에는 욕설과 폭력으로 대화를 끌어가는 얼굴이 유난히 검은 거구의 급우가 버티고 앉아있다. 욕설과 폭력과 괴롭힘 때문에 분함을 이기지 못하고 학교생활에서 곤란을 겪을 즈음, '나'는 우연히 TV 뉴스에서 본 흑인 인권지도자 '만델라' 덕에 해결의 실마리를 잡는다. 폭력 친구의 유난히 검은 피부색 때문에 무심중에 '만델라'라고 부르게 된 것이 계기가 되어 친구를 회심하게 만든다. 여기서 중요한 것은 화자 '나'의 태도다. 친구의 괴롭힘에서 벗어나려고 무던히 애를 쓰는데, 이 문제를 해결할 사람은 엄마도, 담임선생님도 그 누구도 아닌 자신이라는 사실을 분명하게 인식하고 있다. 그러면서 "세상에서 가장 무서워해야 할 것은 양심뿐"이라는 자기암시를 되풀이하면서 악惡을 선善으로 극복해내는 슬기를 보여준다.

여기서 아동문학의 요체인 동심의 구현 방법에 대해 생각해 보게 된다. '동심'을 한마디로 단정 짓는 것 자체가 무리가 있지만, 하늘로부터 받은 비뚤어짐 없는 본성이라는 말로 정의할 수 있다고 한다면, 문정옥의 동화에서 보여주는 '담담한 용기' 또한 동심으로 정의될 수 있을 것이다. 「내 친구 만델라」에서 "양심 외는 무서워할 것이 없다"는 담화는 화자의 품부稟賦를 보여주기에 충분하다.

「아주 커다란 둥지」(2001)는 장애아를 둔 가족의 고통을 여실하게 그리고 있다. 은비에게는 단비라는 중증의 장애를 가진 동생이 있다. 은비 가족들은 새 아파트 단지 안에 만들어질 장애학교에 단비가 다니게 될 것으로 기대하고 있지만 지역 주민들의 집단 반대에 부딪힌다.

주민들의 이기적인 집단행동을 보면서 은비는 장애를 가진 동생을 새롭게 받아들이면서 사랑하게 된다. 은비에게 중증 장애 동생은 엄마 아빠가 책임져야 할 숙제 같은 것이었지만, 주민들의 집단 항의를 보면서 내면에서 일어나는 뜨거운 사랑을 감지한다. 「아주 커다란 둥지」는 집단이기주의로 대변되는 님비현상을 비판하고 있지만, 사실은 단비에 대한 은비의 사랑확인에 더 무게 중심이 실려 있다.

4. 인간성 상실에 대한 우려—소년소설

「오늘 대화는 이것으로 끝」(2010)은 극단적인 개인주의의 한 단면을 보여주는 의미 있는 단편이다. 앞으로 개인주의는 어떤 모양으로 치닫게 될까 하는 일반인의 불안 심리를 '사생활 침해 방지 특별법 제정'이라는 제재를 통해 적절하게 구현해 냈다. 향후 어느 시점, 정부는 '사생활 침해방지 특별법'을 제정하게 되고, 누구라도 타인으로부터 사생활을 침해당하지 않을 권리를 가지게 된다는 설정이다. 10세 이상 75세 이하의 국민은 타인과 대화에 필요한 '만능전자카드'를 소지하고 있으며, 이 만능카드의 암호를 이용해야만 대화가 성사된다. 상대방의 동의가 없는 상태에서 사생활을 침해하면 '즉결심판'에 회부되어 일주일간의 정신교육을 받는 삭막한 세상이 도래해 있는 것이다.

아무도 대화를 하자는 신호를 보내지 않았고, 대화 요청 신호도 보내지 않는다. "방해받지 않을 권리와 방해 하지 않을 의무"를 충실하게 수행하고 있는 상태라서 "학교는 마치 무언극을 하고 있는 것처럼 어색하고, 무성 영화 필름이 돌아가"는 듯 조용하다.

특별법 앞에서는 가족도 한낱 개인일 뿐이다. 형제 사이에도 눈인사가 고작인데, 여기서 화자 '나'는 보이지 않는 감옥에 갇혀 외부로부터 옥죄어오는 고통에서 도망치고 싶어 하면서 불과 1년 전 '사생활 침해 방지 특별법'이 제정되기 이전을 그리워하고 있다.

「오늘 대화는 이것으로 끝」은 사람과 사람사이의 관계맺음과 마음 나누기를 거추장스럽고 번거로운 일로 몰아가려는 현대인들의 극단적 인 개인주의를 날카롭게 포착했다. 결국 인간이 만든 법의 감옥에 인간 이 갇히게 되는 부조리한 현대사회를 신랄하게 비판하고 있는 것이다.

지금, 현대인의 생활 곳곳에서 이런 극단적 개인주의의 징후는 이미 나타나고 있다. 거부당할 것을 두려워해서 먼저 관계를 차단하는 도피 심리나 혹은 모임 장소에 앉아서 SNS로 소통하는 생활행태는 사생활 을 침해당하지도 않고 침해하지도 않으려는 심리와 무엇이 다르겠는 가. 「오늘 대화는 이것으로 끝」은 소통을 거부하고 사람이 사람을 귀찮 게 여길 때의 결과를 잘 보여주는 작품이다.

장편 『로봇 큐들의 학교』(1994, 이하 『로봇 큐』로 표기)는 의미심장하게 읽히는 소년소설이다. 이 책이 발간될 당시는 우리나라에서도 PC 보급 이 확산되기 시작했고 통신망이 급속하게 확충되고 있었으며, 컴퓨터 회사에서는 속도 경쟁이 시작되고 있었던 때였다. 그래서 많은 사람들 이 컴퓨터가 가져다줄 변화와 생활에 미칠 영향에 대해 골몰해 있었고 기계 만능의 세계를 우려하고 있었다.

『로봇 큐』에서는 속도, 개인화, 기계 만능주의로 인하여 발생하게 될 인간성 상실의 문제를 '인간의 로봇화'로 풀어냈다.

"미래에 어떻게 될는지 그건 불확실해. 하지만 현재의 인간은 할 수 있는 일에 스스로 한계를 정하고 있다는 생각이 들어. 인간의 사고에 대한 무한대의 가능성을 믿으려 하지 않기 때문이지. 그건 스스로를 틀에 가두는 것과 같지. 그렇다면 결국 그 나머지 일은 로봇의 몫이 아닌가? (…중략…) 모든 사람들이 점차 자기의 일을 로봇에게 넘겨준다는 것, 그렇게 해서 스스로 로봇의 종으로 전락하게 된다는 사실을 말야."[5]

로봇과학자 강 박사의 말이다. 강 박사는 인간이 편리함만을 추구하면 결국에는 로봇의 노예로 전락하게 될 것이라는 사실을 지적하고 있다. 소년소설 『로봇 큐』는 로봇 과학자 강 박사의 명예욕을 비판하면서, 인간이 하늘로부터 부여받은 무한한 창조력을 등한시하거나 적절하게 활용하지 않을 때는 기계의 노예가 될 수밖에 없음을 준엄하게 지적하고 있다. 모든 것이 기계화되어 '손가락 하나'의 만능에 함몰되려는 현대인에게 엄중한 경고가 아닐 수 없다.

『로봇 큐』는 소설 구성 측면에서 볼 때 추리 탐정기법을 사용하고 있으며, 로봇 큐들의 사회와 학교는 2차세계, 즉 판타지 세계로 구축되어 있어서 가독성이 높은 장점을 가지고 있다.

---

5 문정옥, 『로봇 큐들의 학교』, 능인, 1994, 113쪽.

5. '발달'을 도와주는 여러 저술들

문정옥의 동화는 따스하면서 인간적인 감정이 바탕에 깔려 있다. 아이들을 바라보는 어른의 애틋한 시선과 주인공 어린이의 자연에 대한 사랑은 작품을 진실하게 해준다. 그러면서 항상 중층적인 의미를 가지고 있는 것이 큰 특장이다. 환상 동화이건 사실동화이건 표면의 이야기와 이면의 주제가 양립하고 있음을 확인할 수 있었다.

그러면서 아동의 발달단계를 적절히 고려하여 판타지 기법을 적극적으로 활용하고 있다. 최소한의 환상성만을 갖춘 동화는 본격 판타지로 보기는 어렵지만 '유사판타지'[6]로 볼 수 있는데, 옛이야기나 의인동화, 마법적 동화 들이 여기에 속한다고 할 수 있다.

문정옥의 동화에서는 식물, 무생물을 등장인물로 설정하여 인간의 특성을 부여하는 의인동화 기법을 자유롭게 차용하고 있다. 동식물이나 무생물이 주인공이 되어 유년 어린이들의 심성에서 적극적으로 뛰어들도록 만들었다. 전술하였듯이 유년기는 어떤 대상과도 특별한 경로 없이 직접 의사소통이 가능한 특권을 누리는 시기라고 할 수 있다. 그런 점에서 어른들은 이런 환상세계의 행복을 충분히 누릴 수 있도록 뒷받침 해줄 필요가 있는 것이다.

---

6   동화에서 '환상성'의 조건은 대체로 세 가지로 나누고 있다. 첫째 비현실적인 시공간, 둘째 비현실적인 사건, 셋째 비현실적인 등장인물 등이다. 판타지 동화를 살펴보면 이세 가지 조건을 모두 충족시킨 경우도 있고, 이 가운데 한두 가지 조건이 결여되었지만 환상성을 유발하는 경우도 있다. 신헌재 외, 『아동문학의 이해』, 박이정, 289~290쪽 참조.

문정옥은 교육적 자료 집필에도 노력을 아끼지 않았다. 『히파티아』(살림어린이, 2008), 『어디로 갔지』(소담주니어, 2011), 『우리는 몇 촌일까』(아이세움, 2011) 등이 그것이다. 『히파티아』는 최초의 여성 수학자로 알려져 있는 '히파티아'의 일화로 꾸민 인물이야기이다. 또 『우리는 몇 촌일까』는 핵가족화로 인해 전통적인 '촌수' 개념이 희박해진 현대 어린이들에게 일가친척의 의미를 알려주고 있다. 자주 만나기도 어렵거니와 설사 만났다고 해도 관계와 호칭을 몰라 어정쩡하게 쳐다보다가 헤어지는 경우가 허다한 현대의 어린이들에게 『우리는 몇 촌일까』는 친척의 의미를 새롭게 새겨보도록 해준다.

제5장

조용한 다짐과 부드러운 언어의 결

길지연론

1. 외로운 성장기

지층의 단애 속 나뭇가지 혹은 조가비 그리고 작은 잎맥 하나라도 그 화석은 지층의 역사를 말해주는 좋은 증거자료다. 우리는 화석화되어 있는 나뭇잎이나 조가비에서 아득한 시간의 이야기를 듣고 거기서 특성을 알아낸다.

길지연의 동화는 조금 특별한 작가의 삶을 잘 보여준다. 하긴, 특별하지 않은 작가의 삶이 또 어디 있으랴. 무릇 작가란 무난하게 살아갈 수 있는 자신의 삶도 스스로 거부하는 부류의 사람들이 아닌가.

길지연은 조부모 슬하에서 성장했다. 조손祖孫관계란 대부분 그렇듯이, 사랑에 눈이 먼 사이다. 조부모 사랑의 특성은 거의 '맹목'성에 있다. 길지연도 그런 조부모의 사랑을 독차지하며 홀로 성장했다. 그렇게 사춘기를 보냈고, 바로 일본으로 유학을 떠났다. 지금처럼 의도적으로 기러기 가족을 양산해내는 상황이 아니었기 때문에 외로운 유학시절이 었을 것은 더 말할 필요가 있겠는가. 외로움과 고독 속에서 성장했음을 한 눈에 볼 수 있다.

길지연 작가의 이런 삶의 여정은 그가 보여주는 동화의 문체에 화석이 된 조가비처럼 나뭇잎의 잎맥처럼 남아있다.

2. 조손 간의 특별한 사랑

길지연의 글에서는 우선, 조부모 세대가 보여주는 무한정한 사랑의 숨결이 전해진다. 「감귤나무 아래서」, 「꽃구경」 등에는 그런 조손 간의 사랑이 따뜻하게 드러나 있다. 여기서 조부모 세대에 해당되는 인물은 때로 혈육 관계를 초월해서 사랑과 지혜와 관용을 베풀고 있다.

「감귤나무 아래서」는 혈육을 초월한 조손관계의 사랑을 보여준다. 건호는 소심한 성격으로 학교생활에 약간의 어려움을 느끼고 있는 초등 4년생이다. 불량한 동네 형들은 건호의 약점을 이용해 갖은 방법으로 괴롭히고, 그때마다 제주 해녀 출신인 '14층 할머니'가 어디선가 나타나 건호를 구해준다. 그러나 「감귤나무 아래서」의 핵심은, 어려움에 처해있는 건호를 구해주는 할머니의 무용담에 있지 않다. '감귤나무'를 매개로 건호와 할머니의 비밀나누기에 있다. 아파트 1층 꽃밭의 '감귤나무'와 감귤나무 아래 묻은 보물항아리와 14층 베란다에서 보이는 넓은 들판은 모두 고향을 떠나온 할머니의 마음을 대변하고 있다. 건호는 고향과 아들을 모두 잃은 할머니의 마음의 이야기를 들어주는 거의 유일한 사람이다. 그리움을 가진 할머니와 소심함을 가진 소년이 서로를 보완해주는 마음의 결이 잘 짜여져 있다.

건호와 '14층 할머니'와의 이런 관계맺음은 건호의 성장을 가져온다는데 더 큰 의의가 있다. 14층 베란다 밖으로 보이는 들판을 바다로 오인한 할머니의 실족사고, 할머니에 대한 어떤 죄책감으로 신열에 떠는 건호, 그리고 건호의 반성은 건호의 자아확립 계기가 된다. 그리고 할머니의 사랑을 확증하고 그 유품에 대한 책임감을 가지게 된다. 「감귤나무 아래서」는 조손세대의 무한정한 사랑과 건호라는 소년의 성장통을 여실하게 보여주는 작품이다.

조손 간의 그런 사랑은 「꽃구경」에서도 드러나 있다. '내일은 치매 증상을 보이는 할머니가 요양원으로 가는 날'이다. 엄마는 마지막 날인 오늘 아침에 성대한 밥상을 차렸고, 모처럼 맑은 정신을 찾은 할머니는 연두색 저고리와 나리색 치마를 곱게 차려 입고 식탁에서 손녀 민이에게 학자금 적금통장을 내놓는다. 손녀를 향한 지극한 사랑이다. 민이는 할머니가 요양원으로 떠나는 사실을 인정하기 싫지만, 현실을 받아들이지 않을 수 없다. 치매를 앓고 있는 상황에서도 손녀의 앞길을 걱정하는 할머니와 할머니를 떠나보내지 못하는 손녀. 조손 간의 애틋한 사랑과 가족이 아니면 보여줄 수 없는 진한 사랑을 「꽃구경」에서 담아내고 있다.

3. 세상 밖으로 똑, 똑, 똑

「14살, 그 해 저녁」은 부쩍 조숙한 소녀의 성장 이야기다. 노래방 도우미를 하며 가정을 이끌어 가는 엄마와, '창문을 열 수도 없는 11평 오피스텔 방에서 엄마의 술 냄새와 터질 것 같은 더위'를 참고 사는 14살 소녀 수라. 아름답게 채색되어야할 사춘기 소녀의 현실은 잔인하기만 하다. 수라는 '찜통 같은 더위를 견디듯이' 고장난 선풍기와 엄마의 술 냄새를 견디면서 어른의 세계를 들여다본다. 「14살, 그 해 저녁」은 이처럼 혐오와 염세의 어른 세계를 장식 없이 보여주고 있다.

> 엄마의 입에서 시큼한 냄새가 날아왔다. 숨쉬기조차도 힘든 방에서 엄마는 잘도 잔다. 술이 덜 깬 탓일까. 지난, 여름 우연히 유진상가 골목길에서 엄마를 봤다. 엄마는 머리가 다 흐트러진 채 노래방 입구에 엎드려 있었다. 웹웹 소리를 내며 토하고 있었다. 꾸역꾸역 엄마 입에서 나온 것들은 다시 엄마 옷으로 흘러 들었다. (…후략…)

성장소설에서 중요한 모티프는 미와 추의 발견이며, '추악醜惡'과 '혐오嫌惡'와의 직접 대면이다.

한 달에 한 번 찾아오는 아버지는 생활비 봉투만 내려놓고선 가버린다. 아버지와 엄마 사이에는 '수로 부인'이라는 여자가 있다는 것을 수라는 알게 된다. 아버지와 엄마의 불화 원인이 어디에 있는지를 알게 된 소녀 수라는 '어느 해 그 저녁'에 아버지의 뒤를 쫓아 '동동주 집을 하는 수로 부인'을 찾아 나선다. 지하철을 갈아타고, 낯선 거리를 지나서 간신히 당도한 곳에서 목격한 '수로 부인'은 머리카락이 하얗게 센 장애를 가진 노파였다. 14세 소녀 수라가 본 장면은 거기서 딱 끝이다. 아버지의 세계를 들여다본 소녀의 심리에 대한 설명은 더 이상 필요하지 않다. 엄마의 오해가 있었다는 설명 또한 오히려 사족이 될 것이 분명하다. 그렇기 때문에 사춘기 소녀의 성장 입문기는 해결되지 않은 미완의 상태로 남았다. 장애를 가진 백발의 노파 '수로 부인'에 대한 긍정이나 부정의 문제는 오직 수라가 스스로 해결해야 할 과제일 뿐이다. 「14살, 그 해 저녁」은 어른 세계로 진입하려는 독자들에게 인생에 관한 어떤 질문을 이와 같은 형식으로 하나씩 던져주고 있다.

이런 정신의 통과의례 과정을 지나야만 어른의 세계로 진입하게 되는 것이다. '추악醜惡'과 혐오嫌惡를 어떻게 견뎌 내느냐하는 문제는 입문자에게 주어진 미션일 뿐이다. 누구도 그 미션을 대신해 줄 수는 없다.

「판도라의 열쇠」 또한 신산스러운 어른의 세계를 관찰하는 나미라는 소녀의 목격담이다. 나미는 901호에 혼자 살고 있는 '이웃집 언니'에게 끔찍한 사건이 일어났다는 것을 알게 된다. 어른들은 혼잣말로 궁싯거리면서 나미에게 사건의 전말을 알려주지 않는다. 궁금해진 나미는 엄마에게 맡겨진 901호 열쇠를 이용해서 현관문을 열고 들어가서 궁금증을 풀어보려고 도전한다. '901호 언니'의 안방 화장대 위에 놓여있는 수첩을 펴보면서 언니의 비밀에 적극적으로 개입한다. 언니는 비행기 사고로 부모를 다 잃었고, 그 사고 중에 혼자 살아남았고, 그 사고 후유증으로 다른 사람과 극도로 단절된 외톨이 생활을 하고 있었다. 그 외에도 나미가 이해할 수 없는 내용들을 메모로 남겨놓았다. 나미는

'901호 언니'를 통해서 삶과 죽음의 문제에 부딪친다. 나미는 어른의 세계에 직접 개입해서 이해되지 않는 의문을 털어내 보려 하지만, '901호 언니'의 고독을 다 알 수 없다는 것을 깨닫는다. 대신, 나미는 '901호 언니'에게 메모를 보냄으로써 자기를 둘러싸고 있는 세계를 향해 가슴을 열고 있다. 어른의 세계를 바라보면서 어른들이 감내해 내는 고통과 고독을 이해하려 한다. 성장의 문턱에서 삶에 눈을 뜨고 어른들의 삶을 가슴으로 이해해보려 한다.

「14살, 그 해 저녁」에서 수라와 「판도라의 열쇠」의 나미, 이들 소녀들이 성장의 문턱에서 바라보는 어른들의 세상은 아름답거나 화려한 것만은 아니다. 그러나 조심스러운 이들 소녀들은 사건 속에서 자신의 역할을 찾아내고 세상의 문을 두드리듯이 똑, 똑, 똑, 자기의 존재를 알리고 있다.

4. 그리움의 직조

누군가를 기다린다는 것은 무언가의 결여를 말하고 있다. 그것은 물질의 비어있음이 아니라 마음의 비어있음을 말하는 것이다. 정서의 결여는 그리움이 된다. 그래서 노을이 비끼는 서쪽 하늘을 향해 달려보기도 하고, 약속도 없이 역으로 나가 기차가 지나가기를 기다리기도 한다.

「바람을 타고 가는 꽃기차」의 동규는 그런 아이다. 엄마, 아빠의 얼굴도 기억하지 못하는 마음의 빈곳을 가진 아이다. 동규는 그 비어있는 마음의 그리움을 채우기 위해 매일 역에 나와서 사람들이 타고 내리는 기차를 기다린다. 그 역에는 동규와 같은 또래의 아들을 잃은 연두 아저씨가 역을 지키고 있다. 연두 아저씨는 동규에게 아들의 의자를 내주며 빈 마음을 그리움으로 채운다.

그러나 연두 아저씨와 동규의 비어있는 마음은 절망이 아니라 희망이다. 그 기다림이 있어 오히려 삶이 지탱된다. 그것은 연두 아저씨가 동규에게 들려주는 말에서 확증된다.

"꿈을 가지고 산다는 건 모험이라고 할 수도 있지만, 꿈은 후회하지 않는 거란다."

결국, 기다림이 있어 꿈을 가지는 것이고 그 꿈이 사람을 살게 만드는 원동력인 것이다.

「맨드라미 핀 어느 날」에서도 감정의 원형질과 같은 '그리움'이 담겨 있다. 수도원을 나온 루카는 밧개마을 바닷가에서 연희라는 작은 아이를 만나고 연희 때문에 다시 수도원으로 복귀할 수 있게 된다. 고기잡이를 나가서 돌아오지 않는 아빠를 기다리는 연희의 그리움은 절망이 아니라 아빠를 그리워하는 또 하나의 힘인 것을 보았기 때문이다.

"사람은 누구나 보고 싶은 사람 한 명씩은 가슴에 묻고 산대요." 연희라는 작은 소녀의 이 말은 루카의 방황을 그치게 하였고 자기의 길을 찾게 만들었다.

길지연의 동화에는 이런 비어있는 마음이 곳곳에서 발견된다. 그러나 그것은 공허함으로 비어 있는 마음이 아니라 그리움이라는 감정의 원형으로 직조되어 있다.

5. 결 고운 언어의 수호자

길지연의 아동문학세계는 위에서 살펴본 것처럼 따스한 사랑과 성장의 고통, 인간의 원형질적 심상을 두루 담고 있다. 이 뿐만 아니라 「새봄왕」처럼 무분별한 동물 학대에 대한 경고와 「버드나무가 말했어」처럼 형식적 탁상공론에 대한 비판도 가지고 있다.

길지연의 결이 고운 문체는 아동문학 정신을 빛내주고 있다. 요즘의 아동문학 문체에서 심히 염려되는 현상 중의 하나가 거친 언어의 남용이다. 어린이들의 생활 일면을 그대로 담아낸다는 취지로 순화되지 않은 언어들이 아동문학 속에서 활개를 치고 있다. 실생활 언어라는 이유로 무분별하게 침투되는 비속어를 어떻게 수용할 것인가 문제는 심각하게 걱정해야할 필요가 있다. 그러나 길지연은 이런 시류에 휩쓸리지 않고 자신만의 언어를 고수하고 있는데 많은 아동문학가들의 귀감이 될 것이다. 그것은 작가의 삶과도 결코 무관하지 않을 것이다. 외로움 속에서도 진주를 빚어내는 백합 조개의 노력과 같은 것일 수도 있다. 작가의 삶의 결은 작품 안에 화석이 되어 독자들에게 그것을 보여주고 있다.

제6장

긍정의 눈길, 흐뭇한 능청

동화작가 이림의 작품세계

작가 이림은 등단 이후 25년여에 가까운 창작활동 기간 동안 아동문학 전반을 아우르며 16권의 작품집을 발간했다. 『뽈리야, 빨리!』, 『난로와 냉장고』 등의 환상동화십, 『안녕하세요』, 『봄을 부른 손거울』 등의 사실동화집, 『빛나라 등대야』, 『냉이꽃과 헬리콥터』, 『한 꾸러미의 작은 이야기』 등의 소년소설집 그리고 시집 『죽은 물고기도 등급이 있다』와 동시집 『엉덩이 잠』 등이 그 결실인데, 『안녕하세요』에 실린 「울타리 속의 비밀」은 제7차 교육과정 5학년 교과서에 실리기도 했다.

1. 흐뭇한 긍정과 천연스러운 능청

동화는 애초부터 '환상성의 에스프리'라는 양식적 특징을 가진 문학이다. 그래서 초월적 문제해결 능력이 있고, 시공을 넘나드는 자유분방함이 있으며 전복顚覆의 즐거움이 있는 것이다. 그 점 때문에 아이, 어른 가리지 않고 동화를 읽는 것이고, 모두에게 동화가 필요한 것이다. 환상성을 얼마나 자유롭게 구사하느냐는 그래서 동화의 생명이라고 할 수 있다.

동화를 환상동화와 사실동화[1]로 크게 대별하기도 하지만, 아동문학 안에서 문제해결의 과정이나 난관의 극복은 '환상'이나 '사실'을 막론하고 낭만적인 환상성을 동원할 수밖에 없는 것이다. 그래서 사실동화마저도 동화라는 큰 범주 안에서는 환상성의 마력魔力을 원용하는 것이 일반적이기도 하다. 그 환상성의 힘은 단순한 도피가 아니라 팍팍한 현실 너머의 다음을 바라볼 수 있게 해주는 힘이 되기 때문이다. 그것이 동화문학의 효용성이기도 한 것이다.

「울타리 속의 비밀」은 작중 화자를 50대에 접어드는 페인트 공으로 설정했다. 한 가닥 동아줄에 매달려 아파트 외벽에 색칠을 하는 노동을 하면서도 "나는야 페인트 기사 / 도시를 꽃피우는 예술가"로 스스로 인식하고 있으며, 아파트 주민의 온갖 잡동사니도 색칠로 다듬어주는 긍정의 인물이다. 급기야 병들어서 털이 빠진 볼품없는 길고양이에게 색

---

1   이림은 '생활동화'라는 일본식 용어 대신 '사실동화'라는 용어를 주장하는 논문을 발표한 바 있다. 이정림, 「이주홍 초기 사실동화 연구」, 부산대 석사논문, 2003.

칠을 해달라는 아이와 만나게 되는데, 이 아이와의 만남에서 페인트공의 긍정성은 여지없이 발휘된다. 아이는 병든 고양이에게 색칠을 해달라고 한사코 조른다. 칠이 벗겨져 흉터처럼 얼룩진 아파트 외벽을 색칠로 다듬는 페인트공의 붓이 털이 빠진 고양이의 흉터도 낫게 해줄 것으로 생각하는 아이의 시선은 전형적인 물활론적 사고思考에서 비롯된 것이다.

하지만, 아무리 타고난 긍정성이라도 병든 고양이에게 페인트 색칠을 할 수는 없는 일이라서 차일피일 미루는 사이, 아이의 병든 고양이는 찬란한 털빛을 뽐내며 화자 앞에 나타난다. '동구 밖 먹물같은 어두움'을 견디며 '생선 팔러 나간 어머니를 기다렸'던, 외로움과 가난의 어린 시절을 지나온 50대의 페인트공 화자는 아이의 지극한 사랑의 힘이 병든 고양이를 낫게 해주었다는 것을 안다.

「안녕하세요」는 소통의 중요성을 '인사'를 제재로 하여 말하고 있다. 점점 개인주의로 치달아 가는 시대, 타인과의 소통 필요성노 ᅴ만큼 의박해지고 있다. 으뜸이비인후과 한별이 가족은 '병원 파산'이라는 쓰디쓴 경험에 즈음하여 할아버지가 내준 미션 수행을 하면서 소통의 중요성을 알게 된다. 한별이는 아파트 상가 야채가게 아이 '바다'를 지켜보면서 상대방에게 다가가기 위해 노력이 필요하다는 것과, 더불어 살아가는 재미를 알게 된다. 한별이 가족의 '인사성'으로 문제해결에 근접한다는 전망 또한 동화문학이 독자들에게 줄 수 있는 상당한 효용성이 아닐까. 이림 동화에는 곳곳에 이런 환상성이 배치되어 낭만적 결말을 유도하면서 독자에게 가을 풍경과 같은 환상의 즐거움을 준다.

「목욕비 소동」에서 서술 구성은 사람과 동물이 자연스럽게 소통하는 물활론적 상상력을 바탕으로, 흐뭇하고 능청스러운 웃음을 자아내게 한다. 동서아파트 1층에 사는 한 영감은 아파트 정원 '통돌 연못'에 찾아오는 날짐승들에게 목욕비를 청구하는 방榜을 내다 붙인다. "참새 박새 100원 / 곤줄박이 200원 / 직박구리 300원 / 까치 2000원"이 그것이다. 동서아파트 유일의 새 전용목욕탕 '통돌 연못'에 찾아오는 날짐승들은 그들의 방식으로 목욕비에 상응하는 '케일 씨앗', '보리수 열매', '아욱 씨앗', 급기야는 아이 머리에 달린 방울, 손에 쥐고 있는 용돈까지 물어오는 소동이 벌어진다. 이러한 소동은 금세 아파트 단지에 알려지고, 마침내 경찰이 출동하기에 이른다.

통돌 연못가 앵두나무에 방을 내다 붙이는 한 영감의 시점, 날짐승들이 그 방을 읽고 목욕비를 마련해 오는 시점, 놀이터에서 놀던 아이들이 날짐승들의 만행을 고발하는 시점, 그 아이들의 원성을 듣고 날짐승들이 대책을 세우는 시점, 이 과정은 하나의 퍼즐로 완벽하게 그림이 만들어지는 구성상의 특징을 가지고 있다. 「목욕비 소동」은 일상에서 무심해 보이는 조각조각의 풍경을 하나의 인과관계로 엮어 이야기로 형상해낸, 탁월한 구성의 뛰어난 한 편의 동화이다.

「다톨이의 눈물」은 사람과 동물이 한데 어울려서 우의적 환상으로, 삶과 죽음의 문제를 은유적으로 보여준다. 삶과 죽음이 하나의 공간 안에 있는 문제임을 말하고 있다. 다람쥐 다톨이는 곧 다가올 겨울에 대비하기 위해 곰티 할머니네 밤 밭에서 알밤을 모아야 한다. 다톨이가 알밤을 모으는 데 방해요소는 곧 곰티 할머니다. 밤 한 톨도 양보하지 않는 곰티 할머니가 며칠 보이지 않더니 어느 날 꽃상여가 산비탈을 향해 올라온다. 다톨이는 금방 그것이 무슨 뜻인지를 간파한다. 곰티 할머니를 실은 상여이다. 삶과 죽음의 경계를 다툴이의 눈물로 보여주었다.

「향기 실은 엘리베이터」는 도시 공동생활, 아파트 살이에서 흔히 발생할 수 있는 엘리베이터에서 비롯되는 이야기이다. 많은 사람들이 타고 내리는 엘리베이터는 밀폐성 때문에 언제나 앞 사람의 잔재가 냄새로 남기 마련이다. 퀴퀴한 냄새, 지린 냄새, 쓰레기 냄새, 담배 냄새, 시큰한 땀 냄새……. 그러나 사람의 진정한 향기는 그 인품에서 비롯된다는 것을 말해주는 동화이다.

2. 드넓은 자연, 확장된 공간

아동문학은 오래전부터 자연을 어린이와 가깝게 묘사해왔다. 작가 이림 동화에는 무엇보다 넓고 큰 자연이 담겨 있다. 작품의 배경은 광활하다. 도시 인근의 산야는 물론이고, 다도해, 백두산 천지, 급기야 아프리카 초지草地도 끌어왔다. 이림이 온 산야를 누비는 등산 마니아인 것은 그를 아는 사람이라면 누구나 아는 사실인데, 꽃 피고 새 울고, 낙엽 지는 산천을 밟으며 쓴 경험의 글은 독자에게 언제나 현실감을 안겨준다.

『냉이꽃과 헬리콥터』에는 '푸른산악회' 회원 화자가 산행에서 얻는 체험적인 에피소드를 중심으로 「별칭놀이」, 「산마루 식탁」 등 15편이 실려 있다. 표제작 「냉이꽃과 헬리콥더」는 '해님의 집' 보육원에서 자란 창수와 은미가 냉이꽃이 흐드러진 비음산 중턱에서 혼례식을 올리는 아름답고도 슬픈 이야기다. 냉이꽃 부케를 든 신부 은미와 헬리콥터를 타고 나타난 신랑 창수는 외롭고도 고독했던 보육원에서, 서로를 격려하며 어엿한 사회인으로 자라 어릴 때의 약속대로 냉이꽃밭 헬기장에서 혼례식을 올리는 마음 따뜻한 이야기이다. 장편 『냉이꽃과 헬리콥터』에서 작가가 보여준 묘사는 사시사철의 산이 보여줄 수 있는 새소리, 물 소리, 풍광을 아낌없이 그림으로 펼쳐 보여주고 있다.

「뽈리야, 빨리!」는 아프리카 코끼리 이야기다. 그래서 아프리카 마른 사막이 금방 눈앞에 펼쳐진다. 뽈리네 대가족은 새로운 먹이가 있는 땅, 비밀 초지를 찾아서 떠나야한다. 코끼리 떼의 대이동이다. 물살을 거슬러 강을 건너야만 먹이가 있는 땅으로 갈 수 있다. 코끼리의 안전은 누구도 장담할 수 없는, 몇몇은 강물에 휩쓸릴 수 있는 모험의 대이동인 것이다. 「뽈리야, 빨리!」는 할머니, 큰이모, 막내이모, 엄마, 뽈리 등 모계 중심의 코끼리 생태까지 염두에 둔 효용성을 가지고 있다.

『꼬마섬의 짝꿍』은 다도해상의 작은 섬 매물도를 배경으로 하고 있다. 매물도 일대는 설명이 더 필요 없는 빼어난 풍광을 자랑하는 공간적 배경이다. 곧 문을 닫게 될 작은 섬의 분교, 바다와 파도와 등대와 나무와 갈매기가 친구가 되는 섬. 1990년대 중반, 폐교가 늘어나는 것이 사회적으로 큰 문제가 되었던 때이기도 했지만, 특별히 외딴 섬을 지켰던 학교 하나가 문을 닫게 되는 이야기를 시의 적절하게 풀어냈다.

「얼치기 산신령 후후」는 등산객의 소원을 들어주는 백두산 산신령 '후후'의 이야기이다. 산신령 '후후'는 민족의 영산, 백두산 천지를 지키고 있지만 위엄이나 권위와는 거리가 먼 제목 그대로 '얼치기'이다. 사람들의 소원을 들어주려고 하지만, 그 소원들 중에 무엇을 들어줘야 할지 취사선택에서 인간적인 고민을 털어놓는 여유와 능청을 가진 산신령이다.

"구름국화, 두메양귀비, 하늘매발톱, 화살곰취, 두메자운영, 담자리 풀꽃, 개감채, 개미자리, 미나리아재비⋯⋯." 천지 주변은 희귀식물의 보고寶庫, 백두산만의 고유 식물 전시장인 것은 누구나 아는 사실인데, 우선 눈에 잘 들어오는 이 꽃들에 치우치지 않고 산신령 '후후'를 설정해냄으로써 천생 이야기꾼임을 입증하였다.

3. 진솔한 삶에 대한 탐색

창작동화 『한 꾸러미의 작은 이야기』는 따져 보면 옴니버스 소설이라고 할 수 있을 것이다. 장편 소년소설 『빛나라 등대야』와 『한 꾸러미의 작은 이야기』는, 애초에 소설로 창작공부를 시작했다는 작가의 저력을 유감없이 보여준다.

『한 꾸러미의 작은 이야기』는 기린아파트, 개나리아파트, 대동아파트, 동서아파트, 삼미아파트 등 도시생활의 상징으로 대표되는 대형 아파트 타운 사이에 끼여서 자연발생적으로 형성된 무허가 좌판 난전 사람들의 이야기이다.

소설은 발생 초기부터 '시정市井의 이야기'로 명명된 바 있듯이, 그야 말로 이야기가 생성되는 시장을 배경으로 삼았다. 작은 틈새 시장에 집중하여 서민들의 삶, 세상이 돌아가는 이야기를 엮어나간다.

단속반이 나타나면 언제고 도망을 가야하는 불안하기 짝이 없는 시장 사람들의 불안정한 삶은 『한 꾸러미의 작은 이야기』 곳곳에 잘 드러나 있다. 그럼에도 그곳, 시장에는 사람들이 살아가는 눈물겨운 진실과 인간의 도리가 꽃처럼 피어난다. 작가는 여기에 주목하고 있다.

그곳은 시장이기에 전쟁과 같은 치열한 삶의 현장인 것을 부정할 수 없다. 좌판으로 물건을 파는 상인과 트럭으로 대량 판매하는 상인과의 혈투가 순식간에 벌어지기도 하는 곳이다. 하지만, 금방 서로의 처지를 동정하기도 한다.

목발을 짚고 배추를 팔아야하는 아름이 아빠, 구두쇠 빵떡장이 해피제과 아저씨, 빙빙 할머니는 토종 무 얼굴, 뻐드렁니, 빙빙 도는 안경, 나이 예순에 일곱 살 딸 순덕이를 두었고, 내일이면 시집 간다고 호통 치는 비밀을 가진 할머니다. 금방 받아들이기 어려운 간곤한 사람들의 이야기가 좁은 시장 바닥에 연기처럼 번져나가는데, 그 안에 삶의 진실이 숨어 있다. "배 추 좋 습 니 다!" 힘차게 울리는 아름이 아빠의 목소리와 산타로 변장한 구두쇠 빵떡장수 해피제과 아저씨는 시장 사람들이 살아가는 이유를 온전히 대변하고 있다.

『빛나라 등대야』는 섬에서 아버지를 여의고 어머니와 함께 '새롬시'에 와서 고아로 살아갈 수밖에 없는 수영소년 '등대'의 이야기다. 등대 어머니는 수영장이 있는 건물에서 청소를 하며 지하실에서 기거를 하고, 등대는 고아로 위장해 '가야동산'에서 지낸다. 그렇지 않으면 돌봐

줄 사람이 없는 도시에서 두 사람이 살아갈 방법이 없기 때문이다. 우여곡절 끝에 등대는 누구보다 잘할 수 있는 '잠영'으로 수영대회에 입상하게 되고, 그것으로 자신의 위치를 찾아간다.

『빛나라 등대야』에서 '장미꽃 도시락' 삽화는 작가의 사회적 견해를 보여주는 탁월한 이야기다. 등대 짝꿍 수진이는 IMF사태로 갑자기 가정 형편이 어려워진 아이다. 급식시간에는 학교 담장에 붙어서 "장미, 개나리, 등꽃 향기로 배를 채우"면서 "굶었으면 굶었지 동정받고 싶지 않다"고 항변하는 자존심 센 소녀. 학교 무료급식은 우리 사회의 평등과 분배의 문제에서 큰 화두였다. 정치의 쟁점으로 '무료급식'이 변용되기 이전에 작가는 이미 '밥 먹는 것으로 학교에서 상처를 받고 있는 아이들'에게 주목하는 예견을 보여주었다.

4. 퐁! 퐁! 퐁! 이야기꽃

이림의 문학에서는 날카롭게 대립될 수 있는 문제도 짐짓 능청스럽게, 여유롭게 위기와 갈등을 슬며시 해결해 나가는 특징을 읽을 수 있다. 거기에 시의 적절한 사회성과 문제에 대한 자각은 누구보다 앞서 있었다. 그리고 삶에 대해 진지하게 탐색하는 작가의 눈길을 읽을 수 있다.

그래서 작가란 어떤 사람인가를 다시 생각해 보게 된다. 삶에 진정으로 다가가 긍정으로 바라볼 수 있는 눈이 필요하다는 것을 알게 해준다.

소나무님 하품이야
아니야
트림이야
재채기야
아니야
방귀야

오월 한낮,
퐁!
퐁!
솔숲위로 터져 오르는
샛노랑 솔꽃가루

— 이림, 「송홧가루」 중 일부[2]

간결하고 산뜻한 이미지를 담고 있는 시 한 편으로 그의 긍정의 눈길을 다시 확인하게 된다.

---

2   이림, 「송홧가루」, 『엉덩이 잠』, 아동문예사, 2011, 19쪽.

제7장

인물들의 목소리가 만든 앙상블

김문주론

1. 장편 지향의 열성

2003년 문학사상 장편동화 당선(『할머니, 사랑해요』)으로 작품 활동을 시작한 김문주는 『왕따 없는 교실』(2004), 『천사를 주셔서 감사해요』(2006), 『똥 치우는 아이』(2008)까지 꾸준히 장편에 천착해 오고 있다. 언젠가 지역 동인지에 드물게 단편을 발표했는데, 그 작품 또한 준비하고 있던 장편 중의 한 장章이었던 것을 보면 얼마나 장편에 몰두하는가를 알 수 있다.

그동안 학교 따돌림 문제, 장애아 문제를 비롯해서 가정과 학교, 가족 혹은 친구와의 일상 속에서 빚어지는 문제들을 유연하게 풀어냈는데, 대부분 작중인물의 목소리를 통해서 리얼리티를 구축하고 있었다. '하늘'이로 대변되는 어린 작중인물의 맹랑한 목소리와 '엄마'의 짱

짱한 목소리는 작가의 모자지간을 연상하게 할 만큼 생생하게 들려온다. 작가와는 개인적인 대화를 나누어본 적이 한번도 없기 때문에 실제로 '하늘'이만한 아이를 키우고 있는지, 사실여부에 대해서는 아는 바가 전무하다. 어긋날 듯해서 위태롭고 불안하기까지 하지만 결국에는 묘하게 어우러지는 '하늘'이와 '엄마'의 각각의 목소리는 이상한 동심원을 만들고 있다.

2. 각각의 목소리가 만들어내는 조화

'하늘'이는 11살 인생에서 중요한 것이 '학원에 가고, 친구들과 노는 것'이라고 생각하는 요즘의 평범한 보통 아이다. 그러나 자신의 인생관과는 달리 요즘의 보통 아이 같지 않은 일상 보내고 있다. 오후에 일터(학원 강사)로 나가는 엄마를 대신해서 두 살 여동생을 돌봐야하는 일이 하늘이의 방과 후 생활이다. 친구들이 과외나 운동으로 자유롭게 몰려다니며 방과 후 활동을 할 때 하늘이는 여동생 '별'이 보는 일로 방과 후 활동으로 하고 있다. 그래서 친구들의 생일파티에 초대 받아 가도 마음 놓고 놀지도 못한다. 별이의 '손가락 하나에 조종'당하고, 냄새나는 똥기저귀까지도 능숙하게 갈아주는 의젓하고 대견한 '오빠보모'인 것이다. 직장 때문에 부재 중인 아빠를 의식한 듯 제법 어른스러운 면모를 보여주는 11살 소년 '하늘'이.

이쯤되면 '하늘'이는 '천사적 동심주의'류에서 식상할 정도로 만나온 '착한 아이' 한 전형은 아닐까 하는 의구심으로 눈을 흘길 수 있다. 또 시대에 맞지도 않는 동심천사주의로 기우는 것 아닌가하는 불편함이 꿈틀대는 것을 느낄 법하기도 하다. 그러나 '하늘이'의 당찬 화법은 그러한 우려를 이내 불식시켜준다.

1인칭 서술의 진행은 '하늘이'의 내적 심리를 비교적 소상하게 드러내고 있는데, '똥기저귀 담당 보모'의 과업을 맡긴 엄마를 향해 계속 불평을 늘어놓고 있으며 끊임없이 반항하고 있다. 거기에 한 치의 양보도 없이 아들 '하늘'이를 대하는 엄마의 다소 완강한 태도는 처음부터 심상치 않다. 평화아파트로 이사하는 날, 아빠도 없이(다른 도시에서 일함) 이삿짐을 옮기는 트럭을 타고 낯선 아파트 단지로 들어가는 하늘이. 외삼촌의 승용차 안에서 자고 있던 동생 별이가 '자동차 경적소리' 때문에 깼는데 엄마로부터 '자는 애 왜 깨우냐'는 핀잔을 듣는다.

하늘이가 엄마로부터 이런 억울한 소리를 듣는 것은 다반사다. '전화벨 때문'에 '별이가 다 자고 일어나 앉아 있어도' 하늘이는 엄마로부터 '애 깨운다'는 소리를 듣는다.

엄마가 별이 돌보라고하면 '별이가 가만 안 있는'다고 반항하면서도 끝내는 엄마의 부탁을 거절하지 못하는 하늘이. 유통기한이 지난 빵을 먹는다고 '등이 불이 번쩍 나도록' 엄마에게 맞기도 한다.

엄마의 오후 출근으로 본격적인 신경전이 시작된다. '매일 저녁 때까지 어떻게' 별이를 보냐고 우기지만, 결국 방과 후에 별이를 떠맡게 되고 친구들로부터 '똥기저귀'라는 별명까지 얻게 된다. 시청 앞에서 열리는 연예인 초청 공연이 보고 싶어서 별이를 유모차에 태우고 집을 나섰지만, 유모차 바퀴가 빠지는 사고 때문에 엄청난 곤경에도 빠진다. 하늘이는 이 모든 것이 엄마가 '남이 쓰던 유모차를 얻었기' 때문이라고 생각하지만, 엄마는 그런 하늘이의 원망에는 아랑곳하지도 않는 자신감마저 보이고 있다. 엄마의 몰이해 때문에 때로는 엄마의 '폭행'도 자행된다.

엄마와 아들이 각각 자신들의 인생을 위해서 한 치의 양보 없이 팽팽한 신경전을 펼치며 자신의 주장을 세우는 가운데, 가끔식 옹알이처럼 들려오는 겨우 두 살 난 별이의 목소리까지 주장만이 크게 울리는 제각각의 목소리는 그러나 이상하게도 묘한 조화를 만들어낸다.

엄마와 아들이 자잘하게 부딪치면서 만들어 내는 소리는 마치 여러 종류의 현악기가 제각각 만들어진 대로 소리를 내는 것처럼 들려온다.

작중인물이 만드는 제각기의 소리들은 궁극적으로는 하나로 어우러지면서 절묘한 화성을 이루는 실내악곡과 다르지 않게 들린다.

『똥 치우는 아이』는 결국 가족이란 무엇인가를 생각하게 한다. 가족이란 누구 한 명이 다른 가족을 위해서 일방적으로 희생을 하는 관계가 아니다. 가족 구성원 모두가 각각 자신의 몫을 감당할 때, 자신의 음색으로 가장 자신 있는 발성을 할 때, 그것으로 하나의 화성을 이루며, 그것이야말로 가장 조화롭고 멋진 하나의 작품이 되는 것이다.

'하늘이'와 '엄마'는 자신들의 분명한 목소리를 통해서 자신을 연출했고, 그것이 다시 어울려서 하나의 악곡을 형성하게 되는 것을 보여준다고 할 수 있다.

엄마와 아들이 만드는 이런 신경전은 리얼리티를 형성하는 요인이기도 하며 이야기를 끌고 가는 힘이 되기도 한다.

4층에 사는 재호네와의 껄끄러운 관계는, 타당한 이유도 없이 공연히 이웃과 소원하게 지내는 공동주택 거주자들의 이기적인 일면으로 드러나 있다. 이웃과의 소원함이 이해부족, 소통부재였다는 것은, 결말부에서 화해모드의 급선회로 해결하는 데서 읽을 수 있다. 정체가 다소 불분명한 1층 아저씨를 바라보는 시선 또한 소통 부재의 결과인 것으로 풀어내고 있다.

3. 일상을 넘어서

김문주의 등단작 『할머니, 사랑해요』는 『똥 치우는 아이』의 전작처럼 읽혀진다. 작가가 두 작품에 대해 연작이라고 말하는 것을 들은 바가 없어서 그렇게 추정할 수밖에 없는 일인데, 『똥 치우는 아이』에서 '하늘'이가 '나는 엄마 직장 때문에 6살 때까지 시골 할머니 집에서 자랐습니다. 그걸 생각하면 별이를 잠시 맡기는 게 뭐 그리 큰일은 아니지요.'(32쪽)라고 말하는 것이 그 근거가 된다.

『할머니, 사랑해요』에서 맞벌이 부모—아빠의 직장은 불안정하다—때문에 할머니 집에서 자라던 6살 하늘이는 이제 열 한 살이 되어 엄마가 있는 도시로 옮겨 도시 살이를 하고 있다. 결국 『할머니, 사랑해요』와 『똥 치우는 아이』는 하늘이의 성장 궤적을 보여주는 연작이 되는 것이다.

하늘이가 6살에서 11살이 되는 동안 아빠는 여전히 부재중이다. 전작 『할머니, 사랑해요』에서 아빠는 직업훈련을 받기 위해 다른 도시(구미)에 가 있다. 물론 그 이전에 '일이 잘 안되었다'라는 언급은 있다. 엄마는 생활의 전부를 맡고 있으며 빚까지 갚아가고 있다. 『똥치우는 아이』에서도 아빠는 다른 도시에서 일을 하고 있어서 엄마와는 '당분간 떨어져 살아야 하는'(18쪽) 형편이다.

아동문학에서 아빠의 부재는 매우 편리하리만큼 빈번하게 차용되고 있다. 그만큼 엄마와의 친연성은 상대적으로 높다.

문학이라는 것이 결국은 자신과 타인에게 있는 결여까지도 감싸 안을 수 있는 바탕을 제공하는 동기가 되고 있는 것은 분명한 사실이다. 그렇다면 결여의 한 방법으로 아동문학에서 자주 사용되는 아빠의 부재는 장차 어떤 영향으로 되돌아오게 될까 하는 문제는 또 다른 관점에서 심도 있게 연구해볼 필요가 있을 것으로 생각된다.

1990년대 이후, 여성 동화작가들이 대거 등장하면서 자녀들의 양육경험이 바탕이 된 동화가 쏟아지는 현상을 목도하여 왔다. 자녀들의 양육경험을 동화화했다는 솔직한 고백 또한 심심찮게 듣기도 했다.

들은 바에 의하면, 엄마들은 자녀들을 키우면서 아이들과 함께 성장과정을 거친다고 한다. 아이가 유치원 때는 유치원생이 되기도 하고, 초등 저학년이면 초등 저학년으로, 고학년이면 또 고학년만큼의 눈높이가 되는 '황홀'하고 '아프고' '아름다운' 시간을 갖는다고 한다. 자녀 양육에서 얻은 소재를 작품화할 때는 리얼리티를 확보할 수 있다는 장점이 있을 것이다. 그러나 동화가 문학이 되기 위해서 필수불가결하다고 할 수 있는 상징성의 문제를 간과해서는 안 될 것이다.

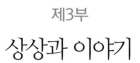

제3부

상상과 이야기

제1장

'박 도령과 용녀' 이야기의
상징성과 의미

1. '확충'의 방법으로 읽는 '박 도령과 용녀' 이야기

동서고금을 통해 인간은 매우 유사한 신화와 민담과 이미지들을 탄생시켰다. 물론 각 시대마다 각 지역마다 어느 정도의 차이를 보이고는 있지만 그 차이를 관통해서 동일성이 존재하는 것을 찾을 수 있다.

민족에게 전승되고 있는 이야기는 어느 개인이 의식적으로 창작해 낸 작품이 아니라 오랜 세월을 집단 속에서 저절로 전해 내려온 것이며 그러기에 거기에는 인간 의식의 저편에 잠재하는 심적 기능들, 그중에서도 특히 개인의 의식적 체험에 선행하는 보편적이며 근원적인, 이른바 '집단적 무의식'의 모든 심리 내용이 가장 순수하게 담겨있다는 것은 일반적 사실이 되었다. 따라서 문화, 인종, 시대의식, 지리적 조건의 차이에도 불구하고 반복되는 원형상의 의미를 살펴나가는 작업은 매우 필요한 일이라고 생각된다.

'박 도령과 용녀'[1] 유형의 이야기는 가난한 총각(혹은 어부)이 물고기로부터 도움을 받지만, 금제를 위반함으로써 모든 것이 수포로 돌아간다는 모티프를 근간 구성으로 하는 이야기다. 이런 이야기는 전국에 분포해 있을 뿐만 아니라 독일, 러시아, 중국, 포르투갈 등의 나라에서도 전승되고 있는 광포설화다.

이 글에서는 '박 도령과 용녀' 이야기를 바탕으로 상징과 모티프가 지닌 심층적 의미를 고찰해보기로 한다. 다른 문화권에서 전해지고 있는 '박 도령과 용녀' 유화類話를 서로 비교분석함으로써 이 이야기에 담겨 있는 인류보편적 심성 또는 집단적 무의식 내용을 탐구해보고자 함이 이 글의 목적이다.

설화에 대한 심리적 시각의 선행연구를 검토해보면 '구렁덩덩 신선비'나 '나무꾼과 선녀', '우렁각시' 이야기에 집중된 면이 있다. 이부영은 '선녀와 나무꾼'에서 나무꾼이 여러 선녀 중에 한 선녀를 고르는 것을 미분화 상태의 심적 기능이 분화되는 '의식화 과정의 양상'을 나타내는 것으로 보면서 인간이 말을 못하는 동물로 퇴화하는 것은 자아의 기능이 무의식화되는 것으로 설명했다.[2] 곽의숙은 '구렁덩덩 신선비'의 상징성을 두 가지 측면에서 보았는데, 할머니(혹은 과부)가 구렁이를 낳았다는 것은 인간의 자연스러운 성적 충동이 토템화되어 표출된 것

---

1   신동흔, 『세계민담전집―한국편』, 황금가지, 2003, 55~61쪽.
2   이부영, 『韓國民譚의 深層的分析』, 집문당, 1995, 194~196쪽.

으로 보았고 뱀 신랑을 남성지배 시대의식에 대한 성적대상으로 해석하고 있으나[3] 이야기와 상징을 대입하는 방식으로 해석하는 데 그쳤다. 김환희는 '구렁덩덩 신선비'와 외국 뱀신랑 설화를 비교분석했는데, 뱀 왕자의 아내와 신선비의 아내가 남편을 찾아 떠나는 여행은 여성 속에 존재하는 아니무스가 의식화되는 개성화 과정으로 설명했지만,[4] 다양한 외국자료의 인용을 제외하면 이전 연구에서 크게 나아가지 않고 있다. 노제운은 '나무꾼과 선녀', '우렁각시' 설화를 라깡과 프로이드의 이론을 빌려 '상상계', '상징계', '주체의 재현'으로 구분하여 설명했는데 주인공이 불행한 최후를 맞이할 수밖에 없었던 이유를 어머니와의 관계에서 찾고 있다.[5] 이는 어머니를 '생명을 양육하는 대지'로 보는 일반적인 해석과는 상당히 상충되는 일면이 있다.

이처럼 이물교혼異物交婚 모티프를 근간으로 이야기는 괴이함과 끔찍스러운 내용 때문에 연구가 지속되고 있으나 '박 도령과 용녀' 유형 이야기에 대한 연구는 거의 없는 실정이다.

연구방법에 있어서, 일차적으로 우리나라 이야기와 다른 나라 이야기의 유사성과 차이점을 프로프의 기능[6] 개념을 원용하여 비교문학적 관점으로 찾아본다. 프로프의 기능 분석은 지나치게 단선적이고 기계적이라서 일부에서 비판[7]이 가해지고 있음에도 불구하고 그 방법을 원

---

3   곽의숙, 「'구렁덩덩 신선비'의 象徵性 考察」, 『국어국문학』 25, 부산대 국어국문학과, 1988.
4   김환희, 『옛이야기의 발견』, 우리교육, 2007.
5   노제운, 「'나무꾼과 선녀', '우렁각시' 설화의 정신분석적 의미 비교연구」, 『어문논집』 57, 안암어문학회, 2008.
6   V. 프로프, 황인덕 역, 『민담형태론』, 예림기획, 1998.
7   프로프가 이름 붙인 기능은, '기능(function)'보다는 '행동(action)'에 더 가까운 개념이라는 점에서 몇몇 학자들은 잘못된 명명과 기능의 설정에 대해 비판적으로 보고 있다.

용하는 것은 시간과 장소와 화자에 따라 그 내용이 조금씩 변하는 옛이야기에서 여전히 변하지 않고 공식처럼 지켜지는 기능이 바로 옛이야기의 본질을 이루는 요소라는 견해가 타당한 것으로 받아들여졌기 때문이다. 뿐만 아니라 기능 개념이 전래 이야기나 신화 분석의 기본 단위로서 널리 사용되고 있기 때문이기도 하다.[8]

여기서는 유사성과 차이점을 비교하는 일차적 방법에 이어서 확충擴充의 방법으로 텍스트를 해석하고자 한다. 확충의 방법은 해석대상解釋對象이 되는 서사물 속의 어떤 상象 또는 행위를 중심으로 비교할 수 있는 모든 자료를 우리나라나 다른 나라의 전설, 신화 민간신앙 속담 심지어 철학哲學 및 종교사상·문예작품 속에서 찾는 것을 말하는데, 얼른 보면 이런 것들은 연관성이 없는 듯이 보이지만, 인간의 무의식적 심성이 반영되고 있는 것들이라는 점에서 공통점을 지니고 있다.

D. W. 포케마·엘루드 쿤네-입쉬, 윤지관 역, 『현대문학이론의 조류』, 학민사, 1983, 46~47쪽 참조.

8 막스 뤼티도 프로프의 자료를 억압할 수 있는 관찰방식의 위험성, 마법 민담의 줄거리의 기본요소를 '기능'으로 명명하는 것에 대한 낯설음 등을 앨런 던데스 등의 말을 빌려 비판적으로 말하고 있지만, 결국 프로프의 구조분석은 정당하다고 했다. 그리고 『민담형태론』은 폭넓은 의미를 지닌 작품이며, 자신의 책과 다른 측면에서 민담이 연구되기 때문에 서로 보완적이라고 밝혔다. 막스 뤼티, 김홍기 역, 『유럽의 민담』, 보림출판사, 2005, 207~213쪽 참조.

2. 대상 자료와 나라별 이야기 분석 비교

1) 대상 자료와 유화類話 검토

우리나라에서 이 유형의 이야기는 『한국구비문학대계』에 실린 입말 자료들과 최근에 발간된 단행본 자료에서도 두루 찾을 수 있다. 한국구비문학대계에 실린 잉어 혹은 물고기 유형의 이야기는 13편 정도이고, 그 분포도는 강원도, 전라남북도, 경상남북도 등 전국적으로 편재되어 있다. 거의 대부분의 이야기가 주인공이 물고기에게 은혜를 베풀고 물고기로부터 도움을 받는 '보은'을 근간으로 하고 있지만, 세부적으로는 서사구조에서 다소의 변이를 보이기도 한다. '맹종죽 이야기'나 '한겨울에 산딸기 구하기'류의 '효孝'를 바탕으로 하는 내용이 많은 편수를 차지했고, '잉어'가 '처녀'로 변신하는 동물 변신담이 그 다음을 차지했다.

이 연구에 부합되는 내용으로 단행본과 구비대계에서 찾은 유화는 대략은 다음과 같다.

  ㉠ '머슴과 잉어 이야기'(『한국구비문학대계』 7-8, 경북 상주군 공검면, 326~329쪽)

  ㉡ '용녀 얻고 사또 된 숯장수'(『한국구비문학대계』 5-2, 전주시 동완산동, 101~111쪽)

  ㉢ '욕심 많은 할멈과 금붕어'(『한국구비문학대계』 8-14, 경남 하동군 진교면, 363~364쪽)

ⓔ '잉어 구해준 나무장수'(『한국전래동화집』12─며느릿감 시험, 창비, 205~233쪽)

ⓜ '바우와 잉어'(서정오, 『옛이야기 들려주기』, 보리, 198~203쪽)

ⓗ '박 도령과 용녀'(신동흔, 『세계민담전집 한국』, 황금가지, 55~61쪽)

위의 자료에서 ⓒ을 제외한 ⊙, ⓛ, ⓔ, ⓜ, ⓗ은 모두 물고기(잉어)가 사람으로 변하는 변신모티프가 공통으로 있다. ⊙과 ⓗ은 잉어가 변신하여 총각과 결혼하는 과정이 중시되어 있는 반면 ⓛ, ⓔ, ⓜ은 여기서 더 나아가 잉어와 결혼한 총각이 잉어의 신이한 힘을 빌려 고을의 심술 궂은 사또와 내기를 한다. 총각이 바둑 내기에서 이기고, 전쟁에서 이김으로써 지혜 혹은 힘 겨루기를 하는 것으로 확장되어 있다. 뿐만 아니라 ⓔ 책의 편저자는 ⓛ 이야기의 조사자와 동일 인물이다. ⓛ 이야기의 조사자가 입말 이야기를 글말 ⓔ로 자료화한 것임을 짐작할 수 있다. 따라서 ⓛ, ⓔ, ⓜ은 ⊙과 ⓗ의 확장된 유화로 볼 수 있겠다. 이 글에서는 ⓗ을 분석 대상 자료로 삼고, ⓒ을 유화의 하나로 선택하기로 한다. 이 자료를 선택하는 이유는 ⓗ은 서사구조에 있어 완성도가 높고, 변신모티프가 있어 본 연구에 부합되기 때문이다. ⓒ은 다음 장에서 읽게 될 독일, 러시아 자료와 마치 하나의 이야기처럼 겹치는 부분이 많아 원형상징의 비교자료로 적합하다고 판단했기 때문이다. 분석과정에서는 위에서 살펴본 물고기 변신담의 유화도 함께 고려할 것이다.

대상설화對象說話로 삼은 '박 도령과 용녀' 내용을 파악한 다음 각 나라별 이야기를 기능별로 구분해서, 공통점과 차이점을 파악하기로 한다. 먼저 대상 이야기의 큰 줄거리를 소개한다.

박 도령과 용녀

일가친척도 없이 혼자 살고 있는 박 도령은 어느 날 나무 한 짐을 팔아 잉어 한 마리를 산다. 집으로 돌아오는 길에 아무도 없는 곳에서 누군가 부르는 소리를 듣는 이상한 일을 겪는다. 집으로 돌아와서 잉어를 도마 위에 올려놓고 막 치려는 순간 초롱초롱한 잉어의 눈이 무슨 말을 하려는 것처럼 불쌍하게 보여 물통 속에 넣어 둔다. 어느 날 나무를 해서 돌아왔더니 방에 따뜻한 밥상이 차려져 있었다. 다음 날도, 또 다음 날도. 이상하게 생각한 박 도령은 그 다음 날, 아침 지게를 지고 집을 나서는 척 하다가 다시 돌아와 뒤뜰 구석에 숨어서 동정을 살핀다.

하루 나절이 다 지나갈 무렵, 부엌 쪽에서 이상한 서기가 솟아오르더니 잉어를 넣어둔 물통에서 세상에 본 적도 없는 눈부시게 예쁜 처녀가 나타나더니 밥을 짓기 시작했다.

"아하, 저 각시가 밥을 해 놓았던 거로군!"

박 도령은 기회를 놓치지 않고 처녀 앞에 나타나 결혼해 달라고 요청했다. 아직 때가 되지 않았다고 망설이던 처녀는 박 도령의 강청에 못 이겨 결혼을 하고, 행복한 시간을 보낸다.

"서방님, 우리가 이렇게 짝을 맺었으니 저의 부모님께 인사를 드려야지요."

(잉어)각시는 박 도령을 이끌고 큰 강가로 나가서 강물 위에 긴 풀잎 줄기를 하나 던지니, 강물이 열리고 길이 났다. 박 도령은 각시의 안내를 받아 물 속으로 걸어 들어갔다. 별천지가 펼쳐져있고, 오색영롱한 문이 나타났다. 문을 열고 들어가니 화려한 궁궐 속이었다. 말로만 듣던 용궁이 분명했다.

"우리 부모님이 사시는 곳이랍니다. 소원을 말하라고 하면 구석에 작은 궤짝 하나만 달라고 하세요." 각시가 먼저 당부의 말을 했다.

박 도령이 용왕 앞에서 그간의 사연을 말하니 용왕과 왕비가 무릎을 치면서 기뻐했다.

"네가 그물에 잡혀 간 뒤로 죽은 줄만 알았더니 저 도령 덕분에 이렇게 살았구나. 고마 운지고. 어디 우리 사위 얼굴 좀 보자."

용왕과 왕비는 박 도령에게 소원을 물었다.

"저기 저 궤짝을 주십시오."

박 도령은 각시가 일러준 대로 말했다.

용왕은 두 개의 궤짝을 주면서 하나는 열어도 좋지만, 다른 하나는 열어 보면 안 된다고 말했다. 집으로 돌아온 박 도령은 궤짝에 든 것이 무엇인지 궁금해서 견딜 수가 없어서 열어 보았다. 그 속에서 수십 명의 사람들이 괭이와 삽을 들고 쏟아져 나와서 밖으로 나가더니 산자락을 일구어서 밭으로 만들어 놓았다. 날마다 궤짝 속에서 일꾼들이 나와서 농사일을 도와주니 박 도령은 금방 부자가 되었다. 그런데 아직 열어보지 않은 다른 하나가 너무 궁금해서 견딜 수가 없었다. 박 도령은 아내의 눈을 피해 궤짝을 살짝 널어보았다. 궤짝을 여는 순간 수십 명의 사람들이 연장을 들고 나와서 나무를 베어 집을 짓는데 허공에다 집을 지었다. 그 때 밖에서 돌아온 각시가 그 모습을 보고

"당신이 궤짝을 열었군요."

다음 날, 각시는 가야할 곳이 있다며 길을 나섰다. 박 도령도 따라 갔더니, 전날 함께 들어갔던 큰 강물 가에 멈추었다.

"이제 우리 인연은 다 하고 말았습니다. 이제 더 이상 당신을 지켜 드릴 수 없어요."

각시는 곧바로 물속으로 뛰어 들었다. 물로 들어간 각시는 잉어로 변해

사라졌다. 박 도령은 하염없이 강물을 바라보다 집으로 돌아와 보니 집은 어디로 사라졌고 논밭의 곡식도 모두 말라 있었다. 박 도령은 강가에 찾아와 하염없이 한숨만 지었다.

2) 자료의 기능 분석

(1) 한국

(가) 박 도령과 용녀[9](K₁)

① 남자 주인공(박 도령)이 혼자 나무를 하며 살았다.(결여)

② 남자 주인공이 나무 판 돈으로 잉어를 산다.(결여의 해소)

③ 남자 주인공은 잉어를 물통 속에 담가둔다.(은혜)

④ 밥이 차려져 있다. (보답)

⑤ 잉어가 처녀로 변신한다.(변신)

⑥ 처녀(잉어)가 집안일을 하는 장면을 엿보던 총각과 대면한다.(대면)

⑦ 남자 주인공과 여자주인공이 결혼한다.(결혼)

⑧ 처녀가 총각을 용궁으로 데려간다.(인도)

⑨ 처녀는 용궁에서 작은 궤짝을 얻을 것을 부탁한다.(조언)

⑩ 남자 주인공이 궤짝을 얻는다.(마술도구)

⑪ 용왕은 마지막 궤짝은 열어보지 말라고 한다.(금기)

---

9   신동흔, 앞의 책, 55~61쪽. 유화(類話)를 구분하기 위해 알파벳으로 임의적인 기호를 부여함. 예) 한국(Korea) : K, 중국(China) : C, 독일(Germany) : G, 러시아(Russia) : R, 포르투갈(Portugal) : P.

⑫ 주인공이 부자가 된다. (마술도구)

⑬ 남자 주인공이 마지막 궤짝을 연다. (금기의 위반)

⑭ 여자 주인공이 잉어로 변해서 물속으로 사라진다. (가출)

⑮ 남자 주인공의 집과 밭이 없어진다. (처벌)

(나) 욕심 많은 할멈과 금붕어[10] (K₂)

① 홀쭉한 물고기만 잡는 가난한 영감이 할멈과 함께 살았다. (결여)

② 영감이 하루는 금붕어를 잡았다. (결여의 해소)

③ 영감이 금붕어를 풀어준다. (은혜)

④ 주인공 영감에게 큰 기와집이 생겼다. (보답)

⑤ 할멈이 화를 내며 더 큰 부자가 되게 해달라고 요구한다. (부당한 요구)

⑥ 주인공 영감은 할멈의 요구를 받고 물가로 나갔다. (과제)

⑦ 주인공 영감과 할멈에게 더 큰 집이 생기고 더 부자가 되었다. (과제의 해결)

⑧ 할멈은 나라의 주인(임금)이 되게 해 달라고 말한다. (부당한 요구)

⑨ 영감이 할멈의 요구를 받고 물가로 나갔다. (과제)

⑩ 기와집이 사라지고 할멈은 오두막에 쪼그리고 있다. (처벌)

---

10 『한국구비문학대계』 8-14, 한국학중앙연구원, 1984, 363~364쪽(경남 하동군 진교면 월운리에서 채록, 조사자 김승찬, 1984).

(2) 독일 : 어부와 그 아내[11](G₁)

① 어부와 아내가 작은 오막살이에서 가난하게 살았다.(결여)

② 어느 날, 어부가 큰 넙치를 잡는다.(결여의 해소)

③ 어부가 넙치를 풀어준다.(은혜)

④ 아내는 화를 내며 물고기에게 소원을 말하라고 한다.(부당한 요구)

⑤ 어부가 아내의 요구를 받고 바다로 나간다.(과제)

⑥ 어부와 아내에게 큰 집이 생긴다.(과제의 해결)

⑦ 아내가 넙치에게 궁전을 달라고 요구한다.(부당한 요구)

⑧ 어부가 아내의 요구를 받고 바닷가로 나간다.(과제)

⑨ 궁전이 지어진다.(과제의 해결)

⑩ 아내는 왕이 되게 해달라고 했다.(부당한 요구)

⑪ 어부가 아내의 요구를 받고 바닷가로 나간다.(과제)

⑫ 아내는 왕이 된다.(과제의 해결)

⑬ 아내는 황제가 되게 해달라고 한다.(부당한 요구)

⑭ 어부는 아내의 요구를 받고 바닷가로 나간다.(과제)

⑮ 아내는 황제가 된다.(과제의 해결)

⑯ 아내는 교황이 되게 해달라고 한다.(부당한 요구)

⑰ 어부는 아내의 요구를 받고 바닷가로 나간다.(과제)

⑱ 아내는 교황이 된다.(과제의 해결)

⑲ 아내는 하나님이 되게 해달라고 한다.(부당한 요구)

⑳ 어부는 아내의 요구를 받고 바닷가로 나간다.(과제)

---

11 김열규 편, 『어린이와 가정을 위한 그림동화집』, 춘추사, 1993, 126~137쪽.

㉑ 아내는 이제 오두막집에 앉아 지금까지 지키고 있다.(처벌)

(3) 러시아 : 금붕어[12](R₁)

① 그물을 만들어서 고기를 잡는 늙고 가난한 어부 부부가 살고 있었다.
  (결여)

② 어부가 금붕어 한 마리를 잡았다.(결여의 해소)

③ 어부는 금붕어를 놓아준다.(은혜)

④ 아내가 화를 내며 빵을 요구하라고 말한다.(부당한 요구)

⑤ 어부가 아내의 요구를 받고 바닷가로 나간다.(과제)

⑥ 집에 빵이 가득 생긴다.(과제의 해결)

⑦ 아내가 빨래 통을 달라고 요구한다.(부당한 요구)

⑧ 어부는 아내의 요구를 받고 바닷가로 간다.(과제)

⑨ 새 빨래 통이 생긴다.(과제의 해결)

10) 아내가 새 집을 지어달라고 요구한다.(부당한 요구)

⑪ 어부가 아내의 요구를 받고 바닷가로 간다.(과제)

⑫ 새 집이 생긴다.(과제의 해결)

⑬ 아내가 시장(市長)이 되게 해달라고 요구한다.(부당한 요구)

⑭ 어부는 아내의 요구를 받고 바닷가로 간다.(과제)

⑮ 아내가 시장이 된다.(과제의 해결)

⑯ 어부를 문지기로 만든다.(가해)

---

12 알렉산드르 아파냐세프, 서미석 역, 『러시아 민화집』, 현대지성사. 2004, 862~868쪽.

⑰ 아내는 여왕이 되게 해달라고 한다.(부당한 요구)

⑱ 어부는 아내의 요구를 받고 바닷가로 간다.(과제)

⑲ 아내는 여왕이 된다.(과제의 해결)

⑳ 아내는 바다의 지배자가 되게 해달라고 한다.(부당한 요구)

㉑ 어부는 아내의 요구를 듣고 바다로 간다.(과제)

㉒ 아내는 이미 오두막집에서 찢어진 옷을 입고 아직도 앉아있다.(처벌)

(4) 중국 : 섭한葉限과 물고기[13](C_1)

『유양잡조酉陽雜組』에 실려 있는 이야기를 일본 메이지明治시대 박물학자 미나카다 구마구스가 발견하여 발굴한 이야기를 자료로 살펴본다.[14]

① 동주(洞主)[15]에 두 아내를 가진 오 씨(吳氏)가 있었는데, 첫 번째 아내가 죽었다.(결여)

② 첫 번째 부인의 딸(葉限)이 한 명 있었는데, 계모로부터 학대를 받았다.(가해)

③ 여자 주인공이 물고기 한 마리를 얻게 되었다.(결여의 해소)

---

13 미나카다 구마구스는 『서기 9세기의 중국 서적에 실린 신데렐라 이야기』라고 발표했으나 여기서는 '박 도령과 용녀' 유형 이야기와 통일성을 꾀하기 위해 임의로 제목을 설정함.

14 미나카다 구마구스는 1911년 발표한 그의 책 『서기 9세기의 중국 서적에 실린 신데렐라 이야기』에 『酉陽雜組』(당나라의 단성식이 쓴 괴이한 이야기책)에서 뽑은 이야기를 수록했다. 나카자와 신이치는 중국 장족(莊族)에서 전승되는 이 이야기를 현재까지 발견된 세계에서 가장 오래된 신데렐라 이야기라고 했다. 나카자와 신이치, 김옥희 역, 『신화, 인류 최고의 철학』, 동아시아, 150~154쪽 참조.

15 秦·漢 이전의 시대. 현대 중국의 소수민족 '장족(莊族)'의 거주지에 해당하는 것으로 알려져 있다.

④ 그릇에 키우다가 연못에 놓아주고 먹이를 준다.(은혜)

⑤ 계모가 이 사실을 알고 물고기를 찾아가서 부른다.(정찰)

⑥ 계모가 물고기를 죽인다.(가해)

⑦ 여자 주인공이 물고기의 뼈를 묻어준다.(은혜)

⑧ 여자 주인공이 소원을 빌면 이루어진다.(보답)

⑨ 계모는 축제날에 여자 주인공에게 마당의 곡식을 지키라고 한다.(과제)

⑩ 여자 주인공은 금 신발을 신고 축제에 갔다가 잃는다.(마술도구)

⑪ 이웃 임금(陀汗王)이 그 신발을 취해서 주인을 찾는다.(탐색)

⑫ 여자 주인공이 그 신발을 신었다.(인지)

⑬ 계모와 계모의 딸이 징검돌에 맞아 죽는다.(처벌)

⑭ 타한(陀汗)의 왕이 여자 주인공과 결혼한다.(결혼)

(5) 포르투갈 : 아궁이 고양이[16](P₁)

'아궁이와 고양이'는 유럽의 '신데렐라'와 '박 도령과 용녀' 두 편의
이야기가 정밀하게 교직되어 있는 이야기다. 전체 줄거리는 '신데렐라'
와 거의 유사하지만, 발단과 전개에서 그 기능은 '박 도령과 용녀'와 대
부분 겹쳐있다.

① 아내를 잃은 외로운 남자가 있었다.(결여)

② 어느 날 황금 물고기 한 마리를 구했다.(결여의 해소)

---

16 포르투갈 '신데렐라' 이야기는 페르드소, 『포르투칼 민화집』에 실려 있고, 나카자와
신이치, 김옥희 역, 앞의 책, 141~144쪽 참조.

③ 물고기를 막내딸에게 주고 막내딸은 어항에 넣어 키우다가 우물에 넣어준다.(은혜)

④ 물고기가 막내딸을 우물 안으로 데려간다.(인도)

⑤ 우물 안 궁전에서 황금구두를 받는다.(마술도구)

⑥ 막내딸은 왕의 연회장에 가서 신발을 잃는다.(과제)

⑦ 왕은 신발 주인을 찾는다.(탐색)

⑧ 물고기가 결혼을 제안하고, 막내딸이 받아들인다.(청혼)

⑨ 물고기가 남자(왕자)로 변신한다.(변신)

⑩ 막내딸이 신발의 주인공으로 밝혀진다.(과제 해결)

⑪ 왕이 우물에서 왕자를 구해준다.(과제해결)

⑫ 왕자와 막내딸이 결혼한다.(결혼)

3) 자료 비교와 해석

대상 이야기와 유화類話는 ① 결여 상태에 있는 박 도령(혹은 어부)이 평범하지 않은 물고기 한 마리를 가지게 되지만 물고기를 살려주는 은혜를 베풀고 ② 그 물고기를 통해서 결여가 해소되지만 ③ 박 도령 자신(혹은 아내)의 과도한 욕망 때문에 결국 금기를 위반하게 되고 ⑤ 처음 상태로 되돌아간다는 내용을 골자로 하고 있다.

기능별로 정리하면 결여/결여해소, 과제/과제해결, 부당한 요구/처벌의 기능 군이 이야기 구조의 기본단위를 이루면서 반복적으로 나타나 있어 이야기의 동일성을 보이고 있다.

다섯 편의 이야기가 기능과 주요 내용에서 유사하지만, 세부적으로 보면 다시 두 가지의 구조로 양분됨을 알 수 있다. K_2 '욕심 많은 할멈과 금붕어', G_1 '어부와 그 아내', R_1 '금붕어'가 결여/결여해소, 부당한 요구/처벌까지의 내용이 거의 하나의 이야기처럼 겹쳐져 있고, K_1 '박도령과 용녀', C_1 '섭한과 물고기', P_1 '아궁이 고양이'에서는 물고기의 변신과 결혼 기능이 공통으로 있다. 그중에서도 K_1, P_1에는 물고기가 여자(혹은 남자)로 변신하고, 변신 이후에 결혼으로 이어진다.

설화에서 이물교혼 모티프는 앞에서 밝힌 바와 같이 어렵지 않게 찾을 수 있고, 그 심층의식도 다양하다고 할 수 있겠다. 이 글에서는 주인공이 뱀이나 우렁이가 아닌 또 다른 이물인 물고기(혹은 잉어)와 결혼을 한다. 그렇다면 물고기와의 결혼이 갖는 상징성은 무엇일까. 상징象徵이란 언어로 다 표현될 수 없는 미지의 뜻을 내포하고 있는 것이라서 합리적 추리의 결과로 얻어지는 해답이 아니고, 확충의 과정에서 우러나오는 직관적, 감정적 파악이 강조된다고 이부영은 설명하고 있는데, 확충의 방법을 동원해서 이물교혼의 상징성을 해석하고자 한다.

또 결여가 해소되고 그 이후의 과정에서 욕망의 강도가 점층적으로 높아가는 아내(혹은 할멈)가 보여주는 난폭성의 심층심리를 주의 깊게 보려고 한다. 심각한 생활고의 결여가 해소되었음에도 불구하고 어부의 아내(혹은 할멈)의 욕망은 멈추지 않는다. 물고기의 도움으로 결여가 해소되지만 결국 물고기로부터 처벌을 받게 되는 과정에서 부당한 요구를 하는 어부 아내의 심리적 근거 즉, 여성들의 포악한 행동양상은 보편적이 여성상과는 상당히 이질적인 모습으로 보이는데 이러한 아내의 심층 심리는 무엇일까. 여기에 대한 설명이 필요할 것이라고 본다.

3. 이야기에 나타난 상징의 의미

1) 부정적 심혼의 노출

앞의 여섯 편 이야기는 한결같이 '결여'로부터 시작된다. 사실, 거의 대부분의 민담의 시작은 '결여'로부터라고 해도 과언은 아닐 것이다. K_1 '박 도령'은 '가난'한 데다 가족(아내)조차 없는 고립무원의 결여 상태인 것으로 나타나있다. G_1, R_1에서도 다 쓰러져가는 작은 오두막에서 찢어지게 가난한 어부와 아내가 외롭게 살고 있었으며, 고기를 잡는 것이 유일한 생계수단이다. 이 결여는 생활에 중대한 영향을 미칠 정도로 가난한 상황이 강조되어 묘사되어 있다.

'가난'은 심리학적으로 '힘의 결여缺乏', '에너지의 결핍缺如'이라고 할 수 있다. '힘', '에너지'라고 하는 것은 무엇보다 감성적 가치感情的 價値로 평가될 수 있는 것이다.

민담에서 자주 제시되는 가난의 조건이 이런 '리비도의 결핍' 상황을 표현하는 것이라고 말할 수 있을지는 민담의 특성에 따라 결정되어야 하지만, '가난'이 사건 전개의 중요한 동기가 되어있다. 즉 주인공에게 리비도의 억압에 의한 결핍이 생기고 그것을 대상代償하게 될 다른 요소의 출현을 촉구하게 되고, '물고기'의 등장은 의미심장하다.

'욕심 많은 할멈과 물고기', '어부와 아내', '금붕어'에서 어부는 공히 물고기에게 은혜를 베풀고 그 물고기로부터 도움을 받는다. 빵(러시아), 작은 집(독일), 기와집(한국)을 얻어 일차적으로 결여가 해소된다.

그러나 할멈(아내)의 욕망은 여기서 그치지 않는다. 결여의 해소는 일회성으로 끝나지 않고 그 요구의 강도는 다음과 같이 점층적으로 점점 확대되어 간다. 그리고 욕망은 결국 파멸에 이르는데, 원래의 '오두막' 상태로 회귀한다.

K₂ '욕심 많은 할멈과 물고기' : 부자→큰 집→기와집→왕(→오두막)

G₁ '어부와 아내' : 작은 집→성(城)→왕→황제→교황→신(神) (→오두막)

R₁ '금붕어' : 빵→새 빨래통→새 집→시장(市長)→여왕→바다의 지배자(→오두막)

G₁만을 놓고 살펴봐도 어부의 아내는 처음에는 겨우 요강 같은 집을 요구하다가, 점차 아담한 집, 성城을 갖기를 원하게 되고, 그 욕망의 강도가 점점 높아져 왕이 되고 싶어한다. 그리고 왕에서 황제로, 황제에서 교황으로, 급기야 하느님이 되어 인간뿐만 아니라 해와 달을 포함한 모든 자연계를 지배하려는 데까지 욕망이 발전된다.

여기에서 부당한 요구를 하는 이들이 모두 여성인 점을 유념할 필요가 있다. 남편인 어부는 재물에 대해서나 권력에 대해서 아주 소극적인 태도를 보인다. 어부는 아내의 강권에 못 이겨 겨우 바닷가로 나가 아내 핑계를 대면서 물고기에게 간신히 부탁을 털어놓는다. 이에 반해 아내는 매우 적극적이고 포악한 태도를 보인다. 남편의 태도와는 아주 상반된 모습이다. 아내는 악의에 가득 차서 새벽부터 밤까지 잠시도 쉬지 않고 닦달을 하는가 하면, 당장 가서 그 물고기를 불러 필요한 것을 채워 달라고 말하라며 명령한다. 어부 남편에게 '답답한 양반'이라고 비난을 쏟아놓고, '늙은 영감탱이'라고 하며 바닷가로 쫓아낸다. 심지어 아내가 시장市長이 되었을 때 아내는 남편 어부를 문지기로 임명하기도 한다.

여성들이 남성의 전유물로 간주되는 지배 권력욕망을 그대로 드러내고 있다. K₂ 할멈은 임금이 되어 나라를 다스리겠다고 한다. R₁ 어부의 아내는 바다를 다스리려 하고, G₁ 어부의 아내는 하나님이 되어 우주 전체를 지배하려 하는 것이다. 여성들은 나라와 자연과 우주 전체를 다스리겠다고 한다.

할멈이거나 혹은 아내인 이 여성들의 욕망은 거의 거침이 없다. 이 여성들의 부당한 요구는 어느 정도까지 허락이 되는 듯하다가 결국에는 처벌을 받는다. 처벌은 최초의 형태로 되돌아가는 것이다.

이는 아니무스의 부정적인 작용으로 인격통합의 자기실현 과제를 해결하지 못한 상태가 드러난 것으로 볼 수 있다. 이부영은 아니무스가 여성이 남성에 관해 체험한 모든 것의 침전으로 우리의 꿈, 신화, 민담에 상징을 통해 인지된다고 했고, 프란츠는 아니무스가 색정적 환상이나 기분의 형태로 나타나는 일은 드물고, 오히려 '거룩한' 확신의 형태를 취하는 경향이 있다[17]고 설명했다. 융 또한 인간의 무의식 속에 인간들이 신이라 부르는 대상에 해당하는 것이 발견된다는 사실을 확인[18]

---

17 C. 융, 이부영 역, 『인간과 무의식의 상징』, 집문당, 1984; 마리 루이제 폰 프란츠, 이부영 역, 『아니무스』, 집문당, 1984, 195쪽. 프란츠는 "아니무스는 '거룩한' 확신의 형태를 취하는 경향이 있는데, 이런 확신을 크게 고집스런 남자 같은 목소리로 설교하거나 잔인한 격정적인 소동으로 다른 사람을 지배하려 할 때, 여성의 마음속에 깔려 있는 남성적 요소가 쉽게 인식된다"라고 설명했다.

18 이부영, 『그림자』, 한길사, 1999, 45쪽 참조.

하였다.

　인간의 무의식 속에 인간들이 신이라 부르는 대상에 해당하는 것을 발견하는 아니무스의 부정적 작용이 극단적으로 드러난 형태라고 할 수 있겠다. 부정적 아니무스는 민담에서 도둑이나 살인자의 역할을 하기도 하는데, 이런 형태에서 아니무스는 모든 반의식적인 냉혹하고 파괴적인 생각들을 인격화한다고 프란츠는 설명한다.

　여성의 무의식에 있는 부정적 아니무스는 더 이상 토론할 수 없는 고집으로 나타난다. 이것 아니면 저것, 절대로 예외를 인정하지 않는다. 그것은 민담, 신화 등에서 죽음의 악귀, 욕망에 찬 도둑 등으로 표현되고 있다.[19] 아니무스는 적극성과 이성理性과 로고스적인 측면을 지니고 있지만, 이런 측면을 지닌 내적인격內的人格이 잘 통합되어 있는가 아닌가에 따라 부정적, 긍정적 이라고 하게 된다.[20]

　어부의 아내는 불행하게도 무의식이 인격화된 것에 사로잡혀 자신이 그런 생각과 감정을 언제나 가지고 있었던 것으로 착각하였다. 무의식으로부터의 상像에 사로잡혀 있다가, 모든 것을 잃고 나서, 처음의 '찌그러진 초가집'으로 돌아온 뒤, 즉 사로잡힘에서 풀려났을 때 그동안 행한 것들이 진정한 생각과 감정과는 정반대였다는 것을 알게 된다.

　물고기는 할멈(혹은 어부 아내)의 마지막 소원을 무시함으로써 아니무스 부정적 작용인 헛된 욕망을 깨닫게 하는 감시자, 지혜자, 질서자의

19　마리 루이제 폰 프란츠, 이철·이부영 역, 『개성화 과정』, 집문당, 1984, 177~194쪽. 여성 심성 속의 부정적 남성성은 그리스 신화의 페르세포네를 유괴한 하데스, 모든 여성을 죽이는 냉혈한 속에서 아니무스가 표현되는데, '해와 달'에서 어머니를 잡아먹고 아이를 위협하는 호랑이, 소녀를 바치지 않으면 마을에 재앙을 불러일으키는 괴물들 역시 여성성을 위협하는 무의식의 파괴적인 힘의 표징이라고 설명했다.

20　이부영, 『아니마와 아니무스』, 한길사, 2001, 207쪽.

소임을 하고 있다.

아니무스는 원형지만 무의식의 원형 중에 특수한 원형이어서 자아의식을 무의식의 심층, '자기'에게로 인도하는 인도자Psychopompos 또는 매개자 역할을 하는 것이다. 그러므로 아니무스의 인식을 통한 인격의 통합과 분화는 자기실현의 매우 중요한 과제가 된다.[21]

이 여성들의 부당한 요구와 포악한 언행은 보편적인 여성상과는 상당히 거리가 있는 것처럼 보이지만, 어느 문화권에서 대대로 전해 내려오는 일정한 인격상人格像 은 비록 그것이 의도적으로 전승되어 왔다고 해도 무의식적인 영향을 받고 있는 것이 사실이다. 남성이건 여성이건 그들의 무의식에는 특유한 내적 경향을 가지고 있고 그 나타나는 양상의 특질이 여성에서는 대개 남성적 경향을 띠고 있는 것으로 알려져 있다.

2) 수중 세계와 족외혼族外婚

K₁, C₁, P₁에서 이물의 변신, 변신 이후 주인공과의 혼인 모티프는 공통요소다. 물고기와의 이물교혼인데 이 화소는 '박 도령과 용녀' 유형 이야기의 독특한 면이라고 할 수 있겠다. K₁에서 잉어가 변신을 할 것이라는 암시는 이야기 서두에 이미 예시되어있다. 박 도령이 잉어를 사서 돌아오는 길에 누군가 자기를 부르는 듯한 소리를 듣지만 설마 잉어가 불렀을 리가 없다고 생각하고 집으로 돌아온다. 집으로 돌아와서 잉

---

21   이부영, 『그림자』, 한길사, 1999, 44쪽.

어를 요리하기 위해 도마 위에 올려놓았을 때 잉어의 눈은 꼭 무슨 말이라도 하려는 것처럼 초롱초롱하다. 그래서 박 도령은 끝내 요리하지 못하고 물통에 그만 넣어 둔다. 그 잉어는 아무도 없는 틈에 각시로 변신해서 부엌을 청소하고 밥도 지어 놓는다. 같은 일이 반복되자 박 도령은 알아내기 위해 숨어서 집안을 엿보고, 물통 속의 잉어가 아리따운 처녀로 변신하는 현장을 목도한다. 그리고 그 기회를 놓치지 않고 처녀에게 결혼해 달라고 요청한다.

처녀로 변신한 잉어는 박 도령의 청혼을 거절하지 못하고 혼인한다. 혼인 이후, 자신의 신분이 용왕의 딸인 것을 밝히고, 박 도령과 함께 용궁으로 여행을 간다. 강물에 풀잎을 던져 물길을 만들고 수중세계로 들어간다. 수중세계로의 여행, 다른 종족의 세계로의 입문, 타 문화권으로 들어가는 여행인 것이다.

K_1에서 용녀는 다른 종족의 여성이며, 다른 세계의 사람인 것을 확인하는 과정이다. 화려한 문을 통과해서 별천지 용궁으로 들어간 박 도령은 휘황찬란함에 놀란다. 박 도령이 본 것은 다름 아니라 다른 세계의 문화이며 다른 세상이다. 그 문화적 충격이 박 도령에게는 별천지로 부각되는 것이다.

P_1에서는 수중 세계로의 여행이 혼인 이전에 선행된다. 막내딸이 어항에 넣어 키우던 물고기가 우물에 넣어 달라고 부탁을 하자 막내딸은 부탁을 들어준다. 그리고 물고기의 인도를 받아 우물을 통해서 수중 세계로 들어간다. 수중세계로의 여행이 시작된 것이다. 황금으로 만든 궁전으로 들어가서 더할 나위 없이 아름다운 옷으로 치장한다.

다른 세계, 다른 문화권으로의 여행은 더할 나위 없이 화려하다. 여행 증거물로 K_1의 박 도령은 마술 궤짝을 얻고, P_1의 막내딸은 황금신발을 얻어서 자신이 속해있던 세상으로 돌아온다.

유화 G_1, R_1에는 변신 모티프와 수중 여행의 모티프가 아예 없는 사실을 상기해볼 때 다른 세계로의 여행은 매우 특징적인 요소라 할 수 있겠다. K_1의 확장형이라 할 수 있는 「용녀 얻고 사또된 숯장수」에서도 숯장수는 용왕 아들의 도움으로 수중세계로 내려가서 용왕의 허락을 받아 용왕의 딸을 얻고 지상으로 나와서 아내로 맞이한다.

K_1에서 주인공은 비록 금제를 지키지 않아 용녀와의 혼인관계가 깨지는 결말을 맞기는 하지만, 중요한 것은 이물과의 혼인이며 수중 여행이다. 유사한 이물교혼 모티프를 가진 '구렁덩덩 신선비'와 비교해 볼 때 물고기와의 혼인에는 또 다른 특별함이 있다. '구렁덩덩 신선비'에서 뱀 신랑의 탈각이 매우 중요하게 다루어지고 있고, 심지어 탈각 뒤의 뱀허물 처리가 줄거리 진행에 매우 중요한 요소로 작용한다.[22] 그러나 '박 도령과 용녀' 유형에서는 '여자(혹은 남자)로 변신했다'라는 단한 문장으로 처리되어 있어 탈각, 변신의 과정이 강조되지 않았다. 그러나 '물고기'와의 혼인 이후(혹은 이전)에 수중세계로의 여행은 보다 구체적으로 다루어져 있다. 그렇다면 변신한 물고기와의 결혼, 수중 세계로의 여행의 심층적 의미는 무엇일까. 박 도령이나 막내딸이 본 수중세계, 다른 문화권으로 진입한 문제에 대한 설명이 있어야 할 것이라고 본다.

곽의숙은 인간과 이물異物과의 교혼은 비범한 인물의 탄생을 위한 이

---

22 서대석, 「'구렁덩덩 신선비'의 신화적 성격」, 『고전문학연구』 3, 한국고전문학연구회, 1986, 182쪽; 김환희, 앞의 책, 165~175쪽 참조.

생異生 양상이거나, 동물을 인간화하기 위한 양상이라고 했다.[23] 민담에서 동물에 의한 성적 상징이 많이 나타나고 있는데, 잉어가 여자로 변하는 '박 도령과 용녀'도 한 예라 할 수 있다. 프로이드가 말하는 깊은 무의식의 충동, 성적 억압의 리비도가 물고기의 상징적 둔갑을 통해 표출되고 있는[24] 것으로 설명할 수 있다. 그런데 여기서 상징적 둔갑의 대상물이 하필 물고기인 것이 의미심장하다.

인간으로 탈바꿈한 물고기와 결혼한 남성(혹은 여성)은 하나같이 다른 세계(용궁, 혹은 수중세계)로 인도된다. 즉 자신의 배우자가 수중세계와 같이 먼 곳에서 온 사실을 확인하는 과정이다. 마술도구나 황금신발은 수중세계 여행에서 가져온 하나의 증거물이다.

오리쿠치 시노부에 의하면 수중세계는 신석기적인 특징을 가진 신화에서 중요한 위치를 차지하게 되었는데 족외혼族外婚, exogamy의 문제가 반영된 것이라고 설명했다. 족외혼이란 다름 아닌 다른 부족의 이성異性과 결혼하는 것을 말함이다. 'exo'에는 '먼 곳의', '자신과 다른'이라는 의미가 있다. 신화적 사고에서 족외혼과 족내혼의 대립은 매우 중요한 의미가 있는데, '족외혼'은 여하튼 자신이 살고 있는 사회 밖에 해당 하는, 먼 곳에 있는 상대와 결혼하는 걸 의미했다. 이것은 근친상간의 반대말이기도 하다. 이 경우 자신이 속해 있는 세계로부터 멀리 떨어져 있는 세계의 사람들을 결혼상대로 상상하는 것이다.

---

23 곽의숙, 앞의 글, 226쪽.
24 조셉 핸더슨은 '미녀와 야수' 이야기는 '어린 소녀의 성인식을 상징하는 것'으로도 설명하면서 미녀가 아버지와 맺은 감정적인 결속에서 벗어나 야수를 사랑하게 됨으로써 동물적이고 불완전하지만 순수한 사랑의 힘을 깨닫게 되는데 이는 그녀 자신 속에 존재하는 아니무스를 구제하는 행위라고 보고 있다. C. 융, 이부영 외역, 『인간과 무의식의 상징』, 집문당, 1984, 142쪽; 김환희, 앞의 책, 184쪽 참조.

인간은 육지에 사는 생명체이므로 그렇게 먼 곳에 있는 상상의 대상으로는 물에 사는 물고기가 가장 적합하다. 물속에 사는 이성과의 결혼은 이렇게 족외혼의 극단적인 형태로 신화에 자주 등장하게 된다.[25]

족외혼과 '물고기'의 관련성을 다룬 글로는 김병모의 노작[26]이 있다. 김수로 왕릉의 문설주에 새겨진 암호와 같은 쌍어雙魚 문양의 비밀을 캐기 위해 시작한 그의 고고학적 탐색에서, 김수로왕이 허 황후와의 족외혼을 쌍어 문양으로 상징화했다고 말했다.[27] 김병모도 족내혼의 문제점에 대해 기술하면서 선천성 질환, 맹인, 정신박약, 호흡기질환 등 불치병 원인 중 하나가 족내혼이 이유가 될 수 있다고 인류학적으로 설명했다.[28]

유태인들은 종족보존을 위해 유태인들끼리 결혼을 하는 경향이 있다. 거시적으로 보면 근친혼, 족내혼(endogamy)이라고 할 수 있다. 예로부터 지구상에는 족내혼을 피하려는 종족이 많았다. 어쨌거나, 오늘날 유태인끼리 결혼하려면 반드시 유전 인자 검사를 받아야한다. 그 이유는 만일 남녀 모두

---

25 나카자와 신이치, 김옥희 역, 『신화, 인류 최고의 철학』, 동아시아, 2003, 146~147쪽.
26 김병모, 『김수로왕비의 혼인길』, 푸른숲, 1999. 김병모의 저술 『김수로왕비의 혼인길』은 전 권에 걸쳐 허황옥의 고향을 역추적하고 있다. 김수로왕릉의 문설주에 새겨져 있는 '雙魚紋'을 보고 이 쌍어문의 비밀을 인류학적 방법을 동원하여 허 황후의 고향인 아유타국을 역추적 방식으로 찾아 나섰는데, 인도 갠지스강가의 아요디아 지방에서 아유타국의 상징을 찾아냈다.
27 쌍어문에 관한 연구로는 박태성의 연구를 참고해 볼 수 있다. 박태성, 「은하사 물고기 문양에 대한 일고」, 『사림어문연구』 16, 사림어문학회, 2006. 209~222쪽.
28 허 황후 문장(紋章)이 쌍어문인 이유는 보다 분명해진다. 김수로왕은 왕권의 강화를 위해 '족외혼'을 시도했는데, 허 황후는 수중세계, 곧 다른 곳에서 온 부족의 여인이라는 것을 알리기 위해 쌍어문이 채택되었고, 쌍어문과 관련이 있는 그 다른 곳이란 상상의 공간, 아득한 수중의 세계라는 설명이 가능해진다. 김병모, 앞의 책, 209~210쪽 참조.

가 태이 색츠 증후군(Tai Sachs Syndrom)이라는 특유의 발병 유전인자를 지니고 있으면 태어날 2세가 비정상적인 아이일 확률이 매우 크기 때문이라고 한다. (…중략…) 우리나라에서도 많은 수의 不全兒가 원인 모르게 탄생하는 건 사실이다.[29]

공간이동에 제약이 많았던 고대인들에게 근친혼은 무의식적인 두려움이었을 것이다. 다른 종족과의 결합을 바라는 염원이 '박 도령과 용녀'에서 처녀로 변신한 잉어와의 혼인으로 나타난 것이다. '잉어'는 지혜자, 감시자, 질서와 같은 긍정적인 상징으로 통용되고 있는데, '잉어'로 대표되는 다른 종족과의 결합은 고대인들이 바라는 지속적 생명력으로 설명될 수 있을 것이다.

3) 물고기의 상징성

원형Archetype은 역사나, 문학, 종교, 풍습 등에서 끊임없이 반복되는 이미지나 모티프, 테마와 같은 것으로 반복성과 동일성이 원형적 상징의 본질적 속성으로 간주된다. 융에 따르면, 원시인들의 생활 속에서 되풀이 되는 체험의 원초적 심상, 정신적 잔재가 원형인데 이것은 집단 무의식속에 유전적 개인적 선험적 결정인자가 되며 문학, 신화, 종교, 꿈 속 등에서 표현된다고 했다.

---

29 위의 책.

'박 도령과 용녀' 유형 이야기에서 물고기는 나라간, 민족 간 거리의 차이에도 불구하고 각 이야기에서 반복되어 나타난다. 여기서 물고기는 어떤 상징적 의미를 지닌 것인가. 우리나라나 다른 나라의 민속에 나타나는 물고기 상을 넓게 살펴볼 필요가 있다.

물고기에 대한 상징성은 한마디로 말할 수 없을 만큼 다양하다. 『한국문화상징사전』에서 '물고기' 대해 '신의 사자使者', '재생再生', '다산多産', '수호신', '질서', '생명력', '건강'으로 설명했고, '잉어'는 '용', '출세', '효의 매개', '사랑의 사자' 등으로 해석하고 있다. 이는 물고기(혹은 잉어)의 상징성이 얼마나 애매모호하고 다의적인가를 말해주고 있다.[30] 잉어는 용종龍種으로 동화나 민담에 용왕의 아들(혹은 딸)이라는 인식과 함께 보은의 동물, 효와 직결된다. 뿐만 아니라 물고기는 밤낮 눈을 감지 않기 때문에 불가에서는 수행자들이 이를 본받아 정진하라는 뜻으로 목어를 만들었고, 가정에서는 궤, 반닫이, 뒤주 등의 자물통을 물고기 모양으로 만들었는데, 이는 부귀를 훔쳐가지 못하게 하는 감시자를 상징하기도 한다. 재물의 감시자, 물과 관련한 풍요의 상징, 황하의 물살을 거슬러 올라가서 '용'이 되는 동물, 즉 다른세계로 '승천'하는 출세지향의 동물 등으로 나타나있는 것을 볼 수 있었다.

기독교에서는 그리스도가 물고기로 나타나기도 하고,[31] 그리스어 익투스Ichtus는 '물고기'라는 뜻으로 기독교도들에 의해 표의문자처럼 사용되기도 했다. 이 단어는 예수 그리스도, 하나님의 아들, 구세주Iesous

---

30   한국문화상징사전 편찬위원회, 『한국문화상징사전』, 동아출판사, 1992, 289~293쪽 · 509~511쪽.

31   C. 융, 이부영 외역, 앞의 책; 아니엘라 야페, 연병길 · 이부영 역, 『視覺藝術에 나타난 象徵性』, 집문당, 1984, 246쪽.

Christos Theou Huios Soter의 첫 글자 이니셜과 발음이 같아, 초기 기독교인들은 로마시대의 카타콤과 그리스도교 건물에 물고기 그림을 그렸고, 그들은 이로써 자신들이 그리스도 교인이라는 사실을 나타냈다.[32]

'박 도령과 용녀' 유형 이야기의 인물들은 물고기의 도움으로 결여를 해소하게 되지만 결국 물고기로부터 처벌을 받는다. 할멈과 어부의 아내는 가졌던 것을 모두 잃고 처음의 초라한 오두막에 앉아있다. 물고기는 '할멈'(혹은 어부 아내)의 부당한 욕망을 어느 정도까지는 해소시켜 주는 듯 했지만, 마지막 소원을 무시함으로써 헛된 욕망인 것을 깨닫게 했다. 물고기는 감시자, 지혜자, 질서자의 소임을 다했다.

잉어가 처녀로 변신하여 다른 세계의 남성과 혼인하는 것에서도 지혜자, 질서와 같은 긍정적인 의미를 떠올릴 수 있다. 족내혼이 불러올 인류학적 폐해를 막는 감시자, 우주의 질서를 지키려는 수호자의 이미지를 상상할 수 있다. 박 도령과 용녀의 혼인을 통해서 다른 종족과의 결합을 가시적 형태로 드러냈고, 고대인들의 무의식을 사로잡고 있는 족내혼의 두려움을 일정부분 해소시켰다. 따라서 인류가 보편적으로 바라는 지속적 생명력을 지키는 임무를 수행한 것이다.

조셉 핸더슨에 따르면, 초월의 상징에 해당되는 동물로는 조류뿐만 아니고, 물고기 따위도 이에 속하는데, 이러한 동물들은 고대의 어머니 대지의 심층으로부터 유래된 것으로서, 집단 무의식의 상징적인 구성물이라고 했다.

---

32 데이비드 폰태너, 최승자 역, 『상징의 비밀』, 문학동네, 1998, 88쪽.

4. 'EXO' 무의식적 두려움의 해소

 '박 도령과 용녀'유형의 이야기는 표면적으로 동·식물뿐만 아니라 자연물 전체를 신성시한 고대인의 의식이 투영된 민담의 일반 원리를 따르고 있음을 알 수 있었다.

 물고기(혹은 잉어)는 '신의 사자', '수호신', '질서', '출세', '사랑의 사자' 등 어느 하나로 규정지을 수 없을 만큼 매우 다의적이고 애매모호하게 해석되고 있다. 이처럼 다양한 상징을 가진 대상이 처녀로 변신하고, 그 변신한 물고기와의 결혼, 즉 이물과의 결합의 의미는 무엇인가. 이물교혼 모티프가 있는 다른 유형의 이야기와 어떤 차이가 있는가 하는 문제에 집중해보았다.

 이물교혼 모티프의 대표적 이야기인 '구렁덩덩 신선비'에서의 뱀과 달리 '박 도령과 용녀' 이야기에서의 잉어는 사람들의 동경의 대상인 바다세계, 용궁 즉 다른 세계에서 왔다는 점에 주목해 보았다. 잉어로 변신한 처녀와의 혼인은 사람들이 가보지 못했던 다른 세계에서 온 생명체와의 결합이다. 다른 종족과의 결합, 즉 족외혼인 것이다. '박 도령과 용녀'에서 보여준 이물교혼은 공간이동에 제약이 많아 근친혼이 불가피할 수밖에 없었던 고대인들의 무의식적 두려움의 해소인 것이다.

 이와 함께 '할멈'이나 어부의 '아내'가 보여준 지배욕망은 아니무스의 부정적 작용으로, 부정적 심혼의 노출로 설명할 수 있었다. 더 이상 토론할 수 없는 고집, 절대로 예외를 인정하지 않는 여성의 무의식에 있는 부정적 아니무스가 지배욕망으로 드러난 것이다.

인류의 수렵생활 시작에서부터 인간과 불가분의 관계를 맺어온 '물고기'는 풍요, 생명력, 재생의 이미지로 가난하고 외로운 '박 도령'의 억압된 리비도를 해소시켜주었으며 '어부'의 가난을 충족시켜주기도 했지만, 아니무스 부정적 작용인 헛된 욕망을 깨닫게 하는 감시자, 지혜자, 질서자의 소임을 맡기도 했다. 물고기는 상상의 공간인 수중세계에서 온 이민족 배우자였으며 다른 세상으로 확장을 가능하게 하는 매개체가 되었다.

원형이란 궁극적으로 설명할 수 없는 것이다. 오직 체험을 통하여 그 윤곽을 짐작할 뿐이다. 무의식이라는 것도 결국은 잘 모르는 것이다. 우리가 그것을 남김없이 설명할 수 있는 것은 아니다 우리는 다만 알 수 있는 것을 살펴보는 것에 불과하다.

상징이 A=B와 같은 분명한 등식관계가 밝혀지지 않는 점이 이 분야 연구의 한계라고 생각한다. 그런 한계에도 불구하고 앞서 이부영의 해석처럼 상상이란 '이런 것이면서 또한 저런 것도 될 수 있는' 점에서 이 연구가 한없는 흥미를 불러일으키고 있다. 이 이야기의 상징성과 이미지는 매우 풍부해서 그 의미를 밝혀내는 데는 앞으로 다양한 시각에서의 연구와 노력이 더 필요할 것이다.

제2장

외모지상주의 시대, '구렁이 신랑' 이야기의 독서 효용성과 전승력

1. '구렁이 신랑' 이야기

'구렁이 신랑' 이야기는 구렁이가 처녀와 결혼해서 사람으로 탈바꿈하게 된다는 기괴한 이야기이다. 인간(할머니)이 구렁이를 출산하고, 그 구렁이가 이웃의 정승집 딸과 혼인을 하여, 구렁이가 인간으로 변하는 이야기인데, 이는 일상의 삶에서 만나기 어려운 기괴하고 공포스러운 이야기가 아닐 수 없다. 이런 기괴한 이야기('구렁덩덩 신선비')는 전국적으로 전승되고 있으며, 세계적으로도 같은 유형의 이야기가 전해지는 광포설화이다.

고장에 따라 '구렁이에게 시집 간 막내딸', '구렁 선비', '구렁이 신랑', '뱀신랑', '구렁덩덩 신선비' 등으로 전승되고 있다. 전승 지역 또한 전국에서 경기, 서울뿐만 아니라 강원, 충남북, 전남북, 경남북 그리고 평북에까지 고루 전승되고 있다.[1]

'구렁덩덩 신선비' 유형은 세계적으로 널리 알려진 '큐피트 사이키 신화'와 같은 서사유형으로 아르네-톰슨의 유형 분류항 '잃어버린 남편을 찾아서The Search for the Lost Husband'(AT425)의 한반도 전승 유형으로 분류되기도 한다.

설화는 전승 범위에 따라 세계적 분포를 보이는 광포설화와 어느 특정지역에서만 전승되는 민족설화로 나누어진다. 세계적 분포를 보이는 설화가 대체로 신화나 동화로서 인류의 보편적 심층의식 세계를 반영한 것이라면, 어느 특정지역이나 민족에게서만 전승하는 설화는 그 지역 주민의 특성한 역사체험 속에서 만들어진 것으로서 경험의 세계를 반영하고 있다.

뱀을 소재로 한 설화는 전 세계적으로 다양하게 전승되고 있다. 뱀이 인간에게 의미하는 바는 크다. 뱀은 공포의 대상이면서 혐오스러운 원죄原罪의 표상으로 인간의 심층 의식 세계에 깊이 뿌리박혀 있다. 그런 때문에 대부분의 사람들은 이 동물을 혐오스럽게 여긴다. 그렇기도 하지만, 또 때로는 가정을 지키는 가택신家宅神, 마을 수호신 등으로도 여

---

1 '구렁이 신랑' 이야기는 각 편에 따라 다양한 제목을 가지고 있다. '구렁덩덩 신선비'에서 '신(新)선비'는 '새선비'의 한자식 표기이다. 하지만, 『한국구비문학대계』를 참고하면 '구렁덩덩 신선비'라는 제목의 빈도가 가장 높기 때문에 이 글에서는 '구렁덩덩 신선비'를 대표제목으로 정하고자 한다.

기고 있기도 하다.

'구렁덩덩 신선비' 또한 이처럼 인간의 보편적 심층의식을 반영하고 있으며, 여러 가지의 상징적 요소를 통해 무의식의 세계를 보여주고 있기 때문에 다각적인 측면에서 많은 관심을 받고 있다. 단일 이야기로 '구렁덩덩 신선비'만큼 다각적 측면에서의 연구 결과가 축적된 민담도 드물 것이다. 뿐만 아니라 국내 유수의 출판사에서 다종다양의 '구렁덩덩 신선비' 이야기가 발간되고 있는 것[2] 또한 이런 관심의 반영이다. 이처럼 다방면에서 연구되고 있으며 관심이 주목되고 있는 것은 이 이야기에 대한 몰입도가 그만큼 높다는 사실을 반영하고 있는 것이다.

'구렁이 신랑' 이야기에 관한 그간의 연구는 '구렁덩덩 신선비' 설화에서 신화적 성격에 주목하면서 '큐피트 사이키 설화'와 같은 유형이란 점에 양자 간의 친연성과 관련된 연구와 '이류교혼 모티프'와 '변신모티프'에 주목한 연구가 주로 이루어져왔고, 연구실적 또한 상당히 축적되어왔다. 뿐만 아니라 '구렁덩덩 신선비'의 상징성에 주목하여 이야기에 나타난 상징적 요소들을 해석하려는 시도에서도 새로운 방향을 제시하는 성과가 있었다. 이처럼 '뱀신랑' 이야기는 신화적 성격뿐만 아니라 민족(혹은 인류)의 심층심리에 대한 연구로 진척되어 왔다.[3]

---

2 현재 출간되어 있는 '구렁덩덩 신선비' 이본을 대체로 일별해 보면 다음과 같다. 『구렁덩덩 새 선비』, 보림, 2007; 『구렁덩덩 신선비』, 웅진주니어, 2007; 『구렁덩덩 뱀신랑』, 한겨레아이들, 2007; 『구렁덩덩 새선비』, 시공주니어, 2007; 『구렁덩덩 신선비』, 가교출판, 2004; 『구렁덩덩 새신랑』, 비룡소 2009 등이다. 여기서는 『구렁덩덩 새 선비』(보림, 2007)를 기본 텍스트로 삼고자 한다.

3 '구렁덩덩 신선비'와 관련된 연구로는 서대석, 「'구렁덩덩 신선비'의 신화적 성격」, 『고전문학연구』 3, 한국고전문학연구회, 1986; 김기창, 「이류 교혼 설화연구」, 성균관대 석사논문, 1984; 곽의숙, 「뱀신랑형 설화연구」, 부산대 석사논문, 1988; 김경희, 「구렁덩덩신선비 설화연구」, 한국교원대 석사논문, 1997; 김환희, 「'구렁덩덩 신선비'와 외

그간 '구렁덩덩 신선비'의 상징성에 주목한 연구들은 상징적 요소들, 특히 구렁이에 대한 해석을 융의 용어인 '아니무스'를 이용하여 밝히려 하였다. "뱀은 사회적 윤리와 성적 억압이라는 생활 속에 살아 온 여성들의 부정적인 아니무스"[4]라 하였고, 또 다른 연구에서는 "구렁이는 다름 아닌 여성의 무의식 속에 있던 막연한 느낌의 남성상들인 아니무스가 전이되어 구체적으로 발현된 상태"[5]라 하여 구렁이의 존재를 여성의 내밀한 심리와 밀착시켜 해석하고 있다.

이러한 연구들은 뱀과 인간의 관계에 있어 합리적으로 인식하기 힘들었던 문제들을 심리적으로 접근하였다는 점에서 중요한 의미가 있고, 논리적으로 이해하기 힘들었던 문제들을 심리적으로 풀이함으로써 이해에 도움을 준 것은 사실이다. 그러나 이들 연구에서 대부분의 논의들이 셋째 딸의 '신선비 찾기' 화소에 중심을 두고 있다. 즉 '구렁덩덩 신선비' 이야기의 후반부에 논의가 집중되어 있는 것으로, 장편화된 이야기에 연구가 몰려있다.

다음 절에서 상론하겠지만, '구렁덩덩 신선비'의 핵심화소는 '뱀의 출생'–'인간과의 결혼'–'구렁이의 탈각'이다. 많은 각편 중에서도 빠지지 않는 내용이 뱀의 탄생에서 변신까지이고, 인간과의 결혼이라는 기괴함은 이 이야기의 클라이맥스로 기능하고 있다. 이런 기괴함에 이야기가 집중되어 있는 것은 '구렁덩덩 신선비'를 전승하고자 하는 어떤

국뱀 신랑설화의 서사구조와 상징성 살펴보기」, 『옛이야기의 발견』, 우리교육, 2007; 곽의숙, 「'구렁덩덩 신선비'의 상징성 고찰」, 『국어국문학』 25, 부산대 국어국문학과, 1988; 신해진, 「'구렁덩덩 신선비'의 상징성」, 『한국민속학』 27, 민속학회, 1995.

4   곽의숙, 「'구렁덩덩 신선비'의 상징성 고찰」, 『국어국문학』 25, 부산대 국어국문학과, 1988, 234쪽.

5   신해진, 앞의 글, 209쪽.

무의식적 힘이 여기에 응축되어 있는 것은 아닐까 하는 가설을 상정해 보게 된다.

그런 점에서 이 글에서는 장편화 이전의 핵심화소를 집중 분석하면서 독자 수용의 효용성에 중점을 두고 논의를 전개하고자 한다. 아울러 '구렁덩덩 신선비' 전승의 현대적 의의를 고찰하는 것을 이 연구의 목적으로 삼는다.

덧붙이자면 사춘기 이전의 소년소녀들을 주요 독자로 상정할 때, 외모지상주의 타파와 연관시킨 논의가 절실히 필요한 시점인데, '구렁덩덩 신선비' 전승의 현대적 의의는 그런 논의를 뒷받침해주기에 충분하다고 본다. 물질주의와 외모지상주의 등 표면적인 것에 모든 가치가 집중되어 내달리고 있는 현실에서 '구렁덩덩 신선비'는 지속적이고도 반복적으로 논의 될 필요가 충분하다는 인식에 바탕을 두고 글을 전개하고자 하는 것이다.

정리하자면, 이 글은 '구렁덩덩 신선비'에서 완고하게 전승되고 있는 핵심화소를 드러내면서 거기에 담겨있는 가치와 심층 의미 및 필요성을 설명해보고자 하는데, 무의식과 의식의 갈등, 동화同化, 합일 등의 내용을 밝힌 선행연구의 결과를 충분히 수렴하면서 글을 진행해 나갈 것이다.

2. 자료의 검토와 주요 화소

『구비문학대계』에 수록된 '구렁덩덩 신선비' 유형의 민담은 모두 49편 정도이고 시 · 군 단위로 발간된 전설, 민담집을 무작위로 검토해 보아도 1~2편 이상은 수록될 정도로 광범위하게 전승되고 있다.

전국적으로 전승되고 '구렁덩덩 새선비', '구렁이 신랑', '뱀신랑', '뱀서방' 등의 명칭이 있다. '구렁덩덩 신선비'의 서사단락은 서대석이 아르네 톰슨의 유형분류를 받아들여 정리한 바 있는데, 서대석의 분류를 참고하여 순차 단락을 정리하면 다음과 같다.

> ㉠ 한 늙은 여인이 알을 먹고 구렁이를 낳았다.(새선비의 출생)
>
> ㉡ 이웃 정승집 딸 세 자매가 와서 보고, 셋째 딸만 구렁이 새선비를 낳았다고 칭찬한다.
>
> ㉢ 구렁이는 정승집 딸에게 청혼하기를 어머니에게 요청한다.(구렁이 청혼)
>
> (㉢ '두 딸은 구렁이를 모욕하지만, 셋째 딸은 청혼을 받아들인다.)
>
> ㉣ 구렁이는 셋째딸과 혼례를 올린 후 허물을 벗고 새 선비가 된다.(구렁이 탈각)
>
> ㉤ 새선비는 신부에게 구렁이 허물을 잘 간수하라고 부탁한다.(허물의 간수)
>
> ㉥ 새선비는 공부를 하기 위해 집을 떠난다.(새선비의 떠남)
>
> ㉦ 신부의 언니들이 허물을 빼앗아 불에 태운다.(허물의 소각)
>
> ㉧ 신선비는 허물 타는 냄새를 맡고 자취를 감춘다.(새선비의 잠적)
>
> ㉨ 신부(셋째 딸)는 신선비를 찾아 나선다. 까치, 멧돼지, 빨래하는 노파,

새 보는 아이 등에게 길을 물어 새선비의 거처를 알아낸다.(신부의 탐색)

ⓩ 신부는 신선비가 달을 보고 자기를 그리워함을 알고 노래로 화답하여 재회한다.(신선비와 신부의 재회)

㉠ 신선비는 전처와 후처에게 세 가지의 과제를 부과한다. 여기서 전처가 승리한다.(물긷기, 새가 앉은 나뭇가지 꺾기, 호랑이 눈썹 뽑아오기)

㉣ 신선비와 셋째 딸의 재결합

이렇게 순차단락을 통해 보면 '구렁덩덩 신선비'는 구렁이의 출생-구렁이와 인간의 결혼-구렁이의 탈각-셋째 딸(새선비의 처)의 배우자 찾기(탐색)라는 네 가지의 큰 단락으로 구분된다. 다만 여기서는 서대석이 다루지 않았던 셋째 딸의 청혼 수락을 ㉣라고 하여 괄호 안에 두기로 한다. 이는 다음 장에서 논의하게 될 '셋째 딸의 됨됨이'에 대한 설명에 필요한 부분이다. 위의 순차단락을 참고하여 전국에 분포되어 있는 '구렁덩덩 신선비'의 서사단락을 분석해 보면 다음과 같다.

번호	제목	㉠	㉡	㉢	㉣	㉤	㉥	㉦	㉧	㉨	㉩	㉪	㉫	대계번호
1	구렁덩덩 신선비	+	-	+	+	+	-	-	-	+	-	-	+	1-2
2	구렁덩덩 신선비	+	+	+	+	+	+	+	+	+	+	+	+	1-9
3	구렁덩덩 신선비	+	+	+	+	+	+	+	+	+	+	+	+	1-9
4	구렁덩덩 신선비	+	-	+	+	-	-	+	+	-	-	-	-	2-6
5	구렁이를 낳은 할머니	+	+	+	+	+	+	+	+	+	+	+	+	4-1
6	구렁덩덩 소선비	+	+	+	+	+	+	+	+	+	+	+	+	4-5
7	구렁덩덩 소선비	+	+	+	+	+	+	+	+	+	+	+	+	4-5
8	구렁덩덩 신선비	+	+	+	+	+	+	+	+	+	+	+	+	4-6
9	구렁덩덩 신선비	+	+	+	+	+	+	+	+	-	-	-	-	4-6
10	구렁덩덩 신선비	+	+	+	+	+	-	-	-	-	-	-	-	4-6
11	뱀 신랑의 복수	+	+	+	+	+	-	-	-	-	-	-	-	5-1
12	구렁덩덩 신선비	-	+	+	+	+	+	-	-	-	-	-	-	5-1
13	구렁덩덩 신선비	+	+	+	+	+	+	+	+	-	-	-	-	5-2
14	구렁덩덩 신선비	+	+	+	+	+	+	+	+	-	-	-	-	5-2
15	구렁덩덩 신선비와 그 아내	(+)	(+)	(+)	(+)	+	+	+	+	+	+	+	+	5-2
16	구렁덩 신선비	+	+	+	ㅗ	l	l	l	ㅜ	+	+	+	+	5-2
17	구렁덩덩 신선비	+	-	+	+	+	+	+	+	+	+	-	+	5-3
18	구렁덩덩 신선비	+	+	+	+	+	+	+	+	+	+	+	+	5-3
19	구렁덩덩 신선비	+	+	+	+	+	+	+	+	+	+	+	+	5-4
20	구렁덩덩 신선비	+	+	+	+	+	+	+	+	+	+	-	+	5-5
21	구렁덩덩 신선부	+	+	+	+	+	+	+	+	-	-	-	-	5-5
22	구렁덩덩 신선비	+	+	+	+	+	+	+	+	+	-	-	-	5-5
23	구렁덩덩 신선비	-	(+)	(+)	+	+	+	+	+	+	+	+	+	5-5
24	구렁덩덩 신선부	+	+	+	+	+	+	+	+	+	+	-	+	5-5
25	구렁덩덩 신선부	+	-	+	+	-	-	-	-	-	-	-	-	5-6
26	구렁덩덩 신선비	+	+	+	+	+	+	+	+	+	+	+	+	5-7
27	구렁이에게 시집간 막내딸	+	+	+	+	+	-	-	-	-	-	-	+	6-1
28	뱀서방	-	+	+	+	+	+	+	+	+	+	-	+	6-5
29	옥골남자로 변한 구렁이	+	+	+	+	+	+	-	-	-	-	-	-	6-7
30	구렁덩덩 서선비	+	+	+	+	+	+	+	+	+	+	-	+	6-8

번호	제목	㉠	㉡	㉢	㉣	㉤	㉥	㉦	㉧	㉨	㉩	㉪	㉫	대계번호
31	구렁이 자식	+	+	+	+	-	-	-	-	-	-	-	-	6-11
32	구렁이와 정승의 셋째딸	+	-	+	+	+	+	+	+	-	-	-	+	7-4
33	뱀신랑의 슬픈운명	+	+	+	+	+	+	+	+	-	-	-	-	7-5
34	뱀신랑	+	-	-	-	-	-	+	+	+	+	+	+	7-6
35	구렁이 선비	+	-	-	-	-	-	-	-	-	-	-	-	7-8
36	뱀아들의 결혼	+	+	+	+	+	+	+	+	+	+	+	+	7-10
37	구렁이 허물 벗은 선비	(+)	-	(+)	(+)	+	+	+	+	+	+	+	+	7-12
38	구렁덩덩신선비	+	+	+	+	+	+	+	+	+	+	+	+	7-13
39	뱀신랑	+	+	+	+	+	+	+	+	-	-	-	-	7-15
40	구렁선비	+	+	+	+	+	+	+	+	+	+	+	+	8-1
41	뱀신랑	+	+	+	+	+	+	+	+	+	+	+	+	8-5
42	뱀신랑과 열녀부인	+	+	+	+	+	+	+	+	+	+	+	+	8-7
43	뱀에게 시집간 딸	+	+	+	+	+	+	+	+	-	-	-	-	8-8
44	동동시선부	+	+	+	+	+	+	+	+	+	+	+	+	8-9
45	구렁신랑	+	+	+	+	+	+	+	+	+	+	+	+	8-10
46	구렁이 신랑	+	+	+	+	+	+	+	+	+	+	+	+	8-11
47	구렁선비	+	+	+	+	+	+	+	+	-	-	-	-	8-12
48	구렁덩덩신선비	+	+	+	+	+	+	+	+	+	+	+	+	8-13

'구렁덩덩 신선비'의 주요 단락을 앞에서 구렁이의 출생—구렁이와 인간의 결혼—구렁이의 탈각—셋째딸(새선비의 처)의 배우자 찾기(탐색) 라는 네 개의 큰 단락으로 나눈 바 있다. '구렁덩덩 신선비'는 다른 민담처럼 많은 각편이 있고, 또 전승과정에서 점점 장편화되어 가는 양상을 보이고 있다. 앞에서 거론한 대부분의 논의들은 셋째 딸이 신선비를

---

6 +는 해당단락 있음, -는 없음, (+)는 단락 존재하지만, 다소 불분명함. 이기대, 「'구렁덩덩 신선비'의 심리적 고찰」, 『우리어문연구』 16, 우리어문학회, 2001, 317~319쪽 참조하여 정리함.

찾아가는 과정에 중점을 둔 연구들이다. 다시 말해 셋째 딸이 갖은 고난과 시련을 겪고 '신선비'를 찾는 과정을 거쳐서 행복한 결말을 맞이하게 된다는 화소에 중점을 두고 있다. 그렇기 때문에 비로소 무의식과 의식의 합일이 가능해지는 것이고 그 결과 의식과 무의식의 갈등, 동화의 과정을 거쳐 대칭적 양자를 합일하여 바람직한 인간상을 구현해 가는 자기실현을 완수하는 것으로 설명이 가능해진다.

그러나 위의 표에서도 사실을 알 수 있듯이 『구비문학대계』에 수록된 48편 중 구렁이의 출생―구렁이와 인간의 결혼―구렁이의 변신에 해당되는 ㉠, ㉡, ㉢, ㉣ 단락은 30여 개의 각 편에 고루 나타나있다. 이는 거의 63%에 해당된다. 게다가 '셋째 딸과 혼인하고 구렁이가 사람으로 변신하는 ㉣의 내용은 모든 자료에 있다. 이런 결과는 '구렁이와 셋째 딸이 결혼하고, 구렁이의 인간 변신이 '구렁덩덩 신선비'의 핵심화소임을 말하고 있는 것이다.

㉠ 한 늙은 여인이 알을 먹고 구렁이를 낳았고, ㉡ 이웃 정승 집 딸 세 자매가 와서 보고, 셋째 딸만 구렁이 새 선비를 낳았다고 칭찬한다. ㉢ 구렁이는 정승집 딸에게 청혼하기를 어머니에게 요청하는데, ㉣ 두 딸은 구렁이를 모욕하지만, 셋째 딸은 청혼을 받아들인다. 구렁이는 셋째 딸과 혼례를 올린 후 허물을 벗고 새 선비가 된다는 ㉠~㉣은 완고한 형태로 전승되고 있다.

전승과정에서 첨가되거나 생략되는 것은 구비문학의 큰 특성인 것은 더 말할 필요가 없다. 그러나 ㉠~㉣은 '구렁덩덩 신선비'로 인식하게 하는 핵심 부분이고, 이 변하지 않는 부분이야말로 '구렁덩덩 신선비'의 원형이라고 할 수 있다. 그리고 이야기를 전승하는 민중들의 심리가 압축되어 담겨 있는 것으로 보인다.

'구렁덩덩 신선비'의 구비전승에서 가장 중요하게 다루어지고 있는 ㉠~㉣ 내용에 좀더 집중해 보면 뱀(혹은 뱀과 같은 흉측한 외모의 사람)을 신랑으로 선택한 '셋째 딸의 됨됨이'와 '겉모습만으로 인간됨을 판단하지 말아야한다'는 이 오래된 명제의 중요성을 다시 곱씹어 보게 된다.

인간에 대한 가치판단이 외양에 더욱 집중되고 있는 작금의 심각성을 볼 때 '구렁이 신랑'을 선택한 셋째 딸의 됨됨이 이야기가 전승되고 있는 현상은 매우 상반되고 모순되는 듯 하면도 그 안에 중요한 사실이 담겨 있음을 알 수 있다.

구렁이와 같은 흉측하고도 혐오스러운 외모를 가진 사람을 배우자로 선택하는 셋째 딸의 용기와 담대함, 가장 기본적 감각인 시각의 감상을 뛰어 넘어 그 이상의 것을 염두에 두고 사람을 볼 수 있는 셋째 딸의 지혜 등을 굳건하게 전수하고자 하는 민중들의 심리가 매우 깊이 담겨 있다고 보는 것이다. 그런 점에서 셋째 딸의 심리와 그와 더불어 흉측한 외모에 대응하는 사람들의 심리를 제재로 하여 몇 가지의 사회적인 의미를 설명해보고자 한다.

3. '구렁이 신랑' 이야기 전승 의의

뱀은 인간에게 공포의 대상이면서 혐오스러운 원죄의 표상으로 인간의 심층 의식세계에 뿌리박혀 있다. 그럼에도 불구하고 '구렁덩덩 신선비'에서 셋째 딸은 구렁이 신랑과 혼인한다. 셋째 딸과 뱀과의 결혼은 인간과 비인간의 결혼이다. 여기에는 신분상으로도 확연한 차이를 보이고 있다. 셋째 딸은 '정승집'(혹은 장자의 집안)의 딸로 등장한다. 높은 신분의 셋째 딸과 낮은 신분의 구렁이가 혼인하는데 두드러진 혼사 장애도 없이 무난하게 혼인이 성립되고 흉물스러운 구렁이는 선비로 변신하게 한다.

이때, 셋째 딸은 우월한 위치에 있으면서 신이 점지한 배우자다운 품성과 능력을 보인다. 인간이면서 정승집의 딸인 셋째는 비인간인 구렁이와 결혼을 하는 것인데, 우월한 위치에 있는 셋째 딸의 서민성과 민중성을 그대로 보여주는 대목이다.

그런데 '구렁덩덩 신선비'에서 뱀은 흉물스러운 외모뿐만 아니라 성정 또한 난폭하고 폭력적이다. 그렇게 볼 수 있는 것이 구렁이가 자신의 모친에게 옆집 처녀들과 혼사 요청하는 과정에서 그 난폭한 성정을 그대로 나타낸다. 청혼 과정에서 구렁이는 자신의 모친을 위협하는데, '한 손에 불, 한 손에 칼을 들고 나오던 구멍으로 다시 들어 가겠다'고 하거나 '한 짐의 가시덤불과 낫을 들고 나왔던 곳으로 다시 들어 가겠다'고 하기도 하고, 그외 청혼을 들어주지 않으면 '모친과 장자댁 모두 무사치 못할 것이다', '장자와 구족을 멸한다' 등으로 협박을 한다. 이런 것을 미루어보면 '신선비'로 변하기 전의 '구렁이 신랑'은 뱀의 외모를 가졌을 뿐만 아니라, 뱀과 같이 사악한 성정을 가졌음을 알 수 있다.

그럼에도 이들의 결혼은 무사히 이루어지고 그래서 더욱 운명적으로 보이기도 한다. 두 언니들은 노파의 집에 구렁이를 처음 보러 갔을 때부터 모욕적이면서도 무시하는 발언을 했다. '더럽다'고 하며 발을 탕탕 구르거나, '징그럽다'고 침을 뱉는 행동을 저지른다. 그러나 셋째 딸은 두 언니와 달리 '구렁덩덩 신선비'라며 칭찬하는 말을 한다.

혼담이 들어왔을 때도 셋째 딸은 두 언니와는 다르게 아버지의 권유를 조용히 수용하여 '뱀(혹은 뱀 형상) 사람'을 신랑으로 결정한다. 이는 용기라고도 할 수 있을 것이고, 지혜라고 할 수도 있을 것이며 또 타인을 이해하고 받아들이는 관대함에 더 나아가서 종교적인 헌신의 마음이기도 할 것이다. 그런 종교적인 마음가짐이 아니면 쉽게 결정하기 어려운 문제일 것이다.

셋째 딸은 위의 두 언니들과 달리 매우 통합적이고 안정된 인격의 모습을 보여준다. 나이로 보면 언니들보다 당연히 어린 사람임에도 불구하고 표면화되는 성품은 한결 성숙된 모습이다. 언니들보다 타인에 대해 더 관용적이며 더 너그럽기까지 하다. 본능의 속해 있는 낮은 차원의 인품에서 한 단계 상승된 초자아superego의 모습을 보여준다고 할 수 있다.

그렇다면 셋째 딸이 가진 지혜는 어떻게 형성되었을까? 지혜가 갖추어졌기 때문에 남다른 결정을 할 수 있었다고 한마디로 말하기는 어렵다. 셋째 딸은 미리부터 지혜를 가진 사람이기 때문에 남(언니들)과 다른 결정을 할 수 있었다라고 한마디로 말해버린다면 이 이야기를 단순화시키는 결과를 초래하고 말 것이다.

옛이야기에서 숫자 3은 특별하다. 숫자 3은 많은 이야기에서 반복되어 나타나고 있으며 '완성'이라는 의미와 다르지 않게 사용된다. 우리나라 민담 '여우누이'에서 그렇고, 그림 형제The Brothers Grimm의 이야기

「삼형제」(혹은 "The Queen Bee")[7]에서도 다르지 않다. 첫째와 둘째 형은 똑똑하고 영악함에도 불구하고 주요지점에서 실수를 해서 실격된다. 하지만 셋째는 실수를 반복하지 않으면서 현명하고 용기 있게 문제를 해결한다. 그러나 이들 셋째는 외형상으로 특별한 재능을 일찍 가졌다 거나 아니면 특별하게 우수한 능력을 가졌다고 전제되어 있지 않다. 어떤 경우, 셋째는 첫째나 둘째에 비해 모자라거나 더 어리석거나 혹은 바보이기 조차하다.

순서상으로도 첫째와 둘째 다음의 지극히 평범한 보편적인 세 번째 일 뿐인 것이다. 단지 위치상으로 세 번째일 뿐이다. 그럼에도 불구하고 첫째나 둘째와 다른 지혜와 용기와 담력을 보유하고 있다.

'구렁덩덩 신선비'의 셋째 딸 또한 양상이 다르지 않다. 두 언니와는 다른 비범함을 가졌다거나 혹은 평범함을 뛰어 넘는 능력을 가졌다고 나와 있지 않다. 특별히 용모가 뛰어나거나, 특별히 온순하다는 등의 성격에 대한 설명도 전혀 없는 걸로 미루어 두 언니와 다를 바 없는 지극히 평범한 처녀인 것을 알 수 있다. 그런데 막상 어떤 중대한 결정 앞에서는 누구도 쉽게 생각할 수 없는 탁월한 결정을 스스로 내린다. 이때, 셋째 딸은 자신이 스스로 결정을 내리고 있다. 부모(아버지)의 강권이 있었거나, 부탁이 있었던 것은 아니다. 아버지는 다만, 옆집 구렁이 청년의 청혼 사실을 세 딸들에게 순서대로 알려주고 있을 뿐이다.

첫째와 둘째 언니는 징그럽다, 더럽다는 이유로 일언지하에 배척하고 모욕감을 주는 행동을 하지만, 셋째 딸은 전혀 다른 반응을 보인다.

---

7   그림 형제, 김경연 역, 『그림동화』, 한길사, 1995.

즉, 자신이 구렁이 청년에게 시집을 가겠다고 하는 것이다.

그렇다면, 셋째는 어떻게 이런 보통 이상의 인격을 보여줄 수 있었을까?

이 문제는 참으로 해명이 되지 않는다. 대부분의 독자들은 셋째 딸이면(혹은 셋째 아들)이면 당연히 그런 위대한 행동을 할 수 있을 것으로 예정하고 있다. 마치 세 번째의 사람은 언제나 그렇게 해야 하는 것처럼 자동인식하기도 한다.

브루노 베텔하임은 옛이야기에서 숫자 3은 상당히 깊은 의미가 있다고 설명하고 있다. 옛이야기에서 3이란 숫자는 정신분석에서 말하는 마음의 세 가지 측면인 본능id, 자아ego, 초자아superego를 뜻한다고 베텔하임은 설명하고 있다.

그림 형제의 「삼형제」에는 내면의 혼돈에 대항해 인격의 통합을 이루려는 상징적인 투쟁이 잘 묘사되어 있다. 여기에서도 세 아들이 등장한다. 제법 똑똑하고 영리한 두 아들은 막내인 셋째보다는 상대적으로 명백히 우월하다. 두 아들은 집을 떠나 모험을 하게 되는데 거칠고 방종한 삶을 살고 있다. 간단히 말해서 현실 상황을 무시하며 초자아의 정당한 요구나 비판은 안중에도 없다. 다만 본능의 지배를 받으며 살 뿐이다. '멍청이'라 불리는 셋째인 막내 아들이 형들을 찾아나서는 데 끈질긴 노력 끝에 마침내 형들을 만난다. 형들은 막내를 멍청하다고 놀린다. 아주 멍청하면서 자기들보다 인생을 더 잘 꾸려 나갈 거라고 착각하고 있다고 비웃는다. 물론 형들이 막내보다 똑똑할 것이며 그래서 겉으로 보기에는 두 형의 말이 옳다. 이야기가 전개되는 과정에서도 멍청이 왕자는 형들만큼 생활에 잘 대응하지 못한다. 어려운 상황이 벌어질 때마다 형들과는 달리 당황하기 일쑤이다. 다만 형들보다 나은 점은 도움을 주는 동물들로 상징되는 내적인 후원자를 가지고 있다는 사실이다.

인성 통합에 필요한 조건들에 무관심했던 두 형은 현실의 과제를 해결하는 데 실패했다. 본능의 충동에 의해 행동하더니 결국 돌로 변하고 말았다. 이것은 죽음을 뜻한다기보다는 참된 인간성의 결핍, 또는 높은 가치의 외면을 말한다.[8]

자아를 상징하는 멍청이 셋째는 분명히 덕행을 쌓고 동물을 함부로 죽이거나 괴롭히는 것은 옳지 못하다는 초자아의 명령에 따랐음에도 불구하고, 그 역시 자기 형들과 마찬가지로, 자기 힘으로는 현실의 요구들(세 가지 임무가 상징하는)을 감당할 수 없다. 동물적인 본성이 잘 대접받고, 그 중요성을 인정받으며 또 자아나 초자아와 조화로운 관계를 이루어야만, 그것은 인성의 통합에 자신의 힘을 빌려준다. 이렇게 해서 인성이 잘 통합되고 나면 우리는 기적처럼 보이는 일들을 성취할 수 있다. 즉 인성이 온전히 통합된 다음에 멍청이 왕자는 자기 운명의 주인이 된다.

이 옛이야기에서 3은 인간 정신의 세 부분의 분할을 상징하기보다는 오히려 우리 스스로가 무의식과 친근해질 필요성을 상징함으로써, 무의식의 힘을 인식하고 그 자원을 사용하는 방법을 배우게 한다.

'구렁덩덩 신선비'에서 셋째 딸이 배우자를 결정하는 과정도 특이하다 할 만하다. 전통적인 유교질서가 지켜지고 있는 상황에서 부모의 강권이 있었던 것도 아니요, 가난한 집안이라 희생을 강요하는, 예컨대

---

8   브루노 베텔하임, 김옥순 · 주옥 역, 『옛이야기의 매력』, 시공사, 1998, 126~129쪽 참조.

부모의 병환을 낫게 한다고 할지 아니면 가정경제를 떠맡아야 한다는 등의 선택이 전제된 상황도 아니다.

언니들은 모두 '징그럽다', '더럽다'는 이유로 구렁이 총각을 거부하지만, 셋째 딸은 구렁이 총각의 청혼을 받아들인다. 셋째 딸은 어떻게 그런 심성을 가지게 되었을까? 언니들의 실수를 지켜보면서 사람의 도리를 생각해 보았을까. 셋째 딸에게도 징그러움이나 더러움은 있었을 텐데 조용히 그 상태를 받아들인다.

'구렁덩덩 신선비'의 셋째 딸 역시 숫자 3의 완성을 잘 보여주는 예다. 이는 셋째 딸이 선천적으로 혹은 아주 특별한 성품으로 애초에 타고났다기보다는 두 명의 언니의 단점을 보면서 학습으로 터득한 성품이 아닐까. 즉, 두 언니의 지나치게 인간적이거나 탐욕적인 모습에 대한 비판적인 생각이 셋째 딸의 성품을 만들었다고 할 수 있다.

우리의 민간에 '셋째 딸은 보지도 않고 데려 간다'라는 속언이 있는 것을 보면, 자라는 동안 위 자매(형제)들이 보여주는 시행착오와 실수들을 직간접으로 체험한 것이 삶의 스승이 되었다고도 볼 수 있을 것이다.

셋째 딸의 통합적 인격을 보여주는 증거는 이야기의 뒷부분에 나타나는 탐색과정에서 잘 드러난다. 셋째 딸은 처음부터 구렁이에 대해 호의적으로 말할 만큼 관대한 마음가짐을 보여주었다. 그럼에도 불구하고 결국 언니들의 시기와 질투 때문에 타의에 의해 '뱀 신랑'의 허물을 태우게 된다. 그런 부주의로 얻게 되는 시련은 참으로 엄청나다. 우선은 신랑과의 이별이다. 그리고 신랑을 찾기 위한 고난과 시련이 시작된다. 인간으로서는 해내기 힘든 시련의 과정을 겪는다.

까치에게 온갖 먹이를 다 동원했음에도 불구하고 얻어낸 정보라는 게 겨우 '저쪽 산으로 가보라'는 정도의 지극히 짧은 한마디였다. 그것은 산돼지에게서도 반복된다. 이 산 저 산의 상수리를 모두 제공하지만, 산돼지 또한 '저쪽 산으로 가보라'는 정보 제공이 전부다.

우리가 어떤 일을 수행하고도 그 결과는 너무 미미하거나, 아예 없는 경우가 비일비재함을 그대로 보여주는 예가 아닐까. 무엇보다 산더미만한 빨래를 모두 해내야 하는 것은 노역 중의 노역이다. 검은 빨래를 희게 만드는 것은 당연한 일이며 또한 가능한 일이기도 하다. 하지만 흰 빨래 더미를 검게 만드는 것은 일상적인 '세탁'에 반대되는 일이다. 모순이며 부당함이다. 이치에 맞지 않는 일이다. 하지만 셋째 딸은 이 모든 시험과정을 통과한다. 그러면서 때로는 논리에 맞지 않는 일을 끝까지 완수해내는 인내심 있는 모습을 보여준다.

이런 마음가짐은 비인간의 형상을 하고 있는 한 개인을 변화시킬 수 있는 여성의 능력으로 나타나게 된다. 셋째 딸은 자신의 잘못이 아닌 것으로 엄청난 시련과 고난을 겪게 된다.

하지만, 결국 지혜와 인내심으로 이겨낸다. 셋째 딸은 사랑에 대해 이미 알고 있는 듯하다. 사랑이란 머리로 계산하는 것이 아니고, 거래를 하듯이 주고받는 것이 아니라는 것을 깨달은 인품은 가지고 있다.

이부영은 자신의 무의식에 가지고 있는 것이 황금인 줄 모르는 남성의 비상한 자질을 발견하고 키워주는 경우가 '구렁덩덩 신선비'의 셋째 딸이라고 하였다. 여성의식에 의한 여성 무의식이 아니무스의 계발, 다른 한편으로는 분화된 아니마의 작용으로 남성적 의식이 새로워지고 풍성해짐을 말하고 있는데, 현실사회에서나 정신치료 임상에서 이에 해당되는 경우를 많이 볼 수 있다는 것이다.[9] 즉 훌륭한 가치와 소질을 가지고 있으면서도 그 사실을 모르고 있는 많은 남성, 남성치료자의 성숙한 아니마, 여성치료자의 용감하고 건전한 의식이 남자에게 숨겨진 보배를 일깨워줄 수 있다고 설명한다.

4. 외모지상주의 시대, '구렁이 신랑' 독서 효용성

우리나라 성형 건수는 인구수 대비 '세계 1위'로 '성형 공화국'이라고 보도된 바 있다.[10] 부모부터 물려받은 신체를 훼손할 수 없다는 가치는 이제 낡은 이념이 되고 말았다. 수단과 방법을 동원해서 자신의 외모를 다듬는 풍조가 만연해지고 있으며 그것으로 사회적 위치 변화를 도모할 수 있는 기회인 것처럼 팽배하는 있는 분위기이다.

사람의 1차적인 감각기관인 눈으로 보이는 게 곧 외모이다. 외모는 표피적인 감각이면서 판단이나 결정에 가장 빠르고 큰 영향을 미치는 감각이기도 하다. 셋째 딸은 어떻게 이런 눈으로 보이는 감각을 극복하면서 흉측하고도 기괴스러운 외모의 인물에 대해 호감을 나타낼 수 있는가.

짐멜이 "우리가 사람에게서 보는 것은 그의 지속적인 측면"[11]이라고

---

9   이부영, 『아니마와 아니무스』, 한길사, 2001, 277쪽 참조.
10   인구 1만 명당 성형수술 건수는 131건, 이탈리아, 미국을 제치고 1위를 기록했다. YTN, 2014.8.15일 자 보도.
11   게오르그 짐멜, 윤미애 외역, 『짐멜의 모더니티 읽기』, 새물결, 2005, 16~18쪽 참조.

한 것은 흔히 인격이라고 지칭되는 한 개인의 내면을 말한 것이 분명하다. 사람에게서 인격이나 그 됨됨이를 봐야하는 것은 지극히 당연하다. 그럼에도 불구하고 작금의 현실은 무서우리만큼 표피적이고 초감각적으로 치우쳐가기 때문에, 이런 우려스러운 현상은 염려하게 되는 것이다.

이런 외모지상주의적 사회적 분위기 때문에 아직 성장이 끝나지 않은 초·중·고 이하의 학생들마저 쉽게 얼굴 성형을 한다고 하고 그 부작용 사례 또한 심심치 않게 보도되고 있다.

어느 초등학교 교실에서 '구렁덩덩 신선비' 이야기를 들려주고 셋째 딸과 같은 선택을 할 수 있겠냐고 질문했을 때, 30명 중 29명이 '아니다'라고 답변했다. 그중 한 명도 답변을 유보했을 뿐이지, 구렁이와 같은 신랑을 기꺼이 선택할 수 있다고 답한 것은 아니다. 외모에 대한 어린이들의 생각을 단적으로 보여주는 예라고 생각된다.

어린이들(혹은 청소년)을 주된 독자로 상정해 볼 때 '구렁덩덩 신선비' 이야기의 가치는 좀더 강조되어야 한다. 특히나 보이는 것에 우선적 가치를 두는 청소년들에게 좀더 깊이 있고 바른 판단 체계를 갖추게 하는 데 '구렁덩덩 신선비'에서 셋째 딸의 지혜는 유용하게 보인다.

이성교제의 연령이 나날이 낮아지고 있으며, 인생에서 처음 이성교제를 시작하는 청소년들의 막연하고도 강렬한 관심은 오직 외모에 있다고 해도 과언이 아닐 것이다. 이렇게 이성을 판단하는 것은 실로 소모적이고 염려스러운 일이 아닐 수 없다.

그 어느 때보다 외모지상주의가 우세해지고 있는 작금의 현실이 매우 우려스럽기 때문에 '구렁덩덩 신선비'의 독서 필요성이 거듭 요구되고 있다.

'구렁덩덩 신선비'가 전국적으로 분포되어 있을 뿐만 아니라 현재 국내 유수의 어린이·청소년 도서 출판사에서 다종다수의 형식과 모양으로 출간되고 있는 것은 어쩌면 다행스러운 현상이다.

'구렁덩덩 신선비'가 이렇게 흥미 있게 전승되고 있는 이유는 드라마틱한 스토리의 전개와 반전의 구성이 청자(독자)의 관심을 지속적으로 불러일으키는 요소이기도 하겠지만, 이야기에 내재되어 있는 어떤 힘이 때문일 것이다. 인간이라면 언제나 잊지 말아야할 가치를 이어가고 싶어하는 심층심리의 발현으로 보이기도 한다.

앞에서 살펴본 것처럼 ㉠ 한 늙은 여인이 알을 먹고 구렁이를 낳았고, ㉡ 이웃 정승 집 딸 세 자매가 와서 보고, 셋째 딸만 구렁이 새 선비를 낳았다고 칭찬한다. ㉢ 구렁이는 정승 집 딸에게 청혼하기를 어머니에게 요청하는데, 두 딸은 구렁이를 모욕하지만, 셋째 딸은 청혼을 받아들인다. ㉣ 구렁이는 셋째 딸과 혼례를 올린 후 허물을 벗고 새 선비가 된다는 ㉠~㉣은 완고한 형태로 전승되고 있는 것이 그 사실을 잘 말해준다.

㉣ 이후부터 ㉤까지 구렁이 신랑의 변신 이후 내용은 지역에 따라서 혹은 구술자에 따라서 삭제되었다는 사실은 '사람을 외모로 봐서는 안된다'는 교훈을 그만큼 강조하고 있는 것으로 해석된다.

하나의 상황을 예로 들어보자. 옛날이야기를 들려달라고 조르는 어린 손주들이 있다고 하자, 구연자(할머니)는 길게도 짧게도 자유자재로 길이와 분량을 조절하면서 첨삭을 가할 특권을 가진다. 그것 또한 구연자의 막대한 권리이기도 하다. 하지만 언제 어느 때라도 '구렁덩덩 신선비' 이야기에서 생략되지 않는 부분이 ㉠~㉣ 이라는 사실은 위의 표에서 여실히 나타나 있다.

그리고 서사의 순차 단락을 참고해 볼 때도, ㉠~㉣까지의 서사 시간은 매우 길다. 한 생명이 탄생해서 혼례를 올릴 때까지 성장하는 긴 시간이다. 하지만 매우 서술시간은 매우 짧다. 셋째 딸의 탐색이 이루어지는 ㉣ 이후부터 ㉤까지의 뒷부분과 비교해 봐도 서술시간은 매우 짧다. 이렇게 짧은 서술시간은 결국 흉물스러운 뱀 형상 외모의 소유자가 옥골선풍의 어엿한 선비로 변모하는 데 그리 긴 시간이 걸리지 않음을 방증하고 있는 것으로 해석된다.

외모의 문제, 일시적으로 눈에 보이는 현상은 아주 짧은 시간에 극복되는 문제이고 뱀이 허물을 벗어버리는 것처럼 매우 부질없는 문제임을 강조해서 말하고 있는 것으로 보인다. 단순히 짧기만 한 것이 아니라 클라이맥스에 해당되는 내용이 그만큼 압축되어 있다.

셋째 딸이 애초에 구렁이를 보고도 공포심이나 혐오감을 느끼기는커녕 점잖은 '구렁덩덩 신선비'라고 평할 정도로 성숙한 태도를 보인 것은 정말 본받을 만하다. 또 자기보다 시회적 신분이 낮은 존재를 배우자로 받아들일 정도로 사고가 유연하고 진취적이며 민중적이다.

단지 그녀에게 잘못이 있다면 남편이 말한 금기를 지키지 않았다는 것. 질투심을 가지고 있는 언니들에게 남편(뱀)의 허물을 보여주어서 불행을 자초했다는 것이다. 여기서 허물은 낱말의 사전적 뜻풀이를 통해서 그리고 '구렁덩덩 신선비'의 서사 전개과정에 대한 힌트를 찾아볼 수 있다. 허물이라고 하면 뱀과 같은 파충류의 탈피한 껍질을 이기도 하지만, '남에게 흉이 되거나 비웃음을 살만한 거리'라는 사전적 뜻이 있다. 파충류의 껍질이지만, 곧 구렁이 신랑의 흉이기도 하다. 그런 남편의 흉이 될 만한 거리를 언니들에게 까발렸다는 사실 자체는 징계를 받을만하다. 셋째 딸은 그 대가를 톡톡히 치른다. 셋째 딸이 '신선비 신랑 찾기'에서 받은 미션은 삶의 과정을 그대로 보여준다.

인생이란, 결코 만만한 것이 아니어서, 한 번의 착한 선택을 해서 남과는 다른 선량한 면모를 보여주었다고 할지라도, 그런 일로 인해 인생의 과정에서 주어지는 상급 혹은 혜택은 아주 미미하거나, 거의 없을 수도 있다는 것, 이런 것이 인생이라는 것이다.

셋째 딸이 겪은 미션 중에 '흰 빨래를 검게 빨라'는 데서는 불합리와 부조리함이 정점을 이룬다. 하지만, 셋째 딸은 검은 빨래를 희게 하는 것은 물론이고, 흰 빨래를 검게 하는 불합리한 과제를 완수해낸다.

삶에서 맞닥뜨리게 되는 부조리함마저 묵묵히 이겨내는 저력을 보여주면서 사람의 외모에 우선순위를 두지 않았던 지혜로운 셋째 딸은 해피엔딩을 맞이하게 된다.

이부영은 "비록 겉모습은 추하고 징그럽지만 그 안에는 천상적인 인격이 숨어있다는 뜻을 담고 있는 것으로 자연 상태의 소박한 본능 속에 감추어진 심혼적인 것을 표현한 것"[12]이라 했다. 여성 주인공이 현재는 추하게 느껴지는 동물적인 본능을 받아들임으로써 이 내면의 심혼은 발현된다.

본능은 단지 낮은 차원의 동물적 충동만이 아니라 고도의 지혜, 통찰의 씨앗을 내포하고 있다는 사실을 민중들은 알고 있었기 때문에 이 이야기는 장구히 전승되는 것이고, 또 앞으로도 길이 전해져야할 것이다.

---

12 이부영, 앞의 책, 276~278쪽 참조.

5. 지혜로운 선택의 의미

우리 삶에서 있어서 외모, 외양이 너무 중시되는 것은 많은 폐단을 불러 올 수 있다. 그 좋은 예가 성형수술로 인한 의료 사고 등을 단적인 예로 들 수 있다.

눈은 가장 1차적인 감각기관이며, 눈에 보이는 것만으로 결정하는 것은 매우 위험한 판단이라는 것을 알고 있는 옛 사람들의 지혜가 녹아 있는 것이 '구렁덩덩 신선비'이다. 이런 지혜의 힘이 이 이야기를 전승해 가는 것이라고 본다.

옛이야기 속의 주인공, 혹은 현실에서의 개별적 자아는 온갖 고난과 어려움을 겪고 힘들게 참된 자아를 획득하였다고 해도 단순히 그것만으로 충분하지 않음을 여러 곳에서 말하고 있다.

참된 사아를 확립한 동시에 누군가와 함께 있으면서 행복을 느껴야만 인간은 모든 잠재력을 성취한 완전한 인간이 된다. 그렇게 되려면 인성의 가장 심층적인 영역에도 변화가 있어야한다. 존재의 심층을 움직이는 변화가 다 그렇듯이, 여기에도 용기를 가지고 맞서야 하는 위험이 있으며 극복해야 하는 문제들이 산재해 있다.

이런 옛이야기들의 메시지는, 우리가 타인과 더불어 양쪽 모두를 영원히 행복하게 할 친근한 유대를 맺고 싶으면, 유아적 태도를 버리고 보다 성숙한 태도를 성취해야한다는 것이다.

'구렁덩덩 신선비'에서 셋째 딸은 이런 점에서 성숙된 모습을 잘 보여주었다. 1차적이고 가장 원초적이라 할 수 있는 시각적인 감각의 혐오스러움을 극복하는 모습, 그리고 그 배우자와의 영원한 유대를 지키기 위한 고난의 감내 등에서 심층적 영역의 변화를 잘 보였고, 성숙된 모습으로 진정한 인격을 나타낸 인물이다.

감각적인 것에 치우쳐서 겉으로 드러나는 것에만 몰두하고 그런 것으로만 평가하려는 현대인들에게 '구렁덩덩 신선비' 이야기는 경종을 울리고 있다. 그런 점에서 성장기 사람들의 참된 자아형성을 돕기 위해서라도 '구렁덩덩 신선비'의 독서 효용성은 아직도 유의미한 것이다. 옛이야기 역시 예로부터 어른 아이 할 것 없이 인간을 교화시키는 문학이었다. 개인과 종족의 무의식적 힘으로 이루어진 내적 쇄신은 모든 개개인에게 유용하다는 점을 강조하고 있다.

제3장

자유롭고 매혹적인 판타지 '머뭇거림'

1. 매혹의 판타지

사람들은 꿈을 꾼다. 어린 사람들은 더 많은 꿈을 꾼다. 어쩌면 눈을 뜨고도 꿈을 꿀 수 있을 것이다. 이때의 꿈은 다른 세상, 곧 자유로의 열망이며 해방에 대한 추종이다. 이처럼 다른 세계를 열망하는 사람들의 상상력은 곧 판타지로 표현되는데, 판타지의 강한 흡인력은 그래서 남녀노소를 구분하지 않는다.

상상하던 것을 얼마나 빨리 생생하게 눈앞에 보여주는가에 인류는 지금 열광하고 있다. 마침, 이 글의 초고를 쓸 무렵, 바르셀로나에서 열린 우리나라 최대 전자회사 IT 신제품 설명회 뉴스를 보게 되었다. 바르셀로나 컨벤션 센터CCIB 행사장에 입장한 관람객 5,000여 명은 모두 가상현실VR 영상 시청 기기인 '기어 VR'을 쓰고 쉴 새 없이 전개되는 가상 현실세계로 빨려 들어가고 있는 것이다. 이제 바야흐로 가상현실의 시대가 목전에 도래했다.

상상이 상상으로 그치는 시대는 지나가고 있는가? 이런 즈음에 어떤 판타지를 독자에게 줄 수 있을까 하는 고민으로 밤을 새도 답은 쉽게 찾아지지 않을 것 같다.

19세기는, 18세기의 지나친 교훈주의에서 벗어나 어린이들에게 즐거움을 주기 위해 다수 아동문학 작품들이 환상fantasy의 형식을 채택했다. 판타지 형식은 즐거움의 필요성과 맞물려 서구 아동문학의 황금기를 이끄는 동력이 되었고, 이 시기의 주요 작품들은 판타지문학의 정전 canon이 되어 여전히 인구에 회자되고 있다.[1]

이런 작품들은 단순히 허구의 세계가 주는 '도피'와 '즐거움'의 기능을 넘어 그 이상의 사회 문화적 의미를 가지게 되었다. 이성의 이름아래 오랫동안 감금되어 있던 상상력이 공인되었고, '상상력'은 현실의 모순을 극복할 수 있는 문학적이며 미학적인 공간을 창조하는 데 중요한 역할을 함으로써 아동문학 발전에 기여하게 된다.[2]

어린이, 어른을 가리지 않고 '환상'에 탐닉하게 되는 것은 '무한한 가

---

[1] 조지 맥도널드(George MacDonald)의 『북풍의 등에서(At the back of the North Wind)』, 루이스 캐롤(Lewis Carroll)의 『이상한 나라의 엘리스(Alice in Wonder-land)』, 찰스 킹슬리(Charles Kingsley)의 『물의 아이들(The WaterBabies)』 등을 대표적으로 꼽을 수 있다.

[2] 산업혁명을 비롯한 역사적 변화와 신흥 부르주아의 가족 이데올로기의 대두로 "아동", '아동기'의 중요성을 인식하게 되었다. 이런 혁명의 시기를 거치면서 아동문학은 황금기를 맞게 된다. 그러나 아동문학이 황금기를 맞이한 19C는 산업 혁명의 폐단이 극에 달한 시기로, 물질의 풍요와 정신의 궁핍이 극도로 대립되어 나타나고 있었다. 필립 아리에스, 문지영 역, 『아동의 탄생』, 새물결, 2003 참조.

능성의 세계', 상상력을 매개로 한 '광대한 자유의 표현', 이를 통한 '현실의 전복성', 인간이 갈망하는 '소원성취의 세계', 그리고 무엇보다 현실 너머의 '인간 본질 탐구'라는 삶에 대한 적극적인 반응이 가진 힘 때문일 것이다. 이것은 환상문학만이 가지고 있는 독특한 요소들이다. '자유'와 '전복顚覆', '소원의 성취'와 같은 이 매력적인 요소들에서 얻는 대리만족 혹은 간접체험 때문에 사람들은 판타지에서 쉽사리 손을 떼지 못하는 것이다.

츠베탕 토도로프는 『환상문학입문』(1970)을 출간하여 환상문학의 경계와 범주, 미학에 대한 정의를 내리는 업적을 이루었는데, 환상이 성립하기 위해 "독자가 작중인물들의 세계를 살아있는 사람들의 세계로 간주하고, 언급된 사건들을 자연적으로 이해해야 할지 아니면 초자연적으로 이해해야 할지를 망설이도록 텍스트를 만들어야 한"다는 것을 첫째[3] 조건으로 내세웠다. 그러나 토도로프의 이 정의는 여러 비평가들로부터 환상의 정의가 지나치게 협소하다는 지적을 받기도 했지만, 환상과 유사환상의 특성을 섬세하게 구분해냈다는 성과를 얻었다.[4]

3　토도로프는 다음과 같이 정의하고 있다. 환상이 성립하기 위해서는 다음과 같은 세 가지 조건이 충족되어야한다. 첫째, 독자가 작중인물들의 세계를 살아있는 사람들의 세계로 간주하고, 언급된 사건들을 자연적으로 이해해야 할지 아니면 초자연적으로 이해해야 할지를 망설이도록 텍스트를 만들어야 한다. 둘째, 이러한 망설임은 작중인물에 의해서도 경험할 수 있다. 이 경우 독자의 역할은 작중인물에 맡겨져 있다고 말할 수 있다. 동시에 그 망설임은 재현(표상)되며 작품의 주체들 가운데 하나가 된다. 소박한 독서의 경우, 현실의 독자는 자신을 작중인물과 동일시한다. 셋째, 독자는 텍스트와 관련하여 어떤 특정한 태도를 취해야한다. 즉, 그는 '시적'인 해석과 '알레고리적'인 해석을 거부해야한다. 송태현, 『판타지─톨킨, 루이스, 롤링의 환상세계와 기독교』, 살림, 16~17쪽 참조.
4　고영일, 「환상문학의 이론적 고찰」, 『이베로아메리카연구』 11, 서울대 라틴아메리카연구소, 2000 참고.

판타지의 공간을 1차세계와 2차세계로 나눈 톨킨J. R. R. Tolkien의 견해는 이제 너무 익숙하다. 1차세계는 현실세계이며, 2차세계는 비현실계를 뜻한다는 것도 이제 웬만큼 다 알고 있다. 2차세계에서 중요한 것은 비현실계의 이야기가 작품 내적 설득력과 리얼리티를 가져야하는 것인데, 즉 작품 내적인 합리성을 말하고 있다. 판타지 또한 튼튼한 사실적 구조를 가져야한다고 흔히 말하는 이유가 여기에 있다.

박상재는 환상(성)을 바탕으로 하는 환상동화는 전승적, 몽환적, 우의적 시적환상 등으로 구분했고, 권혁준은 현실계와 비현실계가 같이 제시되면서 서로 소통하는 판타지 유형을 '교통형 판타지'로 구분하여 판타지세계로의 넘나듦을 설명했다.[5]

판타지의 세계는 말 그대로 광대무변하게 열려 있을 것 같지만, 사실은 위에서 살펴본 것처럼 정확한 구조와 사실에 가까운 체계를 가진다. 이런 것이야말로 튼튼한 판타지의 세계를 독자들에게 보여줄 수 있는 것이다. 그러나 작금의 현실은 판타지의 사용이 너무 자유로워서 자칫 방만하다는 인상을 주기도 한다. 그런 현상은 TV드라마와 같은 영상매체에서 더욱 심하게 나타나는데, 아무런 개연성도 없이 판타지세계가 구성되기도 한다. 영상매체는 독자들과의 접근이 책보다 훨씬 용이할 뿐더러 확산력도 강해서 체계성이 없는 판타지 남용이 우려되는 바가 없지 않다.

무엇보다 영상매체는 어린 독자들에게 전방위적으로 노출되어 있기 때문에 사춘기 이전 소년들의 사고형성에 미칠 영향에서 대해서는 심

---

5   권혁준, 「판타지 동화의 개념, 범주, 유형에 대한 재검토」, 『한국아동문학연구』 16, 한국아동문학학회, 2009, 33~34쪽.

각한 고민을 요하는 문제가 아닐 수 없다. 이 글에서는 이처럼 치명적인 매력을 가진 판타지에 탐닉할 수밖에 없는 사실을 전제하면서 현재의 무분별한 판타지 열풍을 문제로 제기하고, 판타지의 속성과 앞으로의 방향 등을 고찰하고자 한다.

2. 상상에서 얻는 경이驚異와 전복顚覆

판타지라고 하면 우선 톨킨이나 루이스 캐롤 혹은 C. S. 루이스를 먼저 떠올리는 우리의 현실은 슬프다. 그러나 우리에게 나름대로의 판타지문학 역사가 있다는 사실은 언제나 가슴 가득한 자긍심을 가지게 한다.

일제 식민치하에서, 혹은 해방공간의 혼란스럽고 척박한 환경에서도 판타지가 창작되었던 것이다. 주요섭의 『웅철이의 모험』이나 이원수 『숲속나라』6와 같은 우리의 판타지 작품이 있었다는 것은 소망스러운 일이 아닐 수 없다.

『웅철이의 모험』에서 웅철이는 동네 친구 애옥이와 함께 애옥이 큰 언니가 읽어주는 『이상한 나라의 앨리스』를 듣다가 '모본단 조끼를 입은 복돌이네 토끼'를 만나 환상세계로 여행을 한다. 웅철이가 '복돌이네 토끼'를 따라 토끼장 옆의 석유 상자를 통해 땅 속 나라 판타지 세계

6　『숲속나라』는 1949년 2월부터 1949년 12월까지 『어린이나라』에 연재되었고, 1995년 (주)웅진씽크빅에서 초판 발행되어 2013년 현재 29쇄까지 나와 있다.

로 진입하는 장면은 구체적이고 정확하다. 1차세계와 2차세계를 가르는 경계를 정확하게 구분해야하는 것이 판타지의 공식으로 여겨지는 만큼『웅철이의 모험』에서 판타지 세계로 들어가는 관문은 개연성과 구체성에서 성공적이다.

'조끼를 입은 토끼'를 쫓아가는 서두 부분은『이상한 나라의 엘리스』를 그대로 연상시키는데, 단지 도입 부분이 유사하다는 이유만으로『웅철이의 모험』은 그동안 제대로 된 평가를 받지 못했다. 작품의 면밀한 검토 없이 막연하게『이상한 나라의 엘리스』를 모방한 정도로 일축하는 평가도 없지는 않은데, 텍스트를 자세하게 검토하면 철저하게 민족적인 입장에서 쓴 우리 판타지 작품이다. 2차세계로 진입한 웅철이가 경험하고 만나는 사건은 모두 우리 민족의 신화와 설화를 바탕으로 하고 있다. 다시 말해『웅철이의 모험』은 일제강점 시기 민족의 정신문화 자산을 송두리째 망각해 가는 위기의식 때문에 창작된 판타지 서사라는 것은 텍스트의 면밀한 검토에 의해서 이루어질 수 있다.

이것은 마치 그림 형제가 남부독일을 돌면서 민담을 채록한 사실과 비교해 볼 수 있다. 그림 형제는 독일이 프랑스의 침공을 받던 시절, 독일 민족자산을 기록한다는 사명감으로 이야기 채록에 나섰던 것은 이미 아는 사실이다.『웅철이의 모험』또한 이와 다르지 않다. 아득한 선조 때부터 전해 내려오는 우리 신화와 전설을 판타지 형식으로 엮어낸 것이『웅철이의 모험』이다.

『숲속나라』또한 판타지의 공식을 잘 갖추고 있다. 노마가 '고갯마루를 지나 낮에도 컴컴한 울창한 숲속'으로 들어가서 만난 어린이 나라는 판타지 세계다. 이제 막 일제치하에서 벗어나 해방을 맞은 우리 민족에게 새로운 이념과 새로운 정신으로 살아갈 수 있는 새로운 영지는 절실히 필요했다. 노마가 새로운 곳으로 떠나는 배경에는 새로운 영토를 찾는다는 의미가 함의되어 있고, 거기에는 어떤 필연성도 내재되어 있다.

외세의 힘이 작용되지 않는 곳, 새로운 세상을 만들 수 있는 곳, 그런 곳을 찾아서 노마는 떠난 것이다. 노마가 찾아간 2차세계 즉 '숲속나라'는 어린이가 주인인 나라, 어린이가 만드는 나라이다. 새로운 이상을 실현할 수 있는 나라는 어린이가 주인인 나라로 표상되어 있다. 숲속나라에서는 아버지마저도 어린아이의 모습으로 변해 있었는데, 어린이의 마음으로 만드는 공간이 새로운 나라이며 이상적 공간의 모형임을 말해준다. 이는 판타지에서 공식처럼 볼 수 있는 '광대한 자유'와 '현실의 전복성'이다.

『숲속나라』에는 유독 당시의 혼탁한 현실에 대한 비판이 두드러져 있는데, '모리배', '간삿덩어리', '아첨꾼' 등의 인물은 어린이나라를 해치는 사람으로 형상화되어 있다. 또 이들을 어린이나라에서 사라져야 할 인물로 그리면서 새로운 이상세계에 대한 소원을 성취하려 했다. 이는 현실 너머의 인간본질 탐구라는 판타지의 공식에 충실히 조응된다.

공지희의 『영모가 사라졌다』[7]에서 영모는 학원을 7개씩이나 다녀야 하고, 아버지로부터 수시로 폭행을 당하는 아이다. 물론 학업 때문이다. 자식 욕심이 유난한 영모 아버지는 자신이 못 다한 것을 영모에게서 이루려고 한다. 그래서 영모는 시험도 공부도 없는 곳으로 숨고 싶다고 친구 병구에서 털어놓는다. 『영모가 사라졌다』에서 2차세계는 시

---

7   공지희, 『영모가 사라졌다』, 비룡소, 2003.

험으로부터 공부의 압박으로부터 해방되는 공간이며, 마침내 영모와 아버지와도 화해가 이루어지는 곳이기도 하다.

판타지의 성공요소 중 중요한 하나는, 공인된 절차에 의해 2차세계로의 진입이 수시로 허용되는 것을 꼽고 있다. 『숲속나라』와 『영모가 사라졌다』는 이런 점에서 매우 성공적인 판타지이다. 『숲속나라』에서 노마는 자신이 처음 들어갔던 통로를 이용해서 현실에 있는 친구들을 판타지 세계로 데려간다. 나중에는 부모님들 역시 이 관문을 통해 자녀들을 찾으러 간다. 『영모가 사라졌다』에서 병구는 영모를 찾기 위해 '말하는 고양이 담이'가 안내해주는 담을 넘어 판타지 세계 '라온제나'로 들어간다. 물론 현실로 돌아올 때도 이 담을 넘어서 돌아온다. 현실과 비현실계의 경계가 분명하고 구체적이다. 따라서 판타지 세계는 더욱 리얼리티를 확보하게 된다.

류성렬의 『애루수시대』[8]는 사촌지간의 온새미와 범이가 판타지 세계로 날아가서 겪는 이야기이다. 초저녁 공원에서 야구연습을 하던 온새미와 범이는 연기와 같은 형체에 실려온 2장의 벽돌로 인해 판타지 세계로 실려 간다. 판타지 공간 '큰땅'에서 온새미와 범이는 사람들이 스스로 관념에 갇혀서 자유로부터 속박을 당하고 있다는 사실을 체험으로 알게 된다. '큰땅'은 신화적인 장치와 상상력을 동원해야 이해가 가능하도록 설정되어 있어서 매우 흥미 있게 읽힌다. 다만, 두 아이들이 현실계로 돌아오는 과정이 생략되어 있어서 아쉬움이 있다. 온새미와 범이가 판타지 세계에 머물렀던 시간은 아이들의 가출로 처리되어

---

8   류성렬, 『애루수 시대(哀淚獸時代)』, 우리교육, 2013.

고, 그마저도 어른들의 대화로 설명될 뿐이어서 공들여 구축한 판타지 세계의 구체성이 결말부분에서 약화되어 버린다.

앞서 말한 대로 동화의 환상성은 전승적이거나 몽환적이거나 혹은 우의 등 자유자재로 가능하다. 시인이자 동화작가인 강소천은 거의 대부분의 작품에서 '꿈'으로 환상적 요소를 만들어 냈는데, 강소천에게서 '꿈'은 서사 진행의 도구이기도 했다. 또 『그리운 메아리』[9]에서는 변신 모티프를 원용하여 판타지를 구성하였다. 6·25전쟁으로 홀로 월남한 박 박사와 이웃 소년 웅길이가 제비로 변하여 북쪽으로 날아가 북한의 실태와 생활상을 고발하는 것으로 서사를 이어가고 있는데, 단절된 세계에 대한 그리움을 환상을 이용해서 해소하는 방식을 택했다.

김수빈 『여름이 반짝』[10] 또한 그런 유형이라고 할 수 있다. 갑자기 시골학교로 오게 된 김린아는 도시에서 시골로 전학 온 대부분의 전학생이 그러하듯이, '5학년이 고작 7명뿐인 학교'에 적응도 하고 싶지 않고, 적응도 안 되는 상태로 모든 일에 고슴도치처럼 가시를 세우고 있다. 7명 동급생 중에서 신유하는 김린아의 이런 속마음을 조금 아는 듯 '보조개가 쏙 들어가는 착한 얼굴'로 린아에게는 때로 흑기사처럼 도움이 되어주기도 하는데, 하루 밤 사이에 교통사고로 갑자기 이승을 떠나 버린다. 문제는 여기부터다. 신유하가 죽기 바로 전날 친구들과 함께 불고 놀았던 비눗방울을 이용하면 정해진 시간에 이승과 저승의 사람이(신유하와 그의 친구들) 서로 대면하면서 소통을 할 수 있다. 김린아가 처음 그 사실을 알아냈고, 나중에는 김사월과 이지호, 이 친구들이 함

---

9   강소천, 『그리운 메아리』, 학원사, 1963.
10   김수빈, 『여름이 반짝』, 문학동네, 2015.

께 동참하게 된다.

간신히 친구 한 명을 얻게 된 것 같다고 생각했던 김린아의 염원이 너무 간절했기 때문인가, 아니면 린아 할머니의 독백처럼 '나이가 너무 아까워서'인가, 신유하는 시시로 친구들 앞에 목소리와 모습을 드러낸다. 죽음과 삶의 경계가 갑자기 무너지면서 현실은 금세 몽유계 소설과 같은 공간을 만들어낸다. 그렇게 보지 않으면 이해가 어려워지는 상황이다.

판타지는 여러 면에서 자유자재로 이루어지게 되어 있다. 그렇기 때문에 진지하면서 흥미롭고, 또 통쾌한 것이 사실이다. 그러나 삶과 죽음의 경계를 어디까지 어떻게 무시할 수 있을까. 『여름이 반짝』은 그 점에서 다소의 의구심을 갖게 한다.

3. 판타지를 향한 질주

판타지에는 상상력의 나래만 있는 것이 아니다. 마술이 난무하고, 어둡고 침침한 어둠의 골짜기가 있다. 마법이면 무엇이든 해결되는 악과 선 자체의 구분이 없는 곳이기도 하다. 이런 판타지를 어떻게 가르치는가에 따라 어린 사람들의 상상력에 날개를 달아줄 수도 있고, 그들을 판타지 속에 가두어 현실을 부유하게 할 수도 있다.[11] 그런 측면에서 최근 불고 있는 판타지문학과 영화 열풍에 대한 종교계와 교육계 일각의 조용한 우려에 귀를 기울여볼 필요도 있다. 실재에는 없는 세계, 허구의 세계에 어린이를 비롯한 다수의 대중들이 열광하고 있는데 대한 불편함인 것이다.

그렇기 때문에 현실에 굳건하게 발을 딛고 있는 건강한 판타지의 요청이 더욱 절실해진다. 판타지가 더 건강해지기 위해서는, 특히나 어린 사람들을 위하는 건강한 문학이 되기 위해서는 판타지 세계와 현실세계의 분명한 구분이 필요하다. 판타지 세계로 도피해서 현실과 비현실계를 부유하는 불행한 결과를 막기 위해라도 말이다.

『숲속나라』에서 노마가 어린이 세상으로 들어가는 통로가 분명했듯이, 『영모가 사라졌다』에서 '말하는 고양이 담이'를 이용해서 현실세계의 담을 넘어가듯이, 해리포터 시리즈의 킹스크로스 역 '9와 3/4 승강장'처럼 말이다. 또 한밤중 톰의 정원에서 톰이 할머니 집 거실의 낡은 괘종시계가 13번을 칠 때 뒷문을 통해 환상의 정원으로 들어갈 수 있었듯이. 그런데 낮에는 그 정원을 볼 수 없다는 것, 오직 자정 다음의 시간, 괘종시계가 13번을 칠 때에야 비로소 환상의 정원으로 나갈 수 있다는 것은 2차세계 통로를 보여주는 좋은 교과서이다. 이와 같은 특정한 장소는 현실계에서 환상계로 들어가는 통로이기도 하지만 환상계에서 현실계로 다시 돌아오는 곳이기도 하다.

현실이 어렵고 팍팍하며 돌파구가 없을 때 사람들은 판타지를 찾을 수밖에 없다. 그런데 매우 역설적이게도 그렇기 때문에 판타지는 더 튼튼한 현실을 바탕으로 해야 한다는 논리가 성립되는 것이다. 이것이 판

---

11   낮은울타리 편집부, 『판타지를 알려주세요』, 낮은울타리, 2003, 83쪽.

타지 성립의 조건을 말해주는 공식이다. 현실이 어려울수록 판타지 세계 속으로 숨어버리는 도피가 결코 판타지문학의 존재 이유는 아니기 때문이다.

참고문헌

1. 기본자료

『新少年』, 『少年』, 『어린이』, 『어린이나라』, 『신소년』, 『별나라』, 『소년』, 『태극학보』, 『중외일보』, 『신소년』, 『주간소학생』, 『소학생』, 『어린이나라』, 『아동문화』, 『아동문학』, 『아동구락부』, 『진달래』, 『어린이』(복간), 『경향신문』, 『자유신문』, 『조선일보』, 『동아일보』

『한국구비문학대계』 5-2・8-14, 한국학중앙연구원, 1980~1984.
경희대 한국아동문학연구회 편, 『별나라를 차져간 少女』, 국학자료원, 2012.
김내성, 『백가면』, 조선출판사, 1945.
마해송, 『떡배 단배』, 문학과지성사, 2013.
민태원, 『부평초』, 경성 박문서관, 1925.
방정환, 『칠칠단의 비밀』, 사계절, 1999.
서정오, 『옛 이야기 들려주기』, 보리, 1995.
신동흔, 『세계민담전집』 1 ─ 한국편, 황금가지, 2003.
아샤흐, 『세계민담집』 2 ─ 러시아편, 황금가지, 2003.
엄혜숙, 『구렁덩덩 새선비』, 시공주니어, 2007.
원유순, 『구렁덩덩 뱀신랑』, 한겨레아이들, 2007.
이경혜, 『구렁덩덩 새 선비』, 보림, 2007.
이원수, 『숲 속 나라』, 웅진주니어, 1995.
정채봉, 『그대 뒷모습』, 제삼기획, 1990.
_____, 『물에서 나온 새』, 샘터사, 1983.
주요섭, 『웅철이의 모험』, 풀빛, 2006.
최내옥 외, 『전래동화집』 2~12, 창작과비평사, 1980~1988.
최정원, 『구렁덩덩 신선비』, 웅진주니어, 2007.
최하림, 『구렁덩덩 신선비』, 가교출판, 2004.
헌정요람편찬회, 『1950년대 한국문예비평자료집』 17, 한일문화사, 1987.
현덕, 『광명을 찾아서』, 창비, 2013.

그림 형제, 김열규 역, 『그림동화집』(완역본), 1~2, 춘추사, 1993.
알렉산드르 아파나세프, 서미석 역, 『러시아 민화집』, 현대지성사. 2004.

2. 단행본

강미라, 『몸 주체 권력』, 이학사, 2011.

강소천, 『그리운 메아리』, 학원사, 1963.

경희대 한국아동문학연구센터 편, 『별나라를 차져간 少女』1, 국학자료원, 2012.

공지희, 『영모가 사라졌다』, 비룡소, 2003.

구본호, 『한국경제의 역사적 조명』, 한국개발연구원, 1991.

권영민, 『한국현대문학사』1·2, 민음사, 1993.

근대문학 100년 연구총서 편찬위원회, 『약전으로 읽는 문학사』1, 소명출판, 2008.

김교봉, 『『철세계』의 과학소설적 성격』, 국학문학자료원, 2000.

김병모, 『김수로왕비의 혼인길』, 푸른숲, 1994.

김석득, 『한국어 연구사』상, 연세대 출판부, 1974.

김수빈, 『여름이 반짝』, 문학동네, 2015.

김열규 외, 『민담학 개론』, 일조각, 1982.

김윤식 외, 『해방공간 문학운동과 문학의 현실인식』, 한울, 1989.

김인조, 『(소통의 부재) 소외』, 이슈투데이, 2010.

김진균·정근식 편저, 『근대주체 식민지 규율권력』, 문학과학사, 1997.

김환희, 『옛날 이야기의 발견』, 우리교육, 2007.

낮은울타리 편집부, 『판타지를 알려주세요』, 낮은울타리, 2003.

류성열, 『애루수 시대(哀淚戱時代)』, 우리교육, 2013.

류의근, 『메를로-퐁티의 지각현상학 읽기』, 세창미디어, 2016.

민족문제연구소 편, 『친일인명사전』, 민연, 2009.

박상재, 『한국창작동화의 환상성 연구』, 집문당, 1998.

박완서 외, 『우리 역사의 7가지 풍경』, 역사비평사, 1999.

박헌호 외, 『작가의 탄생과 근대문학의 재생산 제도』, 소명출판, 2008.

박혜숙, 『소설의 등장인물』, 연세대 출판부, 2004.

상허학회, 『1920년대 동인지 문학과 근대성 연구』, 깊은샘, 2000.

서강여성문학회, 『한국문학과 환상성』, 예림기획, 2001.

송태현, 『판타지-톨킨, 루이스, 롤링의 환상세계와 기독교』, 살림, 2003.

신형기, 『해방 3년의 문학비평』, 세계, 1988.

오욱환, 『한국사회의 교육열-기원과 심화』, 교육과학사, 2000.

이부영, 『그림자』, 한길사, 1999.

_____, 『아니마와 아니무스』, 한길사, 2001.

_____, 『韓國民譚의 深層分析』, 집문당, 1995.

이선영 편, 『1930년대 민족문학인식』, 한길사, 1990.

이영미 외, 『김내성 연구』, 소명출판, 2011.

이영희, 『역정』, 창비, 2012.

이재선, 『한국소설사』, 민음사, 2000.

이재철, 『아동문학개론』, 서문당, 1983.

_____, 『한국 현대아동문학사』, 일지사, 1978.

_____, 『한국 아동문학 작가론』, 개문사, 1983.

이주형 외, 『한국 아동청소년문학 연구』, 한국문화사, 2009.

정문길, 『疎外論 硏究』, 문학과지성사, 1978.

_____, 『疏外』, 문학과지성사, 1984.

조동일, 『한국문학통사』 5, 지식산업사, 1989.

_____, 『한국설화와 민중의식』, 정음사, 1985.

조은숙, 『한국 아동문학의 형성』, 소명출판, 2009.

천정환, 『근대의 책읽기』, 푸른역사, 2003.

최명표, 『한국 근대소년소설 작가론』, 한국학술정보, 2009.

최연숙, 『민담, 상징, 무의식』, 영남대 출판부, 2006.

최원식, 『한국 계몽주의 문학사론』, 소명출판, 2002.

최인학, 『韓國說話論』, 형설출판사, 1991.

_____, 『한국민담의 유형연구』, 인하대 출판부, 1994.

_____, 『비교민속학과 비교문학』, 민속원, 1999.

한국문하상징시젼 편찬위원회, 『한국문화상징사전』, 동아출판사, 1992.

함석헌, 『뜻으로 본 한국사』, 삼중당, 1966.

황도경, 『문체를 읽는 소설』, 소명출판, 2002.

_____, 『문체, 소설의 몸』, 소명출판, 2014.

LG상남언론재단, 「해방공간 4대신문」, LG상남언론재단, 2005.

C. 융, 이부영 역, 『인간과 무의식의 상징』, 집문당, 1984.

J. R. 타운젠드, 강무홍 역, 『어린이 책의 역사』 1, 시공주니어, 1996.

M. 엘리아데, 이재실 역, 『이미지와 상징』, 까치, 1998.

_____, 이은봉 역, 『종교형태론』, 형설출판사, 1982.

S. 채트먼, 한용환 역, 『이야기와 담론』, 푸른사상, 2003.

V. 프로프, 최애리 역, 『민담의 역사적 기원』, 문학과지성사, 1990.

_____, 황인덕 역, 『민담형태론』, 예림기획, 1998.

가라타니 고진, 박유하 역, 『일본 근대문학의 기원』, b, 2010.

게오르그 짐멜, 윤미애 외역, 『짐멜의 모더니티 읽기』, 새물결, 2005.

그림 형제, 김경연 역, 『그림동화』 3, 한길사, 1995.

나카자와 신이치, 김옥희 역, 『신화, 인류 최고의 철학』, 동아시아, 2003.

데이비드 폰태너, 최승자 역, 『상징의 비밀』, 문학동네, 1998.

메를로 퐁티, 류의근 역, 『지각의 현상학』, 문학과지성사, 2002.

모니카 M. 랭어, 서우석 역, 『(메를로-퐁티의) 지각의 현상학』, 청하, 1992.

미셸 푸코, 오생근 역, 『감시와 처벌』, 나남, 2012.

_____, 이정우 역, 『지식의 고고학』, 민음사, 1992.

브루노 베텔하임, 김옥순·주옥 역, 『옛이야기의 매력』, 시공사, 1998.

유리. M. 로트만, 유재천 역, 『문화기호학』, 문예출판사, 1998.

터커. R, 조희연 역, 『현대소외론』, 참한문화사, 1983.

필립 아리에스, 문지영 역, 『아동의 탄생』, 새물결, 2003.

3. 논문

고설, 「한국 현대소설의 소외 인물 연구」, 이화여대 석사논문, 2000.

고영일, 「환상문학의 이론적 고찰」, 『이베로아메리카연구』 11, 서울대 라틴아메리카연구소, 2000.

곽의숙, 「'구렁덩덩 신선비'의 상징성 고찰」, 『국어국문학』 25, 부산대 국어국문학과, 1988.

_____, 「뱀 신랑형 설화연구」, 부산대 석사논문, 1988.

권혁준, 「고학년 아동을 독자로 하는 서사물은 '아동소설'이다」, 『창비어린이』 8-3, 2010.

_____, 「판타지 동화의 개념, 범주, 유형에 대한 재검토」, 『한국아동문학연구』 16, 한국아동문학
학회, 2009.

김경희, 「구렁덩덩 신선비 설화 연구」, 한국교원대 석사논문, 1997.

김기창, 「이류교혼 설화 연구」, 성균관대 석사논문, 1984.

김길웅, 「상징, 기호학, 그리고 문화연구」, 『독일문학』 87, 한국독어독문학회, 2003.

김병모, 「韓日 雙魚紋 비교연구」, 『민족학연구』 1, 한국민족학회, 1995.

김상욱, 「정치적 상상력과 예술적 상상력」, 『청람어문교육』 28, 청람어문교육학회, 2004.

김승옥, 「무진기행」, 『생명연습』, 문학동네, 2014.

김용희, 「천진한 눈으로 마음의 느낌표 찾기」, 『하늘새 이야기』, 현대북스, 2001.

김인애, 「韓獨 傳來童話 比較研究」, 중앙대 박사논문, 1995.

김종방, 「1920년대 과학소설의 국내 수용과정 연구」, 『현대문학의 연구』 44, 한국문학연구학회,
2011.

김종수, 「김내성 소년탐정소설의 '바다' 표상」, 『대중서사연구』 21, 대중서사학회, 2009.

김종헌, 「해방기 동시의 담론연구」, 대구대 박사논문, 2004.

김하명, 「아동문학단상」, 『경향신문』, 1947.5.18.

김현숙, 「동심을 의역하면」, 『한국아동문학연구』 8, 아동문학평론사, 2000.

김환희, 「'구렁덩덩 신선비'와 외국뱀 신랑 설화의 서사구조와 상징성 살펴보기」, 『옛이야기의
발견』, 우리교육, 2007.

김효진, 「『소학생』誌 研究」, 단국대 석사논문, 1992.

노제운, 「동화 속의 숨은 그림 찾기-정채봉의 『오세암』과 권정생의 『강아지똥』 분석」, 『어문논집』 38, 안암어문학회, 1998.

_____, 「'나무꾼과 선녀', '우렁각시' 설화의 정신분석적 의미 비교연구」, 『어문논집』 57, 안암어문학회, 2008.

류덕제·신은주, 「한국 판타지 동화 연구」, 『국어교육연구』 42, 국어교육학회, 2008.

박경수, 「정인택 문학연구」, 전남대 박사논문, 2011.

박상재, 「밀도 있는 동심의 서정적 구현」, 『단국대학국문학논집』 15, 1997.

_____, 「한국 판타지 동화의 역사적 전개」, 『한국아동문학연구』 16, 한국아동문학학회, 2009.

박숙자, 「1920년대 아동의 재현양상 연구」, 『어문학』 93, 한국어문학회, 2006.

박연, 「마해송 동화 연구」, 전남대 석사논문, 1999.

박영기, 「해방기 아동문학교육 연구」, 『청람어문교육』 41, 청람어문교육학회, 2010.

박주연, 「정채봉 동화의 문체연구」, 부산교육대 석사논문, 2007.

박태성, 「은하사 물고기 문양에 대한 일고」, 『사림어문연구』 16, 사림어문학회, 2006.

박태일, 「이주홍의 초기 아동문학과 『신소년』」, 『현대문학이론연구』 18, 현대문학이론학회, 2002.

방정환, 「동화작법-동화짓는 이에게」, 『동아일보』, 1925.1.1.

_____, 「소년지도에 관하여」, 『천도교 월보』, 1923.3.

백대윤, 「한국 추리서사의 문화론적 연구」, 한남대 박사논문, 2006.

서대석, 「'구렁덩덩 신선비'의 신화적 성격」, 『고전문학연구』 3, 한국고전문학연구회, 1986.

송주경, 「정채봉 동화 연구」, 부산교육대 석사논문, 2005.

송태현, 「카를 구스타프 융의 원형개념」, 『인문콘텐츠』 6, 인문콘텐츠학회, 2005.

신해진, 「'구렁덩덩 신선비'의 상징성」, 『한국민속학』 27, 민속학회, 1995.

신현득, 「『新少年』·『별나라』 회고」, 『아동문학평론』 31-2, 아동문학평론사, 2006.

심귀연, 「신체와 장애에 관한 현상학적 연구」, 『철학논총』 82, 새한철학회, 2015.

심상교, 「정채봉 초기 동화의 서사구조 연구」, 『어문학교육』 39, 한국어문교육학회, 2009.

안형관, 「소외 개념의 정의와 그 현대적 적용」, 『현대사상연구』 3, 대구효성가톨릭대 현대사상연구소, 1992.

양선규, 「소외론적 관점의 문학적 수용에 관한 시론」, 『국어교육연구』 18-1, 국어교육학회, 1986.

염희경, 「소파 방정환 연구」, 인하대 박사논문, 2007.

오성철, 「식민지기 초등교육 팽창의 사회사」, 『초등교육연구』 13-1, 한국초등교육학회, 1999.

오세정, 「상징과 신화-신화 형성화와 의미화의 상징적 논리」, 『시학과 언어학』 7, 시학과 언어학회, 2004.

오혜진, 「1930년대 한국 추리소설 연구」, 중앙대 박사논문, 2008.

요안자, 「동화에 대한 일고찰」, 『동아일보』, 1924.12.29.

원종찬, 「현덕의 아동문학」, 『민족문학사연구』 6, 민족문학사학회, 1994.

_____, 「한국 아동문학이 창조한 주인공」, 『창작과비평』 103, 1999.봄.

_____, 「현덕 연구」, 인하대 박사논문, 2005.

유경화, 「최초의 추리소설 『마인』 연구」, 숙명여대 석사논문, 2002.

유광호 외, 「美軍政의 金融通貨政策」, 『연구논총』 92-16, 한국정신문화연구원, 1992.

유재천, 「백석 시 연구」, 『1930년대 민족문학 인식』, 한길사, 1990.

유혜정, 「정채봉 동화의 서사적 특성 연구」, 전주교대 석사논문, 2004.

윤정헌, 「김내성 탐정소설 연구」, 『한국문예비평연구』 4, 한국현대문예비평학회, 1999.

이강언, 「현덕의 소년소설 연구」, 『나랏말쌈』 20, 대구대 국어교육과, 2005.

이경재, 「현덕의 생애와 소설연구」, 『관악어문연구』 29, 서울대 국어국문학과, 2004.

이기대, 「'구렁덩덩 신선비'의 심리적 고찰」, 『우리어문연구』 16, 우리어문학회, 2001.

이동순, 「생명과 사랑의 이야기 책」, 『서평문화』 1, 한국간행물윤리위원회, 1991.

이동철, 「건국신화에 수용된 용의 의미」, 『한민족문학연구』 7, 한민족문화학회, 2000.

이미희, 「정채봉 동화의 특질 연구」, 동국대 석사논문, 2003.

이봉범, 「해방공간의 문화사」, 『상허학보』 26, 상허학회, 2009.

이선해, 「방정환 동화의 창작방법 연구」, 한남대 석사논문, 2007.

이원수, 「'콩쥐팥쥐'와 '신데렐라'의 비교연구―북미 인디언 '신데렐라'와의 비교를 중심으로」, 『어문학』 77, 한국어문학회, 2002.

이장렬, 「권환 문학 연구」, 경남대 박사논문, 2003.

이정석, 「『어린이』지에 나타난 아동문학」, 전남대 석사논문, 1993.

이정우, 「미셀 푸코에 있어 신체와 권력」, 『문화과학』 4, 문화과학사, 1993.

이주라, 「1910~1920년대 대중문학론의 전개와 대중소설의 형성」, 고려대 박사논문, 2011.

이지호, 「어린이문학의 이데올로기」, 『한국초등국어교육』 21, 한국초등국어교육학회, 2002.

이태동, 「흰 구름과 삶의 순결 그리고 낭만의 세계」, 『우리 문학의 현실과 이상』, 문예출판사, 1993.

이혜선, 「해방직후 문학담론연구」, 연세대 석사논문, 2002.

임성규, 「근대 아동문학 비평의 현실인식과 비평사적 함의」, 『인문과학연구』 10, 대구효성가톨릭대 인문과학연구소, 2008.

_____, 「해방 직후의 아동문학 운동 연구」, 『동화와 번역』 15, 건국대 동화와번역연구소, 2008.

장만호, 「민족주의 아동잡지 『신소년』 연구」, 『한국학연구』 43, 고려대 한국학연구소, 2012.

전영택, 「소년문제의 일반적 고찰」, 『개벽』, 1924.5.

정선혜, 「휴머니즘과 근대성의 조화」, 『돈암어문학』 13, 한국아동문학학회, 2000.

_____, 「한국 아동소설에 나타난 아동상 탐색」, 『한국아동문학연구』 14, 한국아동문학학회, 2008.

_____, 「해방기 소년소설에 나타난 아동상 탐색」, 『한국아동문학연구』 26, 한국아동문학학회, 2014.

정신재, 「김동인 소설 원형 연구」, 『동악어문학』 26, 동악어문학회, 1991.

정연미, 「이원수 장편 판타지 동화연구」, 대구교육대 석사논문, 2007.

정재환, 「해방후 조선어학회·한글학회 활동 연구」, 성균관대 박사논문, 2013.

정혜영, 「소년 탐정소설의 두 가지 존재양상」, 『한국현대문학연구』 27, 한국현대문학회, 2009.

정혜원, 「1910년대 아동매체에 구현된 아동상 연구」, 『한국아동문학연구』 15, 한국아동문학학회, 2008.

_____, 「주요섭 동화에 나타난 아동문학관」, 『한국아동문학연구』 18, 한국아동문학학회, 2010.

조성면, 「탐정소설과 근대성」, 『민족문학사연구』 13, 민족문학사학회, 1998.

조은숙, 「해방~1950년대 중반까지 한국아동문학전(선)집 편찬과 정전화」, 『한국문학이론과 비평』 58, 한국문학이론과 비평학회, 2013.

주종연, 「한국의 전래민담과 독일 Grimm童話와의 비교연구 I」, 『어문학논총』 11, 국민대 어문학연구소, 1992.

차태근, 「문학의 근대성, 매체 그리고 비평정신」, 『대동문화연구』 59, 성균관대 대동문화연구원, 2007.

채미영·최기영, 「아시아와 유럽전래동화에 나타난 가치관 비교연구」, 『비교교육연구』 5-1, 한국비교교육학회, 1995.

최미선, 「1920년대 『신소년』의 아동서사문학 연구」, 『한국아동문학연구』 23, 한국아동문학학회, 2012.

_____, 「한국 소년소설 형성과 전개과정 연구」, 경상대 박사논문, 2012.

_____, 「『신소년』의 서사특성과 작가의 경향분석」, 『한국아동문학연구』 27, 한국아동문학학회, 2014.

최승은, 「현덕의 동화와 소년소설 연구」, 성균관대 석사논문, 1996.

최애순, 「30년대 모험탐정소설과 김내성 『백가면』의 관계 연구」, 『동양학』 44, 단국대 동양학연구원, 2008.

_____, 「방정환의 탐정소설 연구-『동생을 차즈려』, 『칠칠단의 비밀』, 『소년 사천왕』을 중심으로」, 『우리어문연구』 30, 우리어문학회, 2008.

최연숙, 「동화상의 상징과 치료」, 『독일어문학』 39, 한국독일어문학회, 2007.

최지훈, 「동화작가 정채봉론」, 『아동문학평론』 14-2, 아동문학평론사, 1989.

_____, 「우리가 지금 생각하고 관심가질 일」, 『아동문학평론』 149, 아동문학평론사, 2013.

홍경실, 「베르그손으로부터 메를로-퐁티의 지각의 현상학으로-우리의 몸에 대한 이해를 중심으로」, 『철학과 현상학 연구』 26, 한국현상학회, 2005.

황병하, 「환상문학과 한국문학」, 『세계의 문학』 84, 1997.여름.

초출일람